Sarah Harvey
Bitte nicht füttern

PIPER

Zu diesem Buch

Die junge Spanierin Linda Rivera hat keine Lust, sich den Wünschen ihrer Familie zu beugen. Denn die will sie so schnell wie möglich unter die Haube bringen. Und ihr Verlobter ist eigentlich auch nicht der Mann ihrer Träume, obwohl er reich ist und nur darauf wartet, mit Linda den heiligen Bund der Ehe zu schließen. Doch Linda steckt voller Temperament und Ideen, und daher packt sie die erstbeste Gelegenheit beim Schopf und ergreift die Flucht: Ihr Bruder Balthazar heiratet in England, und wenn sie sowieso schon mal da ist, kann sie auch gleich eine Weile bleiben. Zumal Balthazar und seine reizende Frau Pip Hilfe beim Aufbau ihres neuen Cidre- und Weinguts gut gebrauchen können. Und dann ist da noch Rory, der Sternekoch; die Liebe geht ja bekanntlich durch den Magen, aber mit dem Aufprall von spanischem und englischem Temperament ist nichts so einfach, wie es zunächst scheint …

Sarah Harvey, geboren 1969, arbeitete als Journalistin, bis sie mit ihrem ersten Roman »Wachgeküsst« ihren Durchbruch als Autorin feierte und sich seither ganz dem Schreiben widmet. All ihre frech-romantischen Bücher waren internationale Erfolge. Zuletzt erschienen von ihr »Kann ich den umtauschen?« und »Der Apfel fällt nicht weit vom Mann«. Sarah Harvey lebt mit ihrem Mann Terry und vier verrückten Hunden auf einem alten Landsitz in Cornwall.

Sarah Harvey

Bitte nicht füttern

Roman

Aus dem Englischen von
Marieke Heimburger

Piper München Zürich

Mehr über unsere Autoren und Bücher:
www.piper.de

Von Sarah Harvey liegen bei Piper vor:

Kann ich den umtauschen?
Der Apfel fällt nicht weit vom Stamm
Das Rosenhaus
Wiedersehen in Stormy Meadows

FSC
www.fsc.org
MIX
Papier aus verantwortungsvollen Quellen
FSC® C014496

Deutsche Erstausgabe
April 2013

Umschlaggestaltung: Eisele Grafik-Design, München, unter Verwendung der Fotos von NatUlrich (Katze) und Anna Subbotina (Sahne), Shutterstock
Daumenkino: Liana Tuchel Grafik-Design und Produktion, München
Satz: Kösel, Krugzell
Gesetzt aus der Scala
Druck und Bindung: GGP Media GmbH, Pößneck
Papier: Munken Print von Arctic Paper Munkedals AB, Schweden
Printed in Germany ISBN 978-3-492-25937-8

Widmung

Bitte nicht füttern – so lautet der Titel meines Buchs, und ich möchte es einer Frau widmen, die glücklicherweise genau das Gegenteil tut: der wunderbaren Janet, die es sich zur Lebensaufgabe gemacht hat, den Straßenhunden von Dahab zu helfen. Du bist ein Engel, Janet, Gott segne dich.

Janet's Wadi – Support The Street Dogs of Dahab: https://www.facebook.com/pages/Janets-Wadi-Support-The-Street-Dogs-of-Dahab/193680544003813

– 1 –

Einen Plan zu haben ist immer gut, oder? Eine ungefähre Vorstellung davon, wie das eigene Leben verlaufen soll und was man erreichen möchte. Wäre doch ziemlich unbefriedigend, ziellos durchs Leben zu schlendern und wie eine Pusteblume im Wind darauf zu hoffen, die Samen mögen eines Tages in fruchtbarer Erde landen und keimen.

Wie gesagt, eine ungefähre Vorstellung ist gut. Wogegen ein zu rigider, detaillierter Plan ziemlich schlecht sein kann. Wenn das Leben von der Wiege zum Grab generalstabsmäßig durchgeplant wäre, hätte man sicher gute Lust, diesen Generalplan in tausend Fitzel zu zerreißen und den planlosen Pusteblumensamen hinterherzuwerfen. Denn wenn man dem Schicksal ab und zu mal die Führung überlässt, kann das zu sehr angenehmen Überraschungen führen. Oder sind nicht die unerwarteten Eskapaden des Lebens bisweilen das, was das Leben erst lebenswert macht?

Und so kommt es, dass man immer mal wieder auf Leute trifft, deren Leben qua Geburt, eindeutigem Talent oder der Erwartungshaltungen anderer wie ein klar abgesteckter Pfad vor ihnen liegt, und die dennoch ausbrechen und eine andere Richtung einschlagen.

Wenn das die Definition von »rebellisch« ist, dann wäre Linda Rivera wohl als rebellisch zu bezeichnen. Zumindest wäre das ganz in ihrem Sinne.

Er neigte sich ihr so zu, wie man sich jemandem zuneigt, den man küssen möchte. In grauer Vorzeit hätte sie jetzt die Augen geschlossen, den Kopf in den Nacken gelegt, einladend ihre Lip-

pen geöffnet, auf dass er seine auf sie presste ... Aber jetzt wich sie nach hinten aus, ging auf Abstand und verpasste auf diese Weise seiner Libido eine – wie sie hoffte – unmissverständliche kalte Dusche.

Schmusen und knutschen war nämlich definitiv nicht die richtige Methode, um ihm klarzumachen, dass sie die gemeinsame Zeit zwar genossen hatte, aber trotzdem keine gemeinsame Zukunft vor sich sah. Leider.

Javier brauchte eine unmissverständliche Ansage, so viel stand fest.

Vielleicht ignorierte er ihre Signale ja mit Absicht, ging ihr durch den Kopf. Weil er bereits wusste, was sie sagen würde, und nicht wollte, dass sie es sagte.

Was für ein hochromantischer Abend!

Die Sonne Spaniens hatte an diesem Märztag so heiß vom Himmel gebrannt, als hätte sie sich in der Jahreszeit geirrt, bis schließlich die brütende Hitze einer schwülwarmen Abendluft gewichen war. Nun sangen die Zikaden, und der Vollmond tauchte die Landschaft in gespenstisches Licht.

Das perfekte Setting für die Begegnung zweier Liebender, abgerundet von den Düften und Schönheiten des Blumengartens ihrer Mutter und der leisen, vom Haus herüberwehenden Musik. Ganz sicher weniger perfekt für eine Trennung – aber wann sollte sie Javier denn sonst endlich sagen, dass sie ihre Beziehung beenden wollte? Warum musste er auch ausgerechnet heute so verdammt gut aussehen? Und so gut riechen? Sie hätte so einfach nachgeben und sich küssen lassen können – er küsste unverschämt gut.

Aber Javier war einfach zu intensiv – fast wie ein zu dick aufgetragenes Aftershave. Seit einem Jahr trafen sie sich unregelmäßig und unverbindlich, aber er gebärdete sich bereits wie ein typischer Spanier: Er war besitzergreifend. Als sei sie ein Objekt, das er sein Eigen nennen könnte. Dass ihre Familie ihn bereits wie einen Schwiegersohn behandelte, machte die Sache nicht gerade leichter für sie. Ihre Eltern hielten wahnsinnig große Stücke auf ihn – deutlich größere als sie selbst. Ihr Vater lud ihn zu jedem Männer-Event auf dem Weingut ein, damit die beiden sich besser kennenlernten ... Das lag mit Sicherheit auch daran, dass ihr älterer Bruder Balthazar den größten Teil der letzten anderthalb Jahre im Ausland verbracht hatte – Vater Antonio fehlte die Gesellschaft seines Sohnes. Doch Linda hatte den Verdacht, dass noch mehr dahintersteckte.

Als Linda Javier zum ersten Mal sah, fand sie ihn gnadenlos sexy. Als ihr Vater ihn zum ersten Mal sah, hörte er die Kasse klingeln.

Den Riveras gehörte nämlich eines der bekanntesten und produktivsten Weingüter Galiciens. Javier war der Sohn des Nachbarwinzers, der vierzigtausend Flaschen Wein im Jahr produzierte. Wenn die beiden Familien sich zusammentäten, könnten sie zwischen hundert- und hundertzwanzigtausend Flaschen im Jahr produzieren und beträchtliche Ländereien vorweisen.

Lindas Vater war ein kluger Kopf, der bereits über eine entsprechende Fusion nachdachte. Eine feste Verbindung zwischen Linda und Javier wäre in den zielstrebigen Augen der Riveras ein Geschenk des Winzerhimmels. Selbst ihre Mutter, die wesentlich weniger berechnend war, verweilte inzwischen beim Einkaufen vor den Hochzeitszeitschriften. Das hatte sie seit fünf Jahren nicht getan, nämlich seit ihre älteste Tochter Catalina mit nur dreiundzwanzig eine Hochzeit gefeiert hatte, die selbst die letzte der Royals in den Schatten gestellt hätte.

Wenn ihre Eltern wirklich glaubten, auch sie würde schon bald auf einen Altar zuschreiten, dann hatten sie sich mächtig geschnitten. Sie gönnte ihrer Schwester ihr Glück von Herzen, und Catalina war glücklich. Überglücklich sogar. Sie hatte einen attraktiven Mann, zwei kerngesunde Töchter, und sie tat alles, um einerseits die eigene Familie noch zu vergrößern und ande-

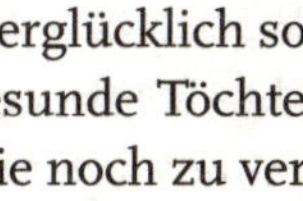

rerseits Seite an Seite mit ihrem Mann im Familienunternehmen mitzuarbeiten.

Aber das war es nicht, was Linda für sich wollte.

Sie hatte ganz andere Pläne.

Sie wollte die Welt entdecken.

Sie wollte reisen. Diese Leidenschaft hatte sie von ihrem französischen Großvater geerbt, der sie schon von klein auf mit seinen Geschichten aus fremden Ländern fasziniert hatte.

Ihre Lieblingsfächer in der ansonsten sterbenslangweiligen Schule waren Erdkunde und Sprachen gewesen. Ihr anschließendes Sprachenstudium hatte sie im Vorjahr mit Auszeichnung abgeschlossen und seither für ihren Vater gearbeitet und jeden Cent zur Seite gelegt. Parallel dazu hatte sie ihre Reiseroute geplant, sich im Internet die günstigsten Flüge und Backpacker-Hostels herausgesucht und über diverse soziale Netzwerke und Freunde von Freunden von Freunden einige vertrauenswürdige Anlaufstellen in fremden Gefilden gefunden.

Sie war durch und durch vorbereitet.

Nur eine winzige Kleinigkeit fehlte ihr noch, nämlich die Erlaubnis ihrer Eltern.

Kann das möglich sein? Eine junge Frau von dreiundzwanzig Jahren? Im einundzwanzigsten Jahrhundert? Sicher, aber ... So entzückend Antonio Rivera auch war, er war sehr altmodisch. Die Vorstellung, sein jüngstes Kind allein durch die Welt reisen zu lassen, war für ihn schier unerträglich, und darum hatte er seine Zustimmung zu diesem Abenteuer bisher standhaft verweigert.

Dabei war Linda doch die Jüngste! Sie hatte wirklich erwartet, es bei ihrem gütigen, aber doch recht autoritären Vater leichter zu haben als ihre Geschwister. Aber aus irgendeinem unerfindlichen Grund erwachte bei ihm jetzt offenbar noch einmal sein Beschützerinstinkt. Ihre Mutter nannte sie tatsächlich und peinlicherweise immer noch »Kleines«! Am liebsten würde Linda bei solchen Gelegenheiten laut aufschreien und ins nächste Flugzeug hüpfen.

Aber sie hatte großen Respekt vor ihren Eltern und wollte nicht ohne ihr Einverständnis aufbrechen. Zunächst beschloss sie also, für eine Weile im Familienunternehmen mitzuarbeiten, und machte damit ihren Eltern eine große Freude. Gleichzeitig betete sie für ein Wunder, das die mittelalterlichen Ansichten ihrer Eltern beenden und sie selbst in eine Welt der ungeahnten Möglichkeiten katapultieren würde.

In eine Welt voller Überraschungen, kribbelnder Aufregung und neuer Erfahrungen.

In eine Welt ohne Javier.

Ohne den Javier, der sich gerade völlig unbeeindruckt zeigte von Lindas mangelnder Kussbegeisterung und der sein Vorhaben beharrlich weiterverfolgte.

In diesem Moment kamen ihr die konservativen Ansichten ihres Vaters ausnahmsweise mal sehr gelegen.

Antonio hatte seine Tochter und den jungen Mann im Garten gesehen. Die Absichten des jungen Mannes standen ihm förmlich ins Gesicht geschrieben, weshalb Antonio einen kleinen Spaziergang über die Ländereien unternahm und sich an der rechten Stelle kurz, aber unmissverständlich räusperte. Javier ließ von Linda ab und richtete seine Aufmerksamkeit auf den eleganten Herrn, der ihn aus seinen kohlschwarzen Augen warnend ansah.

»Es ist schon spät, Linda.« Antonio Rivera richtete diese Information zwar an seine Tochter, meinte damit aber genauso deren Verehrer. »War ein anstrengender Tag heute, und morgen haben wir auch wieder viel zu tun.«

»Natürlich, Papá.«

»Gute Nacht, Javier.« Antonios Stimme war freundlich, der Blick, mit dem er den jungen Mann bedachte, scharf. Offenbar

hoffte Javier auf ein paar ungestörte Sekunden und einen Gutenachtkuss.

»Gute Nacht, Señor.«

Javier Cortez' Enttäuschung war genauso wenig zu übersehen wie sein sehnsuchtsvoller Blick auf Lindas zartroten Mund. Er warf ihr eine Kusshand zu.

»Bis morgen«, hauchte er.

»Bis morgen«, seufzte Linda in sich hinein. Morgen würde sie einen weiteren Versuch starten und ihm endlich zu verstehen geben, dass ... Auch wenn sie dafür die Samthandschuhe ausziehen und mit der Vorschlaghammermethode vorgehen müsste.

Oder sollte sie besser vorgeben, ins Kloster gehen zu wollen? Sie könnte Ordenstracht und Rosenkranz anlegen, sich von allen verabschieden und dann das Kloster durch die Hintertür wieder verlassen und zum Flughafen düsen.

Lindas zweite Schwester Inez wartete vor Lindas Zimmer auf sie.

Sie hatte sie vom Fenster aus beobachtet.

»Erstaunlich, dass Papá euch nicht ordentlich Gute Nacht sagen lässt, wo er doch gerne so schnell wie möglich achttausend Enkelkinder hätte ...«, grinste sie.

»Ich wollte gar nicht Gute Nacht sagen.« Seufzend ließ sich Linda aufs Bett sinken und zog die Schuhe aus. »Ich wollte mich von ihm verabschieden.«

»Verabschieden?«

»Ja, verabschieden. Goodbye! Auf Nimmerwiedersehen! Farvel! Adios, muchacho!«

»Das ist nicht dein Ernst! Wieso willst du denn so grausam sein?«

»Grausam? Ich möchte ihm einen Gefallen tun!«

»Einen Gefallen ...?!?«

»Ja! Er will eine feste Beziehung ...«

»Oh mein Gott! Ein Mann, der sich binden will!« Mit einem entsetzten Quieken schlug Inez die Hände vors Gesicht. »Du Ärmste! Und das passiert ausgerechnet dir! Ein Mann, der es ernst mit dir meint! Das ist ja schrecklich!!«

»Brauchst mich gar nicht so zu veräppeln, Schwesterherz. Du weißt genau, dass ich noch nicht so weit bin. Ich möchte erst mal was von der Welt sehen ...«

»Ich glaube nicht, dass Javier der Einzige ist, der versuchen wird, das zu verhindern.« Sie warf einen eindeutigen Blick in Richtung Elternschlafzimmer. »Ich könnte mir vorstellen, dass es da noch einen Herrn gibt, der zu deinem Plan, allein in die Welt hinauszuspazieren, ein paar Takte zu sagen hätte.«

»Ich möchte reisen, Inez. Nur reisen. Wie Hunderte, ach was, Tausende anderer Mädchen in meinem Alter auch.« Ihre Miene erhellte sich. »Hey, komm doch mit! Wenn wir zusammen losziehen, findet er es bestimmt gar nicht so schlimm!«

Doch Inez schüttelte bereits den Kopf.

»Nur, weil du es hier nicht mehr aushältst, liebes Schwesterherz, heißt das noch lange nicht, dass auch ich von hier wegwill. Im Gegenteil. Ich habe eine Arbeit, die mir Spaß macht und gut bezahlt ist, ich wohne ganz hervorragend und muss selbst mit fünfundzwanzig noch keine Miete zahlen, und ich habe alle meine Lieben um mich herum. Mir könnte es nicht besser gehen. Es sei denn, du wolltest vielleicht deinen Javier an mich abtreten, das wäre dann das i-Tüpfelchen ... Ich versteh wirklich nicht, dass du ihn loswerden willst, Linda. Der Typ ist doch großartig!«

»Findest du?«

»Aber hallo.«

»Kannst ihn haben. Ist mein Abschiedsgeschenk für dich.«

»Wenn es doch nur so einfach wäre.« Seufzend legte sich Inez auf das Bett ihrer Schwester und fing an zu träumen.

»Wenn man die Gefühle eines Menschen so einfach in eine Schachtel packen, eine Schleife drumbinden und in das Herz eines anderen legen könnte.«

»Na ja ...« Linda dachte nach. »Mir geht gerade so durch den Kopf ... Vielleicht könnten wir beide uns gegenseitig zu genau dem verhelfen, was unser Herz begehrt ...«

Inez riss die Augen auf und setzte sich abrupt wieder auf.

»Und wie soll das gehen?«

»Na ja. Papá hört doch auf dich. Ständig sagt er, dass du die Vernünftigere von uns beiden bist. Wenn du mir dabei hilfst, Papá davon zu überzeugen, dass es kein Weltuntergang wäre, wenn ich ein Jahr lang reise, dann könnte ich Javier vielleicht mal darauf hinweisen, wie ähnlich wir beide uns in Wirklichkeit sind. Und dass er sämtliche Eigenschaften, die er an mir so liebenswert findet, auch bei dir finden wird – mit einem für sein eigenes Glück ganz entscheidenden Unterschied ...«

»Nämlich?«

»Dass du ihn haben willst und ich nicht.«

Inez' Mundwinkel zuckten nach oben. »Ja, doch, in der Tat. Das ist ein entscheidender Unterschied. Der arme Javier. Jetzt sitzen wir hier und verschachern sein Herz ...«

»Heißt das, du schlägst ein?« Linda streckte die Hand aus.

Inez dachte an Javiers große dunkle Augen und seinen schönen Mund.

Dann schlug sie ein.

– 2 –

Es war ein kulinarisches Meisterwerk: das Soufflé aus vier Käsesorten.

Wunderschön und golden zuckte es, als sei es lebendig, und dampfte so aromatisch, dass jedem im Umkreis von zehn Meilen das Wasser im Mund zusammenlaufen musste. Rory hatte das Rezept schon zweimal recht erfolglos ausprobiert, doch in diesem dritten Anlauf war es ihm so gut gelungen, dass er vor Glück hätte heulen mögen.

Das Telefon klingelte, und Rory verließ kurz die Küche, um eine Tischreservierung entgegenzunehmen. Wieder zurück musste er mit ansehen, wie Monty in seiner dreckigen Jeans und seinen verschlammten Gummistiefeln auf der blitzeblanken Aluminiumarbeitsfläche saß und das kulinarische Meisterwerk mit einem großen Holzlöffel in sich hineinschaufelte.

»Raus aus meiner Küche! Raus hier, bevor ich dich umlege, am Spieß brate und als Armleuchter des Tages serviere!«, bellte er.

»Ich wünsche dir auch einen guten Morgen, mein begnadeter Freund«, strahlte Monty ihn an und ließ sich überhaupt nicht aus der Ruhe bringen. »Grandios, kann ich nur sagen.« Mit dem Holzlöffel zeigte er auf das, was vom Soufflé übrig war.

Rory blickte auf die kümmerlichen Überreste. Beobachtete, wie Monty den Holzlöffel noch einmal in die Schüssel und anschließend in seinen Mund schob, wobei er selig die Augen schloss.

Monty machte die Augen wieder auf und grinste immer breiter.

»Elf von zehn Punkten, würde ich sagen. Das beste Käseomelett, das ich je gegessen habe«, schmatzte er dann.

»Du kannst von Glück reden, dass wir uns schon so lange kennen, mein Lieber. Jeder andere hätte jetzt Bekanntschaft mit meinem schärfsten Küchenmesser gemacht.«

»Und du kannst von Glück reden, dass ich dein bester Freund bin ... Wer sonst sollte dich ab und zu daran erinnern, dass selbst die genialsten, kreativsten Schlemmereien letztlich nur dazu da sind, undankbare Gierschlünde wie mich zu füttern?«

Er schickte den Jagdhundblick seiner blauen Augen auf die Suche nach einem geeigneten Dessert und ließ entzückt die Augenbrauen hochschnellen, als er ein noch warm dampfendes Blech mit Schokoladen-Feigen-Fondant entdeckte.

»Untersteh dich«, warnte Rory ihn. »Das ist für heute Abend.«

Da klingelte das Telefon schon wieder.

Rory zögerte, ließ den Blick wandern: vom Dessert zu Monty mit dem Holzlöffel, zum Telefon im Empfangsbereich und wieder zum Dessert. Zum Schluss sah er Monty scharf an.

Monty legte den Löffel hin und zuckte ergeben die Achseln.

»Nun geh schon dran«, forderte er seinen Freund auf, »ich verspreche dir, dass ich dein Dessert nicht anrühren werde ...«

Rory zögerte immer noch, stürzte dann aber aus der Küche und ans Telefon, bevor der Anrufbeantworter ansprang.

Monty kicherte und nahm den Löffel wieder in die Hand.

»... solange du in der Küche bist.«

»Cockleshell Inn«, japste Rory ins Telefon. »Was kann ich für Sie tun?«

»Hallo, Rory, altes Haus! Na, alles fit im Schritt?«

Rory brauchte einige Sekunden, bis er die Stimme am anderen Ende erkannt und einem Gesicht zugeordnet hatte. Als er so weit war, bereute er es, dieses Telefonat nicht dem Anrufbeantworter überlassen zu haben.

»Freddie McCormack ...«

»Höchstpersönlich.«

Rory unterdrückte einen Seufzer.

Eigentlich hatte Rory gar nichts gegen Freddie. Nur die Anlässe für seine Anrufe waren meist nicht nach seinem Geschmack.

»Was kann ich für dich tun, Freddie?«, fragte Rory vorsichtig.

Freddie lachte.

»Du meinst, ich will etwas von dir? Also wirklich, Trevelyan, du alter Zyniker! Vielleicht rufe ich ja einfach nur mal so an, um zu hören, wie's dir geht!«

»Okay. Mir geht's gut. Und jetzt?«

Betretenes Schweigen.

»Na, prima! Freut mich!«, beeilte sich McCormack zu sagen. »Wunderbar! Allerdings muss ich gestehen, dass ich doch auch noch ein Anliegen habe …«

Seit mehr als sechs Jahren war Rory Trevelyan nun schon Mitinhaber und Chefkoch des Cockleshell Inn, einem typisch kornischen Pub mit niedriger Balkendecke, Steinfußboden, offenen Kaminen und einer Terrasse mit Blick über die Mündung des Quinn. Seit Generationen befand sich der Pub in der Hand seiner Familie, stets war er an den ältesten Sohn weitergegeben worden. Rory war mit achtzehn, gleich nach der Schule, in das Geschäft des Vaters eingestiegen.

Rorys Mutter Elizabeth war an Krebs gestorben, als ihr einziger Sohn zehn Jahre alt war. Sein Vater Frank hatte den Verlust seiner lebhaften Frau nie richtig verwunden und sich dreizehn Jahre später in eine Beziehung mit einer deutlich jüngeren spanischen Touristin gestürzt, diese nach nur drei Wochen geheiratet und sich dann mit ihr auf die Balearen verzogen. Rory, damals dreiundzwanzig, tat alles, um das nicht gerade glänzend laufende Geschäft und damit sein Zuhause zu retten.

Er war seinem Vater nicht böse. Schließlich hatte sein alter Herr das Lokal auch nur deshalb von seinem Vater übernom-

men, weil er der älteste Sohn war. Wenn es nach Frank gegangen wäre, hätte er die große weite Welt erkundet. Er wollte nicht sein Leben lang in seinem Geburtsort versauern. Doch dann traf er die wunderbare Elizabeth, und mit ihr an seiner Seite ertrug er die Sesshaftigkeit. Als sie starb, war es die Sorge um seinen Sohn, die ihn bei der Stange hielt. Und dann war Consuela mit den feurigen spanischen Augen und einem koketten Lächeln aufgekreuzt und hatte aus dem vernünftigen Witwer und Vater im Handumdrehen einen liebestollen Mittvierziger gemacht.

Rory fand das klasse. In seinen Augen war es höchste Zeit, dass sein Vater auch mal an sich dachte und das Leben genoss. Solange er denken konnte, hatte sein Vater sich immer nur um andere gekümmert und nie auch nur einen einzigen freien Tag gehabt. Die Geschäfte liefen nie besonders gut, es kam gerade genug zum Leben dabei herum. Das Cockleshell Inn wurde in erster Linie von Touristen getragen, die im Sommer das pittoreske Hafenstädtchen besuchten und im Pub die großartige Aussicht, die urige Atmosphäre, kornisches Bier und günstiges Essen genossen.

Als sein Vater mit der frisch angetrauten Spanierin in sonnigere Breiten entschwand, wurde Rory gewissermaßen ins kalte Wasser geworfen. Er hatte immer nur an der Theke gestanden, während sein Vater in der reichlich chaotischen Küche Shepherds Pies und belegte Brote gezaubert hatte. Kaum war Frank weg, heuerte Rory Monty als Barkeeper an und machte sich selbst in der Küche ans Werk. Ihm war dabei so bange wie einem Nichtschwimmer bei der Durchquerung des Ärmelkanals.

Er hatte keine Ahnung, womit er anfangen sollte, und schaltete einfach mal den Ofen ein. Dann lehnte er sich mit dem Rücken dagegen und genoss die Wärme. Als er es nicht mehr länger aushielt, nichts zu tun, atmete er einmal tief durch, marschierte auf den Industriekühlschrank zu, nahm alles heraus, was noch nicht das Verfallsdatum überschritten hatte, und fing an zu experimentieren.

Das hätte verdammt schiefgehen können.

Aber Rory hatte Glück.

Als hätte er sechs Richtige im Lotto.

Oder einen multiplen Orgasmus.

Einen Moment purer Glückseligkeit.

Wie die Begegnung mit einem Menschen, die einem klarmacht, dass alles, was man bisher für Liebe gehalten hatte, nur ein Flattern des Herzens gewesen war.

Rory Trevelyan, der bisher immer nur Eier gekocht und Bohnen auf Toast warm gemacht hatte, stand bis zum Zerplatzen nervös in dieser alten, zusammengewürfelten Küche und machte eine Entdeckung, die sein Leben verändern sollte.

Rory konnte nicht einfach nur kochen. Rory konnte göttlich kochen.

Er war ein Naturtalent.

Er zauberte mit Essen. Ganz ohne Anleitung.

Monty sagte immer, er sei wie ein mit dem absoluten Gehör geborener autodidaktischer Musiker.

Rorys Geschmacksnerven waren so fein ausgebildet wie der Geruchssinn eines Trüffelschweins. Jedes einzelne Gericht, das von jenem Tag an die Küche des Cockleshell Inn verließ, war perfekt gegart und gewürzt. Fades, zerkochtes Essen gehörte der Vergangenheit an – ab sofort schmeckte alles schlichtweg köstlich.

Rorys Kochtalent bewahrte den Pub vor der Pleite.

Seine exquisite Küche sprach sich herum, und schon bald waren die drei Räume so gut wie jeden Abend bis auf den letzten Platz besetzt.

Und dann war diese amerikanische Filmcrew aufgekreuzt, die das pittoreske alte Hafenstädtchen als einen der Drehorte für einen Blockbuster ausgesucht hatte. Ihr Cateringbus hatte eine

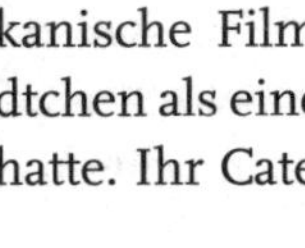

Panne gehabt, weshalb sich alle im Cockleshell Inn zum Mittagessen eingefunden hatten.

Die Truppe trank kornischen Cider, als handele es sich dabei um Gottes Nektar, und Rory hatte alle Hände voll damit zu tun, einen Teller nach dem anderen anzurichten: sachte gebratenen Schweinebauch mit glasiertem Rotkohl, Meeresfrüchte-Lasagne mit Feldsalat und Radicchio und Hühnerbalottins mit Pastinakenchips. Darum fiel ihm auch gar nicht weiter auf, dass zu der lautstarken, die Hälfte aller Tische belagernden Truppe einige der größten Hollywoodstars gehörten. Er war einfach nur genervt von ihrer prahlerischen, selbstverliebten Attitüde. Die Komplimente zum Essen versöhnten ihn zwar kurzfristig, gingen ihm dann aber irgendwann entschieden zu weit.

Er machte drei Kreuze, als sie alle wieder weg waren.

Und hätte am liebsten die Flucht ergriffen, als die gesamte Mannschaft am nächsten Tag wieder auf der Matte stand. Und am übernächsten. Und am überübernächsten. De facto kehrte die Crew fortan jeden Tag zum Essen bei Rory ein, bis die Dreharbeiten in Cornwall beziehungsweise Großbritannien abgeschlossen waren. Und die Filmleute wurden nicht müde, jedem, der es hören wollte oder auch nicht (bei der Lautstärke, mit der diese Leute redeten, vor allem Letzteres), zu erklären, das Cockleshell Inn sei der absolute Geheimtipp in Cornwall.

Wo Stars sich bewegen, sind auch Paparazzi nicht weit. Und wenn Cornwalls absoluter Geheimtipp erst in sämtlichen Zeitungen steht, ist er natürlich kein Geheimtipp mehr.

Dass Rory noch dazu sogar besser aussah als der verdammt attraktive Hauptdarsteller im bereits erwähnten Blockbuster, trug auch nicht gerade zur Geheimhaltung bei.

Die Paparazzi wollten nämlich schon bald nicht mehr nur Rorys prominente Gäste ablichten, sondern den Koch selbst. Jenen Mann, nach dessen Seelachs und Bœuf bourguignon sich Top-Promis die Finger leckten.

Rory reagierte darauf, in dem er sich versteckte.

Was ihn natürlich nur noch interessanter machte.

Man verpasste ihm den Spitznamen »Geheimkoch« und er wurde immer berühmter, je mehr er sich dagegen sträubte.

Der Rest des verschlafenen Hafenstädtchens hatte nichts dagegen, denn Rorys Ruhm und der neue Nimbus des Cockleshell Inn sorgten dafür, dass Quinn aus seinem Dornröschenschlaf erwachte. Plötzlich erwarben die Schönen und Reichen hier Ferienhäuser und es eröffneten weitere Restaurants sowie Designerläden von Armani bis Yves Saint Laurent. Schicke Bioläden verkauften Honig aus dem Umland, den man beim Bauern für sechs Pfund bekam, für fünfzehn Pfund das Glas, und das, ohne mit der Wimper zu zucken.

Quinn wurde zum Mekka des Jetsets an der südwestenglischen Küste.

Und Rory war sein Mohammed wider Willen.

Freddie McCormack hatte seinerzeit für die Filmfirma gearbeitet, die Rorys Leben so nachhaltig verändert hatte. Später fing er dann an, verschiedene Shows fürs Regionalfernsehen zu produzieren, und rief immer wieder an, um Rory auf den Bildschirm zu locken.

Rory ging dann meistens nicht ans Telefon, was Freddie wiederum ziemlich frustrierte, denn er wusste schließlich, dass ein einziger Auftritt des Geheimkochs in einer seiner Kochshows die Einschaltquoten explodieren und die Chance auf illustre weibliche Gäste rasant steigen ließe.

Darum gab Freddie auch nicht auf und versuchte es immer wieder.

Heute ging es allerdings um etwas mehr als nur einen Auftritt in einer Show.

Freddie war befördert worden. Endlich. Er hatte sich, wie er sagte, »den Arsch aufgerissen« für diese Beförderung.

Ein Ergebnis dieses Aufstiegs war, dass Freddie derzeit die Verantwortung für die große Prime-Time-Realityshow des Senders trug, nämlich *England sucht den Superkoch*. Das Ganze war ein Kochwettbewerb, bei dem Promis verschiedenster Couleur aus aller Welt gegeneinander antraten, um am Schluss zum besten Koch-Promi gekürt zu werden. Ein ganz simples, aber beliebtes Format, das bereits in unzählige Länder von Abchasien bis nach Zypern verkauft worden war.

Die Sendung lief nun schon im dritten Jahr, moderiert von Tony Trent, einst selbst Koch, und seinem Assistenten George Vasiliki. Jedes Jahr verwandelte sie die Küche eines anderen britischen Promi-Kochs in ein Set.

Freddie war überglücklich gewesen, seinen Einstand als Produzent für diese Show damit feiern zu können, dass der weltberühmte Graham Stark seine Hightechküche im Starkers on the Beach als Kochstudio zur Verfügung stellte, doch dann hatte Stark nur drei Wochen vor Drehbeginn einen Rückzieher gemacht.

Freddie war verzweifelt.

Er wusste, dass Rory keine Lust auf Publicity hatte. Dass er einfach nur in seiner Küche stehen und kochen wollte. Aber es waren Gerüchte in Umlauf, Rory habe soeben seine kompletten Ersparnisse und noch mehr in ein gewagtes Projekt gesteckt: Er habe ein altes Bootshaus in Quinn zu einer Kochschule umbauen lassen.

In dieser Kochschule sollten aber nicht etwa wohlhabende gelangweilte Hausfrauen lernen, wie sie ihr Beef Wellington noch eine Spur besser machen konnten als ihre Nachbarin. Nein, in dieser Kochschule sollten Jugendliche aus schwierigem sozialem Umfeld eine Chance für ein besseres Leben erhalten.

Tüchtige Handwerker hatten auf wundersame Weise dafür gesorgt, dass die Kochschule schon Monate vor dem vereinbarten Termin fertig war. Und nun stand sie bis zu ihrer Eröffnung im September mehr oder weniger nutzlos herum.

Freddie fasste sich kurz, was seine Erklärungen anging, und führte stattdessen seine flehentlichen Bitten ein wenig aus.

»Ich bin absolut verzweifelt, Mann. Die Dreharbeiten sollen in der zweiten Aprilwoche losgehen ...«

»Und da kümmerst du dich erst jetzt um ein Set?«

»Also, eigentlich sollten wir bei Graham Stark drehen, aber seine Frau hat uns einen Strich durch die Rechnung gemacht. Ich will jetzt nicht ins Detail gehen ... Graham hat sich in letzter Zeit wohl ein bisschen danebenbenommen und seine Frau hat keine Lust, lauter sexy Fernsehsternchen in ihrem Restaurant rumrennen zu haben ...«

Ja, Freddie war auch ein ganz entsetzliches Klatschmaul. Ungefähr so diskret wie eine Leuchtreklame.

»Das heißt, ich bin noch nicht mal erste Wahl?«

»Du wärst natürlich meine erste Wahl gewesen, Junge, aber ich kenn dich doch, ich wusste, dass du Nein sagen würdest ...«

»Es würde dich jetzt also nicht überraschen, wenn ich Nein sage?«

»Bitte nicht ... Überleg doch mal! Das wäre super Publicity!«

»Na, dann auf jeden Fall nein.«

Freddie stöhnte. Falsche Strategie.

»Gut, okay, vergiss das mit der Publicity, obwohl ich davon ausgehe, dass dir ein paar liquide Mittel für das ganze Vorhaben nicht schaden könnten. Und wie du weißt, ist das Fernsehen ein probates Mittel, um an die Wohltäter dieser Welt heranzukommen. Also denk doch einfach mal ans Geld, Rory. Ich sag's wirklich ungern, aber ... Du bestimmst den Preis ... Sag, wie viel du dafür haben willst, und du bekommst es.«

Für den Erhalt und Umbau der Gebäude, die sich seit Generationen in den Händen der Trevelyans befanden, war Rory ganz alleine aufgekommen. Die Kurse, die dort stattfinden sollten,

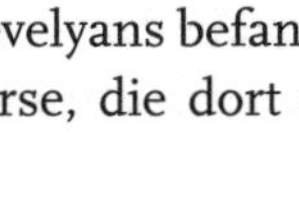

wurden dankenswerterweise von öffentlichen Mitteln finanziert.

Rory schüttelte den Kopf.

»Ich glaube nicht, Freddie ...«

»Ach, komm schon, Rory, bitte! Du würdest mir das Leben retten!«

»Tut mir leid. Nein.«

»Natürlich brauchst du Zeit zum Nachdenken, dafür habe ich vollstes Verständnis ...«

»Ich brauche keine Zeit zum Nachdenken. Ich habe dir bereits geantwortet«, beharrte Rory, doch auf dem Ohr war Freddie taub.

»Ich lass dich jetzt erst mal in Ruhe. Schlaf drüber und morgen ruf ich dich dann wieder an ...«

»Vergiss es, Freddie. Ich habe mich entschieden. Die Antwort lautet –«

Doch bevor er das »Nein« aussprechen konnte, war schon nur noch Tuten in der Leitung.

Der penetrante Producer hatte aufgelegt.

»Dieser Scheißkerl!«, fluchte Rory leise.

Jetzt hatte er nämlich ein schlechtes Gewissen, denn Freddie war im Grunde seines Herzens ja ein guter Mensch.

Rory mochte ihn.

Und jetzt würden sein Helfersyndrom und sein Verlangen nach Anonymität sich heftige Kämpfe liefern. Rory würde eine schlaflose Nacht verbringen. Er würde es sich zigmal hin und her überlegen. Und am Schluss würde ihm der Mumm fehlen, zu seinem ursprünglichen Nein zu stehen. Die Sache würde ihm keine Ruhe lassen.

Das glaubte er aber auch nur, weil er noch nicht wusste, was ihn außer einem leer gefutterten Fudge-Blech in seiner Küche erwartete ...

Als er in seine Domäne zurückkehrte, saßen dort inzwischen

zwei mit Holzlöffeln bewaffnete Dessertdiebe auf der blitzblanken Arbeitsfläche und taten sich an der Schokomasse gütlich.

Rorys Unterkiefer klappte herunter.

Aber nicht, weil Monty bereits mehr von dem Nachtisch verdrückt hatte als jeder normale Mensch an einem ganzen Tag vertragen könnte. Nein, Rorys Erstaunen galt seinem Komplizen.

»Dad?«, keuchte er überrascht. »Was machst du denn hier?«

– 3 –

Frank fasste sich kurz.

»Sie hat mich verlassen.«

Mehr brauchte er nicht zu sagen.

Rorys Umarmung zur Begrüßung fiel deutlich inniger und länger aus als sonst.

»Ach, Dad. Das tut mir leid.«

Der bestimmt nicht für seine diplomatische Art bekannte Monty lächelte dem älteren Mann kurz mitfühlend zu, rutschte dann von der Arbeitsfläche und verduftete in die Gaststube.

Den Schokoladennachtisch nahm er mit. Und den Löffel.

Frank zuckte die Achseln.

»Mach dir keine Sorgen, Junge. Ich habe es kommen sehen. Es ist schon eine ganze Weile nicht mehr gut gelaufen ... Wir waren nicht glücklich ... War ja eigentlich abzusehen ... Ich habe schon Zeit gehabt, mich an die neue Situation zu gewöhnen ... Und ich kann sagen, dass ich nicht am Boden zerstört bin – was wiederum irgendwie traurig ist, oder? Da ist aber etwas anderes ...« Er hielt kurz inne. »Also, da ist etwas, was die Trennung etwas kompliziert macht.«

Er zeigte auf die Tür mit der Aufschrift »Privat«.

Fragend sah Rory ihn an.

»Komm, ich zeig's dir ...« Frank ging Rory voran auf die Tür zu, sie stiegen die dahinter liegende Treppe hinauf, vorbei an den Büroräumen im ersten Stock und bis zu Rorys großzügiger Dreizimmerwohnung im zweiten.

Dort, in Franks ehemaligem Zimmer, das jetzt als Gästezimmer diente, lag etwas – oder vielmehr jemand – zusammengekauert auf dem großen Bett.

Ein kleiner, dunkelhäutiger Junge mit krausem Haar. Seine Wangen waren fleckig von Tränen. Er schlief tief und fest.

Wieder sah Rory seinen Vater fragend an.

Frank lächelte sanft.

»Das ist Sydney.«

»Ist das deiner?«

»Ach, so ein Quatsch, Rory! In uns fließt seit acht Generationen pures Cornwall-Blut! Außerdem ist der Junge sieben und Consuela und ich sind erst seit sechs Jahren zusammen. Waren, meine ich.«

»Und sie hat einen Sohn ...« Rory staunte. Wie hatten sie das so lange vor ihm verbergen können? »Das hast du nie erwähnt ...«

»Ganz einfach, weil ich es auch erst vor zwei Monaten erfahren habe. Bis dahin hat er bei seiner Großmutter in Barcelona gelebt. Die ist jetzt aber gestorben, und darum ist er zu uns gekommen.«

»Und Consuela hat dir nie von ihm erzählt?«

»Kein Sterbenswort. Auf einmal ist sie für zwei, drei Tage verschwunden – was in den letzten beiden Jahren übrigens öfter mal vorkam – und kehrte dann mit dem Jungen hier zurück.«

»Und wieso ist er jetzt bei dir?«

»Weil sie, als sie mich verließ, auch ihn verließ.« Im Flüsterton sprach Frank weiter. »Sie hat ihn nie gewollt. Der arme Racker ...« Sydney rührte sich im Schlaf und Frank eilte zu ihm und legte ihm eine Hand auf den Rücken. »Aber ehrlich gesagt bin ich froh darüber. Es hätte mir das Herz gebrochen, wenn sie ihn mitgenommen hätte. Ich weiß, ich kenne ihn erst seit zwei Monaten, aber er ist ein so toller Junge ... Hat sich hier schon ganz schön breitgemacht.« Frank tippte sich links auf die Brust, wo sein Herz saß. »Dass sie mich verlassen hat, kann ich ja verstehen, Rory. Ich weiß, dass ich nicht einfach bin. Außerdem bin

ich doppelt so alt wie sie und möchte abends lieber mit einem Glas Rotwein zu Hause sitzen, statt wie sie bis zum Morgengrauen irgendwo zu tanzen. Aber wie sie den Jungen so im Stich lassen kann, ist mir ein Rätsel.«

»Wo ist sein Vater?«

»Das weiß sie angeblich nicht. War wohl ein One-Night-Stand. Auf irgendeiner ihrer vielen Reisen.«

»Ach. Wahrscheinlich in Australien?«

»Woher weißt du das?« Frank lächelte, doch dann sah er seinen Sohn ernst an. Er fasste ihn beim Ellbogen und bugsierte ihn Richtung Tür.

»Die Sache ist die, Rory: Er hat niemanden außer mir. Und ich möchte, dass er bei mir bleibt. Für immer.«

Rory hatte das Gefühl, dass sein Vater ihm noch irgendetwas verheimlichte.

»Dad. Er ist nicht dein Sohn. Er hat die meiste Zeit bei seiner Großmutter gelebt und ist erst vor zwei Monaten zu euch gekommen. Seine Mutter ist zweifelsfrei seine Mutter, aber ... Also, was ich sagen will, ist: Ich vermute, du hast keinerlei rechtlichen Anspruch auf das Kind.«

»Du vermutest ganz richtig.« Seufzend nickte Frank. »Aber Consuela hat mich letzte Woche angerufen und ... Also, um es kurz zu machen, sie hat gesagt, ich kann ihn behalten. Sie wird mich offiziell als Vater angeben, wenn sie dafür alles andere behalten darf.«

»Alles andere?«

»Na ja, so viel ist das ja auch wieder nicht, aber sie will alle unsere Ersparnisse und die Wohnung ...«

»Und wie geht es dir damit?«

Frank zuckte die Achseln.

»Ich hab eh genug von Ibiza ... Und die Wohnung hat mir auch nie richtig gut gefallen.«

»Du kommst also zurück nach Quinn. Und was sonst noch?«

»Woher weißt du, dass da sonst noch was ist?«

»Dad. Wir reden von Consuela. Da war immer noch irgendwas.«

Frank verdrehte die Augen und nickte. Er kaute kurz an seinem Daumennagel und sah seinen Sohn dann betreten an.

»Sie will Geld, Rory. Cool Cash.«

»Sie will ihn dir *verkaufen*? Das gibt's doch gar nicht! Ich fasse es nicht!«

»Ich weiß, Rory, ich weiß, aber was soll ich denn machen? Wenn er nicht bei mir bleiben kann – was wird dann aus ihm? Sie will ihn nicht. Wem wird sie ihn als Nächstes anbieten?«

»Wie viel?«

Frank zögerte.

»Dad. Wie viel?«

»Fünfzig Riesen«, spuckte Frank aus.

»Fünfzigtausend Pfund?«, platzte es aus Rory heraus. Sydney bewegte sich im Schlaf. Rory dämpfte die Stimme: »Fünfzigtausend Pfund?«

»Ich weiß, es ist verrückt. Und ich weiß, dass es falsch ist, durch und durch. Dass es einer Erpressung gleichkommt. Aber ich habe die Sache jetzt schon so oft durchdacht und komme immer wieder zum gleichen Ergebnis: Wenn ich nicht tue, was sie sagt, wird das für Sydney schreckliche Konsequenzen haben ... Ich *will* nicht tun, was sie sagt, Rory ... aber ich muss ... Es bleibt mir nichts anderes übrig.«

Rory empfand Abscheu, nickte aber verständnisvoll.

Frank ließ den Kopf hängen, er konnte seinem Sohn nicht in die Augen sehen.

»Das Problem ist nur, alles, was ich jetzt noch an Vermögen habe ...«

»... ist dein Anteil am Cockleshell Inn«, beendete Rory den Satz für ihn. »Dad. Du weißt, dass ich gerade jeden Penny, den ich habe, in die Kochschule investiert habe ... Die Bank würde

uns im Moment nicht mal fünfzig Pence leihen, geschweige denn fünfzig Riesen.«

Frank nickte.

»Das weiß ich doch. Und ich weiß auch, dass ich eigentlich gar keinen Anspruch darauf habe. Der Pub war so gut wie gar nichts wert, als ich ihn dir überließ, und ich würde dich doch auch niemals fragen, wenn nicht …« Frank hielt inne. Seine Stimme hatte angefangen zu beben, seine blauen Augen füllten sich mit Tränen.

Tröstend legte Rory seinem Vater die Hand auf den Arm.

»Ist schon gut, Dad. Ich versteh dich ja. Und in meinen Augen sind wir auch immer noch gleichberechtigte Partner. Fifty-fifty. Ich sage nicht Nein, aber … Ich muss drüber nachdenken. Mir wird schon eine Lösung einfallen.«

Frank schluckte, lächelte dankbar und schwach und sah besorgt zu dem kleinen Jungen, als dieser kurz im Schlaf aufschrie. Er drehte sich ein paarmal hin und her und schlief dann wieder fest ein.

»Der Arme. Schläft schon seit Santander. War wohl alles ein bisschen viel für ihn.«

»Santander?« Rory runzelte die Stirn. Soweit er wusste, führte der Weg von Ibiza nach England alles andere als zwingend über die nordspanische Hafenstadt. »Was habt ihr denn da gemacht, Dad?« Und dann fiel es ihm wie Schuppen von den Augen. »Warte. Er ist nicht dein Sohn und er ist erst seit zwei Monaten bei euch … Dad? Hat Sydney überhaupt einen Pass?«

Frank verzog das Gesicht und schüttelte den Kopf.

»Und wie hast du ihn dann außer Landes bekommen?«

Reumütig sah sein Vater ihn an.

»Na ja. Da hat mir jemand geholfen. Jemand, der mir noch einen Gefallen schuldete …«

Zwei Meilen flussaufwärts glitten der Fischer Barry Tregenna und sein Kumpel Nigel Tabb mit ihrem Motorboot, einer Merry Fisher namens *Jolly Good Booze*, unter der Eisenbahnbrücke hindurch zu dem kleinen Anleger der Einheimischen.

Sie waren so leise wie irgend möglich und fielen vor Schreck fast ins Wasser, als eine laute, freundliche Stimme ihnen vom Pub aus zurief: »Na, Jungs, alles klar? Was gefangen?«

Dudley Dooley, der Wirt des Fisherman's Boots, drehte eine erste Morgenrunde mit seinem neuesten Welpen Rocket und winkte ihnen freundlich zu.

»Äh, ja, danke, Dudley. War 'ne gute Nacht.«

»Was gefangen?«, wiederholte Dudley seine Frage. Er blieb neben dem Boot stehen, wobei Rocket seine kleine schwarze Schnauze neugierig schnüffelnd in die Luft hielt.

Die beiden Männer sahen einander an. Barrys wettergegerbtes Gesicht verzog sich zu einem Grinsen.

»Ja, einen Riesenburschen«, sagte er.

»Und einen kleinen Wicht.« Nigel zwinkerte seinem Kumpel zu.

»Na, dann habt ihr ja genug fürs Abendessen, was?«, stellte Dudley redselig fest.

Barry schüttelte den Kopf.

»Nee, war nicht für uns, Dudley. War für Rory im Cockleshell Inn.«

»Der Riesenbursche?«

»Und der kleine Wicht.« Die beiden Männer sahen einander an und lachten.

– 4 –

Mittagszeit in Spanien.

Linda platzte in die Küche, schlug die Tür hinter sich zu und lehnte sich dann klopfenden Herzens dagegen.

Als sich ihre Atmung wieder beruhigte, fing sie an zu lachen, schlug sich aber sofort reumütig die Hand vor den Mund. Mit einem breiten Grinsen schlich sie sich zu einem der Fenster und beobachtete, was bei den Ställen passierte.

Sie waren gerade auf dem Rückweg von einem Ausritt gewesen, als sie Javiers Auto die Einfahrt herauffahren sahen. Linda hatte ihrem Pferd die Sporen gegeben, bis es galoppierte, und die gänzlich aufgeregte Inez hatte es ihr nachgetan.

»Ich verstecke mich, du fängst ihn ab«, bestimmte Linda, als sie die Ställe erreicht hatten.

»Und was soll ich ihm sagen?«, fragte Inez verunsichert.

»Dass ich nicht da bin!« Linda drückte ihrer Schwester die Zügel in die Hand und preschte davon.

»Und dann?«

»Frag ihn, ob er mit dir ausreiten will!«

Mittagszeit in Quinn.

Diana Noble, Fernsehschauspielerin und darum Mitglied der Lokalprominenz, platzte ins Cockleshell Inn, marschierte schnurstracks an der Rezeption vorbei in die Bar, pflanzte ihre stolzen Einsfünfundsechzig auf einen der Hocker und verteilte ihre Einkaufstüten um sich herum auf dem Boden.

»Ich brauche Kuchen. Und zwar sofort!«, herrschte sie Monty hinter dem Tresen an.

»Ich freu mich auch, dich zu sehen, Diana.« Monty zwinkerte.

Diana lächelte verlegen und sah Monty verzweifelt an. Der machte auf dem Absatz kehrt, schnappte Blech und Löffel und verschwand in die Küche, um Dianas Wunsch zu erfüllen.

Er wusste selbst, wie das war, wenn man ganz dringend hier und jetzt Zucker brauchte. Und er hätte ihr ganz bestimmt etwas von dem Schokoladendessert angeboten. Wenn er es nicht schon komplett aufgegessen hätte.

Monty war mit einem Stoffwechsel gesegnet, der es ihm erlaubte, dreimal täglich sein Körpergewicht in Form von Kuchen zu verdrücken, ohne auch nur ein Gramm zuzunehmen.

Diana dagegen musste nur mal an einem Stück Schokolade riechen und hatte sofort ein Kilo mehr auf den Hüften. Heute brauchte sie den Kuchen aber genauso wie die Luft zum Atmen.

Und Monty handelte dankenswerterweise schnell.

Sekunden später tauchte er mit einem großen Stück von Rorys Tod-durch-Schokolade-Kuchen auf und Diana stürzte sich darauf wie eine Ertrinkende auf einen Rettungsring.

Die Leute sahen sich schon nach ihr um, doch ihr war das egal, sie schaufelte und schaufelte Kuchen in sich hinein. Sie war es gewöhnt, dass die Leute sie anstarrten. Manche guckten neugierig, andere freundlich, wieder andere regelrecht aufdringlich. Manchmal wurde sie auch angesprochen, wenn jemand ein Foto mit ihr machen oder ein Autogramm haben wollte. In der Regel spielte sie mit. Schließlich hatte sie es sich selbst ausgesucht.

So lange sie denken konnte, war Diana schon Schauspielerin.

Ihre erste Fernsehrolle hatte sie mit zehn, als sie nach ihrem Auftritt bei einem Schultheaterstück für eine ziemlich bekannte Endlos-Soap engagiert wurde. Da mimte sie die verlorene Tochter der liebenswerten Schlampe vom Dienst. Dann war sie eine Zeit lang die pubertierende bebrillte Nervensäge in einer Prime-Time-Comedy, dann die große Krankenschwester mit dem

großen Herzen in einem Prime-Time-Drama. Und je umfangreicher die Rollen wurden, desto umfangreicher wurde leider auch Diana. Essen war ihr einziger Trost in dieser wankelmütigen Welt voll Heuchelei und falscher Freunde.

Und jetzt, da sie älter und beleibter wurde, flatterten die Angebote seltener ins Haus und die interessanten Rollen gingen an jüngere, spannendere Frauen.

Wie so vieles andere auch, dachte sie bitter und fasste in die Manteltasche, um sicherzugehen, dass der Umschlag noch da war.

Kaum hatte sie sich den letzten Bissen Schokoladenkuchen in den Mund geschoben, ließ sie auch schon die Gabel auf den Teller klirren und winkte Monty zu.

»Noch ein Stück!«, schmatzte sie und schubste den leeren Teller kräftig an, sodass er den Tresen entlang bis zu Monty rutschte.

Das zweite Stück Kuchen servierte ihr dann allerdings Rory. Monty hatte ihm nämlich gesteckt, dass Diana wild entschlossen war, sich an der rumhaltigen Glasur zu berauschen.

Rory und Diana waren schon seit ein paar Jahren befreundet. Bei einer Wohltätigkeitsveranstaltung waren sie sich begegnet, obwohl sie eigentlich beide einen großen Bogen um solcherart Glamour-Events machten. Aber wenn es denn für einen guten Zweck war ...

Beim Galadinner saßen sie nebeneinander.

Und schwelgten beide in sieben himmlischen Gängen.

Rory war leidenschaftlicher Koch, Diana leidenschaftliche Esserin.

Dass sie Freunde werden würden, war vorprogrammiert.

Zwar trennten sie fast zwanzig Jahre, aber sie hatten ganz ähnliche Ansichten über das Leben und die Liebe, und vor allem den gleichen schrägen Humor.

Vor einem Jahr war Diana nach Quinn gezogen, und die fußläufige Nähe zu Rory hatte sie gerettet. Inzwischen gingen sie zusammen durch dick und dünn.

»Du siehst so aus, wie ich mich fühle«, merkte er vorsichtig an.

»Ach? Du hättest also gute Lust, in eine Kloschüssel zu steigen und abzuziehen?«

Rory lachte.

»Nein, das dann doch nicht. Aber ich komme mir ein bisschen so vor, als sei ich in eine Kloschüssel gestiegen, nachdem jemand anders vergessen hat, abzuziehen ... Ich stecke bis über beide Ohren in der Scheiße.«

Diana konnte nicht recht lachen.

Rory legte seine Hand auf ihre und zog damit sofort aufgeregte Blicke anderer Gäste auf sich, die tatsächlich ihre Kamerahandys zückten.

»Willst du reden?«

Aus großen blauen Augen sah Diana ihn an.

»Wärst du beleidigt, wenn nicht?«

Rory grinste.

»Nein, eher erleichtert. Ich habe grade selbst genug um die Ohren. Wie wär's mit einem Drink? Doppelter Cognac? Geht aufs Haus.«

»Ach, lieber noch ein Stück Kuchen.«

»Das wäre dann das dritte, ja?«

»Du weißt doch: Aller guten Dinge sind drei ...«

Monty arbeitete äußerst ungern. Darum passte es ihm gut in den Kram, dass er nicht arbeiten *musste.*

Auch Monty stammte aus einer alten kornischen Familie, die seit vielen Generationen in Quinn lebte. Im Gegensatz zu Rorys Familie aber gehörte Montys Clan nicht nur ein schnöder Pub, sondern die halbe Stadt.

Er war faul, er war verrufen und er war äußerst liebenswert,

und das war seine Rettung. Allein die Mieteinnahmen von seinen zahlreichen Immobilien erlaubten ihm ein entspanntes Leben im Luxus. Und seit sein bester Freund Quinn vor vier Jahren auf die Landkarten der Schönen und Reichen gezaubert hatte, war der Wert seiner Immobilien ins Groteske gestiegen – von Krise und Rezession keine Spur.

Mit seinen neunundzwanzig Jahren war er Multimillionär, sah aber aus wie ein einundzwanzigjähriger verlotterter Surfer: kein Gramm Fett zu viel, Waschbrettbauch und eisblaue Augen. Nur die stets zerzausten Locken waren nicht blond, sondern schwarz.

Monty wohnte in einem vierstöckigen Haus am Fuß des Church Hill, in einer schmalen, steilen Kopfsteinpflasterstraße, die von der Fore Street – der Hauptstraße durch Quinn – bis zur Quinn Lodge führte, jenem normannischen Kastell, das über dem Städtchen thronte wie ein Feudalherr, der seine Untertanen im Auge behielt. Seine großzügige Wohnung erstreckte sich über die oberen drei Stockwerke und überraschte mit ungewöhnlichen Einrichtungsgegenständen. So standen im Schlafzimmer eine Wippe und im Wohnzimmer eine echte Harley Davidson, die Monty als Fernsehsessel diente.

Im Erdgeschoss befand sich ein Antiquitätenladen, einst eröffnet von Montys inzwischen verstorbener Großmutter. Die meisten dort zu erwerbenden Dinge waren allerdings allein deshalb antik, weil er den Laden nie lange genug öffnete, um auch tatsächlich etwas zu verkaufen.

Monty beobachtete Diana sehr genau.

Sah, wie sie sich mit Zucker zugrunde richtete. Sah die Traurigkeit in ihren Augen, die kein Kuchen der Welt ihr je nehmen würde. Während sie darauf wartete, dass Rory mit dem dritten Stück Kuchen zurückkehrte, ging Monty zu ihr, lehnte sich über den Tresen und blickte sie direkt an.

»Du weißt hoffentlich, dass du tausend Mal appetitlicher bist als der Kuchen, den du da isst. Sollte dir je der Sinn danach stehen, einen deutlich jüngeren Verehrer zu vernaschen, weißt du, wo du mich finden kannst.«

Er schenkte ihr ein ausgedehntes verführerisches Lächeln und machte sich dann aus dem Staub.

Diana genoss noch lange den Nachgeschmack der Schokolade und das warme Kribbeln im Bauch, ausgelöst von seiner süßen Schmeichelei.

Nachdem Diana gegangen war, machte Rory sich auf die Suche nach dem Menschen, der in Wirklichkeit im Cockleshell Inn das Sagen hatte: seiner Geschäftsführerin Julia.

Sie saß in ihrem Büro im ersten Stock am Schreibtisch, die linke Hand über einem Taschenrechner, die rechte auf einer Computermaus.

Als er hereinkam, sah sie auf und las wie üblich seine Gedanken, bevor er auch nur ein Wort gesagt hatte.

»Wo drückt der Schuh, Rory?«

Rory setzte sich, atmete tief durch und erklärte es ihr.

»Du spinnst total«, lautete ihr feinfühliger Kommentar, als er fertig war.

Julia sah Rory an, als wäre er komplett durchgedreht, verrückt geworden, hoffnungslos loco und gaga. Worauf sie im Übrigen in den sechs Jahren, die sie jetzt für ihn arbeitete, stets nur gewartet hatte.

Er hatte gewusst, dass sie so reagieren würde.

Das war nämlich eine ihrer wichtigsten Aufgaben: dafür zu sorgen, dass er auf dem Teppich blieb.

Je besser die Geschäfte damals liefen, desto mehr Zeit hatte Rory in seinem Büro im zweiten Stock verbracht. Er wollte aber zurück in die Küche, und darum hatte er jemanden gesucht, der sich um Verwaltung und Finanzen kümmerte sowie um even-

tuelle Expansionspläne. Wobei Rory sich noch nicht sicher war, inwieweit er tatsächlich expandieren wollte.

Angebote flatterten ihm genug ins Haus. Nicht nur von Fernsehshows, sondern auch Anfragen bezüglich Sponsorings und Talentförderung. Die Idee der Kochschule keimte. Er konnte das alles nicht mehr alleine schaffen. Er brauchte jemanden, der den Überblick behielt und die Zügel in die Hand nahm.

Und dann hatte er Julia Eisner gefunden.

Julia hatte Jura und Sprachen studiert und als Übersetzerin für eine angesehene Münchner Kanzlei gearbeitet. Zusammen mit ihrer Schwester Sabine hatte sie nach einer ziemlich traumatischen Trennung in Quinn Urlaub gemacht und Rory bei einem Abendessen im Cockleshell Inn kennengelernt. Als Rory Feierabend und Julia Dessert und Kaffee intus hatte, saßen sie noch lange zusammen an der Bar und redeten. Und am Ende der Ferien war Sabine ohne ihre Schwester wieder nach München gereist.

Julia war strukturiert, praktisch veranlagt und extrem geschäftstüchtig, vor allem aber warmherzig, humorvoll und bedingungslos loyal. Sie lenkte Rorys aufstrebendes Unternehmen mit fester, aber fairer Hand und führte es durch den Dschungel der Möglichkeiten genau dahin, wo sie heute waren. Und verriet dabei zu keinem Zeitpunkt Rorys Vision oder Integrität.

In Geschäftsangelegenheiten ließ Julia sich niemals von Gefühlen ablenken und blieb stets sachlich. So auch jetzt, nachdem Rory ihr sein neuestes Dilemma geschildert hatte.

»Die ganze Sache ist hochgradig illegal. Wie kannst du sicher sein, dass Frank wirklich der rechtskräftige Vormund des Jungen wird, wenn du ihr das Geld gibst? Und wer sagt dir, dass sie später nicht noch mehr Geld verlangen wird?«

»Da müssten wir uns irgendwas ausdenken. Eine Art Vertrag oder so ...«

»Und wer soll das machen? Welcher deiner Rechtsbeistände

würde für so etwas seinen guten Ruf riskieren? Ich kann dir natürlich beim Aufsetzen jeder Art von geschäftlichen Verträgen helfen, Rory. Aber einen Vertrag bezüglich eines Kindes? Und hast du schon daran gedacht, was das für deinen Ruf bedeuten könnte, wenn die Sache rauskommt? Starkoch kauft Kind! Rory … Das kannst du nicht machen. Du musst dir was anderes einfallen lassen.«

Julia hatte recht. Wie immer.

Was hatte er sich bloß dabei gedacht?

Natürlich würde er alles für seinen Vater tun. Aber das hier wäre der schiere Wahnsinn.

Und dann wachte Sydney auf.

Frank brachte ihn runter ins Büro. Der Junge versteckte sich hinter Franks Beinen und spähte scheu seitlich hervor. Seine kleine braune Hand umschloss die von Frank so fest, als würde er in einen Strudel gesogen und für immer verschwinden, wenn er sie auch nur kurz losließ.

Rory und Julia sahen einander an. Das Mitgefühl stand ihnen ins Gesicht geschrieben.

Dann sahen sie wieder zu dem kleinen Jungen, der ihre besorgten Blicke mit großen, ängstlichen, unschuldigen Augen erwiderte. Wie Bambi bei seinem ersten Ausflug in den unbekannten Wald.

Sie sahen sich lange und tief in die Augen.

Dann lächelte Sydney sie an.

Das Lächeln wurde zu einem Strahlen, das eine Zahnlücke offenbarte und seinen Gegenübern signalisierte, dass der Junge ihnen restlos vertraute.

Rory änderte nicht nur seine Meinung, sondern seine gesamte Lebenseinstellung.

Julia und Rory sahen sich wieder an.

»Ich such dir einen Anwalt«, sagte Julia.

»Und ich besorg das Geld«, entgegnete Rory.

– 5 –

Rory war nicht begeistert, aber ihm blieb nichts anderes übrig. Es war die einzige Möglichkeit, auf die Schnelle das Geld zu beschaffen, das Frank so dringend brauchte: Nun würde sein Projekt für unterprivilegierte Jugendliche eben von einer bunten Mannschaft peinlicher publicitygeiler Promis eingeweiht werden, bevor es eigentlich losging.

Aber immerhin strahlte das große alte Bootshaus unten an der Flussmündung in genau dem Glanz, den Rory sich ausgemalt hatte: Im Erdgeschoss befanden sich eine großzügige, topmoderne Lehrküche, zwei geräumige Klassenzimmer und zwei Büros sowie ein wunderbares, weitläufiges Restaurant mit Blick über den Quinn und offener Küche. Hier würden die Schüler aus dem oberen Stockwerk Essen zubereiten.

Das Restaurant sollte »Trevail« heißen, was eine Mischung aus dem französischen Wort für Arbeit, »travail«, und Rorys Familiennamen sein sollte. Rory war einfach zu bescheiden, als dass er seinen Nachnamen als solchen verwendet hätte.

Dass die Räumlichkeiten nun ausgerechnet als Erstes von Freddie McCormack und Co. genutzt würden, war Rory ein Dorn im Auge. Aber wenn jemand einem ausgerechnet in dem Moment, in dem man dringend eine größere Finanzspritze benötigt, sagt, man müsse nur seinen Preis nennen ... Tja, was sollte man da machen?

Als Freddie am nächsten Morgen anrief, hatte Sydney immer noch kein Wort gesprochen. Er hatte alle scheu angelächelt und jedem seine kleine Hand gegeben. Er erinnerte Rory an einen misshandelten Welpen, der bei einer Hunderettungsaktion zurückgeblieben war: leicht verstört und ängstlich, aber gleichzeitig voller Hoffnung und einfach nur froh, bei freundlichen Menschen gelandet zu sein, die ihn mit Essen und Zuneigung versorgten.

Rory hatte vollstes Verständnis dafür, dass Frank den Jungen so sehr in sein Herz geschlossen hatte. Selbst die pragmatische Julia war hin und weg und sagte kein Wort, als sie entdeckte, dass der halb fertige Jahresabschluss über und über mit Buntstiftkritzeleien versehen war. Die Buntstifte hatte Monty ihm gegeben. Er war so froh, jemanden gefunden zu haben, der sich auch stundenlang einfach nur damit beschäftigen konnte, auf allen vieren herumzukriechen und mit einem Haufen Murmeln zu spielen. Er war vollkommen vernarrt in den Kleinen.

Alle Beteiligten hatten gemeinsam entschieden, dass Sydney bleiben sollte, koste es, was es wolle.

Und Rory war den ganzen Vormittag um das Telefon herumgeschlichen, inständig hoffend, Freddie möge nicht bereits einen anderen Koch gefunden haben, der mit deutlich größerer Bereitwilligkeit einer Horde Edelküchenmesser schwingender Egomanen sein Leben und sein Geschäft zur Verfügung stellte.

Um Punkt elf Uhr klingelte dann endlich das Telefon und zeigte auf dem Display Freddies Nummer an. Alle im Cockleshell Inn erstarrten – als hätte jemand einen laufenden Film angehalten. Standbild.

Rory hatte kaum seinen Namen ausgesprochen, da legte Freddie auch schon mit seinem Wehklagespiel los.

»Mensch, Rory ... Es wird immer schlimmer! Erst hat Graham uns die Location gekündigt, jetzt mussten wir auch noch unsere Topkandidatin feuern, weil ... Na ja, weil sie in fremden Töpfen gerührt hat, oder wie heißt es doch so schön? Weißt du, Lucy-Jayne Avery, die Starkrankenschwester aus der A&E-Serie? Wunderschön, blond und hummeldumm? Also, die hat sich von einem verheirateten Kollegen schwängern lassen, und darüber werden die Wochenendausgaben der Zeitungen mit fetten Lettern berichten. Großartig. An dieser Art von Publicity ist unsere Show absolut nicht interessiert. Das heißt, jetzt fehlt uns nicht nur ein Set, sondern auch eine quotenbringende Kandidatin. Sieht nicht gut für mich aus, Rory, bitte lass mich jetzt nicht hängen ...«

»Okay, ich mach's ...«

»Bitte, Rory! Ich knie vor dir nieder! Im Ernst! Wenn du mich jetzt sehen könntest! Ich knie auf meinem Büroteppich nieder, wenn jetzt jemand reinkommt ...«

»Ich hab gesagt ich mach's.«

»... dann denkt der doch, ich würde beten. Was ich wahrscheinlich auch tun werde, wenn du Nein sagst ...«

»Freddie!«, rief Rory ins Telefon. »Halt doch mal einen Moment die Klappe und hör mir zu! Ich habe JA gesagt!«

Freddie verstummte.

Rory konnte selbst kaum glauben, was er da gesagt hatte, von daher überraschte ihn Freddies Reaktion wenig.

Und während Freddie ausnahmsweise mal die Worte fehlten, packte Rory die Gelegenheit beim Schopf, den Gedanken auszusprechen, der ihm in dem Moment gekommen war, als Freddie den Verlust seiner Promi-Kandidatin beklagte.

»Und bei deinem anderen Problem könnte ich dir vielleicht auch behilflich sein ...«

Diana Noble, die beliebte Schauspielerin, das Pummelchen der Nation, das langsam, aber sicher die wackelige Leiter des Ruhms hinabkullerte in den Orkus des Vergessens, saß am Fenster ihres schönen, großen Schlafzimmers, blickte hinaus aufs Meer und spürte, wie sich ihre großen braunen Augen mit Tränen füllten.

Zwölf Jahre war sie mit dem Schauspieler Peter Parminter verheiratet gewesen. Keiner war länger bei »The Plod« verpflichtet gewesen, der populärsten britischen Polizeiserie, einer regelrechten Institution.

Ein Jahr lang hatten sie in Quinn gewohnt.

Es war Peters Entscheidung gewesen, hierherzuziehen.

An seinem fünfzigsten Geburtstag hatte er beschlossen, dass er zurück nach Cornwall wollte, zurück zu seinen Wurzeln und seiner Familie. Dass er ein großes Haus am Meer kaufen und sich einen Hund anschaffen wollte.

Und Peter hatte seine Pläne erfolgreich umgesetzt. Wie immer.

Die Vorstellung von einem Leben in Cornwall hatte seine in London geborene und aufgewachsene Frau entsetzt, aber das hatte ihn nicht weiter gekümmert.

Bei einem Mittagessen in ihrem Lieblingsrestaurant in Soho gestand sie ihrem alten Freund Edwin Brown, warum sie in letzter Zeit so blass war, worauf der ehemalige Anwalt und jetzige Celebrity-Agent trocken feststellte: »Also, ich weiß gar nicht, worüber du dich so aufregst. Andere Männer in der Midlifecrisis stellen ihre Frauen auf härtere Proben. Die meisten kaufen sich erst mal 'ne Harley und legen sich 'ne neunzehnjährige Geliebte zu.«

»Aber ich habe mein ganzes Leben in London gewohnt.«

»Vielleicht würde dir eine Veränderung mal ganz guttun.«

»Warum bist du immer so verdammt cool?«

»Schon mal von einer Situation gehört, in der Panik hilfreich gewesen wäre?«

»Nein, aber wir können doch unsere Gefühle nicht immer total kontrollieren!«

»Mag sein, aber wir können kontrollieren, was wir tun. Natürlich beeinflussen andere Menschen uns und unser Leben, aber letztendlich entscheiden wir selbst, was wir mit unserem Leben anfangen. Peter kann dich ja schlecht beim Schopf packen und nach Cornwall zerren.«

Das tat er natürlich auch nicht – aber emotional setzte er sie gehörig unter Druck.

Es würde uns beiden so guttun, Diana ...

Mein ganzes Leben habe ich so hart gearbeitet, Diana ...

Wenn ich in London bleibe, sterbe ich, Diana ...

Das i-Tüpfelchen war dann die Behauptung, er wolle näher bei seiner Mutter Geraldine sein, die mit jedem Tag älter und dementer wurde. Diana hatte keine Familie und mochte Geraldine sehr, obwohl sie mit jedem Tag älter und dementer wurde. Die Vorstellung, dass die alte Frau ganz allein in Cornwall ihren Lebensabend fristete, entlockte Diana den längsten Seufzer ihres Lebens, gefolgt von einem gequälten »Also gut«, worauf Peter noch im selben Moment zum Hörer griff und einen Immobilienmakler anrief.

Ihre geräumige Wohnung in St. Johns Wood wurde schneller verkauft, als ihnen lieb war. Zunächst wohnten sie in einer entsetzlichen Mietwohnung aus den Siebzigern in Looe, einer kleinen Hafenstadt im Südosten Cornwalls. Und dann fand Peter das Poseidon House. Die alte napoleonische Festung thronte auf einer Klippe am Stadtrand von Quinn und bot durch fast jedes Fenster einen atemberaubenden Blick aufs Meer.

Diana war sich nicht sicher gewesen. Natürlich war das ein wunderschönes Anwesen – aber wer brauchte denn bitte zwanzig Schlafzimmer? Wer brauchte denn bitte ein viel zu großes, heruntergekommenes Groschengrab am Rande einer architektonisch zweifellos hübschen, aber was die Einwohner betraf ziemlich schrägen Kleinstadt?

Doch Peter setzte sich durch. Wie immer.

Es musste dieses Haus sein. Das und kein anderes.

Und so steckten sie jeden Penny, den sie hatten, in die Immobilie. Zuerst in den Erwerb. Der Kaufpreis war astronomisch gewesen (»Lage, Lage, Lage!«, hatte der Makler selbstgefällig erklärt und darauf hingewiesen, dass die Klippenlage, der eigene

Strand und die Nähe des angesagten Hafenortes allein den Preis ohne Weiteres um zwei Nullen verlängern konnte – und zwar ungeachtet dessen, dass es sich dabei um eine komplette Bruchbude handelte und sich das Land mitten in einer Rezession befand, nachdem der Immobilienmarkt über Jahre künstlich angeheizt worden und nun wie eine Seifenblase zerplatzt war). Zwei Monate nachdem Diana schweren Herzens zugestimmt hatte, zog sie zusammen mit einem Bautrupp, ihrer Schwiegermutter, deren Papagei Bob und einem jungen irischen Wolfshund namens Trevor in die Ruine ein.

Seltsamerweise fing Peter schon bald nach dem Umzug in sein geliebtes Cornwall auf einmal an, ständig nach London zu fahren.

»Du kennst ihn doch …«, hatte Geraldine sachlich festgestellt, als ihre Schwiegertochter sich ihr gegenüber angesichts Peters Sinnenwandels wunderte. »Die Kirschen in Nachbars Garten schmecken immer besser. Als er in London war, wollte er lieber hier sein, jetzt ist er hier und vermisst London. So ist er schon immer gewesen. Elender Querkopf. Ich habe nie verstanden, wie du es mit ihm aushältst. Vielleicht könntest du seine Launen für deine Zwecke ausnutzen und ihn davon überzeugen, nach London zurückzuziehen – wenn es dir auch fehlt …«

Fehlte es ihr? Fehlte ihr London?

Diese Frage stellte sich Diana im folgenden Jahr immer wieder. Und jedes Mal fiel ihre Antwort unterschiedlich aus.

Doch je länger sie in Quinn lebte, je mehr sie mit den schrägen, aber freundlichen Menschen in dieser aparten, seltsamen kleinen Hafenstadt zu tun hatte, desto deutlicher wurde ihr, dass ihr London in etwa genau so sehr fehlte wie ein Loch im Kopf.

Und das war der hauptsächliche Grund für die Tränen, die ihr jetzt über die Wangen liefen. Der Brief, den die netten Damen von der Reinigung in Peters Sakkotasche gefunden und Diana

vor zwei Stunden und drei Stücken Schokoladenkuchen überreicht hatten, war jedenfalls nicht der Grund.

Die beiden Damen waren ganz betreten gewesen. Hatten den Brief wohl gelesen. War ihnen ja auch nicht zu verdenken, oder? Würde doch jeder machen, wenn er einen solchen Brief fand, oder? Parfümiert, rosa Umschlag, Kussmund als Absender.

Parfümiert, rosa Umschlag, Kussmund als Absender und adressiert an einen der berühmtesten Schauspieler des Landes.

Den würde doch jeder lesen. Zumal der Umschlag ja schon offen war.

Den würde jeder lesen und so noch vor der Ehefrau jenes berühmten Schauspielers erfahren, dass dieser sie seit fast acht Monaten mit einem halb so alten und halb so schweren Nachwuchssternchen betrog, und dass dieses halb so alte und halb so schwere Nachwuchssternchen das Kind erwartete, das die Ehefrau sich immer sehnlichst gewünscht, aber leider nie bekommen hatte.

Sie weinte nicht, weil sie jetzt ein für alle Mal wusste, dass Englands berühmtestes Paar am Ende seines gemeinsamen Weges angekommen war.

Sie beweinte nicht den Verlust des Mannes, mit dem sie zwölf Jahre lang verheiratet gewesen war. Des Mannes, der sich in den letzten zwölf Monaten als so unendlich egozentrisch entpuppt hatte, dass er sich selbst als ihr idealer Lebenspartner disqualifizierte. Sie weinte auch nicht, weil sie nun – jenseits der verdammten vierzig – wieder allein sein würde und ihre Chancen, doch noch Mutter zu werden, wohl so gering waren wie die Wahrscheinlichkeit, im Lotto zu gewinnen. Und irgendwie passte es ja. Hatte bestimmt mit Karma zu tun. Schließlich war Peter verheiratet gewesen, als sie ihn kennenlernte. Sie hatten sich auf eine stürmische Affäre eingelassen, während Peters Frau mit drei kleinen Kindern zu Hause saß.

Wahrscheinlich war das die Strafe dafür.

Nein, nein, sie weinte nicht, weil ihre Ehe zu Ende war.

Sie weinte, weil sie wusste, dass sie seine drei Kinder, die sie über die letzten fünfzehn Jahre hatte aufwachsen sehen und die für sie wie ihre eigenen waren, jetzt unweigerlich seltener sehen würde. Sie weinte, weil die Abwärtsspirale, in der sich ihr Leben befand, eine weitere Windung bekommen hatte. Und sie weinte, weil sie das alles hier so lieb gewonnen hatte: Die halb demente Schwiegermutter, den verrückten Papageien, den niedlichen kleinen irischen Wolfshund Trevor, der inzwischen so groß war wie ein kleiner Esel, und vor allem das viel zu große baufällige Groschengrab und die schräge Stadt mit ihren schrägen Einwohnern. Sie hatte das Leben hier so lieb gewonnen, und jetzt würde sie es wieder verlassen müssen, weil Peter seine Hälfte des Hauses beanspruchen würde und sie keinerlei Möglichkeit hatte, ihn auszubezahlen.

»Ich will hier nicht weg …«, sagte sie laut, und der Wind antwortete mit einem Heulen.

In dem Moment klingelte das Telefon.

Zehn Minuten später legte Diana wieder auf und stellte überrascht fest, dass sie wieder lächelte.

Schon komisch, dachte sie, als das Telefon wieder klingelte. Wie Dinge, vor denen man Angst hatte, gar nicht mehr so Furcht einflößend waren, wenn man Freunde hatte.

Rory legte auf und konnte zum ersten Mal seit seinem Telefonat mit Freddie wieder lächeln. Schon komisch, dachte er, als er sich auf den Weg in die Küche machte, um Vorbereitungen für das Abendmenü zu treffen. Wie Dinge, vor denen man Angst hatte, gar nicht mehr so Furcht einflößend waren, wenn man Freunde hatte.

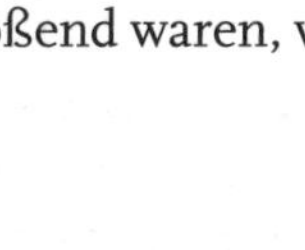

– 6 –

»Linda!« Die melodische, aber resolute Stimme ließ für einen Moment das nicht minder melodische, aber zartere Zirpen der Zikaden an diesem heißen Nachmittag unter der spanischen Sonne verstummen.

Linda schwitzte. Den ganzen Tag hatte sie ihrem Vater, ihrem Onkel Alessandro und den vielen Arbeitern in den sanft geschwungenen Weinbergen ihres Familiengutes dabei geholfen, zahllose preisgekrönte Reben zu beschneiden. Jetzt blieb sie neben dem Swimmingpool stehen und seufzte.

»Linda!«, ertönte es schon wieder.

Der Ruf ihrer Mutter klang dringlich, aber nach einem Tag wie heute war der Pool einfach zu verlockend.

Linda hielt die Zehen hinein. Das Wasser fühlte sich an wie kühler Samt. Wieder einmal war sie hin- und hergerissen: Sollte sie tun, was man ihr sagte, oder sollte sie tun, wonach ihr der Sinn stand? Blitzschnell zog sie sich das Kleid über den Kopf und sprang ins kühle Nass.

»Linda!«, hörte sie ihre Mutter noch einmal.

Ganz schön sonore Stimme für eine so zierliche Person. Linda konnte sie sogar unter Wasser hören.

Als sie am anderen Ende des Pools wieder auftauchte, hörte sie sie schon wieder rufen. Die Stimme klang jetzt leicht verärgert.

»Linda!!«

Jetzt wollte sie der Matriarchin nicht länger trotzen. Linda schwamm gemütlich zurück zur Leiter, stieg aus dem Becken, zog sich das Sommerkleid über den nassen Körper und machte sich tropfend auf den Weg über den sattgrünen Rasen im Osten, durch den Torbogen in der Buchsbaumhecke und durch den Küchengarten bis zum Rasen im Norden, wo ihre Mutter im Schatten des weiß getünchten Hauses an einem langen Tisch saß.

Wie immer um vier Uhr nachmittags war der Tisch für den Nachmittagstee gedeckt. Diese Tradition hatte Abrial Rivera von ihrer französischen Großmutter Jeanette übernommen, die während des Zweiten Weltkriegs in England gelebt hatte.

Zu Lindas Überraschung saßen am Tisch aber nicht nur ihre Mutter und ihre beiden großen Schwestern, die im Gegensatz zu Linda immer an diesem Ritual teilnahmen, sondern noch dazu ihr Vater und ihr Onkel sowie Javier.

Ihre Eltern mussten ihn dazugebeten haben.

Lindas Begeisterung hielt sich in Grenzen.

Javier dagegen strahlte, als er sie sah.

Linda fiel es schwer zu lächeln. Doch dann erinnerte sie sich an den Deal mit ihrer Schwester Inez, worauf sich unwillkürlich ihre Mundwinkel nach oben zogen. Javier, der nicht ahnen konnte, dass ihr Lächeln nicht ihm galt, strahlte nur noch intensiver.

Linda und Inez fragten sich, wie lange es wohl dauern würde, dieses verzückte Lächeln endlich in Inez' Richtung zu wenden. Irgendwie fehlte ihnen dafür noch eine erfolgreiche Taktik. Dennoch hatten beide in den vergangenen Nächten bereits vom Ergebnis ihrer Intervention geträumt – Inez von heißen Küssen mit Javier, Linda von heißen Ländern ohne Javier.

Linda schob diese Gedanken beiseite und marschierte weiter tropfend auf die Teetafel zu. Forschend betrachtete sie die Gesichter der Anwesenden, um sich einen Reim darauf machen zu können, weshalb sie so vehement herzitiert worden war. Nahe genug herangekommen, bemerkte sie zum einen, dass ihre Mutter einen großen weißen Umschlag in der Hand hielt, und zum anderen, dass ihr Gesicht tränenüberströmt war.

Daraus schloss Linda, dass der Umschlag eine wichtige Nachricht enthielt.

Womöglich eine schlechte Nachricht?

Doch hinter den Tränen glänzten Abrials Augen.

Glücklich.

Also eine gute Nachricht.

»Was ist, Mamá?«

»Von Beau...« Schluchzend wedelte Abrial mit dem Umschlag.

»Ein *Brief* von Balthazar?«, staunte Linda.

Wieso hatte er ihnen geschrieben?

Seit er in England lebte, hielt er den Kontakt zu ihnen doch telefonisch aufrecht. Ein Brief entsprach so gar nicht dem Stil ihres Bruders – er genoss es immer, mit ihnen allen nacheinander zu sprechen, weil er sich ihnen näher fühlte, wenn er ihre Stimmen hörte.

»Das ist kein Brief, Kleines.« Abrial strahlte erst Catalina und dann Inez an, und auch die freuten sich sichtlich. »Das ist eine Einladung.«

»Eine Einladung wozu?«

Jetzt sah Abrial wieder ihre jüngste Tochter an und strahlte, wenn das denn möglich war, noch ein bisschen mehr.

»Zu seiner Hochzeit, Kleines! Unser geliebter Beau heiratet!«

Der Heiratsantrag war nicht besonders konventionell gewesen. Keine Fahrt mit dem Heißluftballon, kein Eiffelturm, kein Vollmond am Strand, kein morgendlicher Ausritt entlang wilder Brandung.

Immerhin war Balthazar vor ihr in die Knie gegangen – wenn auch eher aufgrund höherer Gewalt ...

Dabei hatte er durchaus etwas Romantischeres geplant.

Er hatte einen Tisch mit Blick aufs Meer im exklusivsten Restaurant in Quinn, dem Cockleshell Inn, reserviert und bereits eine Flasche Champagner vorbestellt. Unter dem Vorwand, seine Auserwählte habe im letzten Jahr sowohl in der Tierarztpraxis in Bristol als auch auf dem Weingut, das sie gemeinsam aufbauen wollten, so hart gearbeitet, dass sie sich ein kleines Verwöhnprogramm verdient hatte, machte er ihr ein verfrühtes »Geburtstagsgeschenk« und schickte Pip zum Friseur und zur Maniküre.

Wieder zu Hause, freute sie sich wie ein Kind über das wunderschöne neue Kleid, das in ihrem Schlafzimmer auf sie wartete.

Und dann war das Unwetter gekommen.

Erst regnete es nur ziemlich heftig, was sie aber nicht mitbekamen, weil sie gerade unter der Dusche standen, dann fing der Wind an ums Haus zu heulen. Doch Balthazar war so fasziniert davon, wie Pip ihr neues Kleid anzog und gleich darauf wieder auszog, dass er auch das überhörte.

Dann kam der Blitz, und der Donner ließ nicht lange auf sich warten. Aber noch immer waren die beiden zu sehr miteinander beschäftigt, als dass sie vom Wetter Notiz genommen hätten.

Das taten sie erst, als sie endlich im Taxi saßen, das Taxi am Ende der Einfahrt kurz hielt, sie sich nach dem Haus umdrehten und den neuen Gewächshaustunnel sahen, in dem sie in mühevoller Kleinarbeit die neue Generation Rebensetzlinge aufzogen.

Normalerweise konnte man den Gewächshaustunnel von dort nicht sehen. Normalerweise befand er sich am Rande des Weingartens, auf der anderen Seite des Hauses.

Des zehn Meter hohen Hauses.

Mit entsetzt aufgerissenen Augen sahen sie sich an. Beau drückte dem Fahrer eiligst etwas Geld in die Hand, und der sah verwirrt dabei zu, wie seine Fahrgäste fluchtartig den Wagen verließen und ohne ein weiteres Wort durch den strömenden Regen in die Dunkelheit verschwanden.

Das eine Ende des Tunnels hatte sich im Sturm aus seiner Verankerung gelöst und bäumte sich auf wie ein wilder Hengst. Die zarten Pflanzen waren schutzlos der Witterung ausgesetzt.

Balthazar war als Erster da. Als der Wind einen kurzen Moment nachließ und das lose Ende des Tunnels etwas herabsank, sprang er mit aller Kraft in die Luft, bekam einen Zipfel zu fassen und ging mit dem Tunnel zu Boden, wobei er ausrutschte und bäuchlings im Matsch landete. Dann kam der nächste Windstoß, hob den Tunnel wieder an und beförderte Balthazar auf seine Knie. In dem Moment sah er Pip. Diese schöne, humorvolle, treue, zupackende Frau mit den frisch gestylten Haaren und manikürten Nägeln, wie sie in ihrem wunderschönen neuen Kleid und den viel zu hohen Schuhen durch den Regen und den Matsch hechtete, um die andere Ecke des Folientunnels zu packen, bevor er noch weiter hochflog. Wie sie dabei ebenfalls bäuchlings im Schlamm landete, sich aber lachend wieder aufrichtete und die Folie immer noch festhielt. In dem Moment platzte sein Herz fast vor Liebe für sie.

Sie klammerten sich aneinander, um nicht mit diesem sich plötzlich für einen Papierdrachen haltenden Plastiktunnel in die schwarze Nacht zu fliegen, und er fragte sie, verdreckt wie sie in ihrem feinsten Zwirn dort im Matsch steckten, ob sie den Rest ihres Lebens mit ihm und keinem anderen verbringen wollte.

Und sie sagte Ja. Natürlich.

– 7 –

Linda Rivera war vom Gesang der Vögel aufgewacht und unternahm nun in der Morgenfrische barfuß einen Spaziergang. Sie war gestern nach einem Flug und einer Zugfahrt sehr spät in Cornwall angekommen, weshalb sie noch nicht viel von der Landschaft hatte sehen können.

»Wow, ist das schön«, seufzte sie inmitten der satten Wiesen von Arandore, jenem alten kornischen Anwesen, dem Zuhause ihrer zukünftigen Schwägerin, und ließ den Blick über die sanften Hügel zum Quinn Valley und weiter zu dem Silbersee wandern, der die Mündung des Quinn River ins Meer war.

»Wunderwunderschön.«

Tief atmete sie die kühle Frühlingsluft ein und wieder aus.

Cornwall wäre der perfekte Ausgangspunkt für ihre Reise. Hier könnte sie bereits sachte einige Verbindungen lösen, ohne sich gleich komplett loszureißen. Sie würde ihren Bruder fragen, ob sie eine Weile bei ihm und Pip in Cornwall bleiben konnte. Dagegen konnten ihre Eltern doch wohl kaum etwas haben, oder? Sie wäre zwar in einem fremden Land, aber zusammen mit ihrem Bruder. Und wenn sie ihr auch noch nicht ganz vertrauten – ihm vertrauten sie blind.

Die ganze Familie wusste, dass Pip und ihre Familie mit Beaus Hilfe versuchten, ein eigenes Weingut zu etablieren. Ihr Bruder würde jegliche ihnen angebotene Hilfe dankbar annehmen, und auch ihre Eltern würden Lindas Einsatz gutheißen.

Wenn Antonio und Abrial dann erst wieder in Spanien waren und sich einige Wochen an die Abwesenheit ihrer Tochter gewöhnt hatten, würde sie ihnen mitteilen, dass sie wie geplant wieder nach Hause zurückkehren würde – dass die Heimreise

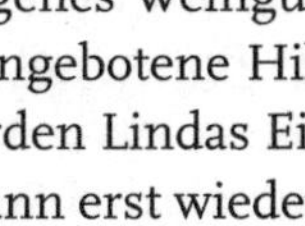

allerdings ein bisschen länger dauern würde, weil sie sich auf dem Weg noch ein paar andere Länder ansehen wollte.

Sie hoffte, dieser kleine Perspektivwechsel würde ihnen das Einverständnis entlocken. Denn natürlich war es schwer, die jüngste Tochter von zu Hause aus in die große weite Welt zu verabschieden – aber sie würde ja gewissermaßen nach Hause reisen. Wenn auch auf Umwegen.

Da auf dem Weingut in Spanien so viel zu tun war und die Familie es sich nicht leisten konnte, so zahlreich der Arbeit fernzubleiben, sollte ihr Aufenthalt in Cornwall kurz sein. Donnerstag hin, Freitag alles vorbereiten, Samstag die Hochzeit, Sonntag wieder zurück. Beau und Pip sollten dann zu einem späteren Zeitpunkt die Familie Rivera besuchen.

Doch Linda hatte für mehr als nur zwei Tage gepackt.

Und weil kein Koffer mehr übrig gewesen war, stutzte auch niemand, als Linda ihre Sachen in einem Rucksack unterbrachte. Und es fiel niemandem auf, dass sie außer den feinen Sachen für die Hochzeit auch Wanderschuhe, drei Bikinis, vier Paar Jeans, sieben T-Shirts, Unterwäsche für zwei Wochen und ihren iPad hineingestopft hatte.

Sie waren alle viel zu aufgeregt, weil der älteste Spross Balthazar endlich heiratete!

Und zwar morgen.

Linda riss sich von dem atemberaubenden Blick los.

Sie konnte Beau rufen hören.

Die gesamte Familie Rivera war auf ausdrückliche Einladung in dem wunderbaren Anwesen untergekommen, in dem auch Judy, die Mutter der Braut, mit ihrem Mann Raphael (der im Übrigen Lindas Cousin war) wohnte. Und dann gab es noch Pips Tante Susan und die drei Schwestern von Pip.

Die Hütte war also ziemlich voll, aber die wenigen Stunden, die sie bereits da waren, hatten sie sich alle prächtig verstanden.

Trotz der unchristlichen Ankunftszeit waren am heutigen Morgen alle zeitig aufgestanden, weil so viel vorzubereiten war! Alles rannte durcheinander und wollte möglichst schnell möglichst viel erledigen – was damit endete, dass so gut wie nichts erledigt wurde.

Kaum war Linda von ihrem morgendlichen Spaziergang zurück, öffnete der Himmel seine Schleusen, was den Vorbereitungsarbeiten natürlich auch nicht förderlich war.

»Das ist bloß ein Schauer!«, verkündete Pip, als sie das auf der Terrasse angerichtete Frühstück in aller Eile wieder nach drinnen schafften, wo aber aufgrund der vielen Hochzeitsutensilien kaum Platz war. »Das ist ganz normal im April.«

»Typisch englisches Wetter.« Beau verdrehte die Augen und erntete dafür einen strengen Blick von Pip.

»Tut mir leid. Typisch kornisches Wetter. Ich vergesse immer wieder, dass wir hier nicht in England sind.«

»Ach, nein?«

»Nicht, wenn du die Einheimischen in Cornwall fragst.« Er zwinkerte und klaute sich ein frisch gebuttertes Stück Toast vom Teller seiner zukünftigen Frau, die das mit einem Klaps auf seine Hand und einem Lächeln quittierte. »Das muss ich leider unterwegs essen. Ich muss nach Quinn, den Wein abholen.«

»Wein?« Abrial klang echauffiert. »Reichen die zwölf Kisten, die dein Vater dir geschickt hat, denn nicht?«

»Ganz ruhig, Mamá. Was ich da abhole, ist Champagner. Wenn wir Champagner produzieren würden, würden wir natürlich den trinken, da wir das aber nicht tun, muss ich welchen kaufen. In Quinn. Möchte irgendjemand mitkommen?«

»Ich!« Linda sprang auf. »Und ich sitze vorne!« Sie zwinkerte Inez zu.

»Gerne.« Inez strahlte sie an. »Ich bleibe nämlich hier und helfe mit den Blumen.«

»Wir kümmern uns heute Vormittag um die Blumengeste-

cke«, erklärte Pips Schwester Flora selig. »Willst du nicht hierbleiben und mitmachen?«

Wie sie das fragte, klang es, als würde Linda wirklich etwas verpassen.

»Ach, was Blumen angeht, hast du mit Inez und Catalina schon die richtigen Kandidatinnen aus unserer Familie ... Ich eigne mich mehr für Botengänge ...«

In der Tat bevorzugte Linda auf dem heimischen Weingut stets die etwas robusteren Tätigkeiten. Sie mistete die Ställe aus, versorgte die Pferde und fuhr mit dem Traktor über die Ländereien. Was aber nicht hieß, dass sie ein burschikoser Typ war, der nichts für die »hübschen« und »prickelnden« Seiten des Lebens übrig hatte. Ihre Mutter und ihre Schwestern interessierten sich nur einfach mehr für die »typisch weiblichen« Dinge als sie.

Sie selbst war immer neugierig und konnte ihren Forscherdrang kaum bändigen, wenn ihr etwas Spannendes vor die Nase kam.

Insofern glich sie wohl dem aufgeregt hechelnd aus Beaus Autofenster hängenden Hund, als sie über die schmalen, gewundenen Straßen nach Quinn holperten. Linda staunte, dass zwischen Arandore und dem Meer nur ein Hügel und ein Tal lagen. Der Regen ließ nach, und als das idyllische kleine Städtchen vor ihnen auftauchte, Weinreben gleich, die einen Abhang hinunter zum Wasser kletterten, rief sie begeistert:

»Ist das hübsch hier!«

Beau nickte nur und bog dann in die steile, in den Ort führende Gasse ab, die auf beiden Seiten von hohen, alten, shakespearianisch anmutenden Häusern gesäumt war. Anfangs waren es Wohnhäuser, doch je näher sie dem Ortskern und dem Wasser kamen, desto mehr Ladengeschäfte und Lokale beherbergten sie.

Die Gasse war so unglaublich schmal, dass Linda im Vorbeifahren die rauen Hauswände berühren konnte, wenn sie die Hand aus dem Fenster hielt.

Beau steuerte einen winzigen Parkplatz zwischen dem Büro des Hafenmeisters und einem Laden für Camping- und Outdoorzubehör an und manövrierte das Auto gekonnt hinein. Auf der gegenüberliegenden Seite war direkt das Meer.

»Sag mal, und wenn man nicht ordentlich einparken kann, landet man mitsamt seiner Karre im Wasser, oder wie?«

»Du hast es erfasst«, grinste Beau. »Da unten tummeln sich mehr Autos als Fische.« Beau schwang bereits seine langen Beine aus der Fahrertür, während Linda noch mit dem Griff der Beifahrertür kämpfte. »Du musst ziemlich feste drücken.«

Linda drückte mit dem Arm gegen die unnachgiebige Tür.

»Feste!«, rief Beau und entfernte sich vom Auto.

Linda verdrehte die Augen und drückte noch fester.

Nichts.

Dann warf sie sich mit ihrem ganzen Körpergewicht gegen die Tür, die endlich nachgab, sich mit einem tiefen Quietschen weit öffnete und Linda so unerwartet aus dem Wagen zog, dass diese das Gleichgewicht verlor und der Schwerkraft anheimfiel.

Linda schloss erschrocken die Augen und erwartete den Aufprall auf dem Bürgersteig. Doch der Aufschlag fiel nicht hart und schmerzhaft aus, sondern geradezu weich. Das konnte wohl kaum der Bürgersteig gewesen sein.

Der Bürgersteig hätte in dem Moment wohl auch kein leises »Uff« von sich gegeben.

Bürgersteige keuchten in der Regel auch nicht.

Überhaupt gaben Bürgersteige weder Seufzer noch verbale Äußerungen von sich.

Vorsichtig öffnete Linda die Augen und stellte fest, dass sie nicht auf alten Pflastersteinen lag.

Sie lag auf einem Mann.

Rory hatte nur schnell zum Fischhändler gehen wollen, da seine Lieferanten Barry und Nigel nicht genügend Seelachs gefangen hatten, und den brauchte er für die Abendkarte. Die beiden waren einmalige Spitze, wenn es darum ging, seltene Dinge aufzutreiben, aber hin und wieder vernachlässigten sie darüber ihre eigentliche Aufgabe und kamen mit fast leeren Netzen nach Hause.

Als die Seelachslieferung für den Nachmittag unter Dach und Fach war, schlenderte Rory, die Hände in den Taschen, zurück zum Cockleshell und freute sich gerade darüber, dass nach dem morgendlichen Regen die Sonne herauskam, als er von einer Frau im Tiefflug umgehauen wurde.

Es war mehr der Schreck als der Sturz an sich, der ihm die Sprache verschlug.

Mit mehr Glück als Verstand gelang es ihm, ihrer beider Fall abzumildern, indem er rückwärts taumelte und in einem vor dem Outdoorausrüster ausgestellten Schlauchboot landete.

Dort schaukelten sie einen Moment, bis das Ventil des Bootes aufplatzte und sämtliche Luft daraus entwich.

Da hatte das Schaukeln ein Ende.

Verwirrt sahen die beiden einander an, dann löste Linda sich aus der instinktiven Beschützerumarmung und rappelte sich hastig und sichtbar peinlich berührt auf.

Rory verkniff sich ein Lachen und kam deutlich gemächlicher wieder auf die Beine.

»Es tut mir so leid«, japste sie und wich ein paar Schritte zurück, als habe sie Angst, er könne zum »Gegenangriff« übergehen. »Ist dir was passiert?«

»Mir geht's gut.«

»Sicher?«

»Nichts gebrochen, keine offenen Wunden ...«

»Es tut mir leid ... Und ich hab dir bestimmt nicht wehgetan?«

Rory versicherte ihr, es sei alles in Ordnung, und sie hauchte nur »Gott sei Dank!« und entschuldigte sich noch einmal. Linda wurde von einer Monsterwelle der Scham durchflutet. Sie kam sich vor wie die letzte Idiotin, machte auf dem Absatz kehrt und rannte weg.

Rory sah ihr nach. Sah ihre schlanke Figur, ihre langen Beine, ihre in der Sonne schimmernden kastanienbraunen Haare.

Und keuchte, als hätte ihn gerade wieder etwas umgehauen.

Der Ladeninhaber freute sich, Beau zu sehen, und legte sofort die Zeitung beiseite.

»Hallo, Rivera, schön, dich zu sehen. Was macht der Wein? Wann kann ich endlich welchen von euch verkaufen? Die Probeflaschen habe ich an meine Stammkunden verteilt. Und die Touris stehen einfach auf alles, was in der direkten Umgebung produziert wird – vor allem im Sommer ...«

»Das wird leider noch eine Weile dauern, Norman«, bedauerte Beau mit einem Lächeln. »Aber wenn es so weit ist, bist du der Erste, der beliefert wird.«

»Das will ich aber auch hoffen. Kommst du, um den Champagner zu holen?«

Beau nickte.

»Großartig. Dein letzter Tag als Junggeselle, was? Nervös? Lust, abzuhauen? Hätte ich mal machen sollen. Zwanzig Jahre bin ich jetzt schon verheiratet. Das ist länger, als man für Mord kriegt.« Er lachte über seinen eigenen uralten Witz, dann zwinkerte er Beau zu. »Aber ich hab ja deine Braut gesehen, ein Wahnsinnsgeschoss. Was für ein Glücksgriff, Mann. Nur zwanzig Minuten mit ihr – von zwanzig Jahren ganz zu schweigen – und ich würde meinen, ich sei tot und im Himmel statt wie jetzt im Fegefeuer.«

»Ja, ich bin ein ziemlicher Glückspilz«, grinste Beau.

»Allerdings, Mann ...« Norman nickte eifrig, da kam Linda mit hochrotem Kopf in den Laden gestolpert.

»Das ist meine Schwester Linda, sie ist für die Hochzeit aus Spanien angereist. Linda, das ist Norman.«

Sie hatte die Fassung so weit wiedererlangt, dass sie Normans ausgestreckte Hand schütteln konnte.

»Alles in Ordnung?«, fragte Beau, der die Unruhe seiner Schwester bemerkt hatte.

»Die Autotür hat geklemmt«, brummte Linda und wollte es damit auf sich beruhen lassen. Zum Glück ließ Beau sich von Norman ablenken, der ihm den Inhalt einiger großer Kisten gleich neben dem Verkaufstresen zeigen wollte.

»Guck mal, deine Bestellung. Ein wirklich guter Jahrgang, aber klar, mit so was kennst du dich ja aus. Ach, übrigens, bevor ich's vergesse … Dir wär's wahrscheinlich sogar lieber …« Er tauchte hinter dem Tresen ab und mit einer großen weißen Pappschachtel wieder auf. »Meine Frau hat mich gebeten, dir das hier zu geben. Ich hab ihr gesagt, dass du bestimmt längst woanders eine bestellt hast. Aber sie hat nun mal drauf bestanden. War nichts zu machen. Du weißt ja, wie sie ist, wenn es um dich geht, Beau. Wenn sie dreißig Jahre jünger wäre, würde sie morgen das weiße Kleid tragen …«

»Danke, das ist ja nett.«

»Warte ab, bis du das Ding gesehen hast …« Er warf einen so angewiderten Blick auf die Schachtel, als befände sich frischer Stallmist darin.

Neugierig klappte Beau sie auf. Die Torte darin war so groß wie ein Autoreifen und wohl das schrillste Backwerk, das Beau je gesehen hatte. Rosa Zuckerguss, goldene Putten, in der Mitte ein auf Zehenspitzen balancierender, adipöser Amor aus fuchsiafarbenem Marzipan, der seinen gold gefrosteten Marzipanpfeil direkt auf sie richtete.

»Ah«, machten Beau und auch Linda, als zeigten stolze Eltern ihnen ihr extrem hässliches Baby und erwarteten entzückte Schönheitsbekundungen von ihnen.

»Genau.« Norman grinste. »Würde es euch nicht verdenken, wenn ihr das Ding im Hafenbecken versenkt.«

»Die schmeckt bestimmt gar nicht so schlecht ...«

»... wie sie aussieht, meinst du?« Norman lachte. »Kann sein. Aber sie müsste schon absolut göttlich schmecken, um das gruselige Äußere wettzumachen.«

Vier Kisten Champagner standen für sie bereit.

Beau wollte sich von Norman noch etwas Portwein zeigen lassen.

»Ich bring dann schon mal die erste Kiste raus«, rief Linda den Männern zu und machte sich an der besagten Kiste zu schaffen.

»Nein, lass mal, die sind schwer. Ich mach das gleich.«

»Die sind doch nicht schwer!« Linda hob die erste Kiste an.

»Kannst du die alleine tragen?«, fragte Beau und grinste Norman zu.

Linda warf ihm einen vernichtenden Blick zu.

»Natürlich.«

»Sicher?«

»Ich schaff das schon, Beau«, behauptete sie störrisch.

»Okay, okay. Danke. Findest du das Auto von hier?«

»Es steht keine hundert Meter von hier entfernt, und es gibt nur eine Straße. Wie soll ich mich da bitteschön verlaufen?«

Beau wollte sie ein wenig ärgern und packte auch noch die Tortenschachtel auf die Champagnerkiste. Eher hätte sie sich die Zunge abgebissen, als zu protestieren. Obwohl sie jetzt kaum noch etwas sehen konnte.

»Jetzt zu schwer?«, fragte er sie auf Spanisch. »Bricht die störrische Lasteselin Linda jetzt unter dem zusätzlichen Gewicht der hässlichsten Torte der Welt zusammen?« Er wechselte wieder ins Englische und sagte zu Norman: »Sie glaubt, dass ich es ihr nicht zutraue, und wird jetzt alles tun, um mir das Gegenteil zu beweisen.« Seltsam flüsternd fügte er hinzu: »Schwestern

lassen sich so einfach manipulieren. Wetten, jetzt trägt sie alle Kisten zum Auto, während ich ganz entspannt hier stehe und mich mit dir unterhalte? Vielleicht sollten wir eine Flasche aufmachen und einen Schluck trinken, während wir Linda bei der Arbeit zusehen ...«

Norman lachte. Linda war fest entschlossen, ihrem Bruder zu beweisen, dass sie a) genauso stark war wie er und b) sich nicht so einfach von ihm ärgern und manipulieren ließ, und streckte ihm die Zunge heraus, bevor sie zur Tür hinausmarschierte.

Rory war ihr zur Weinhandlung gefolgt. Warum, wusste er selber nicht so genau. Na ja, doch. Er musste sowieso in die Richtung, blieb dann aber unvermittelt vor dem Laden stehen, in den sie verschwunden war.

Er stand immer noch davor und betrachtete die Flaschenauslage, als er sie von innen die Ladentür ansteuern sah. Sofort eilte er herbei, um sie ihr zu öffnen, wie sich das für einen Kavalier gehört, wenn sich eine schwer beladene Frau nähert.

Nur leider war das Timing ungünstig.

Linda war nämlich fest entschlossen, nicht um Hilfe zu bitten, und wollte die Tür alleine öffnen.

Sie hatte gerade mit dem Ellbogen die Klinke heruntergedrückt und wollte die Tür mit der Hüfte aufschieben, peinlich darauf konzentriert, den Turm aus Kisten auszubalancieren, als Rory von außen anpackte und die Tür aufriss.

Linda wusste nicht, wie ihr geschah. Sie verlor das Gleichgewicht und fiel – zum zweiten Mal heute – durch eine Tür.

Dieses Mal schaffte sie es aber auf wundersame, slapstickhafte Weise, nach einigem Wanken und Torkeln das Gleichgewicht wiederzuerlangen und mit der Champagnerkiste in der Hand vor der Weinhandlung zum Stehen zu kommen.

Ein Verlust war aber doch zu beklagen.

Im ersten Moment des Sturzes war die Tortenschachtel hoch

in die Luft geflogen, wo sie einige bemerkenswerte Saltos geschlagen und sich dabei von ihrem Inhalt getrennt hatte.

Entsetzt sahen Rory und Linda nach oben. Schachtel und Torte schienen einen Moment in der Luft zu verharren, bevor gleichsam in Zeitlupe die Schachtel von einer Windbö erfasst und zum Wasser geweht wurde, während die Torte senkrecht zu Boden ging. Zu Lindas Erstaunen prallte sie dort einige Male ab, bevor sie wie ein an Schwung verlierender Kreisel und erstaunlich unversehrt mitten auf der Straße zum Stillstand kam, wo sie schließlich von einem Geländewagen überfahren wurde.

Die Torte hatte ihre – wenn auch hässliche – Form verloren und war jetzt nur noch Matsch.

Rory und Linda sahen von der zermatschten Torte auf und blickten sich an.

Jetzt war es Rory, der vor Scham im Erdboden hätte versinken mögen.

»Oh Gott, das tut mir leid ...«, stammelte er.

»Machen Sie sich keine Gedanken, Mr. Trevelyan«, meldete sich hinter ihnen Normans fröhliche Stimme. Er und Beau kamen mit den restlichen Champagnerkisten aus dem Laden. »Das war ein würdiges Ende.«

»Platz da, Schwesterherz.« Mit zwei Kisten beladen schob Beau sich an ihr vorbei. »Soll ich dir die da abnehmen und vors nächste Auto werfen?« Er nickte Richtung der Champagnerkiste, die sie immer noch trug. »Nein? Alles in Ordnung?«, fragte er dann, als sie ihm nicht antwortete. »Na, dann komm jetzt, Linda, wir sind spät dran ...« Er lief los und rief gut gelaunt über die Schulter: »Abgesehen von morgen ist heute der einzige Tag, an dem ich mich in Sachen pünktliches Erscheinen strikt an Pips Vorgaben halten sollte.«

Linda zögerte einen Augenblick. Es waren die wasserblauen Augen und etwas im Blick des Fremden, das sie einige Sekunden innehalten ließ.

»Jetzt komm schon, Linda! ¡Date prisa!«

Rory lächelte sie an.

Sie erwiderte sein Lächeln und lief dann ihrem Bruder hinterher zum Auto.

Ein Teil der hässlichen Torte hatte den Unfall aber doch überlebt: Der fuchsiafarbene, adipöse Marzipanamor klebte nun unter dem Chassis eines Porsche Cayenne voller Jetset-Kids. Er hatte seine Schuldigkeit getan.

Benommen schlenderte Rory zurück zum Cockleshell Inn und bemerkte gar nicht, wie die Leute ihn anstarrten. Heute taten sie das allerdings nicht, weil sie ihn aus People-Magazinen kannten, sondern weil ihm etwas in den Haaren klebte.

Ein kleiner, golden glitzernder Marzipanpfeil.

– 8 –

Erster April. Ein großer Tag für einige Menschen aus Quinn und Gallas Baixas. Der Tag, an dem ein zusammengewürfelter Haufen VIPs in einem Luxusminibus mit Klimaanlage, Echtledersitzen mit Liegeposition, Panoramadach, verdunkelten Scheiben, Bord-TV und einem Kühlschrank voller Champagner, Evian, frisch geschnittenem Obst und Lachssandwiches in Quinn ankamen und sich trotzdem über die lange Fahrt beklagten und wissen wollten, warum man keine Hubschrauber gemietet hatte.

Und auch der Tag, an dem Pip Charteris und Balthazar »Beau« Rivera sich das Jawort geben wollten.

Die Hochzeit verlief genauso ungewöhnlich wie der Heiratsantrag. Denn ihr Altar stand nicht in der Dorfkirche. Durch die Weingärten schritten sie zu einer natürlichen, von Bäumen gebildeten Laube. Als Kirchenbänke dienten mehrere Reihen von Stühlen, die sie im Haus gefunden und von Freunden und Nachbarn geliehen hatten.

Die Braut trug ein traumhaft schönes weißes Kleid.

Der Bräutigam einen schicken grauen Anzug.

Und beider Füße steckten in Gummistiefeln.

Linda war überzeugt, dass eine der vielen Brautjungfern ein verkleideter Mann war.

Mindestens vier Hunde mit rosa Schleifen um den Hals liefen aufgeregt zwischen den Gästen herum und bedienten sich bereits am Buffet, das der Wirt des Fisherman's Boots, Dudley Dooley und seine Frau Opal unter den Apfelbäumen aufgebaut hatten. Das Buffet war Dudleys und Opals Hochzeitsgeschenk für ihre lieben Freunde, und sie liefen ähnlich aufgeregt wie die

Hunde und ebenfalls in feinem Zwirn, aber praktischem Schuhwerk, herum.

Pips Mutter Judy führte die Braut an. Linda fand, Judy sah einfach großartig aus in ihrem safrangelben Kaftan. Da machte es auch nichts, dass ihr das Make-up vom Weinen in schauerlichen Streifen übers Gesicht lief und mit jedem Glam-Rock-Musiker hätte konkurrieren können.

Apropos Glam-Rock-Musiker: Die Hälfte der sich hinter riesigen Sonnenbrillen versteckenden Gäste auf der Brautseite hatte Linda doch schon mal auf MTV gesehen, oder?

Als Judy ihre Tochter küsste und an den Bräutigam übergab, stürzten ihr noch mehr Tränen aus den großen Augen, und auch Balthazar wirkte, als müsse er gleich weinen.

Inez drückte Lindas Arm.

»Wusstest du, dass Pips Mutter fast doppelt so alt ist wie Raphael?«, flüsterte sie ihr zu.

Auch Linda waren beim Anblick ihres vor Glück strahlenden Bruders die Tränen gekommen, doch jetzt schniefte sie schnell und lächelte.

»Ja. Aber ich kann's echt verstehen, dass er sich so unsterblich in sie verliebt hat. Die Frau ist der Hammer.«

»Schon ... Aber ich glaube trotzdem, dass er in ihr nur einen Mutterersatz sucht.«

»Ist doch egal. Mamá sagt, dass sie ihm guttut. Dass er jetzt endlich glücklich ist. Angekommen. Du weißt doch, wie orientierungslos er und Eli waren, nachdem Tante Cristina gestorben war.«

»Stimmt. Was macht Eli jetzt eigentlich?«

Ein bisschen wehmütig zuckte Linda die Achseln. Sie und ihre Cousine hatten früher viel zusammen gespielt.

»Keine Ahnung. Du kennst sie ja – sie könnte überall sein ...«

Abrials große Schwester Cristina war das schwarze Schaf der Familie gewesen. Mit zweiundzwanzig hatte sie bereits zwei

Kinder von zwei verschiedenen Vätern und vagabundierte mit den beiden Sprösslingen im Schlepptau auf hohem Niveau durch die Gegend. Die einzige Konstante in ihrem Leben war der alljährliche Sommerurlaub auf dem Weingut der Familie in Galicien gewesen. Als Cristina wie ihr Idol Grace Kelly bei einem Autounfall in Monaco ums Leben kam, schien Eli wild entschlossen, das hedonistische Erbe ihrer Mutter anzutreten.

»Ich habe gehört, sie hat geheiratet und ist sesshaft geworden«, schaltete sich Catalina ein, die mit ihrem Mann und ihren Kindern hinter ihnen saß.

»Och, nö! Nicht Eli!« Genervt verdrehte Linda die Augen.

»Was redest du denn da für 'n Quatsch?«, fuhr Inez dazwischen. »Das würde Eli niemals tun.«

»Ach? Und woher weißt du so genau, was Eli tun würde und was nicht?«, konterte Catalina. »Du hast doch nicht mehr mit ihr gesprochen, seit sie dir bei ihrem Sommerbesuch damals deinen ersten Freund ausgespannt hat. Und wie lange ist das her? Acht Jahre?« Sie lehnte sich wieder zurück. »Kannst ja Raphael fragen, wenn du mir nicht glaubst!« Und damit wandte sie ihre Aufmerksamkeit wieder ihren beiden kleinen Kindern zu, die sich gepflegt langweilten und immer unruhiger wurden.

»So ein Quatsch«, meinte Inez noch mal. »Niemals ist Eli verheiratet. Die ist bestimmt in einem superexotischen Winkel dieser Welt. Die würde nie länger an einem Ort bleiben, und schon gar nicht mit ein und demselben Mann. Das würde sie doch komplett anöden. Außerdem war sie schon immer noch viel reisefreudiger als du. Sie könnte überall sein.« Und flüsternd fügte sie noch hinzu: »Vielleicht begegnest du ihr ja irgendwo unterwegs.«

Automatisch schaute Linda sich nach ihren Eltern um, die in der Nähe saßen.

»Psst, Inez. Sie könnten dich hören. Ich habe mit Papá noch

nicht mal darüber geredet, dass ich eine Weile hierbleiben möchte. Wenn er auch nur im Geringsten Wind davon bekommt, dass ich im Anschluss durch die Weltgeschichte gondeln will, wird er mir wohl kaum erlauben, überhaupt in Cornwall zu bleiben.«

»Keine Sorge, Süße. Ich hab doch versprochen, dir zu helfen.« Inez blinzelte ihre Schwester mit ihren langen, dunklen Wimpern an. »Und das gilt natürlich, solange auch du dich an deinen Teil der Abmachung hältst.«

»Ja, klar. Ich habe doch bisher auch getan, was ich konnte, oder? Und ich habe eine neue Idee: Ich schreibe ihm einen Brief. Einen Abschiedsbrief. In dem ich ihm erkläre, dass ich nicht zurückkomme und dass es mir leidtut und dass ich hoffe, dass wir Freunde bleiben können. Und DU wirst ihm diesen Brief überreichen, Inez! Dann kann er sich bei dir ausheulen. Ich habe den Rest von dem Parfum dagelassen, das er so gerne mag, das heißt, du wirst auch ganz vertraut riechen, wenn er sich in deinen Armen tröstet … Und dann …« Linda drückte die Hand ihrer Schwester. » … Wird alles wie von selbst gehen. Deine natürliche Schönheit und dein Liebreiz werden ihn überzeugen. Er wäre schön blöd, wenn er sich nicht in dich verlieben würde!«

In den Wochen vor der Hochzeit hatte sie bereits versucht, Javier auf mehr oder weniger subtile Weise beizubringen, dass sich ihre Wege trennen würden. So, wie man das schon mal machte, wenn man seines Partners müde war, aber nicht das Herz hatte, ihn kategorisch abzuservieren.

Je mehr Linda sich von Javier zurückzuziehen versucht hatte, desto intensiver hatte Inez mehr oder weniger subtile Annäherungsversuche unternommen. Und nach ihrem gemeinsamen Ausritt hatten Linda und Inez dafür gesorgt, dass es stets Inez war, die Javier die Tür aufmachte, wenn er Linda besuchen wollte. Oder wenn er abends einen trinken gehen wollte, hatte

Linda leider keine Zeit – aber Inez saß bereits mit ein paar Freunden in der Bar.

Die ganze Inez-Javier-Verkuppelungsaktion sollte ja einzig dem eigennützigen Zweck dienen, ihre Eltern leichter von ihren Weltreiseplänen überzeugen zu können. Doch wenn Linda ganz ehrlich war, fand sie auch, dass die beiden großartig zusammenpassten.

Javier unternahm gerne Dinge, die Linda entsetzlich langweilten, die Inez aber richtigen Spaß machten. Beide waren sie sehr häuslich, liebten das Leben und die Arbeit auf der Familienhazienda, die kleine Bar, in der jeden Abend die gleichen Leute und die gleiche Musik anzutreffen waren. Linda kam sich dabei vor wie in *Und täglich grüßt das Murmeltier*. Beide tranken gern Tequila, träumten davon zu heiraten, Kinder zu bekommen – und was dabei ganz entscheidend war: Sie wollten beide, dass all das möglichst bald passierte.

Linda lehnte dies alles ja auch nicht prinzipiell ab, in ferner Zukunft würde sie vielleicht darauf zurückkommen ... Als ihr Javier kürzlich erzählt hatte, dass er bereits wisse, wie seine Kinder einmal heißen sollten, hatte sie laut gelacht. Später berichtete sie Inez davon, und die bekam sehnsüchtig glänzende Augen, seufzte und sagte genau dasselbe.

Und beide wollten ihren ersten Sohn Javier nennen.

»Weißt du was?«, sagte Linda jetzt, restlos überzeugt, dass ihre Schwester und Javier zusammengehörten. »Ich glaube wirklich, dass die Sache mit Javier und mir ein Missverständnis ist. Ich wette, Amor hatte seinen Pfeil auf dich abgeschossen, aber dann stand ich irgendwie plötzlich im Weg. Ihr beiden gehört zusammen. Und wenn zwei Menschen zusammengehören, dann kann und soll nichts auf der Welt sie trennen. Und wer weiß, liebstes Schwesterherz? Vielleicht komme ich in einem Jahr wieder nach Hause, um der nächsten Hochzeit beizuwohnen?«

Inez hatte längst angefangen, ihrer Phantasie freien Lauf zu lassen, und hatte Pip und Beau vor dem Naturaltar mit sich selbst und Javier ausgetauscht. Sie aber nicht in einem Boho-Chic-Kleid, sondern in etwas, das an Flamenco erinnerte. Und Javier mit einem noch viel sehnsüchtigeren, liebestolleren Blick als Beau. Sie schüttelte heftig den Kopf, lachte und gestikulierte abwehrend. Doch innerlich hauchte, rief und juchzte sie: »Ja! Ja! Ja!«

– 9 –

Rorys erster April verlief deutlich anders.

Keine freudige Erregung, keine glückliche Spannung.

Nur das nackte Grauen.

»Was hab ich nur getan ...«, murmelte er, als er mit Monty dabei zusah, wie Freddie und seine Crew ankamen. Mit einem Konvoi aus Minibussen voller Menschen und Filmausrüstung blockierten sie die einzige Uferstraße des Ortes.

»Deine Seele an den Teufel verkauft. Zumindest für die nächsten acht Wochen«, lautete Montys gnadenlose Antwort.

»Danke, bist ein echt guter Kumpel.«

»Ich wäre kein guter Kumpel, wenn ich nicht ehrlich mit dir wäre. Du kennst Freddie und du weißt, mit was für Leuten er zusammenarbeitet ...« Monty schaltete auf ziemlich ernst und feierlich um: »Aber du weißt ja genau, warum du das tust, und das musst du dir nun ständig vor Augen halten. Acht Wochen sind schnell vorbei.«

Frank und Sydney kamen von ihrem allmorgendlichen Strandspaziergang zurück und schlängelten sich an irgendwelchen Scheinwerfern vorbei.

»Da ist dein Vater«, sagte Monty. »Jetzt reiß dich zusammen, ring dir ein Lächeln ab und tu so, als fändest du das alles ganz toll.«

Sofort zog Rory seine Mundwinkel nach oben. Er wollte seinen Vater auf gar keinen Fall weiter belasten.

Der hatte ohnehin schon ein schlechtes Gewissen, dass sich sein Sohn nur wegen ihm auf etwas eingelassen hatte, was er sonst niemals getan hätte. Außerdem hatte er Schwierigkeiten, jemanden zu finden, der ihn, einen »Kindesentführer«, durch

den Paragrafendschungel lotsen und ihm zum Sorgerecht für Sydney verhelfen wollte.

Als Erstes hatte Rory seinen Anwalt angefragt. »Wenn ich Ihnen einen guten Rat geben darf, Mr. Trevelyan: Lassen Sie sich da bloß nicht mit reinziehen ...« Er ließ ihn derart arrogant abblitzen, dass Rory beschloss, nun endgültig einen anderen Syndikus für die Belange seines Unternehmens zu suchen. Dieser war ihm ohnehin nie hundert Prozent sympathisch gewesen.

Und auch Montys Tipp, der vermutlich gerissenste Rechtsverdreher in ganz Südengland, war reine Zeitverschwendung gewesen. Er hatte viel zu drastische Maßnahmen vorgeschlagen.

»Bist du sicher, dass er wirklich Rechtsanwalt ist?« Frank lachte angespannt und trank seinen Kaffee aus. »Mir kommt er eher vor wie aus einem Gangsterfilm entsprungen ...«

Monty vergrub die Hände in den Taschen und grinste schief.

»Mein Vater nennt ihn den Zauberer ... Weil er jedes Problem einfach verschwinden lassen kann.«

»Schon klar ...« Frank fröstelte ein wenig. Er sah zum Bürogebäude hinüber und erwartete fast, von dort beobachtet zu werden. »Aber ich fürchte, Consuela in eine Kiste zu legen und in der Mitte durchzusägen würde mir nicht unwesentlich viel mehr Ärger einbringen, oder was meinst du?«

Auch ohne diese ganze Problematik war Franks Leben gerade schwierig genug. Die Rückkehr nach Quinn war mit gemischten Gefühlen verbunden. Einerseits war er überglücklich, wieder zu Hause zu sein, denn er war wirklich nur wegen Consuela nach Ibiza gezogen. Es war ihr dringender Wunsch gewesen, und weil er bis über beide Ohren in sie verliebt war, hatte er ihr jeden Wunsch erfüllen wollen.

Wenn er jetzt daran zurückdachte, wie sehr er sie damals geliebt hat, spürte er, dass er doch noch nicht ganz über die Trennung hinweg war. Natürlich war seine Liebe zu Consuela nicht zu vergleichen gewesen mit der Liebe, die er für Elizabeth empfunden hatte. Sie war beständig gewesen, solide und geerdet, während die Liebe für Consuela etwas Unbekümmertes, aber auch Verzehrendes hatte. Er hatte sich wieder jung gefühlt, sie hatte ihn zum Lachen, aber auch zum Weinen gebracht. Es war die berühmte Achterbahnfahrt der Gefühle gewesen.

Tief in seinem Herzen hatte er gewusst, dass es nicht von Dauer sein würde. Gleichzeitig hatte er sich gefragt, was das Leben ihm in puncto Liebe wohl noch bieten würde in seinem Alter, und darum hatte er gehofft, die Zeit auf Wolke sieben würde die Bruchlandung am Ende wettmachen.

Aber jetzt fühlte er sich älter denn je.

Und kam sich vor wie ein ganz großer Esel.

Genau wie damals, als Elizabeth gestorben war, unterdrückte er seine eigenen Gefühle, indem er sich voll und ganz auf den kleinen Jungen in seiner Obhut konzentrierte. Damals hatte er sich rührend um Rory gekümmert, heute um Sydney.

Er versuchte, seinen Schmerz vor seinem Sohn zu verbergen, doch Rory entging die Gefühlslage seines Vaters nicht. Er kannte ihn gut genug, um jede Stimmungsschwankung zu erspüren. So, wie er jetzt vor ihm saß, war er zwar äußerlich ruhig und tapfer, aber zutiefst unglücklich.

Ja, Sydney brauchte Frank. Keine Frage. Doch offenbar durchschaute nur Rory, dass umgekehrt das Gleiche galt: Frank brauchte Sydney.

Der Junge war inmitten der Gewitterwolken und Turbulenzen ein wahrer Sonnenschein. Das kokosbraune, von dunklen Locken umrahmte Gesicht mit den leuchtenden Augen strahlte sie alle unentwegt an. Gesprochen hatte er dagegen in den drei Wochen seit seiner Ankunft noch kein einziges Wort. Frank zufolge sprach der Junge grundsätzlich nicht viel, das sei schon so gewesen, als seine Mutter noch dabei war. Jedes Mal, wenn jemand ihn zum Reden bringen wollte, lächelte der Junge scheu

und zog den Kopf ein wie eine Schildkröte, die sich in ihren Panzer zurückzieht.

Statt »Guten Morgen« zu wünschen, lächelte er.

Statt »Gute Nacht« zu wünschen, lächelte er.

Statt »Danke« zu sagen, lächelte er.

Kein einziges Mal bat er um etwas.

Hingegen war er stets strahlend dankbar für alles, was man ihm gab.

»Er ist ein höflicher, stiller Junge«, erklärte Frank den anderen, schien aber gleichzeitig sich selbst beruhigen zu wollen. »Das ist nun mal seine Art. Ich bin sicher, dass er irgendwann auftauen wird ...«

»Schade, dass wir ihn nicht in die Schule schicken können«, entgegnete Rory. »Dieses Versteckspiel tut ihm bestimmt nicht sonderlich gut.«

»Das sehe ich genauso.« Julia nickte. »Und eurem Anliegen, ihn hierzubehalten, wäre es sicher auch nur dienlich, wenn er ein normales Leben mit einem vernünftigen Alltag führte. Zumal, wenn wir uns an die offiziellen Spielregeln halten müssen ...«

Rory und Frank sahen einander an. Ihr Blick sagte mehr als tausend Worte. Sie wussten bereits, dass es mit den offiziellen Spielregeln verdammt schwierig werden würde. So viele Punkte sprachen gegen sie: Die Tatsache, dass Frank Sydney ohne Ausweispapiere ins Land geschmuggelt hatte; Franks Alter; der Umstand, dass Sydney mit keinem von ihnen verwandt war und kein Wort Englisch sprach ...

Die einzigen Spielregeln, die zu funktionieren schienen, waren offensichtlich Consuelas. Und obwohl diese ganz klar waren, vermuteten alle, dass noch irgendein Haken dabei war.

Frank gestand Rory, dass Consuela unzählige Male angerufen hatte. Zuerst dachte Rory, sie habe möglicherweise ihre Meinung geändert, doch Frank versicherte ihm, es gehe ihr weiterhin allein ums Geld. Kein einziges Mal hatte sie sich nach dem Jungen erkundigt, kein einziges Mal hatte sie mit ihm sprechen wollen. Das bestätigte Rory in seiner Ansicht, dass der Junge bei seinem Vater bleiben sollte.

Frank war Rory ein großartiger Vater gewesen – und er würde auch Sydney ein großartiger Vater sein. Er war es ja bereits. Dass der Junge nicht zur Schule ging, hieß nicht, dass er nichts lernte. Frank brachte ihm Angeln und Fahrradfahren bei, er zeigte ihm, wie man sich mit Karte und Kompass in Cornwall zurechtfand, wie man die besten Gezeitentümpel mit jeder Menge interessantem Getier zwischen den Felsen fand, er brachte ihm das Surfen, Schwimmen und Rollerskaten bei und zeigte ihm, wie man einen Drachen steigen ließ und die Menschen um sich herum um den Finger wickelte.

Sydney war glücklich. Und was noch wichtiger war: Er war glücklich *bei* ihnen. Und das reichte als Rechtfertigung. Wenn man weiß, dass man etwas tut, das andere für falsch halten, hilft es zu wissen, dass man damit Gutes tut. Immer wenn Rory Zweifel an ihrer Vorgehensweise kamen, rief er sich das Wesentliche in Erinnerung: dass Consuela ihren Sohn als lästig empfand und dass Frank ihn nach kurzer Zeit der Bekanntschaft bereits von ganzem Herzen liebte.

So wie Rory. Er bereute keinen Augenblick, was nur wegen dieses kleinen Jungen derzeit in seinem geliebten Restaurant vor sich ging: Wie hungrige Heuschrecken waren Freddie und sein Team über das Cockleshell hergefallen. In Windeseile hatte es sich herumgesprochen, dass demnächst jede Menge Promis im Cockleshell anzutreffen wären, und darum wimmelte es schon jetzt vor einheimischen und urlaubenden Schaulustigen, die hofften, einen Blick auf oder ein Autogramm von irgendeinem Star zu ergattern, oder wenigstens aufgeregt zu Hause anrufen und sagen zu können: »Rate mal, wen ich heute in Quinn gesehen habe!«

Rory hatte sich so lange von diesem ganzen Trubel ferngehalten, dass er schon ganz vergessen hatte, wie das war.

Der Hype, der damals um Rory Trevelyan, dem Koch der Stunde, veranstaltet wurde, war ihm an sich schon unangenehm gewesen. Als dann auch noch eine Frau ins Spiel kam, die deutlich berühmter war als er, war ihm der ganze Rummel zu viel geworden und er hatte beschlossen, ab sofort so langweilig wie irgend möglich zu sein. Kein einziges interessantes Foto, nicht eine interessante Story wollte er den Medien bieten. Er konzentrierte sich ausschließlich darauf, tagein, tagaus seine Einkäufe zu erledigen, Vorbereitungen zu treffen, Essen zuzubereiten und seine Gäste zu bedienen. Das wirkte auf die Reporter-Hyänen wie eine Nulldiät und führte dazu, dass sie sich irgendwann verzogen.

Und jetzt waren sie wieder da.

Schon kurz nach Freddies Ankunft hatte Rory den ersten Paparazzo im Hof hinter den Müllcontainern entdeckt.

Ein passendes Versteck für diesen unangenehmen Zeitgenossen, den Rory und Monty einst »die Kanalratte« getauft hatten, weil er a) so aussah und b) immer wieder an den unmöglichsten Orten auftauchte.

In den letzten Wochen hatte Rory versucht, sich selbst einzureden, dass keiner von den Reportern damals wirklich so unangenehm gewesen sein konnte, wie er in Erinnerung hatte. Doch die Ratte bewies ihm das Gegenteil.

»Na, hast du mir nichts zu erzählen, Rory?«, begrüßte der Typ ihn, als er das Hoftor öffnete und ihm bedeutete, zu verschwinden.

»Was?«, entgegnete Rory barsch.

»Na, der kleine dunkle Junge, der hier wohnt … Hattest wohl 'ne heiße Affäre mit 'ner dunklen Schönheit, was?«

Rory sackte das Herz in die Hose.

Dass die Presse in irgendeiner Weise Wind davon bekam,

konnten sie nun gar nicht gebrauchen. Blitzschnell überlegte er, was nun am Schlausten sei, und beschloss dann, mit offenen Karten zu spielen und dazu ein klein wenig zu bluffen.

»Der Kleine ist mein Stiefbruder. Der Sohn der Frau meines Vaters. Die sind zu Besuch. Wenn Sie meinen, das taugt für die Titelseite, bitte schön. Hübsches Kerlchen ist er ja, und bestimmt ziemlich fotogen.«

Das schien zu funktionieren.

Die Ratte verzog enttäuscht das Gesicht, trollte sich vom Hof und schimpfte, weil sein genialer Beobachtungsposten, an den er gelangt war, indem er sich in einer leeren, aber dennoch schmutzigen Mülltonne versteckt hatte, ihm nichts weiter als ein läppisches Familientreffen beschert hatte.

Je weiter der Tag voranschritt und je mehr Banner und Logos und Kleinbusse mit Bannern und Logos und Menschen mit Bannern und Logos sich in Quinn und rund ums Cockleshell tummelten, desto mehr Pressevertreter kreuzten auf.

Viele von ihnen waren sogar eingeladen, denn am Abend sollte der Beginn der vierten Staffel der extrem erfolgreichen Promi-Koch-Serie mit einer ordentlichen Premierenparty gefeiert werden. Die versprach eine gehörige Sause zu werden, mit eimerweise Champagner und so viel Kaviar, dass im gesamten Schwarzen Meer wohl kein einziges Fischei mehr zu holen war.

Ein Detail, das Rory im Kleingedruckten des Vertrages übersehen hatte: Die Party sollte im Cockleshell stattfinden. Das begriff Rory erst, als die eigens dafür angeheuerten Caterer auftauchten und seine Küche in Beschlag nehmen wollten.

»Steht im Vertrag, Kumpel ...«, sagte Freddie jovial, als Rory ihn leicht panisch fragte, was die zwölf Leute in Kochkleidung in der Küche machten, in der er selbst Abendessen für hundert Gäste zubereiten musste.

»Aber mein Restaurant ist heute Abend komplett ausgebucht!«

»Sophie!«, schrie Freddie.

Wie aus dem Nichts tauchte die bisher nicht in Erscheinung getretene Sophie neben ihnen auf. Sophie, die Ausnahme-PA, das menschliche Äquivalent zu einem BlackBerry, das mehr Veranstaltungstermine parat hatte als Google.

»Ah, da bist du ja. Rory braucht deine Hilfe, er muss ein paar Reservierungen ändern.«

Rory biss sich auf die Zunge, zählte innerlich bis fünf und wandte sich dann mit dem schönsten Lächeln, das er unter diesen Umständen zustande brachte, an Sophie.

»Nein, Rory braucht Ihre Hilfe nicht, um ein paar Reservierungen zu ändern ... Rory braucht Ihre Hilfe, um alle diese Menschen sofort aus meinem Restaurant zu schaffen.«

»Aber ... aber ... aber ...« Freddie machte Mundbewegungen wie ein nach Luft schnappender Goldfisch.

»Ganz ruhig, Freddie ... Du bekommst deine Party. Nur nicht hier. Ich sage doch nicht Gästen ab, die schon vor Monaten einen Tisch reserviert haben. Hier werden heute Abend eine goldene Hochzeit und mindestens drei Geburtstage gefeiert. Würdest du denen das antun? Nein. Ihr könnt im Trevail feiern.«

»Aber in den Einladungen steht Cockleshell!«

»Wir stellen jemanden an die Tür, der sie zum Trevail schickt.«

»Ich kann doch von meinen VIP-Gästen nicht erwarten, an einer Adresse aufzutauchen und dann woanders hinzugehen!«

»Das Trevail ist keine hundert Meter von hier entfernt, Freddie!«

Bevor Freddie erneut protestieren konnte, kam Rory ihm zuvor und schob ihn durch die doppelflügeligen Türen hinaus auf die Terrasse mit Blick auf den Fluss, wo die Aprilsonne schwach, aber entschlossen versuchte, die Pfützen vom nächtlichen Regenschauer zu trocknen.

»Guck nach rechts«, kommandierte er. »Das Trevail ist keine vierzig Schritte von hier.«

Freddie kannte die Macken der Schönen und Reichen. Manche von denen würden nicht einmal von einem Tisch zum anderen wechseln, geschweige denn von einer Location zur anderen. Er zögerte. Rory verschränkte die Arme vor der Brust und setzte den strengen Blick auf, den er manchmal bei Monty anwenden musste. Darin hatte er jahrelange Übung. Inzwischen konnte er Monty über eine Minute in die Augen sehen, ohne ein einziges Mal zu blinzeln. Der Blick wirkte eigentlich bei jedem, selbst bei Dickhäutern wie Freddie.

Und der schlug sich wirklich wacker ... Aber nicht wacker genug. Nach exakt zehn Sekunden wich er Rorys Blick aus.

»Okay, Leute, neue Location, los, Sophie, hopp, hopp!«, rief er, bevor er sich an Rory wandte. »Und wir sehen uns um vier wieder.«

»Um vier?«

»Für deine Anprobe.«

»Meine Anprobe?« Rorys Augen weiteten sich gleichermaßen abwehrend wie überrascht.

»Ja, sicher, du musst doch das richtige Kostüm zu deiner Rolle tragen.«

»Kostüm? Rolle?«

»Koch, Rory! Die Rolle des Kochs!«

»Aber ich *bin* doch Koch ...«

Freddie sah ihn von oben bis unten an.

Seine weiße Kochkluft war wie immer tadellos sauber.

Schlicht, aber sauber und absolut zweckmäßig.

»Unser Sender hat ein bestimmtes Image, Rory. Und in das musst du reinpassen.«

»Ich ... aber ...«, stammelte Rory.

»Vier Uhr, Rory«, fiel Freddie ihm ins Wort. »Dann suchen wir senderkompatible Kochklamotten heraus, Outfits für Foto-

shootings und andere über die nächsten acht Wochen geplanten Events und putzen dich schön raus für heute Abend …«

»Heute Abend?«

»Die Premierenparty, Rory. Da wirst du natürlich erwartet.«

»Aber mein Restaurant ist heute Abend voll ausgebucht!«

»Und du hast sicher Leute, die für dich einspringen werden.« Jetzt war es Freddie, der einen ernsten Blick aufsetzte. »Also: vier Uhr Anprobe. Ich sag Sophie, dass sie dich abholen soll.«

»Das heißt, ich soll nicht nur heute Abend mein Restaurant im Stich lassen, sondern du bestimmst auch, was ich die nächsten acht Wochen anziehe …?«

»So sieht's aus.« Nachdem Freddie schon in Sachen Location unterlegen war, wollte er in diesem Punkt mehr Stärke beweisen. Er sah Rorys entgleisten Gesichtszügen an, dass er diese eine Schlacht gewonnen hatte, und lenkte ein: »Mach dir mal keine Sorgen, es wird alles so geschmackvoll wie möglich sein.«

So geschmackvoll wie möglich?

Rory mochte sich gar nicht vorstellen, was damit gemeint war.

Freddie wandte sich ab und steuerte jemand anderen an, den er nerven konnte.

Brummend blieb Rory zurück.

Er ärgerte sich über sich selbst. Zum ersten Mal seit Jahren hatte er einen Vertrag unterschrieben, ohne ihn komplett durchzulesen. Fast hätte er Julia in den Industriekühlschrank einsperren müssen, bevor er überhaupt den Stift ansetzen konnte.

»Bitte jetzt kein ›Ich hab's dir ja gesagt‹, okay?« Reumütig lächelte er Julia an, die mit einem Stapel zu unterzeichnender Papiere im Arm auf der Suche nach ihrem Chef gewesen war und ihrem unergründlichen Lächeln nach zu urteilen das gesamte Gespräch mit angehört hatte.

Julia schwieg, aber ihre hochgezogenen Augenbrauen sprachen Bände.

»Julia. Ich hatte dich gerade gebeten …«

»Ich hab nichts gesagt!«, sagte sie mit erhobenen Händen.

»Ja, aber wenn ein Bild mehr sagt als tausend Worte, dann ist dein Gesicht ein ganzes Shakespeare-Drama.«

»Tragödie oder Komödie?«

»Sowohl als auch«, brummte Rory und schüttelte den Kopf. »Aber mal so was von sowohl als auch.«

– 10 –

Der Tag hätte schöner nicht sein können.

Selbst Antonio, dem es häufig nur mit gewaltsamer Unterstützung seiner Frau gelang, die Arbeit ruhen zu lassen, hatte sich ausnahmsweise entspannt und voll und ganz auf die Feierlichkeiten konzentriert. Allerdings klingelte sein Handy genau in dem Augenblick, als der Pfarrer den berühmten Satz ausgesprochen hatte »Wenn irgendjemand etwas gegen diese Verbindung einzuwenden hat, möge er nun sprechen oder für immer schweigen.«

Linda hatte auf der Zugfahrt mit den Klingeltönen seines Handys herumgespielt und »Oops I did it again« programmiert.

Die Hochzeitsgesellschaft bog sich vor Lachen.

Dann ging es mit der Trauung weiter.

Und nach der Trauung wurde wieder viel gelacht.

Die beiden Familien waren sich vorher erst ein Mal begegnet, und zwar im letzten Sommer, als Beau und Pip zusammen mit ihren beiden jüngsten Schwestern das Weingut in Spanien besucht hatte, aber da war so viel zu tun gewesen, dass sie nur wenig Zeit miteinander verbringen konnten. Heute, an diesem zwar sonnigen, aber noch kühlen Frühlingstag, saßen sie alle an den Tapeziertischen unter den wie zur Feier des Tages früh in Blüte stehenden Apfelbäumen beieinander und verstanden sich blendend.

Insbesondere Abrial, von der Beaus Schwestern vermutet hatten, dass ihr für ihren einzigen Sohn keine Frau der Welt gut genug sein würde, freute sich riesig über die neue Verwandtschaft und war fast genauso verliebt in ihre neue Schwiegertochter wie ihr Sohn.

»Du siehst sensationell aus!«, raunte sie Pip zu, die gerade ein paar Weinflaschen auf einem der Tische abstellte, um ihren Freunden nicht die ganze Arbeit zu überlassen.

»Danke«, sagte sie lachend, während ein paar Apfelblütenblätter wie Konfetti auf sie herabrieselten. »Mit sensationell spielst du sicher auf die hier an, oder?« Grinsend hob sie einen im Gummistiefel steckenden Fuß an. »Wir haben so ein Glück mit dem Wetter! Bis gestern war ich mir sicher, dass wir Gummistiefel *und* Regenmäntel tragen müssten. Aber gut, das Risiko geht man eben ein, wenn man zu dieser Jahreszeit unter freiem Himmel heiratet!«

Abrial nickte.

»Hat ja alles hingehauen, meine Liebe. Aber was ich immer noch nicht verstehe, ist, wieso ihr ausgerechnet am ersten April heiraten wolltet?«

Pip zuckte die Achseln. »Ganz einfach: Wir wollten nicht lange warten und – wen wundert's? – heute hatte der Pfarrer noch alle Termine frei. Außerdem sind wir doch ohnehin komplett übergeschnappt, weil wir dieses Weingut hier aufbauen wollen, und darum fanden wir ein so schräges Datum wie den ersten April als Hochzeitstag eigentlich ziemlich passend.«

»Aber das Weingut läuft doch gut, oder?«, schaltete Antonio sich sofort ein.

»Na ja, wir hatten gewisse Startschwierigkeiten.« Pip zuckte die Achseln und lächelte beim Gedanken an den Abend vor wenigen Wochen, als es ganz so aussah, als würde ein Großteil ihrer harten Arbeit wie Dorothy von einem Wirbelsturm erfasst und in ein fernes Wunderland transportiert. Den Abend, an dem Beau ihr inmitten des Chaos den Heiratsantrag machte. »Aber wir geben uns wirklich alle Mühe, es wird schon klappen.«

»Vielleicht sollte ich mir das mal ansehen …«, schlug der Patriarch vor, doch Abrial hielt ihn zurück, indem sie die Hand auf seinen Arm legte.

»Antonio! Heute ist Hochzeit! Am Hochzeitstag redet man nicht von der Arbeit!«

»Aber die Reben sind doch keine Arbeit, Abrial, das weißt du genauso gut wie ich! Die Reben sind eine Lebenseinstellung! Man muss die Pflanzen täglich pflegen, ganz gleich, was sonst noch ansteht! Und wenn es eine Hochzeit ist. Und wenn es eine ganz besondere Hochzeit ist. Und wenn es die Hochzeit eines frischgebackenen Meisterwinzers ist!« Sein Strahlen verriet, wie stolz er auf diese Leistung seines Sohnes war. »Komm her, Balthazar!«, rief er Beau zu, der genau wie seine Frau die Gäste mit Wein bewirtete. »Zeig mir dein Weingut, lass deinen Vater mal sehen, ob du weißt, was du da tust ...«

Doch Beau lachte nur und nahm Pips Hand.

»Mutter hat ganz recht, wir würden dir das Gut und die Gärten sehr gerne zeigen und uns auch deinen Rat anhören, aber ganz bestimmt nicht heute! Der einzige Wein, der mich jetzt interessiert, ist der, den ich euch einschenke, damit wir auf meine wunderschöne Frau anstoßen können.«

Und damit füllte er das Glas seines Vaters, schnappte sich Lindas leeres Glas und schlug mit einem Messer dagegen, bis er die Aufmerksamkeit aller Gäste hatte.

»Herzlich willkommen, liebe Freunde und Verwandte von nah und fern!« Lächelnd legte er seinem Vater eine Hand auf die Schulter. »Danke, dass ihr an diesem besonderen Tag hier seid und ihn mit uns feiert. Ich möchte ein paar Worte über die Liebe sagen, wenn's recht ist, denn schließlich ist das hier heute ein Fest der Liebe. Viele von euch glauben, wahre Liebe sei, wenn man jemanden findet, der einen ergänzt. Jemanden, mit dem man das Gefühl hat, endlich ein ganzer Mensch zu sein. Ich glaube das nicht. Ich glaube, wahre Liebe ist nicht, jemanden zu finden, der eine Lücke ausfüllt, sondern jemanden, der einem bewusst macht, dass man die ganze Zeit schon ein ganzer Mensch war, egal, wie viele Schwächen und Fehler man hat. Jemanden, der einen so nimmt, wie man ist. Jemanden, der einen bereichert, der einen nicht zu Höchstleistungen antreibt, sondern einem mit seiner Liebe und seinem Vertrauen ganz automatisch Flügel verleiht. Auf meine Pip …« Er füllte das leere Glas, das er von Linda gemopst hatte und hob es in Richtung seiner Frau, die lächelte und so pink anlief, wie Judys Seidenkleid glänzte. »… die mit ihrer Liebe und ihrem Vertrauen aus mir einen besseren Menschen und unendlich glücklichen Mann gemacht hat. Glücklicher als je zuvor.«

Es folgten weitere Reden, denen die meisten ergriffen oder zumindest gerührt zuhörten.

Antonio aber ließ sich nur schwer ablenken. Als es dunkel wurde, setzte Musik ein und einige leicht angetrunkene Gäste forderten einander zum Tanz unter Sternen, Apfelbäumen und Papierlaternen auf. Doch statt diese romantische Stimmung in sich aufzusaugen wie der Rest seiner Familie, stand Antonio unvermittelt auf.

»Oh Gott.« Inez stupste Linda mit dem Ellbogen an. »Ich glaube, Papá will tanzen!«

»Vergiss es!« Linda grinste ihre Schwester an. »Den lockt nicht die Musik.«

Tatsächlich steuerte Antonio nicht die anderen Tänzer an, sondern die dunklen Weingärten.

»Was hab ich gesagt?«, lachte Linda. »Er kann einfach nicht aus seiner Haut – er *muss* nach den geliebten Reben sehen.«

»Die ja – gleich nach Mamá – seine einzig wahre Liebe sind«, zwinkerte Inez.

Linda witterte eine günstige Gelegenheit, mit ihrem Vater zu sprechen, und folgte ihm.

Er stand am Rande des Weingartens, in dem Beau und Pip geheiratet hatten, an einen Zaun gelehnt und betrachtete die Wiese, die für die Bepflanzung mit Rebstöcken vorbereitet wurde.

Schweigend stellte Linda sich neben ihn.

Sie wollte, dass er anfing zu reden. Und das tat er auch, ohne sie dabei anzusehen.

»Sieht gut aus so weit. Die Reben sind gesund und stark. Aber sie haben noch viel zu tun. Sie wollen noch zwei Weingärten von insgesamt vier Hektar oder so anlegen, wie sollen sie das schaffen, wenn Balthazar als Einziger Vollzeit an dem Projekt arbeitet ...«

Das war ihre Chance!

Linda lehnte sich neben ihm auf den Zaun, folgte seinem Blick über die noch brachliegenden Weiden und nickte ernst.

»Ich fürchte, du hast recht, Papá. Das ist einfach zu viel für ihn allein. Ich glaube, sie könnten Hilfe gebrauchen. Aber es muss jemand sein, der sich auskennt.«

»Und hast du einen Vorschlag, wer das sein könnte?« Ihr Vater zog die Augenbraue hoch und verriet mit einem Schmunzeln, dass er genau wusste, was ihr vorschwebte.

»Wenn du mich ein paar Wochen entbehren kannst, könnte ich doch einfach hierbleiben und Beau und Pip helfen. Pips Familie packt ja wirklich nach Kräften mit an, aber ich glaube, sie könnten gut jemanden gebrauchen, der Ahnung von Reben und so hat ...«

Antonio war nicht dumm.

»Sie wären dir sicher sehr dankbar, Kleines. Und vielleicht ... Würde das auch deine Reiselust ein klein wenig befriedigen. Deine Neugier auf fremde Länder etwas stillen. Was meinst du?«

Betreten senkte Linda den Blick.

Dem konsumierten Wein sei Dank, interpretierte Antonio ihre Betretenheit als Bescheidenheit im Zusammenhang mit ihrer selbstlosen Hilfsbereitschaft und nicht als Anflug eines schlechten Gewissens, weil seine Tochter insgeheim plante, seine geografischen und zeitlichen Vorstellungen ihrer Abwesenheit von zu Hause zu überschreiten.

Schlechtes Gewissen hin oder her, diese Gelegenheit wollte Linda nicht ungenutzt verstreichen lassen.

»Da könntest du sogar recht haben ...« Sie lächelte scheu. »Hier ist es ja wirklich wunderschön.«

»Allerdings, ja.«

»So ruhig und friedlich ...«

»Ja, so kommt mir das auch vor.«

»Und die beiden haben so viel zu tun ...«

»Richtig, ja.«

»Und sie könnten jede Hilfe gebrauchen ...«

»Recht hast du, Kleines.«

»Also, was meinst du? Soll ich ihn fragen? Ob sie möchten, dass ich bleibe und ihnen helfe?«

Antonio schwieg. Sie war gerade dreiundzwanzig geworden. Sie war eine erwachsene Frau. Er wusste genau, dass er ihr nicht mehr vorschreiben konnte, wie sie ihr Leben zu leben hatte, und darum freute es ihn sehr, dass sie ihn fragte und auf seine Wünsche Rücksicht nehmen wollte. Für ihn war sie eben immer noch das kleine Mädchen, das er so viele Jahre geliebt und behütet hatte. Die Vorstellung, ihr jetzt die Erlaubnis zu verweigern, zerriss ihm fast das Herz. Im Grunde brauchte sie ja gar nicht seine Erlaubnis, sondern seinen Segen. Er wusste genau, dass er sich täglich Sorgen um sie machen würde. Er wusste, dass dies der erste Schritt war, dass es jetzt Cornwall war und später die ganze Welt. Er wusste, dass er sie loslassen musste. Und weil er nicht dumm war, wusste er auch, was er damit erreichen würde, wenn er ihr das verweigerte, was sie sich mehr als alles andere wünschte: Er würde einen Keil zwischen sie beide treiben.

Andererseits wollte er sich die Gelegenheit nicht entgehen lassen, sie ein wenig zu ärgern, und schwieg so lange, bis er glaubte, sie könne nicht mehr länger die Luft anhalten. Dann sah er sie wohlwollend an, als überreiche er ihr ein Geschenk, und sagte: »Ja, mach das mal.«

Linda stutzte eine Sekunde. War es wirklich so einfach gewesen?

Dann kreischte sie vor Freude.

Ihr Herz hüpfte und sank dann wieder, als sie das patrizische Profil ihres Vaters sah. Sie konnte ihr Glück nicht fassen.

»Bist du dir sicher, Papá ...?«, fragte sie ungläubig und hätte sich im selben Moment selbst in den Hintern treten können dafür, ihren Stand zu gefährden. Was, wenn er es sich jetzt doch wieder anders überlegte ...?

Doch er nickte. Linda jubelte.

»Ich glaube, das wäre gut für deinen Bruder ... und für dich ... Wenn Beau mit dem Vorschlag einverstanden ist.«

Ihr Vater drehte sich zu ihr um.

»Sollen wir hingehen und ihn fragen?«

»Jetzt gleich?« Lindas Unglaube nahm kein Ende.

Sie konnte sich nicht vorstellen, dass Balthazar etwas dagegen haben würde. Die Hochzeitsreise sollte ohnehin erst später stattfinden.

Irgendwann, wenn sie mehr Zeit und Geld und nicht so furchtbar viel Arbeit hätten.

Beau und Pip wohnten in einem Cottage auf Arandore, und im Haupthaus lebten Raphael, Pips Mutter, Pips Tante und Pips Schwestern. Die Frischvermählten hatten also ohnehin so gut wie keine Privatsphäre. Da fiel Linda als zusätzliche Bewohnerin kaum weiter ins Gewicht.

Ihren Bruder jetzt sofort zu fragen, ging Linda fast schon ein bisschen zu schnell, aber wenn sie es nicht taten, würde es sich ihr Vater vielleicht doch noch anders überlegen. Solange Beau dem Plan nicht zugestimmt hatte, konnte Antonio seine Erlaubnis immer noch zurückziehen – und Linda wusste nicht, wie sie dann mit der Enttäuschung umgehen würde.

»Natürlich nur, wenn du dir hundert Prozent sicher bist ...«, entgegnete Antonio.

»Jetzt gleich!« Linda nickte entschieden und nahm ihren Vater bei der Hand. »Wir werden ihn jetzt gleich fragen.«

Antonio selbst sprach die Frage aus.

Linda hielt die Luft an. Ihr Bruder war sichtlich überrascht, diese Frage aus dem Mund des Mannes zu hören, den er so gut kannte. Er sah zu seiner Frau, die zustimmend lächelte, und dann zu seiner Schwester, die einen Blick aufsetzte wie ein Hund, dessen Herrchen gerade etwas Köstliches aß, von dem er gerne etwas abhaben wollte.

Flehentlich und voller Hoffnung.

Wenigstens sabberte sie nicht.

Auch Beau spielte mit dem Gedanken, seine Schwester ein wenig zu ärgern, aber weil er wusste, wie sehr sie auf diese Chance hoffte, und weil er seinen Vater nur zu gut kannte, beschloss er, dass es einfach nur grausam wäre, Linda jetzt zu frotzeln.

»Ich finde, das ist eine ganz großartige Idee, Schwesterherz. Wir würden uns freuen, wenn du eine Weile bei uns bleibst.«

Linda stieß einen Freudenschrei aus.

Hüpfte herum wie ein Flummi.

Fiel jedem um den Hals.

Und lag schließlich am Boden, weil die Hunde sie vor lauter ansteckender Aufregung angesprungen und zu Fall gebracht hatten. Jetzt standen sie um sie und auf ihr herum und schleckten ihr übers Gesicht.

Linda war das egal. In dem Augenblick hätte sie ein ganzes Hunderudel mit Mundgeruch umarmen und küssen können. Sie war unendlich glücklich.

– 11 –

Während seiner »Anprobe« fand Rory schnell heraus, dass Freddies Vorstellung von »so geschmackvoll wie möglich« die war, ziemlich gute und teure Klamotten einzukaufen und das Logo des Fernsehsenders ESDS auf jedes einzelne Teil sticken zu lassen – von der Kochmütze bis zum Smoking.

Rory hatte strikte Anweisung, um halb sieben für die Party fertig zu sein, und verbrachte zwischen Anprobe und Party noch eine ziemlich hektische Stunde in der Küche. Danach überließ er den Laden schweren Herzens seinem Souschef Woody.

Jetzt steckte er in dem Outfit, das man ihm für heute Abend verpasst hatte, einem Anzug von Hugo Boss, und betrachtete etwas unwohl sein Spiegelbild. Er zerrte am Kragen herum, als würde der ihn strangulieren, während Monty sich auf dem Bett fläzte, den Blick von der bestickten Anzugtasche zum Logo auf der Krawatte wandern ließ und seinen Freund jungenhaft angrinste.

»Du bist ein Werbeträger!«, rief er erfreut.

Julia saß auf einem Stuhl am Fenster und überprüfte den Vertrag auf weitere unangenehme Überraschungen. Mit dem Stift im Mund sah sie einen Moment auf, bedachte Monty mit einem strengen Blick und Rory mit einem beruhigenden Lächeln. »Du siehst sehr gut aus.«

Monty ignorierte sie und nahm ein Taschentuch von dem Stapel neuer Kleidung auf dem Bett.

»Hm, wofür das wohl steht?« Nachdenklich legte er den Finger auf die Lippen.

»Was?«

»ESDS.« Er strich über die gestickten Buchstaben. »Wofür steht ESDS?«

»Komm schon, Monty, das weißt du ganz genau ...«

»Ehre sei dem Suppenkoch?«

»Monty ...«

»Ist das auch auf deiner Unterwäsche? Dann steht es vielleicht für Erste Sahne, diese Schnitte?«

»Du weißt ganz genau, wofür es steht, Monty: acht Wochen Hölle. Jetzt mach es bitte nicht noch schlimmer, ja?«

»Okay, ich hör ja schon auf.« Monty hob ergeben die Hände.

»Danke.«

»Kein Problem. Tut mir leid. Ehrlich, es tut mir wahnsinnig leid ...«

»Monty. Bitte.« Julia legte die Hand auf Montys Arm. »Rory ist doch so schon gestraft genug, jetzt lass ihn mal in Ruhe, ja?«

»Danke!«, rief Rory. »Wenigstens ein Mensch, der kapiert, dass mir diese ganze Sache körperliche Schmerzen verursacht.«

»Allerdings. Komm schon, Monty.« Scharf sah Julia ihn an. »Es steht doch wohl für: Echt scharf, dieser Sternekoch!«

Es dauerte einen Moment, bis Rory es fassen konnte.

»Du schlägst also in die gleiche Kerbe, du, meine Buchhalterin Julia?« Ungläubig schüttelte Rory den Kopf, während Monty amüsiert quietschte und die Hand hob, auf dass Julia einschlug. Danach hielten sie sich die Bäuche vor Lachen.

Um Punkt Viertel vor sieben wurde Rory fast wie ein Schwerverbrecher von Freddie und Sophie in sein eigenes Restaurant geführt, vorbei an Blitzlichtgewitter und Gekreische. Zwar zog er eine Menge Aufmerksamkeit auf sich, aber zum Glück war er nicht die Hauptattraktion des Abends.

Die Stars des Abends würden in einer Dreiviertelstunde kommen, und zwar gleich eine ganze Busladung, auf die sich die blutsaugenden Reporter mit ihren spitzen Zähnen und Bleistiften stürzen konnten.

Die Paparazzi machten jede Menge Fotos, aber weil die Einheimischen Rory schon tausend Mal gesehen hatten, versuchten sie nicht, ihn anzufassen oder ein Autogramm von ihm zu ergattern. Sie grüßten ihn nur freundlich, und ein paar kommentierten seinen schicken Anzug, denn sie kannten Rory eher in Jeans und T-Shirt. Er hatte schon eine Ewigkeit keinen Anzug mehr getragen. Außer seiner Kochkluft, wenn die denn als Anzug durchging. Für die Ansässigen war es fast so, als sähen sie die Queen in einem limettengrünen Jogginganzug und mit einem großen Corgie-Tattoo auf dem Oberarm durch die Straßen schlendern.

Rory hörte die Rufe und Pfiffe gar nicht, als er die Holztreppe hinaufstieg. Er war in Gedanken ganz bei dem, was ihn jetzt erwartete. Er mochte sich gar nicht vorstellen, was die Filmcrew aus seinem Baby gemacht hatte.

Das Trevail war makellos und rein gewesen, hatte noch ganz neu gerochen. Er fürchtete, dass diese Unberührtheit der rücksichtslosen Kommerzialität des Teams von ESDS zum Opfer gefallen war, und staunte umso mehr, als er das wunderschöne Restaurant mit Holzfußboden und Glaswand mit Blick über den Fluss betrat. Es war sensationell.

Er war erleichtert, auch wenn es an Merchandising nicht fehlte. Aber man hatte es so geschmackvoll wie möglich gestaltet, wie Freddie betonte. Zwar trug alles Mögliche den Schriftzug ESDS, aber das Ganze war wirklich dezent gehalten. Rory hatte Luftballons und Transparente erwartet, doch weit gefehlt: Das Logo fand sich auf hübschen kleinen Streichholzschachteln, eleganten Stoffservietten, Champagneretiketten, stilvollen Kerzen und Weinglasanhängern. Rory, der so hingerissen gewesen war von dem unverbrauchten Potenzial dieser Räumlichkeiten, empfand jetzt auch eine tiefe Freude darüber, dass diese endlich genutzt werden würden.

Schon jetzt war das Restaurant voller Menschen, die köstliches Essen, erlesenen Wein, gute Gesellschaft und angeregte Gespräche genossen.

»Wer sind alle diese Leute?«, fragte er leicht verunsichert.

»Das ist so ziemlich jeder, bei dem wir Eindruck schinden, den wir bei Laune halten oder bei dem wir uns einschmeicheln müssen.« Freddie lächelte nervös. »Bosse, Oberbosse, Sponsoren, Freunde und Verwandte von Bossen, noch wichtigere Bosse und Sponsoren. Wollen alle gerne gratis saufen und mit dem einen oder anderen Promi plaudern oder flirten.«

Freddies Boss, der anlässlich der Premierenparty einen vom Budget der Sendung finanzierten Familienurlaub in Cornwall verbrachte, seine Frau und seine drei verzogenen Kinder aber im Nobelhotel zurückgelassen hatte, kam auf sie zu.

»Tolle Party, Freddie. Gut gemacht. Großartige Location.«

»Danke, Sir.«

Das Lob ließ Freddie strahlen wie eine Neonlampe.

»Sie müssen der Geheimkoch sein«, wandte der Boss sich dann an Rory.

Aus dem »Sir« schloss Rory blitzschnell, dass es sich bei dem Herrn um einen der Oberbosse handelte, die Freddie erwähnt hatte, und darum zwang er sich, bei der Anrede mit »Geheimkoch« nicht angewidert das Gesicht zu verziehen, sondern jovial zu lächeln.

»Rory Trevelyan.« Er streckte dem Oberboss, der für einen so wichtigen Oberboss eigentlich erstaunlich klein war, die Hand entgegen. Der packte sie und schüttelte sie begeistert.

»Fabelhaft, einfach fabelhaft. Wir freuen uns, Sie mit an Bord zu haben, Rory. Wann kommen die anderen Stars?«, wollte er wissen.

Er lechzte insgeheim danach, dem berüchtigten Männermagazin-Model vorgestellt zu werden, das dieses Jahr Teil des Kandidatenteams war. Er war nämlich – Untertreibung des Jahrzehnts – »ein großer Fan« von ihr. Ihr Kalender vom letzten Jahr hing immer noch bei ihm im Büro, weil auf dem Dezemberbild ihr appetitlicher Busen so verführerisch aus dem Dekolleté des Weihnachtsmäntelchens herausquoll. Ihm war schnuppe, welcher Monatsname unter dem Bild stand, er konnte es das ganze Jahr über betrachten. Die Aussicht, sie heute Abend kennenzulernen, war für ihn wie wenn alle achtundvierzig Weihnachtsfeste seines Lebens auf einen Tag fielen. Er konnte nur hoffen, dass sie auf kleine, glatzköpfige, unglücklich verheiratete Männer mit Bauchansatz stand. Seine glänzende Platte würde doch perfekt zwischen ihre wunderbar üppigen Brüste passen.

Er dachte an Drillinge in einem Kinderwagen.

Freddie sah auf die Uhr.

»In fünfunddreißig Minuten. Sie müssen nur auf das Blitzlichtgewitter draußen achten.«

»Großartig! Großartig!«

Das würden die längsten fünfunddreißig Minuten seines Lebens werden. Der kleine, glatzköpfige Oberboss schüttelte Rory noch einmal die Hand und entschuldigte sich dann eiligst. Auf der Herrentoilette tupfte er sich den Schweiß von der glänzenden Stirn und reinigte sich zum dritten Mal heute die Zähne mit Zahnseide, bevor er einen lauschigen Ecktisch mit Beschlag belegte, sich aus den kriecherischsten Crewmitgliedern sein privatpersönliches Cheerleader-Team zusammenstellte sowie sich mehrere Flaschen ESDS-Champagner in ESDS-Kühlern unter den Nagel riss. Er wollte nämlich dafür sorgen, dass seine Angebetete sich ihr Gegenüber ein klein wenig schön trank.

Rorys Unbehagen ließ nach, als um Punkt sieben die Moderatoren der Show, Tony Trent und George Vasiliki, heftig bejubelt eintrafen und ihm vorgestellt wurden.

Rory hatte nicht gewusst, was ihn erwartete. Er war nicht sicher, ob die beiden Männer vielleicht nur der Kameras wegen so freundlich lächelten, und stellte dann erleichtert fest, dass sie wirklich angenehme Zeitgenossen waren.

Sie taten nämlich genau das, was Rory hätte tun wollen, wenn es seine eigene Party gewesen wäre: Freudig liefen sie von einem Gast zum anderen und begrüßten jeden der Anwesenden. Die beiden waren echte Profis, hatten bereits als Koch gearbeitet, bevor sie für diese Celebrity-Show engagiert wurden, und standen mit beiden Beinen fest auf dem Boden. Mit der völlig irren Scheinwelt des Fernsehens gingen sie offenbar gelassen um, jedenfalls lachten sie andauernd und machten Witze. Als spielten sie Pingpong, hauten sie sich einen Joke nach dem anderen um die Ohren. Und versenkten einen Champagner nach dem anderen.

Rory hießen sie »herzlich willkommen an Bord der MS Wahnsinn« und drückten ihn ehrlich erfreut an sich.

»Gott sei Dank haben sie Stark mit runtergelassener Hose erwischt«, grinste George. »Der Typ ist der absolute Albtraum, wir hatten wirklich nicht die geringste Lust, mit ihm zu arbeiten. Stimmt doch, Tony?«

»Der ist in etwa so appetitlich wie ein Eimer voller nicht mehr ganz frischer Fischköpfe«, pflichtete Tony Trent ihm bei, schnappte sich noch ein Glas Champagner und fuchtelte damit Richtung Rory herum. »Der Typ ist der totale Egomane, von daher bist du uns in unserem Team wirklich sehr willkommen. Hast es ja echt klasse hier, Mann. Klasse Lage, klasse Hütte. Und so ein uneigennütziges Projekt, das gefällt uns. Jugendlichen helfen und so. Vielleicht könnten Georgie Boy und ich ab und zu mal herkommen und ein paar Stunden unterrichten?«

»Ist das euer Ernst?« Rory war begeistert.

»Der sagt nie was, was er nicht ernst meint«, unterstrich George. »Wir mischen hier gerne mit, wenn's dir recht ist.«

»Wenn's mir recht ist …? Ihr macht doch wohl Witze?«

»Super. Dann lass uns demnächst mal ein paar Termine festzurren.« Tony nickte und amüsierte sich königlich über Rorys ungläubige Miene. Dann folgte sein Blick Georges Zeigefinger, der auf die Treppe deutete. »Hände an die Hosennaht! Hört sich ganz so an, als sei der Jahrgang 2013 im Anmarsch!«

»In der Tat, da kommen die Chaoskandidaten«, seufzte George. »Halt deine Kochkluft fest, Rory. Ab jetzt geht's rund.«

Ähnlich wie Rory hatte auch Diana dem Abend in etwa so entgegengesehen wie einem Besuch beim Zahnarzt, und im Moment versuchte sie sogar, sich zu verstecken.

Gar nicht so einfach in einem Raum voller Leute, wenn man sein bestes kleines Schwarzes hinter einer knallroten Schürze – auf der im Übrigen das ESDS-Logo in Brusthöhe prangte – verbergen musste, mit der man aussah wie eine überdimensionale Maraschinokirsche.

Stundenlang hatte Diana ihren Kleiderschrank durchforstet auf der Suche nach einem Kleid, in dem sie sich einigermaßen wohlfühlen würde (in den meisten entwickelte sie das Bedürfnis, sich mit einer Josh-Hartnett-DVD-Sammlung und jeder Menge Schokolade unter die Bettdecke zu verkriechen), und dann hatte man ihr und allen anderen Kandidaten gleich am Eingang des Trevail diese knallroten ESDS-Schürzen verpasst: eine Uniform, mit der sie sich von den anderen Gästen abheben sollten, statt sich mit ihnen zu vermischen.

Den ganzen Tag schon hatte sie sich gefühlt wie an ihrem ersten Schultag. Diana hatte sogar größeres Lampenfieber als bei einer ihrer Theaterpremieren.

Nicht, dass sie in letzter Zeit so wahnsinnig viel Theater gespielt oder sonst irgendwelche Engagements gehabt hätte.

Aber so war das wohl in dem Business. Alle betonten, wie sehr sie sie als Schauspielerin schätzten – aber unter Vertrag hatte sie dennoch keiner nehmen wollen.

Eigentlich hatte ihr das ruhige Leben in Quinn ganz gut gefallen. Nur waren die anderen acht Kandidaten von *England sucht den Superkoch* alle so ... angesagt.

Neben ihnen fühlte sich Diana wie von gestern.

Außerdem kannten die anderen sich alle untereinander, weil sie sich schon in anderen Promi-Reality-Shows über den Weg gelaufen waren.

»Promi-Heckenschneiden, Promi-Gummistiefelweitwurf, Promi-Extrembügeln, Promi-Schafwrestling ... Die haben schon überall mitgemacht«, hatte Geraldine gescherzt, um Diana aufzuheitern, nachdem sie sie in die streng geheime, von Freddie gefaxte Liste der Mitstreiter eingeweiht hatte.

Geraldine war nicht mehr sie selbst, seit Peter weg war. Anfangs schien es, als habe sie mühelos akzeptiert, dass ihr Sohn abtrünnig war. Sie hatte ihn einen »verdammten Nichtsnutz« genannt und Diana versichert, sie hätte »Besseres verdient«, und sie solle bloß froh sein, dass sie ihn los sei. Und dann hatte sie ihre Schwiegertochter sogar – für sie völlig untypisch – in den Arm genommen.

Doch als Diana sie später in ihrer Einliegerwohnung im Keller besuchte, die Geraldine ihre Rentnerbude nannte, war die alte Dame gerade dabei, einen uralten Koffer zu packen.

Dianas »Was machst du denn da?« hatte sie zunächst mit einem tieftraurigen Blick und höherer Packgeschwindigkeit beantwortet.

»Du willst mich hier nicht mehr, nicht nach allem, was mein Schweinehund von einem Sohn dir angetan hat, das geht einfach nicht ...«

Statt eines Kommentars hatte Diana die Kleider wieder aus dem Koffer genommen, ihn zugeklappt und ihn zurück auf den Kleiderschrank geschoben.

Und mit den Worten »Jetzt sei bitte nicht albern« verließ sie das Zimmer, blieb aber noch einmal kurz stehen und rief »Um sieben gibt's Abendessen, ja?« über die Schulter.

Wieder für sich, hielten beide inne und seufzten erleichtert: Geraldine, weil ihre unendlich gütige Schwiegertochter wollte, dass sie, diese zänkische alte Schwiegermutter, bei ihr wohnen blieb; Diana, weil diese zänkische alte Schwiegermutter, die sie wie ihre eigene Mutter liebte, bei ihr wohnen bleiben wollte.

Wenn Rory nicht gewesen wäre, würden sie jetzt beide ihre Koffer packen.

Rorys Anruf hatte so einigen das Leben gerettet.

Diana.

Geraldine.

Freddie.

Und sogar Rory selbst.

»Keine Ursache«, hatte er erwidert, als sie sich überschwänglich bei ihm bedankt hatte. »Als Freddie mir erzählte, dass ihm eine Kandidatin fehlt, habe ich sofort an dich gedacht ... Und ehrlich gesagt, wenn ich jetzt schon bei diesem Blödsinn mitmachen muss, und das muss ich wohl, dann würde ich mich sehr freuen, wenigstens ein bekanntes und freundliches Gesicht herumlaufen zu sehen ...« Er klang gestresst und fast schon flehend.

»Blödsinn ... Na, das klingt ja wahnsinnig verlockend, Rory ...«

»Äh ... ja ... hast recht ... also ... Die Kohle stimmt jedenfalls.«

Diana lachte. »Das war genau die Info, die ich noch brauchte.« Und damit hatten sie ihr Schicksal besiegelt.

Kurz danach hatte ein ausgesprochen freundlicher und erleichterter Freddie bei ihr angerufen. Seine Begeisterung für die Show war deutlich ansteckender als Rorys Skepsis, und seine ausdrückliche Freude darüber, sie mit an Bord zu haben, baute ihr Ego auf, das ansonsten gerade schneller im Sinken begriffen war als ein Boot, das sich mit einem Eisberg angelegt hatte. Die Höhe der Gage würde es ihr erlauben, zumindest zu versuchen, für das Poseidon House zu kämpfen.

Und dann klopfte ihr Herz noch schneller, als Freddie am Rande ihres Telefonats erwähnte, dass er dringend eine Unter-

kunft für die Kandidaten der Sendung brauchte, am besten gleich ein ganzes Haus, in dem sie alle unterkommen könnten, damit man sie auch nach den Dreharbeiten am Set noch bei ihren Gefühlsausbrüchen, Anbandeleien und Streitereien filmen konnte. Eine Art Big Brother, nur nicht im Container, sondern im *England-sucht-den-Superkoch*-Haus.

Diana hatte sich ganz nonchalant erkundigt, wie viel sie denn zu zahlen bereit seien, da sie eventuell etwas an der Hand hätte. Als er die Summe ausgesprochen hatte, war die Sache sofort klar gewesen und sie hatte ihm ihr eigenes Haus zu diesem Zweck angeboen.

»Das Haus ist ein riesiger alter Kasten, jetzt, wo nur noch meine Schwiegermutter und ich hier sind, kommt es uns viel zu groß und leer vor.« Sie sprach das aus, als sei es bereits allgemein bekannt, dass sie und Peter sich getrennt hatten.

Und so erfuhr Freddie McCormack als Erster, dass Diana Noble und Peter Parminter kein Paar mehr waren.

Sogar noch vor Peter.

Glücklicherweise war Freddie immer viel zu sehr mit seinen eigenen Angelegenheiten beschäftigt und ging nicht weiter darauf ein.

Als sie auflegte, war Diana also nicht nur Kandidatin der Show und sollte dafür eine ziemlich großzügige Gage bekommen, nein, sie stellte auch ab heute, dem 1. April, ihr Zuhause als gläserne Unterkunft zu Verfügung. Die nächsten acht Wochen würden der komplette Promi-Kader, drei backstage filmende Crewmitglieder, der Fahrer Brian und die erstaunlich belastbare PR-Mitarbeiterin Sophie, die gewissermaßen für alle als Kindermädchen fungierte, unter ihrem Dach wohnen.

So kam es, dass Diana bereits am Morgen dieses ersten Aprils genug Geld auf dem Konto hatte, um Peter seinen Anteil am Haus auszuzahlen. Das Poseidon House würde ihr nicht verloren gehen.

Gleich nach dem Telefonat mit Freddie hatte sie ihren Agenten Edwin angerufen und ihm alles erzählt. Der bewegte sofort sein fettes Hinterteil aus seinem Lederchefsessel und wurde aktiv.

Noch am selben Tag hatte er drei Fernsehinterviewtermine unter Dach und Fach und diverse überregionale Zeitungen scharf gemacht. Die überboten sich jetzt gegenseitig, um exklusiv über Dianas Version der Trennung berichten zu dürfen, und ein großer Verlag wollte gerne eine Summe mit vielen Nullen zahlen für ihre Autobiografie.

Das Interesse und die gebotenen Summen stiegen noch weiter, als klar wurde, dass a) Diana den Platz des ach so unschuldigen Nachwuchsstarlets von A&E im ESDS-Kandidatenteam übernahm und b) der verheiratete Schauspieler, der das Blondchen geschwängert hatte, kein Geringerer war als Dianas Mann, Peter Parminter.

Welch Ironie des Schicksals. Peter hatte ihre Ehe ruiniert, aber gleichzeitig dafür gesorgt, dass sie nach wie vor ein Zuhause hatte.

Diana überstand alles Weitere mit stoischer Würde und behielt immer schön ihr Bankkonto im Auge. Sie war noch nie besonders scharf auf viel Publicity gewesen, sie hatte Schauspielerin werden wollen, weil sie gern schauspielerte, nicht, weil sie reich und berühmt werden wollte. Aber in dem Moment hatte sie das Gefühl, doch einiges an Reichtümern anhäufen zu müssen, um Geraldine und sich selbst zu versorgen, und wenn das bedeutete, dass sie wieder ins Rampenlicht musste, dann war das nun mal so.

Edwins rasches Handeln und die vielen positiven Reaktionen darauf verliehen ihr die Stärke, den parfümierten Brief wieder hervorzuholen und abermals zu lesen.

Sie bereitete sich auf Peters Rückkehr vor.

Zwei Tage wollte er in London sein, hatte er gesagt.

Der Brief verriet ihr, dass er gelogen hatte.

Der Brief verriet ihr, dass er die letzten beiden Tage nur wenige Meilen entfernt in einem Hotel mit Seeblick in Devon verbracht hatte, dass seine Geliebte, die noch viel *angesagter* war als die anderen ESDS-Kandidaten, sich »seeeehr« auf die beiden Tage mit ihm ganz allein freute, dass sie ihm dort – wahrscheinlich in diesem Augenblick – die ziemlich freche Unterwäsche vorführen würde, die sie zur Feier des Tages gekauft hatte, und dass sie »alles herausholen wollte« aus diesen zwei Tagen, bevor man ihr den Babybauch ansah.

Diana zuckte bei jedem zweiten Wort zusammen, als würde man ihr die Schamhaare einzeln ausreißen.

Sekunden später ließ sie den Brief in ihrer eigenen Tasche verschwinden, als Geraldine ihrer schlechten Angewohnheit gemäß, ohne anzuklopfen ins Schlafzimmer spazierte, Bob auf der Schulter.

»Was ist los?«, hatte sie wissen wollen. Die Frau hatte Röntgenaugen.

»Was soll los sein? Wieso fragst du?«

»Weil du aussiehst, als hätte dir gerade jemand in deinen Gin Tonic gespuckt.«

Diana hatte schon eine Notlüge auf den Lippen, aber Geraldine schien über eine Art eingebauten Lügendetektor zu verfügen.

»Ach, was soll's ... Früher oder später wirst du es ja doch erfahren.« Seufzend zog Diana den Umschlag aus der Tasche und reichte ihn Geraldine. Die sah ihn an, hielt ihn sich unter die Nase, schnupperte daran und machte ein angewidertes Gesicht.

»Kommt mir bekannt vor«, brummte sie missbilligend. »Auf die Sorte hat schon sein Vater sehr gestanden. Eau de Mätresse.«

Mit spitzen Fingern zog sie den Brief heraus und warf den

Umschlag aufs Bett, als könne er sie mit einer widerlichen Krankheit infizieren. Ihre blassblauen Augen flogen über die blumige Handschrift.

»Aha«, lautete ihr simpler abschließender Kommentar.

»Was sagst du dazu?«

Geraldine sah ihre Schwiegertochter an, blickte dann noch einmal auf den Brief und wieder hoch zu Diana.

»Würde man einen Sturz von unserer Klippe eigentlich überleben?« Ihre Augen blitzten kalt.

Und so war Peter Parminter nicht nur mit einer, sondern gleich mit zwei vor Wut rasenden Frauen konfrontiert gewesen, als er am selben Abend von seinem Liebesausflug zurückgekehrt war.

Erst hatte er alles abgestritten und sich darüber aufgeregt, überhaupt solchen Vorwürfen und Unterstellungen ausgesetzt zu sein. Dann zeigten sie ihm das Beweisstück (den Brief), woraufhin er zuerst schwieg, dann alles gestand, betonte, dass er ein schwacher Mann sei, sich irgendwie entschuldigte, um Verzeihung bat, sich Versöhnung wünschte, einen Anruf von seinem Agenten annahm, dann einen von einer überregionalen Zeitung, die sich die Finger leckte nach seiner Version der Geschichte, und zuletzt seine Entschuldigung zurücknahm und ziemlich unangenehm wurde. Und das alles innerhalb einer halben Stunde.

Diana teilte ihm mit, wenn er nicht sofort das Haus verlasse, würde er in Kürze seinen Sachen folgen, die seine Mutter bereits in schwarze Plastiksäcke gestopft und aus dem Fenster geworfen hatte. Zu seinem Glück befanden sie sich auf der dem Garten zugewandten Seite des Hauses.

Und so hatte er sich zurück nach London getrollt, zurück in die Arme seiner klammernden, hormondurchtränkten, schwangeren Geliebten.

Während Diana mit dem Hund, Peters Mutter und deren Papagei in Quinn geblieben war.

Sie hatte nur wenige Wochen in diesem ungewohnten Zustand des Alleinseins verbracht, als an jenem Vormittag die ESDS-Promis anreisten.

Die hatten sich binnen kürzester Zeit derartig in ihrem Haus ausgebreitet, dass es auf einmal gar nicht mehr so riesig wirkte.

Es war schön und beängstigend zugleich.

Die anderen Kanditaten waren zwar alle richtig freundlich, schüchterten Diana nach so langer Abwesenheit vom Showbusiness aber doch auch ein wenig ein.

Weil sie sich ihre Namen nicht merken konnte, hatte sie andere Bezeichnungen für sie gefunden.

Der Sportler.

Der Boy-Band-Junge.

Das Oben-ohne-Model.

Der Nachrichtensprecher.

Die Kinderfernsehen-Moderatorin.

Die Schauspielerin aus dem historischen Film.

Der Rapper.

Das war immer noch besser als die Namen, die Geraldine ihnen gegeben hatte. Mit Bob auf der Schulter hatte sie an dem Abend, an dem Diana ein passendes Outfit für die Premierenparty suchte, über eine Stunde auf deren Bett gesessen, über die gesamte Truppe gelästert und sie alle neu getauft.

Die Sportskanone mit dem kleinen Hirn und dem großen Rohr. (Ja, sie hatte ihn bereits nackt gesehen, als er aus dem Badezimmer kam. Eigentlich komisch, schließlich wohnte er im obersten Stockwerk und Geraldine im Keller ...)

Der Chorknabe auf Acid.

Wonderbra.

Der Bote des Grauens.

Das Honigkuchenpferd.

Püppi aus dem Mittelalterschinken, kurz PMS.

Uuuuuuund: Dieser entzückende, gut aussehende Schwarze mit den strahlend weißen Zähnen und dem knackigen Po.

Ja, zur Überraschung aller (inklusive ihrer eigenen) mochte Geraldine einen der Eindringlinge. Er hieß Theo, war DJ, Rapper, Musiker, charmant, intelligent und gut aussehend. Und so witzig, dass er Geraldines Herz im Sturm erobert hatte, kaum dass er das Haus betrat und der alten Dame seine Sporttasche überreichte mit den Worten: »Bring die in unser Zimmer, meine Schöne, und leg meinen Pyjama auf die rechte Bettseite, es sei denn, du möchtest, dass ich nackt schlafe.«

Erst hatte Geraldine entsetzt die Augen aufgerissen, dann war sie in Gelächter ausgebrochen.

Von da an war eigentlich alles ganz gut gelaufen. Diana hatte sich wirklich Sorgen gemacht, das Haus könnte unter dem Gewicht der vielen ausgeprägten Egos zusammenbrechen, aber jetzt glaubte sie daran, dass Theo die süße Marmelade sein würde, die diese ziemlich schräge, krümelige Keksmischung zusammenhalten würde.

Sie hatte sich sogar zu der Hoffnung hinreißen lassen, die nächsten acht Wochen würden vielleicht gar nicht so schlimm werden ... Aber das war vor der Premierenparty.

Der Gang über den roten Teppich bis zum Eingang des Trevail war ja noch okay gewesen ... Theo hatte alles über die Sache mit Peter gelesen und für sich entschieden, dass Diana ein Goldstück war. Er nahm ihre Hand und flüsterte: »Komm schon, Prachtweib, Kinn hoch, Brust raus, lächeln! Und sobald wir die Tür erreichen, küsse ich dich leidenschaftlich, damit deinem Ekel von Mann morgen früh beim Zeitungslesen der Toast im Hals stecken bleibt.«

Im Restaurant hatte die Sache dann schon anders ausgesehen. Nachdem sie alle abgelichtet worden waren, wurden sie in verschiedene Richtungen gescheucht, um sich »unter die Leute« zu mischen, und jedes Mal, wenn sie wieder beieinanderstan-

den, ging einer von Freddies Lakaien dazwischen, trennte sie und zerrte sie zu einer anderen Persönlichkeit, die »für ESDS so wichtig« war.

Im Prinzip war Diana an solche Dinge ja gewöhnt, aber dieses Mal war es nur wenige Wochen nach ihrer ziemlich öffentlichen Trennung. Adrenalin und Champagner verhalfen ihr zu einem Dauerlächeln, und sie schüttelte tapfer irgendwelche Hände und betrieb Konversation selbst mit denen, die mit ihren neugierigen Fragen die Grenzen des guten Geschmacks überschritten. Irgendwann hatte sie aber das Gefühl, sowohl ihr Lächeln als auch ihre Hand würden lahm, und nutzte die erstbeste Gelegenheit, sich aus dem Staub zu machen. Aus ihrer dunklen Ecke heraus entdeckte sie jemanden, mit dem sie tatsächlich gerne ein paar Worte wechseln würde.

Ihre Miene hellte sich wieder auf, als sie Rory sah, aber der blickte noch deutlich finsterer drein als sie.

Als er Diana entdeckte, steuerte er sie sofort an.

»Kompletter Irrsinn, oder?«

Diana nickte.

»Ehrlich gesagt, Rory, ich hatte ganz vergessen, wie das ist. Ständig kommen Leute auf mich zu und begrüßen mich, als würden wir uns schon ewig kennen, und ich steh da und denke ›Kenne ich dich? Müsste ich dich kennen? Sind wir uns schon mal begegnet und ich hab's vergessen? Und wenn ja, was hältst du dann von mir?‹ Und dann kapiere ich, dass die nur glauben, mich zu kennen, weil sie mich im Fernsehen gesehen haben, und dann werde ich sofort unsicher, weil ich glaube, dass sie die echte Diana todlangweilig finden …« Sie unterbrach ihren Redefluss und schüttelte verschämt den Kopf. »Ich liebe die Schauspielerei, Rory, aber ich fürchte, ich eigne mich einfach nicht zur Schauspielerin, jedenfalls nicht mit allen Facetten, die das Publikum offenbar erwartet …«

»Ich glaube, der DJ legt gleich los, dann können wir uns entspannen. Sollen wir uns rausschleichen, frische Luft schnappen?«

»Gerne! Wenn ich noch ein strahlendes Lächeln gegenüber irgendjemandem, der *wahnsinnig* wichtig ist, aufsetzen muss, besteht die Gefahr, dass ich denjenigen mit einem ESDS-Cocktailstab erdolche!«

– 13 –

Der erste Tag dieses Frühlingsmonats hatte sich letztlich doch von seiner besten Seite gezeigt. Nur jetzt, gegen Abend, wurde es so kühl, dass sich nur noch die Hartgesottenen und die Raucher auf der breiten Holzveranda aufhielten.

Weil Diana fröstelte, zog Rory sein Sakko aus und legte es ihr um die Schultern. Er staunte nicht schlecht, als ihr daraufhin die Tränen kamen.

»Ach, du liebe Güte, was ist denn …?« Am liebsten hätte er sie in den Arm genommen, befürchtete aber, es damit nur noch schlimmer zu machen, und legte nur die Hand auf ihren Arm. »Muss ich ein schlechtes Gewissen haben, weil ich dich zu all dem hier überredet habe?«

Sie schüttelte heftig den Kopf.

»Nein, überhaupt nicht, im Gegenteil, ich habe schon auf eine passende Gelegenheit gewartet, um mich noch mal bei dir zu bedanken! Du hast mir aus einer riesigen Patsche geholfen – und mir dabei geholfen, von diesem Arschloch wegzukommen«, fügte sie raunend hinzu. »Ich bin dir wirklich dankbar. Es ist nur … ich … Also, ich muss mich erst mal wieder an all das hier gewöhnen. Muss wieder lernen, bei solchen Anlässen eine Rolle zu spielen … Es wird eine Weile dauern, aber ich werd's schon schaffen.«

»Was ist es dann? Ich weiß, du meinst, dass du tapfer sein musst, was die Trennung von Peter angeht, aber ihr beiden wart ja auch ewig zusammen, ist doch klar, dass sich das erst mal total seltsam anfühlt ohne ihn …«

Wieder schüttelte sie den Kopf.

»Nein, Rory, tut es nicht. *Mit* ihm hat es sich seltsam angefühlt. Und wenn ich ganz ehrlich bin, dann war das auch nicht allein seine Schuld. Es ist schon eine ganze Weile nicht mehr richtig rund gelaufen zwischen uns, und das haben wir uns beide zuzuschreiben.«

»Was ist es dann?«

»Ich weiß, das hört sich blöd an, aber allein diese kleine Geste, dass du mir dein Sakko gibst, einfach so, ohne ein Wort – das war so aufmerksam von dir! Zwölf Jahre war ich mit Peter zusammen, und er hat mir kein einziges Mal sein Sakko geliehen. Warum habe ich zwölf Jahre meines Lebens an einen Mann verschwendet, der mir nicht mal sein Sakko um die Schultern legt? Und jetzt bin ich alt und dick und werde den Rest meines Lebens keinen Mann mehr finden, der mir sein Sakko aus anderen Beweggründen als reiner Freundschaft oder Mitleid um die Schultern legen wird. Wahrscheinlich klingt das alles furchtbar langweilig und nach Klischee, aber ich habe mir doch einfach nur immer schon gewünscht, jemanden zu finden, den ich lieben kann und der mich liebt ...«

»Diana, du bist nicht dick.«

»Rory, du bist ein feiner Kerl, hör auf zu lügen. Wenn du behauptest, ich sei nicht dick, kannst du genauso gut versuchen, mir zu erzählen, Schokoladenkuchen schmeckt nach frittiertem Turnschuh.«

»Du bist nicht dick«, wiederholte Rory unbeirrt. »Und alt bist du auch nicht.«

»Ich werde im Mai fünfzig ...«

»Und? Es heißt, mit vierzig geht das Leben erst richtig los ... Also wirst du gerade mal zehn ...«

Das entlockte ihr endlich ein Lächeln.

»Ach, Rory. Tut mir leid. Was rede ich für einen Blödsinn.«

»Überhaupt nicht. Mein Vater hat immer gesagt, es kommt im Leben nicht auf die großen Taten an. Die Zuneigung, die man für einen anderen Menschen empfindet, zeigt sich in den

kleinen Gesten. Damals, als meine Mutter noch lebte, hat sie meinem Vater jeden Morgen das Frühstück gemacht. Mein Vater ist aufgestanden und hat schweigend seine Sachen erledigt, während meine Mutter in der Küche seinen Toast in Herzform geschnitten hat. Jeden Morgen. Solange sie verheiratet waren. Auch, wenn sie krank war. Du möchtest jemanden, der dir sein Sakko leiht, ich möchte jemanden, der mir meinen Toast in Herzform schneidet. Was davon ist jetzt der größere Blödsinn?«

»Und? Hattest du schon mal so eine Toastherzenschneiderin?«

Er schüttelte den Kopf.

»Du kennst mich doch, Diana. Für ein Liebesleben habe ich keine Zeit. Und die letzte Frau, mit der ich zusammen war, war ganz bestimmt keine Toastherzenschneiderin, sondern eine Frau der großen Gesten. Und damit konnte ich mich auf Dauer nicht anfreunden.«

»Ach ja, ich erinnere mich.« Diana lächelte. »Und wenn du ›Frau der großen Gesten‹ sagst, drückst du dich eigentlich noch ziemlich nett aus. Ich fand, sie war eine furchtbare Diva! Aber eins kann ich dir versprechen, Rory: Nicht alle Frauen sind so. Du wirst deine Toastherzenschneiderin schon noch finden. Eines Tages wird sie vor dir stehen, ganz bestimmt ...«

»Das glaubst du wirklich?«

»Ganz fest, ja.«

»Wie wäre es dann, wenn du diese Zuversicht, was mich betrifft, auch für dich erübrigen würdest? Auch du wirst einen Mann finden, der dir eins seiner Kleidungsstücke leiht, und zwar nicht nur, weil du frierst und er höflich ist, sondern weil er dich hinreißend findet und sich bei dir einschmeicheln will ...«

»Das glaubst du wirklich?«, wiederholte sie mit voller Absicht seine Worte.

»Ganz fest, ja«, entgegnete Rory. »Denk dran, Diana: So schön es ist, immer nett zu anderen zu sein – wir dürfen nicht vergessen, auch nett zu uns selbst zu sein.«

»Recht hast du. Absolut recht. Ich werde jetzt aufhören, mich selbst zu geißeln. Dafür habe ich schließlich Geraldine …«, grinste sie.

»Wie geht's der alten Xanthippe?«

»Wunderbar, jetzt, wo das Haus lauter neue Folteropfer beherbergt …«

Gedankenverloren hatte Diana in Rorys Sakkotaschen nach einem Taschentuch gesucht. In der Zwischenzeit hatte sich ganz in der Nähe ein Mann an das Geländer gelehnt, um zu rauchen. Er hatte sich sehr bemüht, wegzuhören, dann aber doch einiges von ihrem Gespräch mitbekommen.

»Alles in Ordnung, Miss Noble?«, konnte er sich nicht verkneifen zu fragen, als er sah, wie Diana ergebnislos die Taschen des fremden Sakkos durchsuchte.

Der Mann war Diana zuvor gar nicht aufgefallen, doch jetzt lächelte sie ihn an: »Ich kann mein Taschentuch nicht finden …«

Im Handumdrehen zog er ein pieksauberes Exemplar hervor und reichte es ihr.

»Danke, Brian, Sie sind ein Schatz. Jetzt haben Sie mich schon wieder gerettet. Ich weiß gar nicht, wie ich den Tag heute ohne Sie überstanden hätte. Kennt ihr euch schon? Kommen Sie doch her, Brian. Rory, das ist Brian, unser …« Diana stockte, unsicher, als was sie den Mann bezeichnen sollte, der sich um sie alle kümmerte und sie durch die Gegend kutschierte. Den Mann, der an einem einzigen Nachmittag bereits tropfende Wasserhähne repariert, Glühbirnen ausgewechselt und Trevor, dem irischen Wolfshund, beigebracht hatte, Sitz zu machen und Pfötchen zu geben.

»Fahrer, Aufpasser, Hundetrainer.« Der ältere Mann grinste und reichte Rory seine Pranke. »Und Sie sind Rory Trevelyan,

richtig? Meine Frau würde ausflippen, wenn sie wüsste, dass ich gerade mit Ihnen rede. Sie ist ein absoluter Fan von Ihnen!«

»Aha ...« Rory war kurz davor, zu erröten. »Ich wusste gar nicht, dass ich Fans habe ...«

»Soll das ein Witz sein? Sie hat Sie vor ungefähr sechs Jahren in dieser Sonntagvormittags-Kochshow gesehen und ist seitdem völlig vernarrt in Sie! Wäre es möglich ... na ja, dürfte ich Sie um ein Autogramm für sie bitten?«

»Im Ernst?«

»Ja, natürlich. Darüber würde sie sich riesig freuen ...« Brian zog einen Stift aus seiner Jackentasche und suchte dann nach einem Block.

»Ich hätte dann auch gerne eins, aber auf meinen Hintern, wenn's geht«, schnarrte eine Stimme hinter ihm. »Und auf zwei Blankoschecks, wenn du schon dabei bist, ja?«

Es dauerte einen Moment, bis Rory den eleganten jungen Mann im Smoking mit der gelösten Krawatte und dem à la Errol Flynn zurückgegelten Haar als Monty identifizierte, in Begleitung von Frank und Julia. Letztere hatte ausnahmsweise mal ihren Bürodress – sorgfältigst gebügelte weiße Hemdbluse und schmaler Rock – abgelegt und trug nun ihre schlanke Figur in einem kleinen Schwarzen zur Schau, an den Füßen das Fashion-Item, bei dem sogar der Verstand der sonst so vernünftigen Julia aussetzte: Schuhe von Jimmy Choo.

»Wie seid ihr denn bitte hier reingekommen?!?« Rory freute sich, sie alle zu sehen.

»Julia hat im Kleingedruckten deines Vertrages gefunden, dass du zu jeder Party, an der du teilnehmen musst, ein paar handverlesene Freunde einladen darfst. Also hat Julia denen vorhin unsere Namen gefaxt, wir sind am Eingang aufgeschlagen und – tadaaaa! Sie haben uns reingelassen! Cool, was?«

»Na ja, nun siehst du ja auch absolut nicht so aus wie sonst ... Mister Montague ...«

»Gefällt der dir?« Monty drehte sich einmal um die eigene Achse.

»Sehr.«

»Wär auch seltsam, wenn nicht. Ist nämlich deiner.«

»Typisch! Dad, du siehst auch toll aus.«

»Ja, noch ein Anzug aus den dunklen Tiefen des vernachlässigten Teils deines Kleiderschranks«, grinste Frank. »Es gab mal 'ne Zeit, da hast du so was öfter getragen.«

»Ja, bis ich gemerkt habe, dass ich das nicht wirklich bin.« Rory verzog das Gesicht. »Ich freue mich echt, dass ihr hier seid. Du siehst umwerfend aus, Julia! Das Kleid gehört aber wohl nicht mir, oder?«

»Wenn es meins wäre, würde ich es auf der Stelle zurückverlangen«, scherzte Monty und Julia lachte. »Und apropos umwerfend: Halli-hallo, Sexy Lady!« Monty nahm Dianas Hand und küsste sie mehrfach, bevor er Diana anstrahlte: »Mein lieber Scholli, du siehst ja hammermäßig gut aus!«

»Auch mit der roten Schürze?«

»Erst recht mit der roten Schürze. Jetzt erinnerst du mich nämlich an die beiden Dinge, die ich auf dieser Welt am liebsten mag: Essen und Sex.«

»Du bist unverbesserlich, Monty!«

»Meinst du? Ich bin eigentlich ganz gern unverbesserlich. Aber wenn du gerne versuchen möchtest, mich zu reformieren, lasse ich das mehr als gerne über mich ergehen ...«

Diana, inzwischen so rot wie ihre Schürze, war Rory dankbar für die Ablenkung.

»Dad! Darf ich vorstellen? Meine gute Freundin Diana. Ihr kennt euch doch noch nicht, oder? Dad? Dad?«

Der sonst so eloquente Frank stand mit offenem Mund da und glotzte.

Rory lachte.

»Dad. Reiß dich zusammen und sag Guten Tag.«

Frank blinzelte, als würde er aus einer Trance erwachen.

»Ach, du meine Güte – tut mir wirklich leid, aber ... also ... Sie sind doch Diana Noble, oder? Meine Frau und ich, wir haben jede Folge von *Sag Niemals Nie* gesehen, wir fanden Sie so toll, so wahnsinnig lustig!«

»Wirklich?« Diana errötete geschmeichelt. »Dass Sie sich an die Serie noch erinnern können ... Das ist ja schon ewig her.«

»Zwanzig Jahre. War aber eine unserer absoluten Lieblingsserien. Und Sie eine unserer absoluten Lieblingsschauspielerinnen. Ich glaube, wir haben alles gesehen, was Sie gemacht haben. Herrje! Und jetzt stehe ich tatsächlich hier und rede mit Diana Noble!«

Auf einmal kam Diana sich gar nicht mehr so unbekannt und unwichtig vor.

»So, jetzt kommt mal mit, ihr beiden Traumfrauen«, schaltete Monty sich ein und drängte sich zwischen Diana und Julia. »Wir drei Hübschen besorgen uns jetzt so viel zu trinken, wie wir tragen können, und dann bilden wir eine kleine, hermetisch geschlossene Clique, zu der jeder gehören will, was aber leider nicht möglich sein wird!«

Das von Monty angeführte Trio kehrte wenige Minuten später mit so viel Champagner zurück, dass es damit die Flussmündung bei Ebbe hätte auffüllen können, besetzte einen der Tische und bekam bald Gesellschaft von Rapper Theo, der tatsächlich wirklich nett war, sowie Brian. Als Letzterer hörte, wie Diana Julia vorsichtig fragte, ob sie selbst laut Vertrag eigentlich auch jemanden hätte mitbringen können, verschwand er kurz und tauchte etwas später mit Geraldine im Schlepptau wieder auf.

Die steckte zynisch lächelnd in einem etwa vierzig Jahre alten Kleid, hatte eine Flasche selbst gemachten Schlehengin dabei und ließ sich schon bald auf Theos Schoß nieder, von wo sie Bonmots, Schlehengin und Sektcocktails austeilte. Der Alkohol lockerte sie alle auf, schon bald lachten sie Tränen, und selbst die größten Zweifler mussten einsehen, dass der Abend sich nach den anfänglichen Startschwierigkeiten nun doch noch sehr gut entwickelt hatte.

»Wer weiß, vielleicht wird das hier ja doch alles noch ganz lustig«, räumte Diana Rory gegenüber ein, und der stimmte ihr sogar zu – allerdings erst zu fortgeschrittener Stunde. Er wollte ihr gerade auf die Schulter tippen und sagen, dass sie womöglich recht hatte, als es im Restaurant plötzlich still wurde.

Durch die Glastüren sahen sie, dass der DJ Pause machte und Freddie das Mikrofon an sich genommen hatte. Rory zog die Tür gleich neben dem Lautsprecher auf, damit sie ihn hören konnten.

»Vielen Dank, dass Sie heute Abend alle gekommen sind, um uns Starthilfe zu leisten bei der vierten Staffel von *England sucht den Superkoch.*«

Er hielt kurz inne, um sich in den Jubelrufen zu sonnen.

»Ich freue mich sehr, Ihnen versprechen zu können, dass wir dieses Jahr die wohl interessantesten Kandidaten seit Bestehen dieser wunderbaren Show präsentieren werden.«

Weitere Jubelrufe.

»Und jetzt setze ich noch einen obendrauf. Sie alle wissen sicher, dass es bei *England sucht den Superkoch* immer neun Kandidaten gibt. Und Sie stimmen mir sicher zu, wenn ich sage, dass wir einige wirklich interessante Köpfe hier unter uns haben, aber wenn Sie mal durchzählen, werden Sie feststellen, dass es bisher nur acht sind …«

Jetzt war es ganz still, und auch Freddie schwieg einen Moment länger als nötig, um die Spannung zu steigern.

Er wartete, bis er die ungeteilte Aufmerksamkeit sämtlicher Gäste hatte – selbst die seines glatzköpfigen Oberbosses. Der hatte die eintretende Stille nämlich zunächst gar nicht bemerkt, weil er vollauf damit beschäftigt war, Wonderbra, die er an sei-

nen Tisch zu locken vermocht hatte, nun auch noch in sein Bett zu ködern.

»Wir haben uns schon geraume Zeit bemüht, eine ganz bestimmte Persönlichkeit für unsere Show zu gewinnen, doch unser Flehen ist lange Zeit nicht erhört worden. Vor zwei Wochen allerdings erhielt ich einen Anruf …«

Während er redete, entrollte sich von der Zimmerdecke eine Leinwand.

»Wo kommt die denn auf einmal her?« Besorgt sah Rory zur frisch gestrichenen Decke, die jetzt Schrauben und Beschläge zierten.

»… und ich erfuhr, man habe sich nun endlich doch entschlossen, Teil der ESDS-Familie zu werden.«

Offensichtlich hatte Freddie diese Ansprache gründlich einstudiert. Dennoch platzte er selbst fast vor Aufregung. Das hier war sein Triumph, sein Coup, und es waren wohl vielmehr seine Gebärden als seine Worte, die die Gästeschar in Atem hielt. Er war aufgeregt wie ein kleines Kind an Weihnachten, kurz bevor es das größte Geschenk von allen auspackt.

Dann sprach er weiter.

»Leider kann sie heute Abend noch nicht dabei sein. Aufgrund beruflicher Verpflichtungen wird sie erst nächstes Wochenende zu uns stoßen. Aber ich glaube, wenn Sie erst sehen, um wen es geht, warten Sie gerne noch ein paar Tage. Bis dahin werden wir uns mit einer Videobotschaft begnügen …«

Freddie deutete zur Leinwand, auf der ein Countdown zu sehen war. Fünf. Vier. Drei. Zwei. Eins.

»Meine Damen und Herren«, verkündete Freddie in seiner dramatischsten Stimme. »Hier kommt die neunte Kandidatin für *England sucht den Superkoch* 2013!«

– 14 –

Gegen zwei Uhr morgens neigte sich die Hochzeitsfeier ihrem Ende zu. Linda und Inez waren in Pips ehemaligem Zimmer im Haupthaus von Arandore untergebracht, wo sie ziemlich beschwipst nebeneinander im breiten Bett lagen und aufgeregt kicherten.

»Du hast ihm doch was ins Glas getan, oder?«, lachte Inez.

»Wie bitte? Wie kommst du denn darauf?«

»Na, wie hast du ihn denn sonst so einfach davon überzeugen können, dich noch hierbleiben zu lassen?«

Linda zuckte die Achseln.

»Keine Ahnung.«

»Er war ein bisschen betrunken.«

»Du weißt genau, dass Papá so gut wie nie betrunken ist ... Der ist doch immun gegen Alkohol. Wenn, dann war er eher irgendwie berauscht von allem, was heute so passiert ist.«

»Ja, das war ja auch wirklich toll ...« Inez rollte sich auf den Rücken und bekam einen ganz glasigen Blick. »Ach, wenn ich doch auch nur endlich heiraten würde!«

»Aber es gibt doch noch so viele andere Sachen, die man erleben kann. Interessiert dich das gar nicht? Willst du keine Abenteuer erleben?«

»Die Liebe ist ein Abenteuer.«

»Aber eins, mit dem du dich fest bindest.«

»Mal sehen, wer wen festbindet, wenn ich Javier erst zwischen die Finger kriege.« Inez grinste verschlagen. »Ich verstehe einfach nicht, wie du ihm die ganze Zeit hast widerstehen können. Wie kann ein Freigeist wie du bloß so konservativ sein, wenn es um Sex geht?«

Da musste Linda laut lachen.

»Ach, Inez … Das hatte doch nichts mit konservativ oder nicht zu tun. Ich war einfach nicht verliebt genug in ihn, um mit ihm ins Bett zu wollen. Ja, du hast recht, er sieht toll aus, aber wenn wir uns geküsst haben, wurden meine Knie nie weich und ich hatte nie Schmetterlinge im Bauch. Ich will damit nicht sagen, dass es nicht schön war, aber noch schöner wäre es gewesen, wenn sich ein paar der alten Klischees erfüllt hätten.«

»Wir haben gerade mal Händchen gehalten und ich hab schon weiche Knie *und* Schmetterlinge im Bauch …« Inez drehte sich wieder auf die Seite, ihrer Schwester zugewandt. »Du findest das doch hoffentlich nicht irgendwie grenzwertig? Ich meine, dass ich mich für Javier interessiere, nachdem du mit ihm zusammen warst …?«

»Doch, natürlich. Ist ja wohl total schräg …«, zog Linda sie auf und zwinkerte. »Aber so ist das eben: Wir teilen alles schwesterlich.«

»Hey, guck mal da!« Inez zeigte zum Fenster.

»Hä? Was denn?«

»Von hier aus kann man ja in Beaus und Pips Schlafzimmer im Cottage sehen!«

»Das ist allerdings schon grenzwertig.« Linda drehte sich um und sah, wie ihr Bruder seine Frau ins Schlafzimmer trug.

»Nein, Quatsch, das meine ich doch nicht! Du sollst nicht gucken, was sie *jetzt* machen, sondern was er gemacht *hat.* Ist das nicht romantisch?«

Inez fiel förmlich aus dem Bett zum Fenster, um besser sehen zu können. Linda wusste, dass ihre Schwester keine Ruhe geben würde, bis auch sie geguckt hatte, und setzte sich deshalb auf, um aus dem Fenster zu spähen.

Beau hatte das große alte Bett mit Weinreben geschmückt.

Was für eine großartige Idee. Zusammen mit dem Licht diverser Kerzen sah das Schlafzimmer aus wie eine Szene aus dem Sommernachtstraum. Es war wunderschön.

»Ja, total romantisch, wenn sie morgen früh aufwachen und von Fruchtfliegen zerstochen sind …«, brummte Linda, ließ sich wieder in die Kissen sinken und schloss die Augen.

»Ach, Linda«, seufzte Inez, die es sich nur knapp verkneifen konnte, Beau zuzuwinken, als er ans Fenster trat, um die Vorhänge zuzuziehen. Sie kletterte zurück ins Bett. »Manchmal glaube ich echt, dass du nicht eine romantische Faser im Körper hast.«

»Doch, natürlich. Aber ich finde zurzeit einfach andere Dinge romantisch. Einen Sonnenuntergang in Paris zum Beispiel, oder eine Zugfahrt nach Prag, eine Brücke in Venedig, einen Garten in Rom, einen Barfußspaziergang an einem exotischen Strand … Und ich brauche keinen Mann an meiner Seite, um das romantisch zu finden. Was nicht heißen soll, dass ich mich niemals verlieben möchte – wenn die Liebe auf mich zukommt, werde ich sie mit offenen Armen empfangen. Aber hier und jetzt sind mir meine Möglichkeiten wichtiger und alles, was sich noch ergeben kann. Mir ist der Weg wichtiger als das Ziel.«

»Glaubst du denn daran, dass es für jeden Topf einen Deckel gibt?«

»Kann sein.«

»Ich glaube, Javier könnte mein Deckel sein.«

»Und ich bin mir sicher, dass er nicht meiner war …«

»Aber du glaubst schon, dass es einen für dich gibt, oder?«

Linda zuckte die Achseln.

»Ich glaube, das Leben ist eine Kombination aus Schicksal und Selbstbestimmung. Das Schicksal sieht vor, dass wir ganz bestimmte Stationen durchlaufen, ganz gleich, welche Wege wir gehen. Und welche Wege wir zwischen diesen Stationen gehen, das bestimmen wir selbst. Wer weiß, vielleicht gibt es ja sogar mehrere Deckel, und jeder könnte uns auf seine ganz eigene Art

glücklich machen? Je nachdem, für welchen Weg wir uns entscheiden, treffen wir dann den einen oder anderen Deckel. Also, vielleicht gibt es in Berlin einen passenden Mann für mich, aber ich beschließe, nach München zu reisen. Dann werde ich dem Berliner nicht über den Weg laufen.«

»Oh Gott, wie traurig, Linda! Du fährst nach B statt nach A und verpasst deshalb deinen Mister Right!«

»Nein, nicht ganz, Inez. Ich verpasse den einen, aber weil ich woanders unterwegs bin, begegne ich dort einem anderen. Meinst du denn im Ernst, wenn das mit dir und Javier irgendwann mal auseinandergehen sollte, wirst du dich nie wieder in einen anderen Mann verlieben?«

Entsetzt sah Inez sie an und dachte nach.

Der Gedanke, dass sie und Javier sich eines Tages wieder trennen könnten, überforderte Inez in diesem Moment. Also änderte Linda die Taktik.

»Na gut, sagen wir, alles funktioniert prima mit dir und Javier, aber dann wird er von einem Bus überfahren oder so. Würdest du wirklich den Rest deines Lebens allein bleiben wollen?«

Inez' Augen brannten bei der Vorstellung, ihr geliebter Javier könnte unter den staubigen Rädern eines Fahrzeugs des öffentlichen Personennahverkehrs enden. Dennoch schaffte sie es, vernünftig über diese Frage nachzudenken und den Kopf zu schütteln.

»Nein, ich glaube nicht.«

»Na, siehst du. Kommt alles nur auf die Wege an, für die man sich entscheidet. Wer weiß, wenn ich jetzt ausreichend herumkomme, dann begegnen mir vielleicht schon alle meine potenziellen Deckel, ich amüsiere mich mit ihnen allen und entscheide mich dann für den besten. Das wäre doch genial, oder? So, und jetzt gute Nacht, du musst morgen früh raus, Inez.« Linda schob die Hand unter das Kissen, um sich richtig zu betten, und stieß auf etwas Festes, leicht Feuchtes.

»Iiih, was ist das denn?«

Sie zog den seltsamen Klumpen hervor, der sich als ein in eine Papierserviette gewickeltes, leicht lädiertes Stück Hochzeitstorte entpuppte.

Inez machte eine Unschuldsmiene.

»Hast du irgendwas hiermit zu tun?«

»Vielleicht ...«

»Vielleicht?« Linda zog eine Augenbraue hoch.

»Also gut, ja, ich hab's dahin gelegt. Unter meinem Kissen liegt auch ein Stück. Pips Tante Susan – du weißt schon, die, die total nett ist, aber aussieht wie ein Mann in Frauenkleidern – also, die hat gesagt, wenn man sich ein Stück Hochzeitstorte unters Kissen legt, träumt man in der Nacht von dem Mann, den man mal heiraten wird ... Ist angeblich eine alte englische Tradition.«

Linda verdrehte die Augen.

»Und das wolltest du dann auch gleich bei mir ausprobieren, ja? Du spinnst, Inez. Obwohl – vielleicht wache ich heute Nacht ja mit Heißhunger auf ... Dann schon mal Danke im Voraus.«

»Ich hoffe, dass ich von Javier träumen werde. Mach doch mit, Linda, man kann nie wissen ... Na, komm. Lass den Kuchen unter dem Kissen und warte ab, wovon du träumst ...«

»Ach, stimmt. Ganz sicher von einer Sahneschnitte. Mit Rosinen, Kirschen und Marzipan.«

»Linda. Bitte.«

»Okay, okay. Wenn das alles ist, was ich tun muss, um endlich schlafen zu dürfen ...«

»Und wenn du von einem Mann träumst, erzählst du mir morgen früh davon, ja?«

»Ja, ich werde es dir erzählen«, seufzte Linda, drehte sich um, lächelte in sich hinein und murmelte noch: »Mit einem Stück Kuchen unter meinem Kopfkissen werde ich höchstwahrscheinlich von einem Bäcker träumen ...«

Die kleine Clique auf der Veranda des Trevail hatte sich deutlich vergrößert und konnte eigentlich nicht mehr als kleine Clique bezeichnet werden.

Die ESDS-Premierenparty sollte offiziell bis zwei Uhr morgens gehen, und manche würden sicher noch weiterfeiern, bis der Mond sich am Morgenhimmel auflöste wie eine Aspirin in einem Glas Wasser und die Sonne sich über den Horizont schob.

Doch einer blieb nicht bis zum Schluss.

Als der Countdown zu Ende gewesen war, hatte der Beamer einen atemberaubend schönen Sandstrand inklusive türkisfarbenem Meer und Palmen auf die Leinwand projiziert. Auf den ersten Blick war der Strand menschenleer, doch dann tauchte ein unscharfer Schatten auf und bewegte sich langsam auf die Kamera zu.

Die Gestalt kam dem Objektiv immer näher, ohne dass dies seine Perspektive änderte. So verschwand der Kopf der Gestalt aus dem Bild, bevor man ihn erkennen konnte, und alles, was man sah, war ein topgeformter Körper, der in einem knappen Bikini steckte.

Der Oberboss pfiff anerkennend und löste damit kurzes Gelächter aus. Dann wurde es wieder still. Die Gestalt streckte eine Hand nach der Kamera aus und hob sie langsam und kokett an, bis ihr Gesicht zu sehen war.

Sie lächelte, dann sagte sie:

»Hallo allerseits ...«

Man könnte hören, wie einige der Zuschauer nach Luft schnappten.

In diesem Moment verzog Rory sich, einzig bemerkt von Julia und Monty. Die anderen verfolgten mit offenen Mündern wie gebannt Bild und Ton.

»Wer geht ihm nach?«, fragte Monty nach einer Weile an Julia gewandt.

»Ich. Du würdest dich nur über ihn lustig machen. Ist aber verdammt ernst.«

»Ich kann auch ernst sein, wenn ich muss ...«

»Dann sei hier ernst und sorg dafür, dass alles heil bleibt. Sieht ganz so aus, als könnte es noch ein bisschen Randale geben, wenn wir nicht aufpassen.«

»Du willst, dass ich bis zum Schluss bleibe?«

»Ja.«

»Und damit wäre ich eine Hilfe?«

»Ja.«

Monty strahlte.

»Nichts lieber als das, mein Fräulein. Überlassen Sie das getrost mir.« Dann sah er sie ernst an. »Aber sims mir bitte kurz, wie's ihm geht, ja?«

Julia musste nicht lange suchen.

Er hatte sich an den einen Ort zurückgezogen, an dem er sich am sichersten fühlte: in die Küche des Cockleshell.

Und er war dabei zu backen.

Das war seine Therapie.

»Was wird das?«

Er sah auf, als Julia den Kopf zur Tür hereinsteckte.

»Haferflockenkekse mit Rosinen.«

»Hm, lecker. Ich liebe deine Kekse.«

Julia trat ein, stützte die Ellbogen auf die Arbeitsfläche Rory gegenüber, sah ihn an und schwieg erst mal eine Minute.

»Kann ich dir irgendwie helfen?«, erkundigte sie sich dann sanft.

Rory sah sie nur ganz kurz an.

»Ja. Hast du mal fünfzig Riesen für mich?«

»Ach, Rory ... Du musstest das machen. Für deinen Vater, für Sydney.«

»Ich weiß.« Mehr sagte er nicht. Er verknetete die klebrige

Masse in der Schüssel, formte Kugeln und drückte sie dann auf einem Backblech platt.

Julia kannte ihn nach all den Jahren ziemlich gut. Schweigend sah sie ihm dabei zu, wie er den gesamten Teig so verarbeitete und das Blech in den Ofen schob. Dann lehnte er sich mit gesenktem Blick gegen die warme Ofentür und redete endlich weiter.

»Meinst du, er wusste das, als er mich gefragt hat? Hat er das gemacht, um noch mehr Publicity zu kriegen? Kannst dir ja vorstellen, wie das die Einschaltquoten in die Höhe treiben wird.«

»Nein. Freddie ist ein ehrlicher Mann. Er hätte es dir gesagt, wenn sie zu dem Zeitpunkt schon mit an Bord gewesen wäre. Wenn er sagt, dass sie sie erst kürzlich unter Vertrag nehmen konnten, dann stimmt das auch. Und ich wette, sie macht nur mit, weil du mitmachst. Warum sonst hätte sie ihre ablehnende Haltung ändern sollen? Ich glaube, als Freddie dich fragte, wusste er noch nichts von ihrer Zusage.«

Rory seufzte und sah sie an.

»Bitte sag so was nicht, Julia. Dass sie nur wegen mir mit von der Partie ist. Das macht es nur noch schlimmer.«

Er schwieg eine Weile. Dann seufzte er und sagte nur:

»Diese verdammte Annabelle Macey.« Er schnaubte. »Na, großartig, und schon bin ich wieder an diesem Punkt. Natürlich macht sie nicht nur deshalb mit, weil ich mitmache. Wahrscheinlich hat sie einfach mal eine Lücke in ihrem sonst immer ach-so-vollen Terminkalender, und sie haben ihr einen Haufen Geld angeboten. Hat überhaupt nichts mit mir zu tun. Das mit uns ist schon so lange her, wir sind doch beide längst darüber hinweg.«

»Sicher?«

Mit hochgezogenen Augenbrauen sah er Julia an. »Wie kannst du das fragen, Julia? Natürlich.« Er hielt inne und seufzte.

»Wird schon schiefgehen.« Er atmete tief durch. »Muss ja. Wahrscheinlich bin ich inzwischen nur noch einer unter ›ferner liefen‹ auf ihrer Liste von Exfreunden, und sie weiß nicht mal mehr wie ich heiße.«

Da war Julia sich nicht so sicher, aber sie nickte trotzdem solidarisch.

»Wird alles gut«, sagte sie. »Dafür werden wir schon sorgen. Kommst du noch mal mit zur Party?«

Er schüttelte den Kopf.

»Bin auf einmal nicht mehr in Feierlaune. Ich mach das hier fertig und erlöse Sunny dann von ihren Babysitterpflichten. Du kannst ruhig gehen, ich will dir nicht den Abend verderben.«

Sunny arbeitete sonst an der Bar. Sie war eine ganz reizende junge Frau aus Down Under, die fünf kleine Geschwister hatte und diese so sehr vermisste, dass sie sofort begeistert »Hier!« schrie, als Frank die Frage aufbrachte, wer denn wohl auf Sydney aufpassen könnte. In Sunnys Augen tat damit nicht sie Frank einen Gefallen, sondern umgekehrt.

Als Rory hochkam, schlief sie in dem Sessel neben Sydneys Bett, begraben unter einem ganzen Haufen von Kinderbüchern. Sie sah genauso unschuldig aus wie ihr Schützling.

Als Sunny gegangen war, gab Rory schlagartig seiner bleiernen Müdigkeit nach und legte sich neben Sydney ins Bett. Der Junge öffnete kurz die Augen, lächelte, als er Rory sah, wuselte sich zurecht, kuschelte sich an ihn heran und schlief dann wieder ein.

»Annabelle Macey«, sagte Rory leise. Der Name hinterließ immer noch einen bitteren Nachgeschmack.

Dabei war das nicht immer so gewesen.

Es hatte eine Zeit gegeben, da war er restlos begeistert gewesen von ihr. Er war noch nie einer Frau wie ihr begegnet: witzig,

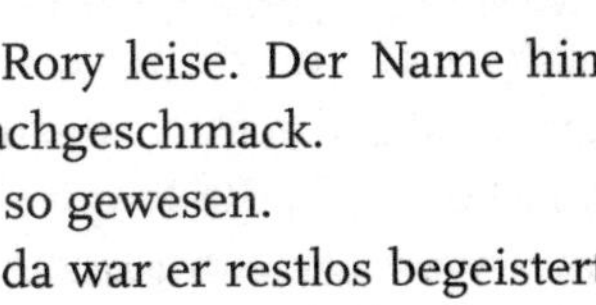

lebhaft, schlagfertig und mit ihren langen blonden Haaren, ihrem schmalen Gesicht und den strahlend blauen Augen eine absolute Schönheit.

Sie hatten sich in einem Aufenthaltsraum der BBC kennengelernt, als sie beide an einer Kochshow teilnahmen. Er als der Koch des Tages, sie als ein aufgehender Stern am Fernsehhimmel. Sie hatte sich immer mehr verändert, je höher ihr Stern gestiegen war. Als sie ihre erste Rolle in einem größeren Spielfilm bekam, feierten sie die ganze Nacht. Eine Woche später brachte er sie zum Flughafen und sie verabschiedeten sich umarmungsreich.

Bei ihrer Rückkehr ein halbes Jahr später war sie ein völlig anderer Mensch gewesen. Seine Traumfrau war zu seiner Albtraumfrau geworden. Das war einer der Hauptgründe dafür, dass er der Welt des Glamours den Rücken gekehrt hatte. Wenn es das war, was der Ruhm aus den Menschen machte, dann wollte er damit nichts zu tun haben.

Sie hatte jegliche Liebenswürdigkeit verloren. Hatte sich binnen sechs Monaten in eine Diva verwandelt. Bei ihrer Abreise war sie noch besonnen und verträglich gewesen – bei ihrer Rückkehr hitzköpfig und aufbrausend. Wo früher Zuneigung und Umarmungen gewesen waren, waren nun Zankereien und Würgegriffe. Sie redete mit ihm und kommandierte ihn herum, als sei er einer ihrer Hiwis am Filmset.

Und als er ihre Beziehung beendete, geschah das unter Tränen und Tobsuchtsanfällen ihrerseits.

Sie hatte ihn nicht loslassen wollen.

Ein bisschen wie Sydney in diesem Moment. Vorsichtig versuchte Rory, sich von dem schlafenden Kind zu lösen, doch da klammerte Sydney sich nur noch fester an ihn.

Leise lachend schaffte Rory es, sich die Schuhe abzustreifen. Sah ganz so aus, als würde er die Nacht hier verbringen.

Als die VIPs – oder Vipern, wie Freddie und sein Team sie nannten – an jenem Morgen in den Luxus-Kleinbus gestiegen waren, hatte man ihnen einige Unterlagen überreicht, darunter eine »Dos & Don'ts«-Liste mit Regeln, die vorschrieben, wie sie sich zu verhalten hatten, solange sie Teil des ESDS-Kandidatenteams waren. Jetzt, um vier Uhr morgens, waren die letzten Partygäste so betrunken, dass sämtliche Regeln vergessen waren.

Einen unbeteiligten Beobachter hätte die Szene bei gedämpftem Licht und schmeichelnder Musik womöglich an »Caligula« erinnert – so jedenfalls erging es der Frau des glatzköpfigen Oberbosses, als sie den Raum betrat.

Um Punkt Viertel vor vier hatte sie endlich aufgehört, im Schlafzimmer auf und ab zu gehen, und hatte die Kinder der Obhut des Nachtportiers überlassen, um ihren Mann zu suchen.

Sehr zur Freude des glatzköpfigen Oberbosses stand Wonderbra zwar überhaupt nicht auf kleine, glatzköpfige, unglücklich verheiratete Männer mit Bauchansatz, dafür aber umso mehr auf extrem erfolgreiche Fernsehfuzzis mit dicker Brieftasche – ganz gleich, wie groß, breit oder weit über ihre Frisur hinausgewachsen diese waren.

Seine bereits vor Wut schäumende Frau ertappte ihn in flagranti dabei, wie er völlig entrückt die keck auf seinem Schoß thronende Wonderbra mit Sahnetorte fütterte.

Die Frau des Oberbosses übernahm den Rest der Fütterung, indem sie Wonderbra die komplette Sahnetorte samt Teller ins Gesicht drückte, worauf Wonderbra sich taumelnd erhob, nach dem Teller ihres Sitznachbarn griff und diesen über dem Kopf der eifersüchtigen Ehefrau entleerte.

»Essensschlacht!«, schrie einer, und sofort fingen ein paar besoffene Idioten an, mit den Resten vom Buffet Völkerball zu spielen.

Gott sei Dank kam in dem Moment Brian wieder, der zuvor Geraldine und Diana nach Hause gebracht hatte.

Schon von der Tür aus erschloss sich seinem geschulten Auge das Ausmaß des Chaos. Er musste sich ducken, als ein Stück Kuchen angeflogen kam. Dann schob er die Ärmel so hoch, dass seine muskulösen Arme und sein Anker-Tattoo zu sehen waren, und machte sich wie ein äußerst effizientes Kindermädchen, das es mit ungezogenen Kleinkindern zu tun hatte, daran, die Übeltäter einzusammeln.

Als Monty irgendwann unter dem Buffettisch aufwachte, war er ganz allein im Lokal.

– 15 –

Monty war so betrunken, dass er den Nachhauseweg durch Quinns Gassen in Schlangenlinien zurücklegte und halluzinierte, er werde von einem Tiger verfolgt.

Vorsichtshalber sprach er in ganz normalem, ruhigem Ton mit dem Tier und lud es sogar auf einen Absacker zu sich nach Hause ein.

Als er am nächsten Tag aufwachte, lag auf dem Kissen neben ihm eine winzige junge orangerote Katze. Gut, dann hatte er also nicht alles halluziniert – nur die Proportionen etwas verzerrt wahrgenommen.

»Du bist die erste rothaarige Mieze in meinem Bett«, krächzte Monty, dann reckte und streckte er sich und gähnte so ausgiebig, dass das Katzenbaby locker in seinen weit aufgerissenen Schlund hätte fallen können. Monty meinte sich zu erinnern, dass es ihn letzte Nacht ziemlich angebrüllt hatte, und staunte nicht schlecht, als das zarte Wesen ebenfalls das Mäulchen öffnete und ein piepsiges »Miau« äußerte.

»Hast du Hunger?« Monty verstand das neuerliche Miau als ein Ja. »Ich auch. Komm, wir gehen rüber zu Onkel Rory und besorgen uns Frühstück.« Monty rappelte sich auf, und als er feststellte, dass er immer noch in seinem geliehenen James-Bond-Anzug inklusive Schuhen steckte, packte er das Kätzchen kurzerhand in die Sakkotasche und ging aus dem Haus.

Rory und die Crew waren bereits am frühen Morgen zur Kochschule gegangen, um dort nach den Exzessen der Premierenparty aufzuräumen, sodass in der Küche des Cockleshell niemand anzutreffen war.

Monty holte das Katzenjunge aus der Tasche und setzte es auf die picobello saubere Arbeitsfläche.

»Okay ... also ... äh ...« Mit gerunzelter Stirn sah er das Tier an. »Wir haben uns noch gar nicht richtig vorgestellt, oder? Ich bin Monty.« Er streckte die Hand aus, doch das Katzenjunge schlug natürlich nicht ein, sondern rieb seinen Kopf daran und begann zu schnurren.

»Cool.« Monty erwiderte die Zuneigungsbekundung, indem er dem Tier kurz den Kopf kraulte. »Und du?«

Da miaute die Katze wieder.

»Du hast Hunger, ich weiß. Eins nach dem anderen. Ich wollte erst mal wissen, wie du heißt?«

Die Katze schwieg.

»Aha. Namenlos. Darf ich mir einen ausdenken?« Er legte den Finger auf die Lippen und dachte scharf nach.

Dann nickte er.

»Ich hab's. Passt gut zu dir und ist kurz und bündig und leicht auszusprechen, wenn ich betrunken bin. Was ich, wie du im Laufe unseres Zusammenlebens herausfinden wirst, ein bisschen zu oft bin, aber wehe, du hast was dagegen, ja?« Wieder streckte er die Hand aus. »Also, noch mal: ›Hi, ich bin Monty ...‹« Vorsichtig hob er das Pfötchen mit einem Finger an.

»Hi, ich bin Pimpf«, antwortete er sich selbst mit Piepsstimme und grunzte dann vor Lachen.

»Sehr erfreut, Pimpf. Regel Nummer eins, wenn du an meiner Seite überleben willst: Iss niemals etwas, das ich gekocht habe. Im Prinzip koche ich aber sowieso nie, das heißt, du bekommst bei mir nichts zu essen. Wenn du Hunger hast, kommst du einfach hierher. Das hier ist das reinste Schlaraffenland. Ganz gleich, was Onkel Rory kocht ...« Er führte Daumen- und Zeigefingerspitze an die Lippen. »Einfach perfekt. Also, dann lass uns mal sehen, was es heute zum Frühstück gibt. Das da« – er zeigte auf die schwere Tür – »ist das, was man einen Kühlraum nennt.«

Er bückte sich, bis seine Schulter auf der Höhe der Arbeitsfläche war. »Komm, Süße. Den sehen wir uns mal von innen an.«

Zwanzig Minuten später kamen die beiden leicht abgekühlt und viel satter wieder heraus. Sie hatten sich eine große Hühnerterrine geteilt.

Und erst jetzt fiel Monty auf, wie still und leer es im Cockleshell war.

»Wo sind die denn wohl alle, Pimpf?«

Eigentlich wollte das Kätzchen wohl miauend antworten, doch da entwich ihm ein Bäuerchen.

»Gute Idee.« Monty grinste die Katze an und rülpste dann selbst. »Muss ja raus. So, und jetzt versuchen wir mal herauszufinden, was aus dem Herrn des Hauses geworden ist. Oder sollen wir den Umstand, dass er offenbar anderweitig zu tun hat, gnadenlos ausnutzen?«

Das war schließlich die perfekte Gelegenheit, sich mit Rorys Leckereien den Magen vollzuschlagen, bis dieser zu platzen drohte.

Dann erinnerte er sich an das überbordende Buffet vom Vorabend, dessen Köstlichkeiten von den meisten Gästen verschmäht wurden, weil sie lieber der kostenlosen Flüssignahrung zusprachen.

»Er ist bestimmt drüben im Trevail«, murmelte Monty. »Komm, Pimpf.« Er packte die neue Freundin wieder in die Sakkotasche, wo diese noch einmal laut rülpste, dann den Kopf an seinem Bauch rieb und wieder schnurrte. »Ich weiß, wo es Nachtisch gibt.«

Eines Tages, ging es Monty auf dem Weg vom Cockleshell zum Trevail durch den Kopf, wird sich mein Stoffwechsel rächen und ich werde fetter als der fetteste Sumoringer der Welt aufwachen. Aber bis dahin lebe ich weiter wie die Made im Speck … oder im Lammkarree … oder in der Schokoladentorte.

Linda versuchte, nicht allzu euphorisch zu winken, als ihre Eltern und der Rest der Familie sich ohne sie auf den Weg zurück nach Spanien machten.

Sie befürchtete, wenn sie allzu glücklich wirkte, würden sie es sich vielleicht anders überlegen und sie doch noch mitnehmen. Ihr Vater hatte beim Frühstück jedenfalls ein paar Kommentare in der Richtung gegrummelt.

Warum hatte ihre Mutter auch unbedingt Javier erwähnen müssen?

Denn da machte Antonio sich plötzlich Gedanken, wie dieser junge Mann, den er in etwa so heftig umwarb wie dieser seine jüngste Tochter, es wohl finden würde, dass Linda in England blieb. Darüber hatte er am Abend in seiner Wein- und Glückseligkeit überhaupt nicht nachgedacht.

Doch kurz vor der Kehrtwende schritt Beau ein, indem er laut und deutlich verkündete, wie dankbar er und Pip für Lindas Hilfe in den nächsten Wochen seien. Und ihre neue Schwägerin schlug in dieselbe Kerbe und bedankte sich vielmals bei ihrem neuen Schwiegervater, dass er ihnen Lindas Arbeitskraft für ein paar Wochen überließ – schließlich konnten sie gerade jede Unterstützung gebrauchen.

Für diesen Einsatz war Linda den beiden unendlich dankbar, und so musste sie nicht mit den anderen in einen der Mietwagen steigen, der sie zum Flughafen bringen sollte.

Sie hielt die Luft an, als die Wagen die lange Einfahrt hinunterrollten, und atmete erst wieder vorsichtig durch, als kein einziges Motorengeräusch mehr zu hören war.

Arm in Arm gingen sie und Beau zurück zum Haus. Pips Familie freute sich über ihren Gast und war regelrecht fasziniert von Linda. Alle bewunderten, wie fließend sie Englisch sprach und liebten ihren aparten Akzent und ihre großen braunen Augen. Die hatten sie und ihr Bruder gemeinsam, genauso wie den Humor und das ansteckende Lachen.

Auch Beau freute sich, seine jüngste Schwester bei sich zu haben. Insgeheim war sie seine Lieblingsschwester, aber das hätte er niemals laut gesagt.

»So, dann antworte mir jetzt mal wahrheitsgetreu, Linda Rivera: Bist du tatsächlich hiergeblieben, um deinem Bruder auf seinem Weingut zu helfen?«

»Wenn ihr meine Hilfe braucht, selbstverständlich.«

»Und wenn wir eigentlich ganz gut zurechtkommen und nur ab und zu mal einen Mitstreiter bräuchten?«

»Dann könnte ich vielleicht irgendetwas ganz anderes machen ...«, erwiderte sie hoffnungsfroh.

Beau fing an zu lachen.

»Hab ich's doch gewusst! Du wolltest gar nicht hierbleiben, um uns zu helfen, stimmt's?«

»Doch, natürlich, wenn ihr mich braucht, helfe ich euch, versprochen, Beau! Aber ich hoffe schon, dass ich auch ein paar andere Sachen machen kann ... Mich hier in der Gegend ein wenig umsehen zum Beispiel. Mal was sehen, was nichts mit Trauben, Rebstöcken oder Wein zu tun hat ... Du weißt, dass ich das alles liebe, aber ...«

»... das Leben hat mehr zu bieten als das«, beendete Beau lächelnd ihren Satz. »Natürlich willst du auch was von England sehen, wenn du schon mal hier bist. Wärst ja auch schön blöd, wenn nicht. Es ist wunderschön hier, Linda, ich glaube, es wird dir gefallen. Ich weiß, unser Vater hat dir nur erlaubt, hierzubleiben, weil er davon ausgeht, dass du von morgens bis abends unter meinem wachsamen Blick hier schuften wirst, aber ich finde, unsere Eltern sind zu streng mit dir. Du bist doch kein Kind mehr, und das müssen sie langsam akzeptieren. Ist doch völlig in Ordnung und normal, dass du etwas von der Welt sehen willst. Man kann nie wissen, was man in der Fremde so findet.«

Bei diesen letzten Worten richtete er einen verträumten Blick

auf seine Frau, die wenige Schritte vor ihnen Arm in Arm mit ihrer wunderbaren Mutter Richtung Haus marschierte.

»Du hast jedenfalls etwas ganz Kostbares gefunden, Beau«, versicherte Linda ihrem Bruder. »Pip ist einfach toll.«

»Ich weiß.« Ein überglückliches Lächeln ließ sein schönes Gesicht strahlen. »Sie ist einfach der Hammer«, sagte er leise. »Und du? Unser Küken? Bist ja eigentlich gar kein Küken mehr. Ich habe gehört, dass du womöglich auch kurz davor bist, dich fest zu binden …«

Er prustete vor Lachen, als er ihr Gesicht sah.

»Wie? Soll das etwa heißen, du und Javier, ihr seid nicht die Nächsten, die vorm Altar stehen?«, zog er sie auf. Er wusste ganz genau, das war das Letzte, was Linda wollte.

Als Antwort reichte denn auch ein leichter Knuff in seine Seite.

»Ich glaube, die Tatsache, dass du dich so freust, hier zu sein, während er in Spanien sitzt, sagt mir alles über deine Gefühle für Javier. Ich hoffe nur, dass du dir sicher bist, denn deine Schwester Inez hat ein Auge auf den Burschen geworfen, soweit ich weiß. Wenn du nicht aufpasst, spannt sie ihn dir womöglich aus, während du weg bist.«

Linda sah ihn verschmitzt von der Seite an.

»Genau das ist ja der Plan«, gestand sie.

»Wie bitte?«

»Dass sie ihn mir ausspannt. Dass sie ein Auge auf ihn geworfen hat, ist kein Geheimnis, Beau, wir haben schon x-mal drüber gesprochen. Und sie hat meinen Segen, ihn mir auszuspannen.«

»Linda! Du kannst einen Menschen doch nicht einfach so weiterreichen wie ein Kleid, das du nicht mehr magst!«

»Tu ich ja auch gar nicht. Ich bin jetzt hier, und ich betrachte mich als Single. Und darum ist er auch Single.«

»Weiß er das?«

»Er wird es bald wissen. Inez wird es ihm schonend beibringen und ihn dann trösten ... Und soooo verschieden sind Inez und ich ja gar nicht, also warum sollte er sich nicht in sie verlieben?«

»Wenn die Liebe doch nur so einfach wäre«, lachte er.

»Wer weiß?« Sie grinste. »Sogar Amor zeigt manchmal seine praktisch veranlagte Seite.«

Beau schüttelte den Kopf, immer noch amüsiert.

»Also abgesehen davon, dass du deinen Freund loswerden und ab und zu in den Weingärten schuften willst, möchtest du dir die Gegend ein bisschen ansehen ...«

»Ja.«

»Und?«

»Was und?«

»Ach, komm, Linda Rivera, ich kenn dich doch, du führst etwas im Schilde!«

Linda kicherte.

»Okay, dann beichte ich jetzt eben. Ich dachte, wenn ich vielleicht einen bezahlten Job finden könnte ... Ich hab ja schon einiges gespart, aber ich würde mir gerne noch mehr dazuverdienen ...« Sie stockte, biss sich auf die Lippe und sah vorsichtig zu ihrem Bruder. »Damit ich mir auf dem Nachhauseweg vielleicht mal London ansehen kann. Und Paris. Und Frankfurt, Berlin, Warschau, Prag, Salzburg, Venedig, Rom, Marseille ...« Sie strahlte genauso wie er, wenn er von Pip redete.

»Das klingt nicht gerade nach der kürzesten Route ...«

»Ich weiß ...« Reumütig sah sie ihn an und wartete auf seine Standpauke in Sachen Ehrlichkeit, doch er lächelte nur und zeigte auf seine Frau.

»Wenn du das wirklich willst, musst du dich mit Pip unterhalten, die hat früher mal ganz Europa abgeklappert. Ich glaube, die Städte, die du gerade genannt hast, hat sie alle schon gesehen.«

»Im Ernst?!?!« Lindas Begeisterung bezog sich nicht nur auf diese letzte Information, sondern auch darauf, dass ihr Bruder offenbar nichts gegen ihre Pläne einzuwenden hatte.

»Ja klar. Jetzt, wo alle anderen wieder weg sind, kannst du dich ja mal mit ihr zusammensetzen.«

»Jetzt, wo alle anderen wieder weg sind«, wiederholte Linda und schäumte über vor Freude wie eine geschüttelte Ciderflasche beim Öffnen. »Alle anderen sind weg!«, jubilierte sie. »Und ich bin noch hier!«

– 16 –

Es war Lindas erster Tag in der Freiheit.

Oder genau genommen ihr erster Nachmittag in der Freiheit, denn zuvor quetschte sie jedes Fitzelchen Information über ihre Reise durch Europa aus Pip heraus und nahm ihr das Versprechen ab, beim Abendessen noch mehr zu erzählen.

Obwohl sie jetzt einfach nur an einem anderen Ort war, empfand sie die Veränderung für ihr Leben bereits als viel umfassender.

Sie begann den neuen Lebensabschnitt mit einem ausgedehnten Spaziergang über einen sich zwischen den Feldern und Hecken hindurchschlängelnden Fußweg nach Quinn. Sie wollte dieses Städtchen besser kennenlernen. Als sie die ersten Häuser oben an der Steilküste erreichte und aufs Meer hinuntersah, seufzte sie vor Glück.

Sie schwebte förmlich die engen Gassen hinunter und fühlte sich, als würde sie gleich direkt über das Meer weiterschweben, auf zu den fernen Ländern und Kontinenten, die sie so gerne bereisen wollte.

Aber ihre erste Station war hier.

Sie brauchte nicht länger vom Reisen zu träumen. Sie war endlich unterwegs.

Im Trevail hatte Rory der Vormittag ungefähr genauso viel Spaß gemacht wie der Abend zuvor.

Er fand sein geliebtes, nunmehr geschändetes Restaurant am frühen Morgen in einem absolut desolaten Zustand vor. Selbst die von Freddie mit einem Autogramm von George Vasiliki bestochene Putzhilfe Mrs Terrill stand dem hilflos gegenüber.

Sie war es gewohnt, für den ordnungsliebenden und sehr auf Sauberkeit bedachten Rory zu arbeiten, und nun war sie von diesem Schlachtfeld schlicht überfordert. Mutterseelenallein stand sie inmitten des Chaos, den Wischmopp in der einen, den Eimer in der anderen Hand und sah ziemlich verzweifelt aus.

»Olive! Was machen Sie denn hier?«

»Das frage ich mich auch gerade, Mr Rory.« Langsam schüttelte sie den Kopf. »Genau das frage ich mich auch gerade.«

Gut, dass Brian ihm gestern Abend seine Handynummer gegeben hatte – für Notfälle. Rory rief ihn an.

»Brian? Rory hier. Bringen Sie sie her. Alle.«

»Sofort, Mr Trevelyan?« Brian wusste ja, dass die meisten Vipern entweder noch schliefen, wahlweise kalt duschten oder heiß badeten oder in der Küche versuchten, ihren monströsen Kater mit reichlich Orangensaft und Baconsandwiches zu bändigen.

»Sofort, Brian. Bitte.«

»Alles klar, Ihr Wunsch ist mir Befehl.«

Eine Dreiviertelstunde später halfen acht ziemlich mürrische Kochshow-Kandidaten beim Aufräumen.

Olive war außer Rand und Band und tat, als würde sie den Tresen sauber machen, während sie in Wirklichkeit ständig Fotos mit ihrem Handy machte und diese umgehend an ihre Schwester in Plymouth schickte.

Wonderbra tupfte mit einem feuchten Lappen eine der Glastüren ab, der seriöseste Nachrichtensprecher Großbritanniens (der Einzige, für den die Premierenparty nicht im Vollrausch endete) wirbelte vergnügt mit einem Wischmopp herum, PMS, die in einem früheren Leben Putzfrau gewesen war, ging mit der Bohnermaschine um wie ein Vollprofi, und das Honigkuchenpferd polierte die Tische mit demselben Eifer, den sie an den Tag legte, wenn sie den Kindern im Fernsehen ein neues Abenteuer präsentierte.

Diana stapelte Abfalltüten, die Theo dann hinunter in den Hof brachte.

Die Sportskanone mit dem großen Rohr spielte mit einer Wassermelone und ließ die guten alten Zeiten als erfolgreicher Rugbyspieler bei den Four Nations wieder aufleben.

»Hepp! Fang!«, rief er und warf die Melone Geraldines heiß geliebtem Theo zu.

Theo fing das Ding ziemlich professionell und warf es gleich wieder zurück. Die Sportskanone sah sich suchend nach dem nächsten Mitspieler um.

»Hier, hier!«, quietschte das Boy-Band-Mitglied und hüpfte vor Aufregung herum. Endlich hatte das blöde Putzen ein Ende!

Rory schrubbte eins der zum Kai hin gelegenen Fenster. Es war völlig zugekleistert von den Überresten einer Pavlova, mit der Wonderbra laut kreischend um sich geworfen hatte. Als besonders hartnäckig erwiesen sich die Himbeeren. Um ihnen besser zu Leibe rücken zu können, öffnete Rory das Fenster und machte sich mit einem Palettenmesser an ihnen zu schaffen. Als er einmal kurz innehielt und den Blick sehnsüchtig zum Cockleshell schweifen ließ, wo er unter normalen Umständen jetzt die Vorbereitungen für das Abendmenü treffen würde, sah er sie.

Rory hatte den ganzen Vormittag nur an eine Frau denken können.

Annabelle.

Angenehm waren die Gedanken an sie nicht gewesen, aber ganz gleich, wie sehr er sich auch bemüht hatte, sich abzulenken, wie ein Bumerang kehrte die Frau immer wieder in seinen Kopf zurück. Weder die Arbeit noch die Sorge um seinen Vater und Sydney hatten ihn wirklich ablenken können – wie konnte es da sein, dass allein der Anblick dieser Fremden ihn von einem

Moment auf den anderen alles andere vergessen ließ? Vielleicht, weil sie mit ihrem goldenen Teint und den goldenen Haaren aus dem Gewusel der bleichbeinigen Touristen in Shorts auf dem Kai herausstach. Wie ein Goldnugget zwischen lauter grauen Steinen. Oder vielleicht lag es daran, wie sie da stand – als sei sie stehen geblieben, während die Welt sich ohne sie weiterdrehte.

Sie gab sich ganz der Schönheit des Augenblicks hin.

Und Rory gab sich ganz der Schönheit dieser Frau hin.

Ihm wurde ganz warm ums Herz.

Dann drehte sie sich um.

Als er ihr Gesicht erkannte, fiel ihm fast das Palettenmesser aus der Hand und er aus dem Fenster.

Das war sie!

Das Mädchen, das Schlauchboot, die grässliche Torte.

Der Tumult hinter ihm riss ihn aus seinen Träumen.

Im Restaurant wurde gerade ziemlich lautstark Wassermelonen-Rugby gespielt.

»Sagt mal, spinnt ihr eigentlich to…«, hob er an, verstummte aber, als der Chorknabe nicht richtig fing und die Melone ihm glatt durch die Hände rutschte. Sie schoss auf Rory zu, der sich instinktiv duckte, und flog durch das offene Fenster.

Linda genoss ihren ersten Tag als Touristin in vollen Zügen.

Gut, dann war sie zwar erst mal nur im schönen Cornwall, aber bereits hier kam ihr der Himmel blauer vor, die Luft süßer, die Sonne sanfter und trotzdem strahlender. Ihr Licht schien Lindas Haut zu durchdringen und ihr Herz zu erfüllen.

Sie war gespannt, welche Abenteuer dieser erste Tag für sie bereithalten würde. Von einem netten Laden zum nächsten war sie vorhin geschlendert und dann zum Kai gegangen, um den Blick auf die Flussmündung und das Meer zu genießen, jadegrün mit weißen Tupfen. Am anderen Ufer lag Port Ruan, ein kleines Städtchen, das sich genau wie Quinn an die steilen Hänge schmiegte. Die kleinen Häuser klammerten sich an die Felsen, als ob ein heftiger Windstoß sie einfach wegpusten könnte.

Ja, wirklich ein ganz besonderer Ort.

Irgendetwas würde heute passieren, das spürte sie, es lag in der Luft.

Und dann passierte es.

Schlagartig, sozusagen.

Ganz buchstäblich.

Ihr erstes Abenteuer kam durch ein offen stehendes Fenster ganz in der Nähe geflogen, aus dem auch lautes Gejohle zu hören war. Es landete hörbar auf ihrem Kopf und brachte sie unsanft zu Fall.

Sie blieb rücklings auf dem Kai liegen. Durch den Schock und die nicht unbeträchtlichen Schmerzen hindurch hörte sie Rufe und eilende Schritte. Vorsichtig öffnete sie die Augen und sah ziemlich verschwommen ein besorgtes Gesicht über sich.

»Alles in Ordnung?«

Ob alles in Ordnung war? Gute Frage. Sie war sich nicht sicher. Pochte ihr Kopf deshalb so heftig, weil sie von etwas getroffen worden oder weil sie hart auf den Pflastersteinen aufgeschlagen war?

»Ich weiß es nicht ...« Vorsichtig fasste sie sich an den Kopf. »Mein Kopf fühlt sich so ...« Sie betrachtete ihre Hand. »... so nass und klebrig an.«

»Keine Angst, das ist kein Blut!« Das Gesicht wurde kurzfristig etwas schärfer. Sah ziemlich betreten aus. »Kannst du aufstehen?«

»Selbst wenn ich es nicht könnte, ich würde gerne ...«, murmelte Linda, als sie bemerkte, wie viele Menschen sich inzwischen um sie versammelt hatten. Gott, war das peinlich.

»Komm, ich helfe dir.«

Zwei kräftige Hände packten ihre und zogen Linda langsam auf die wackeligen Beine.

Langsam lief das klebrige Etwas ihr über die Wange. Sie wischte es ab. Blinzelnd betrachtete sie erst ihren Finger und dann den Samariter.

»Was ist das?«

»Saft.«

Inzwischen sah Linda wieder so scharf, dass ihr auffiel, wie verdammt blau die Augen ihres Samariters waren.

Und wie besorgt sie sie ansahen.

»Saft?«, fragte sie verwirrt nach.

»Saft«, wiederholte er und schien einen Moment hin- und hergerissen zu sein zwischen Sorge und Amüsement.

»Saft«, wiederholte Linda, und als sie lächelte, entschied auch er sich, die Sache mit Humor zu nehmen.

»Dir ist gerade eine Wassermelone an den Kopf geflogen.«

»Wie bitte? Wie konnte das denn passieren ...?«

Linda sah sich um. Die eben noch bange hoffenden Neugierigen fingen jetzt, da es der jungen Frau offenbar gut ging, an zu kichern.

Mitfühlend lächelte er sie an.

»Wenn es dich irgendwie tröstet: Sie wurde von einem der berühmtesten Sportler Englands geworfen ... Also, eigentlich ist es fast schon eine Ehre, von etwas am Kopf getroffen zu werden, das er geworfen hat.« Er neigte sich zu ihr und flüsterte ihr ins Ohr: »Nigel Cassidy heißt der Übeltäter. Ich werde dafür sorgen, dass er sich höchstpersönlich bei dir entschuldigt.«

»*Der* Nigel Cassidy?« Lindas Verwirrung ließ nicht gerade nach. »Da wird mein Vater aber neidisch sein, der steht total auf Rugby und hat sich so gefreut, als Cassidy Kapitän wurde ...«

Ihr Samariter nickte.

»Großartiger Spieler. Richtig guter Werfer – wovon du dich jetzt persönlich überzeugen konntest ... Ganz unter uns: Er hat gerade den Ritterorden bekommen, und wenn an den Gerüchten was dran ist, kanst du in einem Jahr jedem erzählen, du seist von *Sir* Nigel Cassidy verunglimpft worden. Ich an deiner Stelle würde das da« – er deutete auf die Reste der Wassermelone – »à la Damien Hirst in Formaldehyd oder so einlegen, dann wird es in einigen Jahren ein Vermögen wert sein.«

Sie lachte.

Verzog das Gesicht, weil das Lachen wehtat.

Woraufhin er wieder besorgt guckte.

»Komm doch mit rein, dann kannst du dich ein bisschen sauber machen und ein Glas Wasser oder einen Kaffee trinken auf den Schreck.«

»Mit rein?«

Er zeigte auf das Gebäude hinter sich, doch Linda zögerte.

»Ach, es geht schon, danke.«

Sein Blick verriet ihr, dass sie schlimm aussehen musste, aber sie konnte nicht aus ihrer Haut. Ihr Vater hatte ihr von Kindesbeinen an ein gesundes Misstrauen beigebracht.

Er verstand ihre Zurückhaltung. Eine vernünftige junge Frau begleitete nicht einfach einen fremden Mann in ein ihr unbekanntes Gebäude. Auch nicht, wenn sie gerade von einer Wassermelone niedergestreckt worden war. Trotzdem: Heute würde er sie nicht wieder entwischen lassen.

»Kein Grund zur Beunruhigung, das ist ein Restaurant, und im Moment wimmelt es darin vor Leuten ...«

»Vor Leuten, die mit Wassermelonen um sich werfen?« In ihren dunkelbraunen Augen blitzte es schelmisch auf.

Er lachte und lächelte dann so überzeugend, dass sie in der Tat beruhigt war.

»Ja, in der Tat, tut mir echt leid. Wobei ich ja hoffe, dass die Wassermelonenwerferei jetzt ein Ende hat. Sonst muss ich wohl mal gewalttätig werden. Nicht, dass das meine Art wäre ... also ... gewalttätig zu werden ... wirklich nicht, das Einzige, was

ich schlage, sind Eier und Sahne ... Du kannst also ruhig mitkommen. Ich verspreche dir, dass dir nichts passieren wird ... und du schon bald vollkommen wassermelonenfrei sein wirst. Obwohl ...« Er zupfte ihr einen Kern aus den zerzausten Haaren. »Soll ja total gut für die Haare sein, hab ich gehört. Die vielen Enzyme und so – also vielleicht solltest du das möglichst lange einwirken lassen.« Er unterbrach seinen Redefluss, als ihr Lächeln einem verwirrten Blick wich. »Ich rede Unsinn, stimmt's? Und vielleicht auch viel zu schnell ... du bist keine Engländerin, oder?«

»Was meinst du?« Sie runzelte die Stirn.

»Na, deinen Akzent.«

»Meinen Akzent! Herrje! Ich hab ja schon öfter davon gehört, dass Schläge auf den Kopf ganz erstaunliche Folgen haben können. Zum Beispiel war da mal ein Mann, der hinterher auf einmal Klavier spielen konnte wie Tschaikowsky ... Aber ich hätte natürlich nie gedacht, dass mir mal so etwas passieren würde ...«

Besorgt riss er die Augen auf, dann fing sie an zu lachen.

»Ich komme aus Spanien«, klärte sie ihn auf.

»Na, das erleichtert mich jetzt aber.« Er streckte ihr die Hand hin. »Ich bin übrigens Rory.«

»Linda.«

In dem Moment, in dem sie sich die Hand gaben, trat die Sonne wieder hinter der einen weißen Wolke hervor, die über den blassblauen Himmel zog, schien Linda ins Gesicht und verwandelte ihre braunen Augen in goldenen Bernstein. Mit einer Mischung aus Reserviertheit und Neugier sahen sie ihn an.

»Linda ...«, wiederholte er, als ließe er sich den Namen auf der Zunge zergehen.

Erst da begriff auch sie, dass sie sich schon einmal begegnet waren.

»Oh nein! *Du* bist das!«, rief sie und fing dann erneut an zu lachen, bis sie ihn damit angesteckt hatte.

Dann hörten sie beide ziemlich abrupt auf und senkten betreten den Blick. Keiner von ihnen bemerkte, dass sie sich immer noch an den Händen hielten.

»Ich bin Rory …«, sagte er noch einmal.

»Ich weiß.« Sie lächelte.

»Ach ja?«

»Hast du mir doch grade gesagt.«

»Ach ja. Ja klar …« Rory schüttelte den Kopf, jetzt war er der Verwirrte. »Und ich sollte dann vielleicht auch mal deine Hand loslassen, was?« Er ließ sie ganz plötzlich los und biss sich zerstreut auf die Unterlippe. Wieso war er noch mal hier? Ach ja:

»Und dir geht's wirklich gut?«

»Ich werd's überleben.«

»Da bin ich aber wirklich erleichtert. Das war nämlich bestimmt kein von langer Hand geplanter Racheakt oder so … Also, für die Landung im Schlauchboot, meine ich …«

Wieder sah sie betreten zu Boden und schwieg. Dann fasste sie sich in die klebrigen Haare, warf einen Blick auf das Trevail hinter ihm und sah Rory dann nachdenklich an. »Ich glaube, ich nehme das Kaffeeangebot doch an. Und spüle mir schnell die Haare aus?«

»Ja klar, natürlich, gerne, komm, kein Problem, ich zeig dir mein … Komm mit rein, wir kriegen das schon hin.«

Er führte sie über den Kai, durch die doppelflügelige Holztür und die breite Holztreppe hinauf.

Sie betraten das Restaurant im ersten Stock, das nun – bis auf ein paar angetrocknete Himbeeren an einem offenen Fenster – wieder blitzblank war. Lindas Blick wurde magisch angezogen von der Fensterfront und der Aussicht auf die Flussmündung.

»Wow«, hauchte sie und vergaß alles, was mit der Wassermelone zu tun hatte. »Was für ein Blick.«

»Wahnsinn, oder? Wenn die Luft ganz klar ist, kann man bis nach Frankreich sehen.«

Sie drehten sich um und sahen Monty an einem Tisch sitzen, der sich unter zahllosen Tellern voller Essen bog. Er hatte sich hereingeschlichen, während Rory Samariter spielte, und die Reste vom Buffet vor sich aufgetürmt. Mit Messer und Gabel in der Hand saß er da, bereit zum Angriff.

»Na, Hunger?« Rorys Mundwinkel zuckten nach oben.

»Och, nur ein kleiner Snack.«

»Bis nach Frankreich?« Fasziniert stand Linda am Fenster. Frankreich würde nach Cornwall und London ihre nächste Station sein, hatte sie beschlossen.

»Der zieht dich auf.«

»Wie bitte?«

Rory stellte sich neben sie.

»Das war nur ein Witz. Wir können von hier nicht weiter sehen als bis Port Ruan, das ist die Stadt auf der anderen Seite der Flussmündung. Die Leute, die da wohnen, sind vielleicht ein bisschen eigen, aber als Ausland kann man das da drüben nun nicht bezeichnen«, räumte er verschmitzt ein.

Wie sie da so nebeneinanderstanden und übers Wasser sahen, entging ihnen natürlich, dass Monty hinter ihrem Rücken ein großes Stück Lachs in seinem Mund verschwinden ließ, und dann noch ein weiteres Stück in der Sakkotasche seines Smokings.

»Einen für mich, einen für dich«, flüsterte er und lächelte verschwörerisch, als Pimpf das Mäulchen aufriss wie ein Vogeljunges den Schnabel. Dann hörte er das Klappern hoher Absätze und strahlte. Gleich darauf stürzte Sophie herein.

»Mr Trevelyan!«, rief sie und blieb wie angewurzelt stehen, als Linda sich zu ihr umdrehte.

»Oh Gott. Was ist denn mit Ihnen passiert?« Ihre ohnehin schon kindchenschemagroßen blauen Augen weiteten sich noch mehr, als sie das pink gefärbte Chaos auf Lindas Kopf wahrnahm.

Monty gab seiner Freude über Sophies Erscheinen Ausdruck, indem er sie mal eben in den Hintern kniff.

»Heißes Wasser und jede Menge saubere Handtücher«, witzelte er. »Na los, hopp, hopp, Sophie.«

Sophie war es gewöhnt, deutlich schlechter behandelt zu werden, und spürte den Kniff in ihren von acht Jahren Ashtanga Yoga gestählten Hintern kaum. Sie sah sich bloß um, als suche sie etwas, und wandte sich dann an Rory.

»Ich habe gehört, Sie haben meine Kandidaten geklaut?«

»Sie haben hier gewütet, also müssen sie auch wieder aufräumen. So funktioniert das in meiner Küche.«

Sophie runzelte die Stirn und blätterte in den Papieren auf ihrem Arm.

»Ich glaube nicht, dass das in den Verträgen steht ...«

»In meinem schon.«

Sophie blätterte weiter.

Rory legte die Hand auf ihr Klemmbrett.

»Das war ein Scherz, Sophie, aber hinter sich aufzuräumen ist nun mal eine Grundvoraussetzung für jeden seriösen Koch. Und dafür sind die Leute doch hier, oder? Damit sie alles lernen, von A bis Z. Nicht bloß das, was Spaß macht. Sie sind in der Küche! Es geht ihnen gut.« Hoffe ich, dachte er bei sich. So, wie die sich zuvor benommen haben ... »Ich bringe Sie gleich hin, kleinen Moment. Ich muss noch eben das hier regeln.«

Und damit wandte er sich wieder Linda zu.

»Ich glaube, ein nasser Lappen wird da nicht reichen. Willst du eben unten unter die Dusche springen? Ist alles da: Handtücher, Shampoo, Duschgel. Und in der Zwischenzeit werde ich versuchen, Ersatz hierfür aufzutreiben.« Er zupfte am Ärmel ihrer besudelten Leinenjacke.

»Duschen? In einem Restaurant?«, staunte Linda. »Was genau ist das hier?«

»Restaurant«, antwortete er und deutete durch den Raum, in

dem sie standen. »Und Kochschule.« Er zeigte unter sich. »Komm, ich nehm dir das hier ab und bringe es zur Reinigung.« Er half ihr aus der Jacke. »Und ich besorge etwas, das du leihen kannst, für den Nachhauseweg.«

»Ich zeig dir gern, wo die Duschen sind!«, bot Monty strahlend seine Hilfe an.

»Die haben ein Schild an der Tür, kannst du gar nicht übersehen.« Rory warf seinem Freund einen warnenden Blick zu und öffnete dann die Tür mit der Aufschrift »Privat« für sie. »Treppe runter, links.«

Monty beobachtete Rory mit einem leisen Lächeln, während Rory Linda nachsah.

»Na, wo kommt die denn her?«, fragte er betont locker.

»Spanien«, murmelte Rory abwesend.

Monty zog die Augenbrauen hoch und nickte.

Rory rührte sich nicht. Monty und Sophie waren vergessen. Erst als die schwere Tür mit einem leisen Klicken wieder zufiel, erwachte er aus seiner Faszinationsstarre, drehte sich um, verließ das Restaurant und marschierte durch die Küche bis in den Garderobenraum.

Dort waren die Vipern damit beschäftigt, ihre Putzlappen auszuwaschen, die Wischmopps zu verstauen und finster dreinzublicken.

Sie hatten ganze Arbeit geleistet. Alles war wieder picobello frisch und sauber. Bis auf die Vipern selbst. Die sahen ziemlich mitgenommen aus, einige hatten einen leichten Grünstich im Gesicht.

Rory wusste, dass gute Arbeit gelobt werden musste, und weil er außerdem bereit war, den Exzess der letzten Nacht zu verzeihen, sagte er:

»Okay, Leute, das habt ihr super gemacht! Ihr könnt für heute Schluss machen. Und weil ich finde, dass harte Arbeit belohnt werden soll …« Er warf einen Blick auf die Uhr. »Geht doch einfach alle rüber zum Cockleshell. Ich rufe eben bei Woody an und sage ihm, dass er euch noch schnell was zu essen machen soll, bevor er zumacht.«

So schnell konnte man einen miesepetrigen Haufen verkaterter Showkandidaten aufheitern. Das Cockleshell hatte an Werktagen zwar von elf Uhr vormittags bis Mitternacht geöffnet, am Wochenende aber nur noch mittags. Sie hatten einfach zu viel zu tun, als dass sie sieben Tage die Woche Mittagstisch und Abendkarte anbieten konnten. Der Sonntagsbraten des Cockleshell war inzwischen so legendär, dass man dafür Monate im Voraus einen Tisch im »Bratenhimmel«, wie die *Sunday Times* sich ausdrückte, reservieren musste. Die Vipern konnten ihr Glück kaum fassen und stürmten die Duschen, um Putzstaub und Putzschweiß abzuspülen.

Und so stand Linda auf einmal nackt in der Duschkabine neben einer Dame, die sie zuletzt halb nackt in einem Kalender im Abfüllraum des Weingutes ihres Vaters gesehen hatte.

Absolut himmlisch duftendes Duschgel hin oder her – so schnell hatte sich Linda selten den Schaum vom Körper gebraust, die Duschkabine verlassen und nach einem Handtuch gegriffen. Sie wickelte sich darin ein, und als sie in zwei weiteren Duschkabinen zwei weitere ihr irgendwie bekannt vorkommende, äußerst wohlgeformte Körper ausmachte, fragte sie sich, was hier eigentlich vor sich ging.

»Willkommen in der Selbstbewusstseinshölle«, meinte eine Stimme hinter ihr.

Diana saß in ein Handtuch gehüllt auf einer Bank und wartete darauf, dass all diese Alabasterkörper verdufteten. Erst dann würde sie Handtuch und Hemmungen ablegen und sich selbst unter die Dusche stellen.

Linda musste gleichzeitig grinsen und die Stirn runzeln. Das wurde ja alles immer seltsamer. Die Frau auf der Bank kam ihr auch irgendwie bekannt vor.

»Kenne ich Sie nicht?«

Diana streckte die Hand aus.

»Diana Noble.«

Der Name schien dem Mädchen nicht viel zu sagen, da sich die Furchen auf seiner Stirn vertieften.

»Persönlich kennen wir uns wohl nicht, aber ich bin Schauspielerin«, erklärte Diana. »Vielleicht haben Sie mich schon mal im Fernsehen oder so gesehen ...« Diana überlegte fieberhaft, welche ihrer Rollen wohl die bekannteste war. Das Mädchen war anscheinend keine Engländerin. Ihr fiel eine Serie ein, die international lief. »*Killing Me Softly*?«

»*Killing Me Softly* ...«, murmelte das Mädchen und riss dann die Augen auf. »Ja, klar! Natürlich! Auf Spanisch heißt das *Asesinándome gentilmente*. Das gucken meine Eltern immer zusammen.« Flüsternd sprach sie weiter: »Und die da? Kenne ich die nicht auch?« Sie zeigte auf Wonderbra, die hemmungslos schief sang. »Von einem Kalender oder so?«

»War sie da halb nackt?«

»Mindestens«, sagte Linda, und die beiden Frauen grinsten sich an.

»Dann kennen Sie sie, ja.«

»Und die da? Die kenne ich doch aus irgendeiner Seifenoper, oder? Warum sind die alle hier? Warum sind Sie hier? Oder sind in dieser Stadt einfach alle berühmt?«

»Nein, in der Stadt nicht. Aber in diesem Duschraum.« Diana zuckte die Achseln und lächelte. »Machen wir's kurz: Herzlich Willkommen am Set von *England sucht den Superkoch*.«

Linda riss die Augen auf.

»Sie machen Witze! Hier? Jetzt? Ich kenne die Show aus Spanien. Meine Mutter verpasst keine einzige Folge davon. Deshalb wurde ich also von einer Wassermelone getroffen, die Nigel Cassidy geworfen hat ...«

»Ach, das waren Sie? Ups. Tut mir leid, die anderen sind

manchmal ein bisschen wild ... Wie große Kinder. Mit Ihnen alles in Ordnung?«

»Alles gut, alles heil.« Linda verstummte, als die Wasserhähne zugedreht wurden. Die frisch gewaschenen Damen griffen jedoch nicht nach ihren Handtüchern, sondern konfrontierten Linda und Diana mit ihren nassen Traumfiguren. »Bis auf mein Ego vielleicht ...«

»Machen Sie sich mal keine Sorgen, da können Sie locker mithalten. Also, nicht, dass ich gespannt hätte oder so ... Ach herrje, es tut mir leid?«

»Ist schon in Ordnung. Ich glaube, ich zieh mir dann jetzt mal was an und verschwinde ...«

»Soll das heißen, Sie wollen keine Autogramme?«, witzelte Diana mit einem Augenzwinkern.

Linda erwiderte ihr Grinsen.

»Im Moment nicht, nein. Aber ein anderes Mal vielleicht, wenn Stift und Papier zur Hand sind. Hat mich aber sehr gefreut.«

»Danke, gleichfalls. Vielleicht laufen wir uns ja noch mal über den Weg. Dann aber hoffentlich vollständig bekleidet.«

»Das wäre schön, ja.«

Leise vor sich hin lachend ging Linda wieder nach oben.

Der heutige Tag entwickelte sich ja geradezu surreal.

Aber das war ihr nur recht.

Genauso sollte ein Abenteuer anfangen, dachte sie und strahlte mit jeder Stufe, die sie hochstieg, mehr.

– 17 –

Natürlich hätte er das niemals zugegeben, aber Rory hatte, seit er die Promis vor einer Viertelstunde zum Duschen geschickt hatte, wie festgewurzelt am selben Fleck gestanden und auf sie gewartet.

Rory Trevelyan stand sonst nie untätig herum. Müßiggang lag einfach nicht in seiner Natur. Jetzt aber hatte er fünfzehn Minuten lang dort gestanden wie ein gut erzogener Hund, dem sein Herrchen – in diesem Fall ein Frauchen – »Sitz und bleib!« aufgetragen hatte.

Ihre Haare waren noch ganz nass.

Ihm gefiel, dass sie sie nicht geföhnt hatte. Sie hatte kein Milligramm Make-up im Gesicht, wodurch sie jünger, aber auch noch schöner wirkte.

Hatte er das wirklich gerade gedacht?

Rory atmete schwer aus.

Dass er fünfzehn Minuten untätig vor einer Tür herumgestanden hatte, könnte er ja vielleicht noch irgendwie verleugnen, aber den Grund dafür ganz sicher nicht. Der lag auf der Hand.

»Schlechtes Timing, Trevelyan«, brummte er vor sich hin, und dann schenkte er ihr ein Lächeln, das ihr hoffentlich ganz normal freundlich vorkam.

»Hast du alles gefunden, was du brauchst?«

»Ja, danke.«

»Also, ich muss sagen, du siehst ... sauber aus.«

Sie lachte, und das fand Rory beunruhigend.

»Mein Gott, jetzt stehe ich wie ein Vollidiot hier herum und glotze sie an, das merkt die doch«, seufzte er innerlich und verlor fast den Mut.

»Soll ich dann jetzt mal den Kaffee organisieren, den ich versprochen habe?«

Ihr Kopfschütteln war eine enorme Enttäuschung. Aber er musste sich damit abfinden. Dann riss er sich zusammen und zeigte zu dem Tisch, an dem der ausnahmsweise mal schweigsame Monty saß und wo ihre Jacke über einem Stuhl hing.

»Die bringe ich heute noch zur Reinigung, dann ist sie hoffentlich morgen im Laufe des Tages fertig. Wie kann ich sie dir zurückbringen?«

»Merkst du was? Ganz schön pfiffig, unser Rory. Hat dich gerade nach deiner Telefonnummer gefragt, ohne das Wort Telefonnummer zu benutzen«, schaltete Monty sich grinsend ein.

Rory hätte im Erdboden versinken mögen.

Linda ließ den Blick von einem zum anderen wandern und lächelte dann. Unergründlich.

Vormittags würde sie Beau in den Weingärten helfen, aber nachmittags wollte sie wieder nach Quinn spazieren und von dort die Fähre nach Mevagissey nehmen – ein Ausflugstipp von Pip.

»Ich hole sie mir selbst ab, wenn das okay ist?«

»Klar, dann aber nicht hier. Morgen bin ich im Cockleshell.«

»Im was?«

»Da drüben.« Er führte sie zu dem Fenster, durch das er sie vorhin gesehen hatte, und zeigte quer über den Kai. »Das ist das Cockleshell Inn. Ein Pub. Obwohl, eigentlich eher ein Restaurant.«

»Ah, okay. Da bin ich vorhin schon dran vorbeigekommen. Da arbeitest du also auch?«

Sie drehte sich zu ihm um, und er stand so dicht hinter ihr, dass sein in die Ferne gerichteter Arm ihre Schulter berührte.

Ihre Blicke begegneten sich.

Da spürte sie es auch.

Die Zeit blieb stehen.

Oder die Welt.

Oder beides.

Dann löste Montys Stimme die Zeit- und Weltbremse.

»Das *gehört* ihm auch.« Rory war offenkundig hin und weg von dieser Frau, und wenn er sich nicht selbst ins rechte Licht rückte, musste es eben jemand anderes für ihn tun.

Doch sie schien das gar nicht zu hören. Sie lächelte nur und nickte, dankte Rory dafür, dass sie die Dusche hatte benutzen dürfen, und fragte, zu welcher Zeit es ihm morgen am besten passen würde.

»Ach, ganz egal, jederzeit, wirklich, mir ist alles recht, ich bin da«, plapperte er wie ein unbeholfener Schuljunge los, bevor er seinen Pulli auszog und ihn ihr reichte. »Hier, damit du nicht frierst.«

Sie sah ihn einen Moment an, dann nahm sie den Pulli, sagte leise »Danke« und ging. Er sah ihr nach und hoffte vergebens, sie möge sich noch einmal umdrehen.

Als er ihre Jacke von der Stuhllehne nahm, musste er sich sehr beherrschen, nicht seine Nase darin zu vergraben, um in dem Leinen einen Hauch von Duft nach ihr zu erschnuppern.

Monty begleitete ihn zur Reinigung und zum Cockleshell, wo sie einen Bogen um die schlemmenden Promis machten und sich in die Küche verzogen.

Rory begann mit den Vorbereitungen für den nächsten Tag, und Monty nahm seinen üblichen Stammplatz auf der Arbeitsfläche ein.

»Sag mal, hast du vor, die nächsten acht Wochen nicht mehr nach Hause zu gehen?«, erkundigte sich Rory.

»Hier ist es doch viel interessanter als bei mir.«

»Inwiefern?«

»Na, bei mir gibt es nichts weiter als ein voller Wiederholungen steckendes Fernsehprogramm und eine Fertigmahlzeit.«

Rory lachte kurz auf.

»Na, dann mach dich doch mal nützlich und schäl die Zwiebeln da für mich.«

»Null Problemo.«

Als Rory kurze Zeit später zu ihm sah, hatte Monty sich keinen Deut gerührt. Er saß immer noch auf der Arbeitsfläche und beobachtete Rory.

»Was?«, fragte der leicht genervt.

»Du.«

»Was ist mit mir?«

»Und sie.«

»Welche sie?«

»Zwischen euch hat's heftiger geknistert als in einer heißen Pfanne mit Butter.«

»Wovon redest du?«

»Von dir und der schönen Señorita. Pass bloß auf, Rory. Du weißt ja … Spanierinnen … Mit denen haben die Trevelyans nicht viel Glück …«

Rory wollte ihm einen »Jetzt sei nicht albern«-Blick zuwerfen, scheiterte aber.

»Wir haben doch nur ein paar Minuten miteinander geredet …«

Monty ließ die Augenbrauen hüpfen.

»Ein paar Minuten reichen völlig aus, wenn es um Liebe auf den ersten Blick geht.«

»Monty. Ich bitte dich«, seufzte Rory. »Der Tag war schon anstrengend genug, ohne dass du von weißen Mäusen fabulierst.«

»Nix weiße Mäuse, Rory. Du kennst mich doch. Ich weiß, was ich gesehen habe.«

Rory sah seinen Freund ein klein wenig spitz an.

»Ja, genau, ich kenne dich, Monty, und deshalb weiß ich auch, dass du die Welt manchmal völlig anders siehst als alle anderen.«

»Ach, komm, Rory, das hätte doch ein Blinder mit 'nem Krückstock bemerkt, dass du sie magst … Wobei ›mögen‹ wirklich die Untertreibung des Jahrzehnts ist. Da hat's vorhin im Trevail ja wohl heftiger gefunkt als an Silvester über London.«

»So ein Quatsch«, wollte Rory erneut abwehren, doch dann brach er ab, seufzte und legte vorsichtshalber das Gemüsemesser beiseite. Könnte ja sein, dass er plötzlich Lust bekäme, Monty zu erdolchen.

Woody, der den ganzen Tag über in der Küche gestanden und zuletzt auch noch die Kandidaten mit Nahrung versorgt hatte, tauchte auf, und Rory senkte die Stimme: »Hör zu, Monty, selbst wenn du recht hättest und ich sie mag – was jetzt nicht heißt, *dass* ich sie mag –, also wirklich nur *falls* ich sie tatsächlich mag und das Schicksal es so wollte, dass auch sie mich mag, dann würde das nichts daran ändern, dass eine Beziehung im Moment das Letzte ist, was ich gebrauchen kann. Du hast ja gesehen, wer da gestern über die Leinwand spaziert ist …«

Jetzt war es Monty, der seufzte und sein Lächeln einstellte.

»Ja, leider.«

»Und ich werde wohl mehr als genug *damit* zu tun haben, meinst du nicht auch? Es sei denn, sie hätte in der Zwischenzeit einen Gedächtnisverlust erlitten und könnte sich nicht einmal mehr an meinen Namen erinnern … Und darum verbietet sich förmlich jeder Gedanke an eine andere Frau, erst recht an eine, die ganz offensichtlich nur hier Urlaub macht.«

»Hmm.« Monty seufzte mitfühlend. »Wie zwei Schiffe, die bei Nacht auf hoher See aneinander vorbeisegeln. Du bist Sir Francis Drake, und sie ist die spanische Armada. Nur werde ich das Gefühl nicht los, dass du es bist, der Schiffbruch erleiden wird …«

»Monty, geh bitte an den Kühlschrank und hol dir was zu essen da raus, damit dieses Gesülze ein Ende hat.« Und damit wandte er sich wieder seiner Gemüsesuppe zu.

Unter diesen Umständen sah Monty davon ab, darauf zu beharren, dass er recht hatte. Er hatte nämlich bereits ein Auge auf einen köstlichen Brotpudding geworfen, als er zuvor die Terrine verputzt hatte.

»Komm, Pimpf«, flüsterte er in Richtung Sakkotasche, wo das Kätzchen ein Nickerchen machte. »Nachtisch.«

»Wie bitte?« Rory sah sich nach ihm um.

»Ach, nichts. Hab bloß mit mir selbst geredet«, flunkerte Monty.

Pimpf gähnte und miaute.

Rory runzelte die Stirn und warf einen misstrauischen Blick auf Montys Bauch.

Monty legte die Hand darauf und schüttelte den Kopf.

»Mein Magen knurrt. Ich habe Hunger …«

»Hast du doch immer.«

Ja, aber jetzt esse ich für zwei, dachte Monty und verschwand grinsend im Kühlraum. Rory hatte gute Lust, von außen abzuschließen. Das würde Monty vermutlich gar nicht mitbekommen. Wenn Rory Stunden später wieder aufschlösse, würde er vermutlich mit vollem Bauch aus der leeren Kühlkammer spazieren und nicht mal ansatzweise frösteln.

Beau hatte Linda angeboten, sie abzuholen, aber sie wollte lieber zurück laufen.

Dieses Mal schlug sie aber einen anderen Weg ein und folgte den alten Bahngleisen entlang dem Flussufer. Das war die Strecke, die sie laut Beau nicht gehen sollte. Dass sie es trotzdem tat, hatte nichts mit Trotz und Ungehorsam zu tun, sondern damit, dass sie Rorys Pullover angezogen hatte. Und der duftete so herrlich nach ihm, dass sie wie betäubt war und die Abzweigung verpasste. Bis sie wieder auf dem Boden der Tatsachen angekommen war, hatte sie schon fast die Hälfte des Weges hinter sich gebracht.

Zurück auf Arandore, froh, nicht von einer nostalgischen Dampflok überrollt worden zu sein, traf sie Beau und Pip in der Küche des Haupthauses an. Sie hatten gerade erst Feierabend gemacht und den langen Holztisch für den Nachmittagstee gedeckt.

Sie begrüßten sie freudig, kaum dass sie zur Tür hereinkam.

»Und, wie war dein erster Nachmittag in der Freiheit?«

»Wie hat dir Quinn gefallen?«

Linda überlegte sich ihre Antwort gut.

»Es war interessant«, sagte sie schließlich.

Die beiden wechselten fragende Blicke.

»Das ist alles? Mehr hast du nicht zu sagen?« Beau lächelte und klopfte auf die Sitzfläche des Stuhls neben sich.

»Na ja, besser kann ich diesen extrem merkwürdigen Nachmittag nicht zusammenfassen.«

»Merkwürdig? Wieso merkwürdig? Und was ist das für ein Pullover? Wo ist deine Jacke?« Beau entging natürlich nicht, dass Linda in einem ihr viel zu großen Herrenpullover steckte.

Linda sah von einem zum anderen.

Sollte sie ihnen die Wahrheit sagen?

Die meisten Menschen würden über die Geschichte mit der fliegenden Wassermelone sicher lachen, aber ihr Vater vermutlich nicht. Der würde dem Übeltäter mit der Schrotflinte hinterherrennen, die er bei den Ritten durch seine Ländereien immer bei sich trug.

Aber ihr Vater war ja Hunderte von Kilometern weg …

»Also, Moment, ich fasse noch mal zusammen, ja?« Beau reichte ihr einen zweiten Scone mit Clotted Cream und Marmelade. »Du wurdest von einer Wassermelone am Kopf getroffen, die Nigel Cassidy geworfen hat, dann hast du Diana Noble kennengelernt und alle *England-sucht-den-Superkoch*-Kandidaten nackt unter der Dusche gesehen?«

»Nicht alle, nur die Frauen.« Linda war erleichtert, dass ihr Bruder lachte.

»Ach so, nur die Frauen, klar ...«

Pip grinste von einem Ohr zum anderen und warf ihrem Mann einen French Fancy zu.

»Mannomann, nicht schlecht für deinen ersten Tag im guten alten England.«

Beau fing den kleinen Kuchen auf und schob ihn sich augenzwinkernd komplett in den Mund.

»Hast du denn dann auch Rory Trevelyan kennengelernt?«, wollte Pip wissen.

»Wen?«

»Den, in dessen Restaurant gefilmt wird.«

»Wahrscheinlich schon, ja. Könnte sogar sein, dass das hier sein Pullover ist.«

»Hey, du Glückspilz! Der Typ ist der Hammer!«

»Echt?« Linda tat ganz unbeteiligt. »Ist mir gar nicht aufgefallen.«

Pip wedelte kurz vor den Augen ihrer Schwägerin herum.

»Was ist?« Linda blinzelte und fing an zu schielen.

»Wollte nur sichergehen, dass der Schlag auf den Kopf nicht deine Sehkraft beeinträchtigt hat. Wieso ist dir das denn bitte nicht aufgefallen? Der Mann ist einfach nur *schön*. Den würde ich ganz bestimmt nicht vom Esstisch stoßen.«

»Um wen geht's?« Pips Tante Susan kam von der Arbeit mit den Reben herein. »Von wem redest du nur einen Tag nach deiner Hochzeit, als hättest du wochenlang keinen Sex gehabt?«

»Hört, hört!« Beau applaudierte. Er war immer noch ganz hingerissen von der Vorstellung, wie seine unbedarfte kleine Schwester einen Duschraum mit einigen von Großbritanniens begehrtesten Frauen teilte.

»Rory Trevelyan. Linda hat ihn heute kennengelernt. Und

behauptet, ihr sei nicht aufgefallen, was für ein toller Mann das ist.«

»Klar, und Osama Bin Laden wohnt in unserem Weinkeller«, spottete Susan.

»Wer wohnt in unserem Weinkeller?« Pips Mutter Judy war mitten im Satz hereingekommen.

»Rory Trevelyan.«

»Rory Trevelyan wohnt in unserem Weinkeller?«

»Nein, leider nicht, aber wir sprachen gerade darüber, wie gut der Mann aussieht ...«

»Und was hat das mit unserem Weinkeller zu tun?«

»Gar nichts.«

»Obwohl ich ja überhaupt nichts dagegen hätte, wenn er in unserem Weinkeller wohnen würde«, strahlte Tante Susan.

»Ja, er ist ganz nett«, stimmte Judy zu. »Aber ganz egal, wo er wohnt, mein Raphael sieht tausendmal besser aus.«

»Und du bist überhaupt nicht befangen ...«

»Doch, natürlich bin ich befangen. Gott sei Dank bin ich befangen, wäre doch schlimm, wenn wir alle auf denselben Mann stehen würden! Dann wäre die Welt voller frustrierter Singlefrauen.«

»Die eine ziemlich lange, ziemlich ungeduldige Schlange bilden würden ...«, grinste Pip, und dann entspann sich ein lockeres Gespräch darüber, wie sehr Schönheit doch im Auge des Betrachters lag.

Unterdessen lehnte Linda sich zurück, versteckte sich hinter einem dampfenden Becher Tee und überlegte.

War ihr nun aufgefallen, dass Rory Trevelyan ein attraktiver Mann war, oder nicht?

Dass er breite Schultern hatte und sein knackiger Po in einer hellen Jeans steckte?

Dass seine schönen, schlanken Hände immer mitredeten, wenn er sprach?

Dass seine Augen, aus denen er sie mit einer unwiderstehlichen Mischung aus Überraschung, Freude, Hoffnung und Bestätigung angesehen hatte, genauso tiefblau waren wie das Meer vor Quinn?

Der Punkt war: Sie wollte gar nicht, dass ihr das alles auffiel.

Heute war ihr erster Tag in der Freiheit, da standen tolle Männer nicht auf ihrem Programm. Und auch keine hammertollen Männer. Die schon mal gleich gar nicht. Am ersten Tag ihrer monatelangen Europareise war das Letzte, was Linda finden wollte, etwas oder vielmehr jemand, der in ihr den Wunsch wecken könnte, zu bleiben. Auf gar keinen Fall wollte sie einem wildfremden Mann in die Augen sehen und von ihm noch viel heftiger umgehauen werden als von einer Wassermelone. Sie wollte sich nicht Hals über Kopf verlieben!

Das war doch völlig absurd, ausgerechnet in dem Moment, in dem sie losziehen und zu sich selbst finden wollte, den Mann zu finden, mit dem sie den Rest ihres Lebens verbringen wollte.

– 18 –

Montag Morgen.

Für Rory hatte der Tag noch früher angefangen als sonst. Normalerweise klingelte sein Wecker jeden Tag um sechs, heute war er um die Zeit bereits seit zwei Stunden auf und stand nun vor der Kamera.

Die ESDS-Kandidaten traten zu den Aufnahmen der Eröffnungsszenen an. Mit jungfräulich weißen Schürzen betraten sie das Set und wurden angewiesen, dabei Gesichter zu machen, als seien sie auf dem Weg zum Schafott. Es waren aber lediglich George, Tony und Rory, die mit vor der Brust verschränkten Armen und mürrischen Mienen Spalier standen – »Uuuuuund CUT! Würdest du bitte aufhören, die Kandidaten anzulächeln, wenn sie hereinkommen, Rory? Du sollst sie finster ansehen, nicht freundlich. Also, noch mal ... Kamera läuft ...« – und den Damen und Herren Promis einschärfen sollten, was für eine enorm schwierige Zeit sie erwartete. Dann wurden alle aufgerufen, sich mit Schneebesen und Schöpfkelle zu bewaffnen und sich der Herausforderung zu stellen. Am Ende dieser kleinen Ansprache durften alle lächeln und jubeln und sich in die Arme fallen.

Das war ja nun gar nicht Rorys Art.

Und auch nicht Dianas. Als sie bei der Gruppenumarmung in seine Nähe kam, flüsterte sie ihm »Hilfe!« ins Ohr und machte dann eine Grimasse, die ihn so laut lachen ließ, dass sie sich – Anweisung von oben – alle noch einmal umarmen mussten.

Danach wurden die Kandidaten dankenswerterweise wie Sardinen in zwei Helikopter gestopft und über den Ärmelkanal zu einem wundervollen Château geflogen, wo man ihnen beibringen würde, wie man Jakobsmuscheln, Coq au vin und Crème brulée zubereitete. Am ersten Tag. Ein Kinderspiel.

Am zweiten Tag würden sie in Paris, am dritten in St.-Malo und am vierten in Mont St.-Michel ihre Kochkünste schulen.

Um neun Uhr stellte Rory erleichtert fest, dass im Cockleshell alles wieder ganz normal lief.

Julia packte die Gelegenheit beim Schopf und bat Rory, den Vertrag mit ihm durchgehen zu dürfen.

»Rory, wieso hast du mir den Vertrag nicht mal gezeigt, bevor du ihn unterschrieben hast? Ich weiß, dass du ganz dringend das Geld für Frank und Sydney brauchtest, aber das ist immer noch nicht da, es wäre also noch ausreichend Zeit gewesen, den Vertrag gründlich durchzulesen.«

»Ich hab ihn ja überflogen. Und da ich weder meinen Körper noch meine Seele oder mein Restaurant verkaufen sollte, hab ich halt unterschrieben.« Rory zuckte die Achseln.

»Das ist immerhin etwas. Aber du hast deine Zeit verkauft. Ist dir gar nicht aufgefallen, wie oft du selbst in Erscheinung treten sollst? Ein- bis zweimal die Woche sollst du persönlich mit den Kandidaten am Herd stehen, und du musst dich jederzeit für Interviews und andere Publicity parat halten. Ich will hoffen, dass du darauf eingestellt bist, die Verantwortung für das Cockleshell hin und wieder Woody zu überlassen. Und wenn ich ganz ehrlich sein soll: Ich glaube, du solltest noch jemanden einstellen, der drüben im Trevail mit anpackt. Ein solches Chaos wie nach der Premierenparty darf dort auf keinen Fall wieder entstehen. Ich wette übrigens, dass unser Lager dort nicht mehr mit den Lagerlisten übereinstimmt, und darum finde ich, wir sollten immer dann, wenn das Trevail von ESDS benutzt wird, jemanden zur Aufsicht da drüben haben, der hinterher wieder alles an seinen Platz räumt.«

»Du meinst, ich soll wegen dieser ganzen Sache eine zusätzliche Hilfskraft einstellen?« Ungläubig schüttelte Rory den

Kopf. Als Julia antworten wollte, hob er zum Zeichen, dass er sich ergab, die Hände. »Ja, ja, ich weiß, ich hätte den blöden Vertrag lesen sollen!«

Mittag.

Rory und Julia, Monty und Pimpf (immer noch undercover in Montys Tasche) sowie Eddie, der Weinhändler, saßen an einem Tisch in der Nähe des Tresens. Monty aß eine große Portion frisch zubereitete Spaghetti alla carbonara und einen Teller mit Käse überbackenen Pommes, die er sich heimlich mit Pimpf teilte. Rory und Julia tranken Kaffee, und Eddie versuchte, Rory davon zu überzeugen, einen Wein zu bestellen, den er im Sonderangebot hatte.

»Das ist geschenkt, Rory! Drei Pfund weniger die Flasche, und du kannst im Restaurant trotzdem den üblichen Preis nehmen …«

»Aber schmeckt er auch wirklich genauso gut, Eddie? Es bringt mir nichts, günstigeren Wein einzukaufen, wenn er meinen Gästen nicht schmeckt …« Er verstummte, als sie zur Tür hereinkam. Eddie legte sich sofort wieder ins Zeug.

»Wieso sollte er nicht schmecken, ist doch ein Chablis. Nur ist dieser von 2003 und der, den du sonst hast, von 2005.«

Doch Rory hörte nicht mehr zu.

Er guckte nur.

Irgendwie hatte er ja gehofft, sein Gedächtnis hätte ihn getrogen. Das Bild von ihr war über Nacht ein klein wenig verblasst und war immer wieder verdrängt worden von dem Gedanken daran, dass Annabelle in nur einer Woche wieder hier sein würde.

Jedes Mal, wenn er an Annabelle dachte, regte er sich auf, und dann war Linda wieder da. Und obwohl die Erinnerung an sie ein wenig verschwommen war, hatte sie die Wirkung eines beruhigenden Balsams auf einer schmerzenden Wunde.

Als er sie jetzt sah, in Fleisch und Blut, ging ihm auf, dass sie leider noch viel schöner war, als er in Erinnerung hatte.

Leider?

Er lachte in sich hinein. Was für eine Wortwahl.

Ein ganz klares Zeichen dafür, dass er rettungslos verknallt war.

Was auch den anderen nicht entging.

Julia sah zu Linda, dann zu Rory und lächelte wissend.

Eddie tat dasselbe.

Selbst Monty hielt kurz im Essen inne, lächelte und winkte ihr zu. Dann rammte er Rory unter dem Tisch unsanft mit dem Knie.

Linda war es unangenehm, dass alle sie so ansahen.

»Du hattest gesagt, ich könnte jederzeit kommen, aber wie es aussieht, ist es jetzt wohl ungelegen …«

»Nein, nein, gar kein Problem, komm ruhig rein«, sagte Rory und sprang dabei so unvermittelt auf, dass sein Stuhl umkippte.

Er hatte sich in der vergangenen Nacht unzählige Male vorgestellt, wie er sich verhalten würde, wenn sie heute käme, und war fest entschlossen gewesen, sie zu einem Drink einzuladen, um so den inneren Aufruhr zu besänftigen, den er verspürte, seit er sie zum ersten Mal gesehen hatte, und der ihn fast um den Verstand brachte.

Doch jetzt mutierte er zu einem traurigen Woody-Allen-Abklatsch und war selbst so enttäuscht von sich, dass er einfach nur ihre frisch gereinigte Jacke aus der Garderobe holte und sie ihr reichte.

»Hier, so gut wie neu.«

»Danke.« Sie lächelte.

Dann schwiegen sie beide.

Und weil er nichts mehr sagte, drehte sie sich natürlich um und wollte gehen. Er sagte immer noch nichts, stand nur da und sah ihr nach. Er verfluchte sich selbst dafür, so ein Jammerlap-

pen zu sein, und noch dazu ein Weichei, weil er nichts gegen den Jammerlappen unternahm.

An der Tür blieb sie stehen und drehte sich um. Rory schöpfte Hoffnung.

»Ach, übrigens ...«

»Ja?«

»Ich an deiner Stelle würde beim 2005er bleiben. 2003 war kein gutes Weinjahr. Viel zu heiß in ganz Europa. Darunter hat die Weinqualität insgesamt ziemlich gelitten.« Sie warf Eddie einen »Sie sollten sich was schämen«-Blick zu und verschwand.

Rory blieb stehen, während die Blicke aller anderen sich nun auf ihn richteten. Auch der betretene von Eddie.

Dann ging ihm endlich auf, dass er sie womöglich nie wieder sehen würde, wenn er jetzt nicht handelte, und er löste sich aus seiner Starre.

»Halt! Warte doch mal!«, rief er ihr hinterher.

»Gottseisgetrommeltundgepfiffen«, murmelte Monty vor sich hin.

Eine halbe Ewigkeit später stand sie wieder in der Tür.

Rory entwich ein erleichterter Stoßseufzer, er ging auf sie zu und führte sie hinaus in den Hof, weg von den neugierigen Blicken der anderen.

»Ich wollte sagen ... also, ich wollte fragen ... Machst du hier Urlaub?«

»Jein«, antwortete sie zögernd. »Halbwegs. Vielleicht ...«

»Halbwegs? Vielleicht?«

»So ’ne Art Arbeitsurlaub oder so.« Sie zuckte die Achseln.

»Und hast du schon Arbeit oder suchst du noch welche?«

»Sowohl als auch.«

»Das heißt, du hast schon Arbeit, hättest aber gerne noch mehr?«

»Ja, so ungefähr. Ich habe Arbeit, für die ich nicht bezahlt werde, und hätte gerne auch noch einen bezahlten Job ...«

»Na, wunderbar ... wunderbar ... Ich suche nämlich jemanden ... also, für einen Job.«

»Und da hast du an mich gedacht?«

»Du kennst dich mit Wein aus?«

Sie nickte, schüttelte den Kopf, nickte wieder.

»So einigermaßen.«

»Und du sprichst Spanisch. Wir haben öfter mal Gäste aus Spanien im Restaurant. Dein Englisch ist übrigens ganz hervorragend.«

»Danke. Ich habe Sprachen studiert.«

»Spra*chen*? Plural?«

Wieder nickte sie und lächelte bescheiden.

»Was sprichst du denn noch?«

»Französisch, Deutsch und Italienisch.«

»Wow.« Er spürte, wie ihr Lächeln seine Laune deutlich anhob, und erwiderte es. »Ich bin beeindruckt.«

»Danke.«

»Also, wie sieht's aus? Würdest du ...?«

»Würde ich?«

»Für mich arbeiten wollen?«

»Einfach so?«

»Ja.«

»Willst du mir nicht erst noch ein paar mehr Fragen stellen?«

Er hätte ihr tausend Fragen stellen mögen, aber jetzt wusste er ja, dass sie wiederkommen würde, und hatte Zeit.

»Erst mal nur eine: Wann kannst du anfangen?«

Linda spazierte ähnlich benommen wie am Tag zuvor zurück nach Arandore. Dieses Mal fand sie aber den Fußweg und musste nicht wieder die riskante Route über das Gleis nehmen. Schließlich wollte sie nur ungern als Frikassee enden.

Pip war in der Tierarztpraxis in Bristol. Beau und Tante Susan kümmerten sich im Treibhaustunnel um die jungen Rebstöcke,

die in den nächsten Wochen ausgepflanzt werden sollten, und staunten nicht schlecht, als Linda plötzlich vor ihnen stand.

»Ich dachte, du wolltest mit der Fähre nach Mevagissey?« Beau klopfte sich die Erde von den Händen.

Jetzt war es Linda, die staunte.

Das hatte sie ja vollkommen vergessen. Dabei hatte sie sich doch so darauf gefreut, in See zu stechen und in einer nicht allzu fernen Stadt wieder an Land zu gehen ... Wie hatte sie das nur vergessen können? Na ja, wenn sie ehrlich war, wusste sie natürlich ganz genau, wie das passieren konnte ...

Linda gab ja gerne zu, dass sie hin und wieder ein bisschen naiv war. Aber sie hätte schon regelrecht blöd sein müssen, um es nicht zu bemerken.

Dass er sie mochte. Und zwar sehr.

Ihre eigene Reaktion auf sein offenkundiges Interesse hatte sie auch ziemlich überrascht.

Ihr Herz hatte in seiner Nähe nämlich etwas schneller geschlagen. Ein wohliger Schauer hatte sie durchlaufen, als seine Hand zufällig ihren nackten Arm streifte. Sie hatte gierig seinen Duft eingesogen. Und vergessen, ihm seinen Pullover zurückzugeben. Absichtlich.

Linda gestand sich endlich ein, dass sie sich von Rory Trevelyan genauso angezogen fühlte wie er sich von ihr.

Nur passte ihr das wirklich überhaupt nicht in den Kram.

Sie hätte einfach ihre Jacke nehmen und gehen sollen. Ohne auf sein Rufen zu reagieren.

Aber ihre Füße hatten gemacht, was sie wollten. Hatten sich beim Klang seiner Stimme auf dem Absatz umgedreht, und obwohl der Kopf ihr sagte »Tu's nicht, Linda«, solidarisierte sich ihr Herz mit den Füßen und auch der Rest ihres Körpers folgte ihnen willig. Da hatte ihr Kopf einfach keine Chance gehabt. Aber wenn sie das jetzt laut ausspräche, würde es auf einmal wahr. Und sie wollte es doch nicht wahrhaben.

Statt den beiden also den wahren Grund für ihre frühe Rückkehr zu verraten, platzte sie heraus mit:

»Ich habe einen Job gefunden.«

Erfreut sah Beau sie an.

»Hey, das ist ja toll. Aber du klingst selbst etwas überrascht?«

»Ja, bin ich auch. Ein bisschen. Glaube ich. Der Job ... also ... wie sagt man? Der fiel mir sozusagen vor die Füße ...«

Tante Susan nickte.

»Ja, so kann man das sagen. Und wie? Um was geht's?«

»Weiß ich nicht.«

»Du weißt es nicht?« Beau prustete vor Lachen. »Jetzt erzähl schon, was los ist, Linda!«

»Gar nichts ist los.« Linda ging in die Defensive, weil sie selbst so verwirrt war. »Ich habe einfach nur einen Job. Ich habe jemanden kennengelernt, der Hilfe braucht, und dann hat er mich gefragt, ob ich an einem Job interessiert wäre und ob ich morgen anfangen könnte ... Von daher ist es vielleicht ganz gut, dass ich den Ausflug nicht gemacht habe, damit ich euch hier helfen kann, bevor ich den Rest der Woche bei dem anderen Job zubringe. Aber ich habe ihm schon gesagt, dass ich das erst mit euch abstimmen muss.«

»Und wer genau ist *er*, Linda?«

»Rory Trevelyan.«

Tante Susan riss die Augen auf.

»Das heißt, du hast einen Job im Cockleshell? Das ist ja klasse. Rory ist ein toller Typ, das wird dir bestimmt viel Spaß machen. Und was genau sollst du da machen?« Sie legte ihre Rebschere weg.

Linda musste unwillkürlich lächeln.

Sie konnte sich schon gut vorstellen, was sie da machen sollte, wenn es nach Rory ginge ...

Seine Blicke hatten Bände gesprochen, und sein Verhalten war eindeutig gewesen. Er hatte vergeblich versucht, es zu verbergen.

»Ich weiß noch nicht, welche Aufgaben genau er sich für mich vorstellt«, entgegnete sie vorsichtig. »Das wird er mir morgen wohl sagen. Aber natürlich nur, wenn ihr mich hier nicht braucht …«

»Ach, wir kommen schon allein zurecht, Beau, oder?« Fragend zog Susan die Augenbrauen hoch.

Lindas Bruder nickte.

»Sicher? Wenn ihr mich hier braucht, ist das völlig in Ordnung, ich muss den Job nicht annehmen, ich kann euch auch hier auf Arandore helfen …«

Beau durchbohrte sie mit seinem Blick.

»Dir ist schon klar, dass du dich so anhörst, als würdest du nach einer Ausrede suchen, um diesen Job nicht anzutreten, ja?«

Das wollte Linda ihrem Bruder gegenüber natürlich nicht eingestehen. Sie wollte es ja nicht einmal sich selbst eingestehen.

Aber Beau hatte vollkommen recht.

Es wäre viel einfacher, morgen nicht zum Cockleshell zu gehen, sondern sich auf Arandore in die Arbeit zu stürzen, die in ihr aufgekeimten Gefühle, die ins Kraut zu schießen drohten wie Beaus und Pips junge Rebstöcke, zu verdrängen, die Nase in Reiseführer und Flugpläne zu stecken und Rory Trevelyan ganz schnell zu vergessen.

»Na ja, ich bin halt ein bisschen aufgeregt …« Und das war nicht mal gelogen.

»Ach, das wird schon klappen. Wer weiß, vielleicht willst du dann gar nicht mehr da weg«, machte Beau ihr Mut.

Lindas Mundwinkel zuckten. Ein Lächeln wollte ihr nicht recht gelingen.

»Das«, murmelte sie vor sich hin, »ist genau das, was ich befürchte …«

– 19 –

Am nächsten Morgen wachte Linda eine Stunde, bevor sie aufstehen musste, in Pips altem Zimmer im Haupthaus von Arandore auf und konnte vor lauter Aufregung nicht wieder einschlafen.

Wieso freute sie sich wie ein Kind am Heiligen Abend darauf, arbeiten zu gehen, wenn sie doch so viele andere schöne Dinge hätte unternehmen und erleben können?

Linda versuchte sich einzureden, es läge am Geld und daran, dass ebendieses Geld es ihr erlauben würde, ihre Reisepläne sogar noch zu erweitern. Mit diesem Geld würde sie noch viel mehr unternehmen und erleben können, und zwar nicht nur in Cornwall.

Sie hatte sich fast schon selbst überzeugt, als sie vor der Tür des Cockleshell stand und feststellte, wie sie am ganzen Körper zitterte.

Linda Rivera war kein ängstlicher, nervöser Typ, sie war ausgesprochen selbstsicher. Nicht auf arrogante Weise, sondern gerade genug, um neuen Situationen und Menschen mit Neugier statt mit Scheu zu begegnen.

Und doch stand sie nun vor dem Cockleshell und zögerte, hineinzugehen, weil es in ihrem Bauch auf einmal brodelte wie in einem Topf Suppe auf voller Flamme. Hände und Knie zitterten und ihre feinen goldenen Nackenhaare stellten sich auf.

In diesem Moment traf sie eine Entscheidung.

Einfach so, ohne lange das Für und Wider abzuwägen.

Eine spontane, kopfgesteuerte Entscheidung.

Sie würde diesen Job nicht antreten.

Linda drehte sich um und wollte gehen.

»Guten Morgen. Perfektes Timing, da können wir ja zusammen reingehen.«

Da sie einander am Tag zuvor nicht vorgestellt worden waren, wusste Linda nicht einmal, wie er hieß, aber er tat, als seien sie alte Freunde, hakte sich bei ihr unter, stieß die Tür auf und zog sie mit sich in den netten alten Pub.

»Wenn ich das mal eben sagen darf, ich finde das ganz toll, dass du von jetzt an Teil unseres Teams bist ...«

»Also, ich ...« Linda wollte erklären, dass sie es sich anders überlegt hatte, aber er quasselte einfach weiter.

»Ich glaube, es wird dir hier gefallen. Rory ist ein dufter Typ und hier ist immer jede Menge los, auch ohne ESDS, du wirst dich also garantiert nicht langweilen. Und ehrlich gesagt, bist du genau zum richtigen Zeitpunkt aufgetaucht. Rory braucht dringend eine fähige Frau ... die dafür sorgt, dass hier in den nächsten zwei Monaten alles reibungslos läuft.« Als er einigermaßen sicher war, dass sie jetzt nicht mehr abhauen würde, ließ er ihren Arm los und reichte ihr die Hand. »Wir sind uns noch gar nicht richtig vorgestellt worden. Ich bin Monty.«

»Monty?«

»Kurz für Montague.«

»Linda.«

»Ich weiß.«

»Arbeitest du hier?«

Er prustete los vor Lachen.

Und hinter ihm noch jemand.

»Arbeiten? Der weiß doch nicht mal, was das ist.«

Er stand in der halb offenen Tür links der Bar. Sie erhaschte einen Blick in die Industrieküche hinter ihm, aus der der köstliche Duft frisch gebackenen Brotes drang.

Er trug eine Kochjacke und Jeans – eine etwas seltsame Kombination, aber eine, die ihm ausgesprochen gut stand.

Linda schluckte.

Ihr Hals war auf einmal so trocken.

Warum hatte sie sich vorhin nicht schneller verkrümelt? Warum hatte sie gezögert?

»Wer zögert, verliert«, war einer der Lieblingssprüche ihres Vaters. Jetzt bewahrheitete er sich gnadenlos.

Linda sah Rory und wusste sofort, was genau sie verloren hatte.

Ihr Herz.

Glücklicherweise kabbelten sich die beiden Männer ein wenig und bemerkten ihr Unbehagen nicht.

»Ich weiß ganz genau, was das Wort ›Arbeit‹ bedeutet, mein lieber Mr Trevelyan. Substantiv: Körperliche und/oder geistige Tätigkeit, die dazu dient, ein Ergebnis zu erzielen oder einem Zweck zu dienen.«

»Theorie prima auswendig gelernt. Bei dir hapert es nur leider mit der praktischen Umsetzung.«

»Was wiederum nichts mit mangelnden Fähigkeiten zu tun hat, mein Lieber, sondern höchstens mit mangelnder Notwendigkeit. Und Notwendigkeit ist die Mutter der Überwindung.«

»Du meinst wohl *Erfindung*?«

»Nein, meine ich nicht. Ich weiß genau, was ich gesagt habe, und ich meine, was ich gesagt habe. Tu du doch einfach, was du zu tun hast. Apropos ...« Er warf einen sehr deutlichen Blick auf Linda. Rory folgte seinem Blick.

Linda war es unangenehm, von beiden so fixiert zu werden.

»Also, was mich betrifft, ich weiß sehr genau, was Arbeit ist – in Theorie und Praxis«, platzte sie heraus. Da sie sich nicht mehr ohne Weiteres davonstehlen konnte, war es wohl das Beste, aktiv zu werden. »Also, was soll ich tun?«

Rorys Blick leerte sich.

Was sollte sie tun?

Das war eine ziemlich gute Frage.

Auf die er leider keine Antwort hatte.

Sie brauchten sie heute gar nicht. Eigentlich brauchten sie sie erst am Donnerstag wieder, wenn die ESDS-Kandidaten zurückkamen. Aber als er am Tag zuvor den Mund aufgemacht hatte, um »Donnerstag« zu sagen, war »Dienstag« herausgekommen. Das hieß, er musste sich jetzt zwei Tage lang irgendetwas einfallen lassen, womit er sie beschäftigen konnte, was in einem gut laufenden Restaurant ja eigentlich kein Problem sein sollte.

Der Punkt war nur, dass er, wenn er sich überlegte, welche Aufgabe er ihr zuteilen könnte, immer nur einen Gedanken hatte: Er stellte sich vor, wie sie mit einer Flasche Wein auf der Veranda am Wasser saßen und sie ihm von sich erzählte.

Mehr fiel ihm nicht ein.

Monty kam ihm zu Hilfe.

»Wie wär's denn, wenn du Linda erst mal alles zeigst?« Monty zwinkerte seinem Freund vielsagend zu.

»Das wäre in der Tat ein guter Anfang.« Rory nickte und lächelte Monty dankbar zu. »Am besten gehen wir gleich rüber ins Trevail, da wirst du am meisten gebraucht.«

Ihr Schweigen auf dem Weg über den Kai zum Trevail war irgendwie peinlich, doch als sie dann die breite Holztreppe hinaufkamen, war Linda wieder völlig hin und weg von der Schönheit des Lokals, und das lenkte sie ausreichend von ihrem Saltos schlagenden Magen ab, sodass sie ein normales Gespräch anfangen konnte.

»Das ist eins der schönsten Restaurants, das ich je gesehen habe.«

»Danke.«

»Ist das dein Konzept?«

Er lächelte bescheiden.

»Das Konzept war schnell gemacht. Ich habe mich einfach auf die vorhandenen Gegebenheiten eingelassen. Ist einfach alles irgendwie gewachsen.« Er strich über das weiche Finish des schwungvoll gebogenen Tresens. »Okay, das war vielleicht etwas kryptisch. Also, ich hatte dieses urige alte Bootshaus direkt am Meer, da musste ich nicht viel mehr tun, als für Ausblick zu sorgen und passende Tische auszusuchen.«

»Na, ich glaube, ein bisschen mehr war da schon noch zu tun.« Aufmunternd lächelte sie ihn an.

»Kann sein.« Verschmitzt sah er sie von der Seite an. »Ein paar Räumlichkeiten kennst du ja schon. Willst du den Rest sehen?«

»Ja, gerne!«

Er zeigte ihr alles, von den Lagerräumen bis zu den Schulungsräumen, und erläuterte ihr nebenher das Konzept des Ausbildungsrestaurants.

Seine Begeisterung übertrug sich auf Linda, sodass sie, als sie schließlich wieder im Restaurant ankamen, überhaupt nicht mehr nervös war, sondern sich wahnsinnig freute, bei diesem tollen Projekt eine Rolle spielen zu dürfen – und wenn sie noch so klein war.

»Und was soll ich hier für dich tun?«, fragte sie und wollte am liebsten sofort loslegen.

»Also, im Moment werden hier ja Teile der nächsten Staffel von *England sucht den Superkoch* gefilmt ...«

Gespannt wartete er auf ihre Reaktion.

Doch sie lächelte nur und nickte.

»Ja, ich bin vorgestern ein paar der Kandidatinnen in der Dusche begegnet.«

»Ach so. Ja.«

»Ich habe mich ein bisschen mit Diana Noble unterhalten, die fand ich sehr nett.«

»Die ist auch nett. Ein absolutes Goldstück. Aber damit ist sie im Moment leider eine der wenigen Ausnahmen, die anderen sind teilweise ziemliche Zicken beziehungsweise Draufgänger, und darum brauche ich jemanden, der auf das Trevail aufpasst, solange die Truppe hier ein und aus geht.«

»Und wie lange wird das sein?«

»Acht Wochen.«

Ihr Lächeln ließ nach.

»Ich weiß nicht, ob ich noch so lange hier sein werde.«

Er senkte den Blick, um seine Enttäuschung nicht zu zeigen.

In ihm tobte es. Er wusste, dass das alles vollkommen lächerlich war. Er kannte diese Frau kaum. Er konnte nicht das für sie empfinden, was er sich da einredete. Er musste verrückt sein. Aber das war ihm egal. Es war ihm egal, wie verrückt er war. Irgendetwas Unerklärliches war in ihm erwacht, und zwar in dem Moment, als er Linda das erste Mal gesehen hatte. Wie ein zweiter Herzschlag, der ungeduldig pochte. Eine völlig neue, archaische Sehnsucht. Er kannte sie nicht und hatte das Gefühl, sie schon ewig zu kennen. Dieses ganze Durcheinander raste in ihm und entwickelte eine Stimme. Eine Stimme, die sämtliche vernünftigen Überlegungen übertönte. Eine Stimme, die ihm sagte: »Gut, dann kennst du sie eben noch nicht, aber dann lern sie doch bitte schleunigst kennen, viel Zeit bleibt dir nicht!« Und zum Schluss schrie die Stimme förmlich »Carpe diem!« Und zwar so laut, dass er nichts anderes mehr hörte.

Carpe diem.

Carpe puellam.

Was genau sollte sie für ihn tun?

Jetzt war wohl nicht der richtige Zeitpunkt, um mit seinen wahren Wünschen herauszurücken.

Entschlossen sah er wieder auf.

»Ich weiß, dass du nicht ewig bleiben kannst, aber ich fände es toll, wenn du für mich arbeiten würdest, solange du in Cornwall bist. Was meinst du? Sollen wir uns auf die Veranda setzen und einen Kaffee trinken?«

Das war zwar nicht die Flasche Wein, die er sich vorgestellt hatte, aber Kaffee ist auch gut.

Überrascht sah sie ihn an.

»Ja, aber soll ich denn gar nichts tun? Arbeiten?«

»Ehrlich gesagt, die Kandidaten sind alle bis Donnerstagnachmittag in Frankreich. Ist ziemlich ruhig heute. Und außerdem würdest du ja etwas tun.«

»Ach ja?«

»Ja. Wir würden uns nämlich besser kennenlernen, und das ist ziemlich wichtig, wenn man miteinander arbeiten will.«

Und mit diesen Worten zog er einen Stuhl unter dem nächstgelegenen Tisch hervor, setzte sich, schob mit dem Fuß den anderen Stuhl zu ihr hin und bedeutete ihr, sich ebenfalls zu setzen.

Dann lehnte er sich zurück und sah sie aus seinen meerblauen Augen an, als wolle er sie einladen, hineinzuspringen und darin unterzugehen.

»Wir können das gerne als Teil der Einarbeitung verbuchen.«

Linda sah ihn lange an.

Während sie das tat, dachte sie an die Reise, die sie geplant hatte. Sie hatte die Europakarte vor Augen, in der überall dort Fähnchen steckten, wo sie unbedingt hinwollte. Sie wusste es bereits, und er auch.

Wenn sie diese Reise wirklich antreten wollte, durfte sie diesen Mann auf keinen Fall zu gut kennenlernen.

Sie könnte ihm jetzt sagen, dass sie es sich anders überlegt hat, und gehen. Sie könnte ihn bitten, ihr irgendeine Aufgabe zuzuteilen – Gläser spülen, Fußboden wischen, Lagerbestand prüfen, ganz egal. Wenn sie sich nur nicht hier mit ihm hinsetzen und ihn besser kennenlernen musste.

Doch das Lächeln, mit dem er sie dann ansah, zog nicht nur

seine Mundwinkel nach oben, sondern ließ seine meerblauen Augen funkeln wie Sonnenlicht auf dem Wasser vor Quinn.

Sie konnte gar nicht anders, als sein Lächeln zu erwidern, zu nicken und sich ebenfalls zu setzen.

– 20 –

Linda kam zurück nach Arandore, als alle sich gerade in der Küche versammelten.

»Und? Wie war der Job?« Pip bedeutete ihr, sich dazuzusetzen.

Linda lächelte breit und unergründlich.

»Gut, danke.«

Alle sahen sie erwartungsvoll an, während sie ihren Platz neben ihrer Schwägerin einnahm. Sie waren so gespannt auf ihre Antwort, wollten so gerne etwas über das Cockleshell oder Rory oder ESDS hören. Jede Art von Tratsch war ihnen so willkommen wie die Spaghetti Bolognese vor ihnen auf dem Tisch.

»Nicht viel, um ehrlich zu sein.«

Ihnen stand die Enttäuschung ins Gesicht geschrieben. Pips Mutter Judy häufte sich als Erste Pasta auf den Teller.

»Wir haben die meiste Zeit nur dagesessen und geredet.«

Da erhellten sich die Mienen wieder ein wenig.

»Ihr habt geredet?«

Linda nickte.

»Wer hat geredet?«

»Rory und ich.«

Gabeln wurden abgelegt.

Beau und Raphael sahen sich vielsagend an.

»Er bezahlt dich dafür, dass du dich zu ihm setzt und mit ihm redest?«, fragte Beau spitzbübisch.

»Ja, aber nicht so, wie du denkst, Beau…«

»Toller Job! Den würde ich sogar machen, wenn ich kein Geld dafür bekommen würde!« Judy war ganz aus dem Häuschen, während ihre Tochter Tante Susan tief in die Augen sah.

»Das gehörte zur Einarbeitung!«, protestierte Linda und wurde dabei rot wie eine Tomate.

Am nächsten Morgen hatte Rory einen Pressetermin.

Besser gesagt, fünf Pressetermine. Da die Kandidaten alle weg waren, hatte Freddie nämlich ganze fünf Interviews für ihn arrangiert, alle nacheinander.

Und alle stellten sie dieselben Fragen.

Doch Rory behielt die Nerven und beantwortete alle Fragen fünf Mal und lächelte noch dabei.

Sie löcherten ihn beinahe so, wie er am Tag zuvor Linda gelöchert hatte. Er war vollkommen hingerissen von ihrer melodischen Stimme und davon, wie ihre vollen Lippen sich beim Sprechen bewegten. Also hatte er sich zurückgelehnt, sie reden lassen und einfach nur genossen.

Die Begeisterung allerdings, mit der sie von ihren Reiseplänen gesprochen hatte, hatte ihn verunsichert. Die Schilderungen dessen, was sie unternehmen wollte, waren so lebendig, als habe sie die Reise schon längst hinter sich.

Und er wünschte sich nichts sehnlicher, als dass genau das der Fall wäre.

Den Kaffee hatten sie vollkommen vergessen, so vertieft waren sie in ihre Unterhaltung. Und als er sie nicht länger dabehalten konnte, hatte er sie widerwillig nach Hause geschickt. Aber kaum war sie gegangen, wartete er auch schon wieder sehnsüchtig auf ihre Rückkehr.

Als Linda am nächsten Tag zum Cockleshell zurückkehrte, war sie zwar wieder irgendwie aufgeregt, aber nicht so ängstlich-nervös wie am Tag zuvor.

Da Rory wusste, dass er den ganzen Vormittag Interviews haben würde, hatte er sie erst für mittags bestellt.

Aber sie war schon etwas früher da.

Und er wartete bereits.

»Ich dachte, wir könnten eine Art Inventur im Trevail machen, bevor die ESDS-Leute wiederkommen«, schlug er vor, worauf sie gleich hinübergingen zu dem leeren Gebäude, das ihr nach nur einem Tag schon so wunderbar vertraut war.

So kam es, dass sie heute tatsächlich arbeitete. Zusammen mit Rory ging sie die Garderobenräume, die Küche und die Lagerräume durch, bis sie im Restaurant selbst angelangt waren.

Unterdessen redeten sie nur das Nötigste.

Zufrieden beobachtete er sie.

Sie sah verstohlen zu ihm hinüber, wenn sie glaubte, dass er gerade nicht hersah. Was nicht besonders häufig war.

Er konnte sie einfach nicht *nicht* ansehen.

Ab und zu begegneten sich ihre Blicke, dann lächelten sie verlegen, doch die Verlegenheit war süß und leicht und überhaupt nicht unangenehm.

Als Letztes wandten sie sich den Vorräten hinter der langen, halbmondförmigen Bar zu. Jeder fing an einem Ende an, bis sie sich schließlich in der Mitte trafen.

Er legte als Erster seine Lagerliste beiseite.

Wandte sich ihr zu und sah sie fragend an.

»Alles klar?«

»Bin gleich fertig. Ich weiß nicht, was ich mit dieser Flasche machen soll.«

Linda nahm die Flasche zur Hand, die sie auf den Tresen gestellt hatte, studierte noch einmal das Etikett und dann die vorgedruckte Lagerliste. Sie runzelte die Stirn.

»Das Zeug steht überhaupt nicht auf meiner Liste.«

Er sah sie einen Moment an. Dann, von ihren verstohlenen Blicken ermutigt, nahm er ihr die Flasche aus der Hand und las, was auf dem Etikett stand.

»Ehrlich gesagt, ist wohl die beste Lösung, das Zeug zu ver-

nichten.« Er nahm ihr das Klemmbrett mit der Lagerliste ab und legte es auf den Tresen. »Was meinst du? Wollen wir sie aufmachen und eine Pause einlegen? Du hast wirklich ganze Arbeit geleistet. So schnell habe ich noch nie jemanden eine komplette Inventur machen sehen.«

»Mein Vater hat mir beigebracht, dass man bei jedem Job, den man annimmt, vollen Einsatz zeigen sollte.«

»Und ich dachte, du wärst hier, um deinem Vater und seinen Doktrinen zu entkommen?«

Sie verzog das Gesicht, als hätte er sie ertappt.

Er hatte gestern offenbar sehr genau zugehört.

»Vielleicht war ich gestern ein bisschen ungerecht. Mein Vater ist ein ganz besonderer Mann. Gütig und gerecht. Es ist nur ... Also, was seine Töchter betrifft ... Da geht halt manchmal sein Beschützerinstinkt mit ihm durch.«

»Und was würde er jetzt davon halten, dass dir ein halb fremder Mann einen Drink anbietet?«

»Er würde darauf bestehen, dass ich dankend ablehne und sofort nach Hause zu meinem Bruder gehe.«

Rory hatte bereits zwei Gläser in den Händen, die zarten Stiele zwischen seine kräftigen Finger geklemmt.

»Soll ich die dann wieder wegstellen?«

Linda sah ihn einen Moment nachdenklich an, dann lächelte sie und nahm die Weinflasche.

»Nö. Das ist ein 2006er Les Clos Grand Cru. Einer meiner Lieblingsweine. Aber das sollte mein Vater nicht erfahren.«

»Er lässt außer spanischem Wein wohl nicht viel anderes gelten, was?« Wie automatisch gingen sie auf denselben Tisch zu, an dem sie auch am Vortag schon gesessen hatten.

»Na ja, wenn ich Wein trinke, der nicht aus unserer Heimat stammt, ist das für ihn ein bisschen so, wie wenn ein Engländer sich ein Rugbyspiel England gegen Frankreich ansieht und die Franzosen gewinnen.«

Er schenkte ihr ein. Sie hielt das Glas hoch gegen das Licht und lächelte zufrieden. Dann atmete sie tief durch, bevor sie auf sein »Prost« antwortete und trank.

»Gut?«

»Sehr gut.«

»Wo genau in Spanien liegt eigentlich euer Weingut?« Er schenkte ihr nach, kaum dass sie das Glas abgestellt hatte.

»In Galicien.«

»Und wie viel produziert ihr so?«

»An die achtzigtausend Flaschen im Jahr.«

»So viel? Das muss ja ein ziemlich großes Gut sein. Welche Qualität?«

»Denominación de Origen Calificada.« Sie versuchte, diese Spitzenklassifikation so lässig wie möglich über die Lippen kommen zu lassen, doch ein gewisser Stolz war nicht zu überhören, als sie noch hinzufügte: »Und in unserer Region ist unser Weingut hoffentlich bald das einzige, das sich Denominación de Pago nennen darf.«

»Und das heißt ...?«

»Das ist eine Klassifizierung für einzelne Weingüter, die internationales Ansehen genießen. Es ist die höchste Klassifizierung, die es gibt, und mein Vater und die ganze Familie arbeiten wirklich hart, um sie zu bekommen. Ich hoffe sehr, dass sie es schaffen.«

»Sie? Nicht wir?«

»Es ist ein Familienunternehmen, aber wenn ich kann, möchte ich mal was anderes machen.«

»Wie zum Beispiel reisen?«

»Wie zum Beispiel reisen.«

»Und dann?«

»Weiß ich noch nicht. Ich will jetzt erst mal ein bisschen rumkommen. Danach sehe ich hoffentlich klarer, wo es für mich langgehen soll.«

»Vielleicht wird dein Herz dir ja den richtigen Weg zeigen ...«, sagte er betont lässig und ohne sie anzusehen. Stattdessen beobachtete er einen einsamen Seetaucher, der flussaufwärts flog und ab und zu die Wasseroberfläche berührte.

Lindas Herz fing plötzlich so heftig an zu schlagen, als wollte es prophylaktisch schon jetzt auf sich aufmerksam machen.

Zum Glück kam Rory ganz entspannt zu ihrem ursprünglichen Thema zurück.

»Mit Wein kennst du dich also richtig gut aus?«

Konzentrier dich. Atme. Trink einen Schluck. Linda war einen Moment lang außerstande, zu antworten. Ganz langsam beruhigte sich ihr Herzschlag wieder und sie konnte wieder vollständige Sätze äußern.

»Nicht so gut wie mein Vater und mein Bruder.«

»Aber du kennst dich schon aus?«

»Ja, würde ich sagen. Mein Vater hat mir immer so viel wie möglich beigebracht, wenn ich nicht gerade die Nase in Bücher gesteckt habe.«

»Dann habe ich dir vielleicht den falschen Job zugeteilt. Vielleicht sollte ich dich mit ins Cockleshell nehmen und zu meinem Sommelier machen. Dann könntest du mich vor teuren Fehleinkäufen bei meinem nicht ganz vertrauenswürdigen Lieferanten bewahren ...«

Sie lachte.

Nervös.

»Hast du denn keinen Sommelier?«

»Nein. Mir wurde immer gesagt, ich sollte mich einfach drauf verlassen, dass die Gäste, die Wein trinken, genau wissen, was ihnen schmeckt.«

»Schon, aber das wissen sie ja erst, wenn sie ihn probiert haben. Und wenn man sich mit Wein nicht auskennt, verlässt man sich gerne auf alte Freunde, das heißt, man bleibt bei dem, was man kennt und probiert nie mal was Neues aus, aus Angst, es nicht zu mögen. Darum ist es immer gut, ein bisschen Anleitung zu haben, wenn man etwas Neues ausprobiert. Jemanden, der einem sagen kann, wenn dir das schmeckt, dann könnte dir auch das schmecken. Jemanden, der deinen Horizont erweitert und dir zu noch mehr Gaumenfreuden verhilft.«

»Hmmm«, machte er. »Klingt einleuchtend. Ich halte mich auch immer an das, was ich schon kenne. Meine Weinkarte ist seit Jahren unverändert. Vielleicht könntest du ja mal einen Blick drauf werfen, was meinst du? Vielleicht könntest du mich ja anleiten und meinen Horizont beziehungsweise meine Weinkarte erweitern?«

»Ist das dein Ernst? An meinem ersten Tag hier?«

Erst da sah er sie wieder an.

»Dein erster Tag hier ist ja wohl nicht dein erster Tag auf Erden.«

Neugierig sah sie ihn an.

»Hat meine Mutter immer zu mir gesagt.« Sein Lächeln verriet eine gewisse Wehmut. »Wenn ich wegen irgendetwas aufgeregt war. Ein Ort und die Menschen an dem Ort können neu sein, aber deine Erfahrungen trägst du schon lange mit dir rum. Das sollte ich nie vergessen, hat sie immer gesagt. Nur weil ich als Letzter irgendwo dazukam, war ich deswegen nicht weniger wert als die anderen.«

»Deine Mutter ist eine kluge Frau.«

»War.«

»War?«, wiederholte sie vorsichtig. Ihr entging nicht, wie er den Blick senkte und seine Mundwinkel abrutschten.

»Wir haben sie verloren ... aber das ist schon lange her.«

Das war das Erste, was er ihr über sich erzählte. Am Tag zuvor hatte sie vorsichtig versucht, das Thema zu wechseln und auch mal über ihn zu reden, aber er hatte das Gespräch immer wieder auf sie gelenkt. Wie ein sehr geübter Talkmaster.

Und genau das versuchte er jetzt wieder.

»In der wie vielten Generation macht eure Familie eigentlich schon Wein?«

Dieses Mal hielt sie sich nicht zurück und sagte rundheraus: »Wir reden die ganze Zeit immer nur über mich. Was ist mit dir?«

»Mit mir?«

»Ja, mit dir.«

Er lehnte sich zurück, legte die Füße übereinander und lächelte schwach.

»Ich bin, was du siehst. Das hier ist mein Leben.« Er hob die Arme und gestikulierte um sich herum. »Es wurde mir sozusagen auf einem Silbertablett serviert.«

»Das alles bist du? Alles, was ich sehe? Ist nichts versteckt? Hast du keine Geheimnisse?«

»Wenn ich welche hätte, wüsste ich selbst nichts von ihnen.«

»Okay. Und deine Zukunft? Was stellst du dir vor? Wovon träumst du?«

»Die Zeiten der Träumerei sind vorbei, ich lebe im Hier und Jetzt.« Er zuckte die Achseln. »Das hier war mein Traum. Jetzt hab ich es, also kann ich aufhören zu träumen und mich darauf konzentrieren, es zum Laufen zu bringen.«

»Als Schule? Oder als Restaurant?«

»Beides. Sobald ESDS wieder weg ist …« Da zog es seine Mundwinkel schon wieder nach unten. So langsam konnte Linda seine Mimik deuten.

»Klingt nicht gerade so, als wärst du sonderlich glücklich, die Leute hier zu haben?«

»Ganz unter uns: Ich mache das hier nur nolens volens.«

»Nolens volens?« Sie kniff die Augen zusammen, wie immer, wenn die Fremdsprache ihr Probleme bereitete. »Was heißt das? Das höre ich zum ersten Mal.«

»Wie? Willst du etwa sagen, dass es Wörter gibt, die du noch nicht kennst? Und ich dachte, du seist ein Sprachgenie.«

Da lachte sie wieder, und er freute sich darüber, wie ihr Lächeln ihr ganzes Gesicht erstrahlen ließ.

»Nein, ich muss die Unkenntnis dieser Worte eingestehen.«

»Das sei dir auch nachgesehen, es ist ja Latein. Es heißt, dass man etwas tut, ohne es wirklich zu wollen. Also ungern. Widerwillig. Zum Beispiel weil es einen gewichtigen Grund gibt.«

»Das klingt jetzt aber doch nach einem Geheimnis.«

Hm. Sydney war sein Grund, aber war Sydney ein Geheimnis? Irgendwie wohl schon. Zwar keins, das komplett versteckt und verschwiegen wurde, aber gewisse Aspekte seiner Anwesenheit im Cockleshell waren in der Tat nicht für die Öffentlichkeit gedacht.

War die halbe Wahrheit eine Lüge?

Wenn Linda dort arbeitete, würde sie dem Jungen früher oder später über den Weg laufen. Und sprach Sydneys Sprache. Vielleicht würde er auf diese Weise reden. Das wäre natürlich großartig. Aber wer wusste schon, was er dann so reden würde?

Rory überlegte sich sehr gut, was er sagte.

»Mein Vater lässt sich gerade scheiden. Er braucht Geld.«

Ihr schelmisches Lächeln erstarb.

»Tut mir leid, ich wollte nicht ...«

»Nein, nein, kein Problem, wirklich. Bitte. Alle, die hier arbeiten, wissen es ja, und wahrscheinlich wirst du den beiden auch demnächst mal über den Weg laufen ...«

»Den beiden?«

»Meinem Vater Frank und meinem kleinen Bruder Sydney.«

»Ach, du hast einen jüngeren Bruder? Wie schön! Endlich erfahre ich ein bisschen über dich. Wie alt ist er denn?«

»Sieben.«

»Ach, wie süß. Ist er dir ähnlich?«

»Nee, kann man nicht sagen«, grinste Rory. »Obwohl seine Kochkünste von Tag zu Tag besser werden. Aber genau genommen ist er mein Stiefbruder.«

»Und dann bleibt er bei deinem Vater statt bei seiner Mutter?«

»Sie hat meinem Vater das alleinige Sorgerecht angeboten ... Sie ist nicht gerade der mütterliche Typ ...« Er behielt sie im Auge, um ihre Reaktion darauf zu sehen.

Sie runzelte die Stirn. »Das tut mir leid für ihn. Aber zum Glück hat er ja deinen Vater. Und dich.«

»Na ja.«

»Nichts na ja. Nicht alle Kinder haben so ein Glück. Arbeitet dein Vater denn auch hier?«

»Im Moment nicht, aber ihm hat das Cockleshell vor mir gehört.«

»Also ist es eine Art Familienunternehmen wie unser Weingut?«

»Könnte man sagen, ja.«

»Und du machst das hier schon immer?«

Er nickte.

»Du bist wie mein Bruder. Wahrscheinlich wurde es einfach von dir erwartet. Aber ist es auch das, wovon du als Kind geträumt hast?«

»So habe ich darüber noch nie nachgedacht. Mein Weg war irgendwie vorgezeichnet. Ich musste das Cockleshell übernehmen.«

»Du hattest keine Wahl?«

»So würde ich das nicht ausdrücken. Das klingt, als wäre ich unglücklich damit, und das bin ich nicht. Ich liebe das alles hier, oder zumindest liebe ich es zu kochen ... Und als mein Vater den Pub aufgeben wollte, hätte ich bestimmt vorschlagen können, alles zu verkaufen. Aber du weißt ja, wie das ist mit Familienunternehmen, die schon seit Generationen laufen ...«

Sie nickte.

»Man denkt gar nicht ernsthaft über etwas anderes nach. Man tut, was zu tun ist.«

»Das ist hier also dein Leben.«

»Und ist es immer gewesen.«

»Wolltest du denn nie mal was von der Welt sehen? Reisen?«

»Ich habe eigentlich nie richtig Zeit gehabt, darüber nachzudenken. Ich war so damit beschäftigt, den Pub in ein Restaurant zu verwandeln und das hier auf die Beine zu stellen. Natürlich gibt es Länder, die ich gerne mal bereisen würde, und wenn es nur wäre, um das Essen vor Ort zu kosten ...« Sein Blick schweifte ab, als stelle er sich die Aromen exotischer Speisen an ihren Ursprungsorten vor. »Aber ich habe nie die Möglichkeit gehabt, zu reisen.«

»Wenn man weiß, dass man etwas nicht haben kann – ist es dann schon gleich Zeitverschwendung, darüber nachzudenken?« In ihrem Blick lag etwas, das er nicht deuten konnte.

»Ich schätze, das kommt ganz drauf an, wie sicher man sich ist, dass es wirklich absolut unerreichbar ist ...«

Sie sahen sich tief in die Augen.

Keiner wich dem Blick des anderen aus.

»Soll ich noch eine Flasche aufmachen?«, fragte er leise.

Da die erste Flasche noch nicht leer war, wussten sie beide, dass er sie in Wirklichkeit fragte, ob sie noch bleiben würde.

Sie sah auf die Uhr.

»Musst du los? Hast du noch etwas vor?«

Linda zögerte.

Sie sollte jetzt besser gehen.

Aber nicht, weil sie etwas anderes vorhatte. Sondern damit sich ihr Plan, in den nächsten Wochen und Monaten etwas von der Welt zu sehen, nicht in Wohlgefallen auflöste.

Und doch nickte sie nicht. Und doch verabschiedete sie sich nicht. Sie ignorierte seine zweite Frage, nahm die angebrochene Flasche, schenkte ihnen beiden den Rest ein und sagte lächelnd: »Immer her mit der nächsten Flasche.«

Als sie die zweite Flasche geleert hatten, fühlten sich beide immer noch komplett nüchtern, als hätten sie keinen einzigen Tropfen getrunken.

Der Alkohol war offenbar nicht stark genug, um den deliranten Zustand zu durchdringen, in dem die beiden sich aus anderen Gründen befanden. Was sich zwischen ihnen abspielte, war tausendmal berauschender, als Wein es je sein könnte. Ihr Gespräch entspann sich immer weiter. Sie bekamen auch gar nicht mit, wie die Sonne unterging. Erst als ihre leeren Mägen sich meldeten, bemerkten sie, wie viel Zeit vergangen war.

Eigentlich hätte er jetzt im Cockleshell arbeiten müssen. Aber seine Leute dort wussten ja, wo er war und mit wem er zusammen war, und würden ohne viel Aufhebens für ihn einspringen. Weil er wusste, dass er sich darauf verlassen konnte, nahm er Linda mit in die Küche des Trevail und kochte für sie.

Er wollte sie mit Schlichtheit beeindrucken: köstliche frische Jakobsmuscheln auf würzigem Rucola an einer Trüffel-Schalotten-Vinaigrette.

Linda bescherte es bereits den größten Genuss, ihm bei der Zubereitung zuzusehen, und das Essen selbst war exquisit. Als sie fertig waren, kostete sie auch noch dankend von dem starken Kaffee, den er ihr anbot.

Während sie schweigend dasaßen und an ihren Tassen nippten, sah sie Rory eine Weile nachdenklich an. Er war wirklich schön. Mit seinen meerblauen Augen sah er sie voller Hoffnung an.

Dann stellte er seine Tasse ab und neigte sich zu ihr.

»In ein paar Wochen bin ich hier wieder weg«, sagte sie leise.

Er nickte.

»Ich weiß.«

»Und wer weiß, wann ich wiederkomme. Wenn überhaupt ...«

Er schwieg. Offenbar dachte er nach. Dann stellte er ihr eine Frage, die sie überraschte.

»Was meinst du? Welches ist der beste Wein der Welt? Der beste oder der seltenste oder einfach dein absoluter Lieblingswein? Wenn du dir eine bestimmte Flasche aussuchen könntest?«

Verwirrt sah sie ihn an. Das war ein seltsamer Themenwechsel. Doch dann dachte sie nach. Erinnerte sich.

»Mein Vater würde sagen, der absolut beste Wein ist ein Vega Sicilia Unico Reserva Especial. Wie du weißt, ist mein Vater Patriot, was das angeht. Ich dagegen wollte schon immer mal gerne einen Romanee-Conti probieren, vielleicht einen 1997er.«

»Romanee-Conti?«

»Französischer Burgunder. Soll einer der besten Weine überhaupt sein ...«

»Okay, also sagen wir Romanee-Conti. Stell dir vor, es gäbe auf der ganzen Welt nur noch eine einzige Flasche von 1997 – und sie stünde vor dir. Was würdest du tun? Würdest du nicht mal ein kleines Gläschen davon kosten, weil du weißt, wenn die Flasche weg ist, wirst du nie wieder davon kosten? Oder würdest du davon trinken, gerade weil du weißt, dass es eine einmalige Gelegenheit ist, die du beim Schopf packen und genießen willst?«

Sie sah ihn an und lächelte.

»Du willst also von mir wissen, was ich besser finde: sich den Rest des Lebens nach etwas zu verzehren, was man einmal kurz hatte, oder nach etwas, was man nie hatte?«

Voller Hoffnung erwiderte er ihr Lächeln.

»Ganz genau. Und?«

»Ehrlich?«

»Ehrlich währt am längsten.«

»Das ist eine gute Einstellung. Aber meine ehrliche Antwort lautet: Ich weiß es nicht.«

Er nickte, atmete aus, biss sich auf die Lippe. Dann nahm er zu ihrer Überraschung und ehrlichen Freude ihre Hand.

»In zwanzig Jahren wirst du enttäuschter sein über die Dinge, die du nicht getan hast als über die, die du getan hast«, zitierte er Mark Twain. »Also mach die Leinen los. Verlasse den sicheren Hafen. Fang den Passatwind in deinen Segeln. Erforsche. Träume. Entdecke.«

»Das ist wunderschön.«

»Genau wie du«, sagte er leise.

In der anschließenden Stille meinte Linda, ihr Blut in den Adern fließen zu hören.

Dann führte sie seine und ihre Hand zu ihrer Wange. Als sie ihre Hand wegnahm, blieb seine, wo sie war.

Sie schloss die Augen. Er nahm die zweite Hand dazu und umfasste ihr Gesicht, neigte sich ihr zu, küsste sie erst auf die Stirn, berührte dann mit den Lippen ganz sacht ihre Wimpern, strich mit ihnen über ihre Wangen – und bevor sie ihre Lippen erreichten, öffnete sie die Augen wieder und sah ihm direkt in die Augen.

»Was wird das hier, Rory?«

Seine Pupillen wurden größer, je länger er sie ansah. Sie war wie hypnotisiert.

»Wenn du mich fragst, Linda Rivera« – er sprach ihren Namen aus, als schmecke er so gut wie die Jakobsmuscheln, die sie gerade gegessen hatten – »ist das der Anfang einer langen Reise ...«

– 21 –

Julia spazierte in die Küche und blieb überrascht stehen.

Sie war früh dran gewesen und direkt ins Büro gegangen, wo sie wie üblich als Erstes den riesigen Stapel Post gesichtet hatte.

Der übliche Mist. Dazwischen hin und wieder etwas Wichtiges. Insgesamt nichts wirklich Interessantes. Bis sie auf den braunen Umschlag stieß.

»Endlich! Endlich, endlich!«, jubilierte sie, nachdem sie den Inhalt inspiziert hatte. Sie legte die Papiere gar nicht erst wieder aus der Hand, sondern machte sich schnurstracks auf den Weg in die Küche.

»Rory!«, rief sie, als sie die schwere Tür aufdrückte. »Rory! Guck mal! Endlich!« – Und das war dann der Moment, in dem sie überrascht stehen blieb. Denn vor ihr stand nicht Rory.

»Woody? Was machst du denn so früh schon hier?«

Souschef Woody kam normalerweise erst am frühen Nachmittag, war jetzt aber schon damit befasst, die Gemüselieferung auszupacken. Er zuckte die Achseln.

»Hab gestern Abend 'ne SMS von seiner Lordschaft bekommen, ob ich heute früh für ihn einspringen könnte.«

Julia runzelte die Stirn.

Das war ja noch nie da gewesen.

Rory ließ es sich sonst nie nehmen, der Erste in der Küche zu sein. Höchstpersönlich wollte er immer überprüfen, ob alles, was für die Abendkarte benötigt wurde, vorrätig und frisch war oder geliefert werden musste. Solange sie ihn kannte, hatte er das jeden Tag so gehalten. Er war extrem gewissenhaft, was das anging.

»Wo ist er denn?«, fragte sie.

Die Tür zum Kühlraum ging auf und Monty kam heraus.

»Das fragst du mich?« Woody verdrehte die Augen, als er Monty sah, und zwinkerte Julia dann zu. »Ich wusste ja nicht mal, dass der da drin war.«

Monty hatte eine Schüssel in der Hand, aus der er die Reste eines Pastasalats mit Meeresfrüchten aß.

»Morgen allerseits«, schmatzte er fröhlich.

Sie wollte ihn gerade fragen, ob er wüsste, wo Rory sei, als ihr eine Veränderung an Monty auffiel.

Hatte er etwa zugenommen?

Sie sah etwas genauer hin und musste unwillkürlich lächeln, denn zum einen trug Monty normalerweise keine Kapuzenpullis und zum anderen zeichnete sich darunter ganz klar ein Bauchansatz ab.

Julia musste sich die Menge an Essen, die Monty für gewöhnlich vertilgte, ja nur vorstellen und hatte sofort zusätzliche Pfunde auf den Hüften. Seit Jahren beobachtete sie Monty nun schon dabei, wie er wahllos alles in sich hineinstopfte, worauf er gerade Lust hatte, ohne auch nur ein Gramm Fett anzusetzen. Darum konnte Julia sich in diesem Moment ein Gefühl des Triumphes und der Genugtuung nicht verkneifen.

Endlich erwischte es auch ihn. Monty bekam eine Wampe. Oder wie Julia sie zu dieser Jahreszeit gerne humorvoll nannte: »Frühlingsrolle«. Sie hätte Luftsprünge machen mögen.

Doch dann fiel ihr wieder ein, weshalb sie hier war.

»Weißt du, wo Rory ist, Monty? Ich muss mit ihm sprechen.«

Monty hatte inzwischen seinen Stammplatz auf der Arbeitsfläche neben der Spüle eingenommen und wäre fast dabei erwischt worden, wie er eine Riesengarnele in der Bauchtasche seines Kapuzenpullis verschwinden ließ. Mit gespielter Unschuld sah er sie aus seinen blassblauen Augen an.

Das war die perfekte Gelegenheit, um wieder einmal seinem Hobby zu frönen: Leute ärgern.

Da sich Monty bereits seit Jahren ungehindert wie ein Geist durch sämtliche Räume des Cockleshell bewegte, wusste er üblicherweise ziemlich genau, was sich in diesem alten Gemäuer abspielte. So auch heute.

Er wusste genau, wo Rory war und was er machte. Er wusste nur noch nicht, wann und wie er Julia diese Information zukommen lassen würde. Und wie viel Spaß es ihm bringen würde, sie erst mal eine Weile zappeln zu lassen.

Zu Julias Glück war Woody hinausgegangen zu Barry und Nigel, die mit ihrem Boot *Jolly Good Booze*, einer Ladung frischen Hummers sowie einer mysteriöserweise aus dem Ärmelkanal gefischten Kiste Champagner gleich neben dem Cockleshell festgemacht hatten.

»Ich muss mit ihm reden, Monty. Großartige Neuigkeiten. Das Geld ist da.«

»Tut mir leid ...«

»Das Geld von Freddie, die Fünfzigtausend. Ich habs gerade auf den Kontoauszügen gesehen.«

»Na, endlich.« Monty seufzte erleichtert.

Niemand wusste, dass er versucht hatte, Rory das Geld zu beschaffen. Zwar führte er sich die meiste Zeit wie ein Clown auf, aber einer seiner besten Züge war seine Loyalität gegenüber seinem Freund. Er war der Einzige, der wirklich wusste, was es Rory abverlangte, ESDS in seinen Räumlichkeiten zu haben und den Fernsehleuten ständig zur Verfügung zu stehen. Sobald er erfahren hatte, was Rory tun musste, um das Geld für Frank und Sydney zu besorgen, hatte er beschlossen, alles in seiner Macht Stehende zu tun, um ihm das zu ersparen.

Das Problem mit Montys Geld war, dass er auf dem Papier zwar jede Menge Vermögen hatte, dass es aber in Immobilien angelegt war sowie in einem komplizierten, von seinem Vater eingerichteten Trust. Monty bezog zwar monatliche Zuwendungen, die den Bedarf des täglichen Lebens deckten, aber darüber

hinaus konnte er keinen größeren Betrag einfach so locker machen. Das konnte er nur mithilfe seines Vaters, was ein klein wenig problematisch war.

Es wusste auch nicht jeder, dass die Banken Rory zwar Geld geliehen hatten, um das Trevail herzurichten – aber längst nicht die volle dafür benötigte Summe.

Rory hatte sich einen weiteren Investor suchen müssen.

Und dieser Investor war Monty.

Er hatte seinen Vater ziemlich leicht von dem Projekt überzeugen können. Laut Montague senior war es die erste vernünftige Geschäftsinvestition gewesen, für die sich sein Sohn in seinem ganzen Leben interessiert hatte.

Weniger begeistert war er dann aber von der zweiten Bitte um weitere fünfzigtausend Pfund gewesen.

»Wenn du mir nicht sagen kannst, wofür du das Geld brauchst, kann ich es dir nicht geben. So einfach ist das«, hatte er ihm am Telefon klipp und klar gesagt.

Auch Montys Vater war – wie der von Rory – mit einer jüngeren Frau ins Ausland verschwunden. Mit dem Unterschied, dass er dafür Montys Mutter verließ. Trotzdem war es den Eltern gelungen, sich in aller Freundschaft zu trennen – de facto waren beide grenzenlos erleichtert, den jeweils anderen endlich los zu sein.

Montys Mutter Helen, vierzehn Jahre jünger als ihr Exmann, lebte inzwischen glücklich mit ihrem gut aussehenden und äußerst aufmerksamen jugendlichen Liebhaber aus Deutschland in Südfrankreich.

Monty senior lebte auf einem Boot, das einen festen Liegeplatz in einem Jachthafen von Sta. Lucia hatte und ließ sich von einer jungen, komplett weiblichen Crew verwöhnen. Kurz: Er führte ein Leben, um das Dionysos ihn beneidet hätte.

Eigentlich war er wie Monty, nur fünfunddreißig Jahre älter. Doch leider konnte Monty senior überhaupt nicht nachvollziehen, wieso sein Sohn einem Freund aushelfen wollte.

»Beim Geld hört die Freundschaft auf«, dozierte er, nachdem Monty ihm umrissen hatte, wofür er das Geld brauchte. Dann war die Telefonverbindung abgebrochen, und auch weitere telefonische Überzeugungsversuche hatten nicht gefruchtet.

Als das Geld von ESDS dann auf sich warten ließ, hatte Monty es noch einmal versucht, doch Monty senior wollte sich nicht einmal auf ein kurzfristiges Darlehen einlassen. Darum war Monty jetzt mindestens so erleichtert wie alle anderen, dass das Geld von ESDS endlich da war, und darum musste er Julia gegenüber ausnahmsweise mal vollkommen ehrlich sein.

»Julia? Ich muss dir was gestehen ...«

»Was hast du denn jetzt schon wieder ausgefressen?« Julia verdrehte bereits genervt die Augen.

»Ich? Gar nichts. Es geht um Rory. Also ... äh ... Er ist noch im Bett.«

Das wäre bezüglich jedes anderen Menschen eine völlig harmlose und unverfängliche Aussage gewesen. Doch Julia staunte Bauklötze.

Rory blieb NIE so lange im Bett liegen.

»Ist er krank?«, fragte sie überrascht, obwohl Rory auch nie krank war.

»Nicht direkt ...« Monty zwinkerte ihr lasziv zu, dann fügte er hinzu: »Es sei denn, Liebe ist eine Krankheit ...«

Es dauerte einen Moment, bis Julia begriff, was er damit sagen wollte. Sie riss die Augen auf.

»Sag mal – willst du mich veräppeln, Monty?«

Monty schüttelte den Kopf.

»Nein. Ganz und gar nicht.«

»Aber ... wer ...« Wieder runzelte sie die Stirn, bevor ihr ein Licht aufging. Da lächelte sie wieder.

»Du meinst die Spanierin? Die, die er die letzten Tage angehimmelt hat wie ein liebeskranker Hund?«

»Ganz genau die. Und es sieht ganz so aus, als beruhten die Gefühle auf Gegenseitigkeit.«

Jetzt strahlte Julia übers ganze Gesicht.

»Das heißt, du willst sagen, dass Rory …« Sie wollte es nicht aussprechen.

Monty nickte.

»Lass es uns so sagen: Er ist nicht im Bett, weil er krank oder müde ist. Obwohl es natürlich durchaus sein könnte, dass er völlig fertig ist vom vielen …«

»Ist schon gut, Monty!«, fiel Julia ihm ins Wort.

»Vom vielen …«

»Monty. Du musst es wirklich nicht aussprechen. Ich weiß schon, was du meinst.«

»Vögeln«, beendete er grinsend seinen Satz.

»Das hast du jetzt wohl gebraucht, was?«

Grinsend zuckte er die Achseln und zwinkerte ihr zu. »Genauso wie ich es jetzt brauche, noch mal im Kühlraum zu verschwinden und etwas zu essen, was ich nicht essen dürfte, wenn er in der Nähe wäre. Aber da er ja anderweitig beschäftigt ist …«

Nachdenklich sah Julia ihn an, dann zog sie in Vorbereitung auf die frischen Temperaturen die zuvor hochgeschobenen Ärmel ihrer Strickjacke herunter und sagte: »Ich komme mit.«

»Im Ernst?« Monty war entzückt.

»Klar, wir haben doch allen Grund zu feiern, oder? Und jetzt, wo dein Bauch genauso dick ist wie meiner, macht es mir auch nicht mehr so viel aus, neben dir zu stehen, während du den ganzen ungesunden Kram isst, den du so gerne magst.«

Monty warf einen Blick auf die schlanke Julia, bevor er an sich heruntersah, und musste ein Lächeln unterdrücken, als ihm klar wurde, was sie meinte. Als sein Bauch sich plötzlich bewegte und ziemlich deutlich miaute, sah er verlegen zu ihr auf.

»Ich glaube, ich muss dir dann doch auch noch was gestehen, Julia …«

Linda war schon früh aufgewacht.

Sie blieb liegen und beobachtete, wie die ersten Sonnenstrahlen durch den Schlitz zwischen den Vorhängen auf seine Zehen fielen und dann über seinen Körper bis zu seinem Gesicht wanderten.

Was zum Himmel machte sie hier?

Was war bloß in sie gefahren?

Diese beiden Fragen jagten einander im Kreis.

Obwohl es auch gar keine richtigen Fragen waren. Sie wusste nämlich die Antwort auf beide.

Sie legte sich anders zurecht, schmiegte die Wange gegen seine Haut und schloss völlig benommen von ihm die Augen.

Als sie wieder aufwachte, beobachtete er sie genauso, wie sie ihn vorhin beobachtet hatte.

Sog sie in sich auf, als sei sie köstlicher Nektar.

Er lächelte.

Sie erwiderte sein Lächeln.

Beide hätten am liebsten vor lauter Freude laut gelacht.

Er wollte fragen, ob sie es auch spürte, aber er wusste es ja bereits.

»Wie lange kennen wir uns schon?«, flüsterte Linda und errötete ein wenig.

»Unser ganzes Leben?«, entgegnete er und sprach damit aus, was sie dachte.

»Das ist völlig verrückt«, flüsterte Linda.

»Aber schön verrückt.« Er strich ihr eine Strähne aus dem Gesicht.

»Das bin ich eigentlich gar nicht.« Am liebsten hätte sie seine Hand geschnappt und fest an ihre Wange gedrückt.

Es hatte nicht am Wein gelegen, die Entscheidung, über Nacht zu bleiben, hatte sie völlig nüchtern getroffen. Sie hatte sich das gut überlegt. Also, so gut, wie man sich eine Entscheidung überlegen konnte, die ohnehin schon gefallen war.

»Oh mein Gott!« Er tat schockiert. »Wenn du das nicht bist, mit wem liege ich denn dann im Bett?«

»Du weißt genau, was ich meine«, lachte sie.

»Würde es dich beruhigen, wenn ich dir sage, dass ich sonst auch nicht so bin? Ich glaube, das kommt daher, dass du bald schon wieder weg sein wirst. Ich habe das Gefühl, dass alles ganz schnell gehen muss.«

»Also soll ich lieber etwas länger bleiben?«

»Och, vielleicht gefällt mir diese Überschallgeschwindigkeit ja …«, murmelte er und schlang die Arme um sie.

»Das heißt, du möchtest nicht, dass ich bleibe?« Sie entzog sich ihm ein wenig.

Ihre Enttäuschung überraschte sie beide, schließlich waren ihre Reisepläne ihr Ein und Alles gewesen.

Jedenfalls bis gestern.

Das hatte sie ihm so deutlich gemacht, und er hatte das akzeptiert und sie darin unterstützt; etwas, dass sie sich so leidenschaftlich wünschte, sollte sie unbedingt auch durchziehen.

Aber ob es nun Amor oder die berühmte Chemie gewesen war – sie fühlte sich, als habe ein Kricketschläger mit der Aufschrift »Rory Trevelyan« sie mehrfach getroffen. Und jetzt schwirrte sein Name genauso unauslöschlich in ihrem Kopf und ihrem Herzen herum wie die Fußstapfen auf der Landkarte.

»Natürlich möchte ich, dass du bleibst. Aber gleichzeitig möchte ich, dass du gehst. Wenn du wegen mir deine Träume aufgibst, haben wir keine gemeinsame Zukunft.«

»Und du wünschst dir eine gemeinsame Zukunft?«

»Meinst du die Frage wirklich ernst?«

Er zog sie an sich heran und küsste sie genauso langsam und zart wie am Vorabend und seither noch so viele weitere Male. Trotzdem bekam sie immer noch weiche Knie wie beim ersten Kuss.

Sie genoss eine Weile, dann entwand sie sich ihm wieder.

»Ich geh dann jetzt mal besser.«

Enttäuschung flackerte in seinem Blick auf, und sein Arm schloss sich fest um ihre Taille.

»Ich muss meinem Bruder erklären, warum ich letzte Nacht nicht nach Hause gekommen bin.«

»Ich dachte, du hast ihm eine SMS geschickt?«

»Hab ich auch, aber ich hab nur geschrieben, dass alles in Ordnung ist, dass ich noch hier bin und dass er sich keine Sorgen machen soll. Aber er wird sich sicher fragen, warum ich an meinem zweiten Tag hier die ganze Nacht arbeiten musste ... Und das würde ich ihm lieber persönlich erklären.«

»Ich komme mit.«

Erstaunt sah sie ihn an.

»Im Ernst?«

»Ja. Ich würde sie gerne kennenlernen. Deine Familie.«

»Dafür müsstest du eigentlich nach Spanien fahren.«

»Vielleicht mache ich das ja eines Tages ...«

»Nur vielleicht?« Sie foppte ihn ein wenig, aber sah ihn dennoch ernst an.

»Also, ich müsste schon eingeladen werden.«

»Wirklich? Nur dann? Das überrascht mich ... Ich hätte gedacht, dass du die Gelegenheit einfach beim Schopf packen würdest, ganz ohne Einladung.«

»Ich bin nicht immer so ungestüm, wenn ich etwas erreichen will.«

»Und warum bist du es dann jetzt?«

»Weil ich noch nie in meinem Leben etwas so dringend haben wollte«, antwortete er leise, und dieses Mal ließ sie es zu, dass er sie wieder an sich zog, und blieb, wo sie war.

Monty und Julia versteckten sich im Personalraum. In ihren Händen je eine Gabel und auf dem kleinen Tisch zwischen ihnen ein Himbeer-Käsekuchen mit weißer Schokolade.

Pimpf hatte ihren Unterschlupf verlassen, thronte auf Montys Schoß und leckte ihm Sahne von den Fingern.

»Du weißt, dass das Gesundheitsamt das hier überhaupt nicht gutheißen würde, Monty ... Und Rory würde ausflippen, wenn er wüsste, dass du ein Tier mit in seine Küche bringst«, schalt Julia ihn.

»Na, dann wollen wir mal hoffen, dass er es nicht erfährt.« Monty grinste sie entwaffnend an.

Sie wirkte nicht gerade überzeugt. Bis Pimpf gähnte, sich streckte, von Montys Schoß sprang, mit ihren winzigen rosa Pfoten über den Tisch spazierte, um sich auf Julias Schoß niederzulassen, sie aus ihren großen blauen Augen anzusehen und unschuldig anzublinzeln.

»Also, wenn du mir versprechen würdest, dass du sie nie wieder in die Nähe der Nahrungsmittel bringst ... außer natürlich der, die sie essen soll ... Die ist ja noch so klein, Monty ... So ein armes kleines Waisenkätzchen ...« Julia strich einmal kräftig mit dem Finger über den Käsekuchen und hielt ihn dann dem Kätzchen hin, das sogleich selig zu schlecken begann. »Hier, Pimpfilein, kriegst auch was von meiner Portion ... Du hast es viel nötiger als ich.«

Frank und Sydney machten ihren üblichen Morgenspaziergang die Hänge hinauf, ein Stück zur Stadt hinaus und dann die Promenade entlang, die in die nächste Bucht führte.

Sydney hatte darauf bestanden, dass Linda sie begleitete, und hielt nun die junge Frau an der linken und seinen Stiefvater an der rechten Hand und schwang fröhlich mit den Armen.

Es war erst Lindas vierter Tag im Cockleshell, aber für sie fühlte es sich so an, als sei sie schon seit vier Jahren dort.

Rory wusste gar nicht mehr, wie sein Leben früher gewesen war, er konnte es sich ohne Linda überhaupt nicht mehr vorstellen.

Und Linda, Miss Rastlos und Unabhängig, die Frau, die in achtzig Tagen um die Welt reisen wollte, hatte Quinn, das Cockleshell und Rorys Bett kaum verlassen. Die einzigen neuen Gefilde, die sie derzeit erforschte, waren die erogenen Zonen von Rory Trevelyan.

Auch Sydney war restlos begeistert von Linda.

Es gefiel ihm ganz offensichtlich, dass sie Spanisch mit ihm sprach, obwohl ihn das immer noch nicht dazu veranlasste, seinerseits viel zu sagen. Wie ein Schoßhund folgte er ihr auf Schritt und Tritt auf ihrem Weg vom Cockleshell zum Trevail und zurück – dicht gefolgt von Rory, wie alle anderen scherzten.

Aber ihr Spott war liebevoll, denn Tatsache war, dass nicht nur Rory und Sydney irgendwie verliebt in Linda waren.

Alle anderen waren auch vernarrt in sie.

Sie brachte frischen Wind in die beiden Restaurants, beruhigte aufgebrachte ESDS-Kandidaten, riss Witze mit der Filmcrew, lachte mit dem Personal im Cockleshell und erledigte ganz

nebenbei alle ihr übertragenen Aufgaben mit einer Effizienz, die sich mit der von Julia messen konnte.

Freddie hatte sich bereits laut gefragt, ob Rory ihn wohl »umbringen würde, wenn ich sie für mein Team abwerben würde«, und Julia hatte ihn darüber aufgeklärt, dass Rory gerade in der Küche sein Fleischerbeil schleifte und Freddie besser aufpassen sollte, was er sagte.

Frank, Monty und Julia fanden Linda klasse, aber vor allem fanden sie klasse, was sie mit Rory angestellt hatte.

Sie hatten ihn noch nie so viel lächeln sehen. Und er hatte sich noch nie so viel freigenommen. Im Moment arbeitete der gute alte Workaholic nur dann, wenn auch Linda arbeitete.

Alle gönnten ihm seine neue Freizeit, denn allen war klar, dass die beiden nicht viel Zeit miteinander hatten.

Umgekehrt war auch Rory bei Lindas Anhang gut angekommen. Er hatte ihren Bruder Beau und seine Frau sowie deren Familie und Cousin Raphael kennengelernt und die »spanische Inquisition«, wie er die Befragung durch die beiden Männer mit einem Augenzwinkern nannte, unbeschadet überstanden. Beau und Raphael waren schließlich überzeugt, dass es sich bei Rory um einen anständigen Kerl handelte, hinterließen bei ihm aber keinen Zweifel, dass Strappado und Streckbank immer noch eine Option wären, sollte er die kleine Linda schlecht behandeln.

Derzeit verbrachte Linda aber den Großteil ihrer Zeit im Cockleshell, ohne zu viele Klagen von Arandore zu hören. Und zum ersten Mal seit Langem dachte sie nicht mehr ständig an ihre Reise und daran, ferne Länder zu bereisen.

Sie war glücklich, wo sie war.

Es war ein wunderschöner Tag, als sie so mit Sydney zwischen sich durch die alte Stadt spazierten.

Die vielen Aprilschauer hatten nachgelassen, und endlich ließ die Sonne sich immer häufiger blicken. Jetzt schien sie ihnen sanft und warm auf die Köpfe.

Sie hörten das Bellen, noch bevor sie die vertrauten Stimmen hörten, und weil Sydney Tiere so gerne mochte, riss er sich los und rannte zur Brüstung der schmalen Straße, um zum Strand hinunterzusehen.

Trevor galoppierte wie ein Rennpferd im Sand hin und her. Frank und Sydney wussten nicht, dass das Dianas riesiger junger irischer Wolfshund war, aber sie erkannten Diana und die anderen ESDS-Kandidaten.

Sie hatten heute frei, und um diesen Tag so gut wie möglich zu nutzen, hatten sie sich schon früh zu einem englischen Frühstück getroffen und waren dann mit einem Fußball hinunter zum Strand gegangen. Es gab eine Damen- und eine Herrenmannschaft, wobei Trevor sich immer dem Team anschloss, das gerade den Ball hatte.

Kaum erspähte Diana Frank und Sydney, strahlte sie und winkte sie heran.

»Morgen!« Sie freute sich sehr, sie zu sehen. »Was ist, Sydney, willst du mitspielen?«, keuchte sie, als er mit erhitztem Gesicht auf sie zukam. »Kannst mich gerne ablösen, bevor ich einen Herzschlag bekomme. Frank? Linda? Was ist mit euch?«

»Ach, ich glaub, ich guck einfach nur zu«, verzichtete Frank lächelnd und wandte sich dann an Sydney. »¿Quieres jugar al fútbol?«

Sydney nickte eifrig, seine Augen glänzten vor Aufregung.

»¿Sí?«, fragte Diana aufmunternd nach.

»¡Sí, sí, por favor!«, ereiferte sich der Junge.

Die Erwachsenen sahen sich erstaunt an.

»Er hat etwas gesagt!«, stellte Frank hocherfreut fest, als Sydney zu den anderen Spielern rannte.

Linda sah, wie Frank und Diana einander selig anlächelten, und verkündete dann, sie würde doch auch mitspielen.

Sie wusste noch nicht viel über Rorys Vater. Er war sehr liebenswürdig und freundlich, aber sie hatte das Gefühl, dass er immer dann, wenn er mit weniger vertrauten Menschen – also jedem außer Rory, Monty und Julia – zu tun hatte, irgendwie ein bisschen zurückhaltend war. Doch als Diana auf sie zugekommen war, hatte Linda den Eindruck, dass eben diese Zurückhaltung zusammengeschmolzen war wie ein Eis in der Sonne.

Die ESDS-Kandidaten begrüßten sie und Sydney herzlich und lautstark in ihren Teams, doch Linda nahm Franks stille Freude viel intensiver wahr als das Johlen der Spieler.

Immer wieder sah sie sich nach Frank und Diana um, wenn Wonderbra hinter ihr im Torraum um Hilfe rief.

Die beiden standen wie Spiegelbilder nebeneinander: Die Hände in den Taschen, hatten sie den Blick auf Sydney gerichtet, aber jedes Mal, wenn er glaubte, sie bemerke es nicht, sah Frank verstohlen zu Diana hinüber.

Bis Diana ihn ertappte. Und sofort glaubte, sie hätte irgendetwas im Gesicht, schlimmer noch, ihr würde etwas aus der Nase hängen, nachdem sie ja selbst eine Weile dem Fußball hinterhergerannt war.

Wie gerne hätte sie jetzt einen Spiegel gehabt!

Fieberhaft suchte sie nach einem Gesprächsthema, das ihn von ihrem Gesicht ablenken würde.

»Sie … sprechen Spanisch?«, fragte sie ihn schließlich.

Frank verdrehte die Augen und schüttelte den Kopf.

»Sollte man ja eigentlich meinen, nachdem ich sechs Jahre da gelebt hab, was? Aber nein, ich habe es leider nie richtig gelernt. Ich war einfach zu faul – und das war auch kein Problem, weil alle immer so wahnsinnig gerne Englisch sprechen wollen. Als Sydney zu uns kam, habe ich dann doch noch mal einen Anlauf genommen, und vor allem, als seine Mutter dann verschwand …«

Frank ging auf, dass das Gesagte zu einem heiklen Gespräch führen könnte, und riss sich zusammen.

»Der Junge hat also nicht immer bei Ihnen gelebt?«, hakte Diana vorsichtig nach. Sie hatte bemerkt, dass plötzlich etwas in ihm vorgegangen war.

»Nein, hat er nicht«, entgegnete Frank gleichermaßen vorsichtig.

»Sydney ist ein ganz reizender Junge, Frank.«

»Danke.«

Sie spürte, dass irgendetwas nicht stimmte.

Einerseits war Frank ganz offenkundig stolz auf den Jungen, andererseits schwang in seinen wenigen Worten eine gewisse Traurigkeit mit, ja, Angst.

Diana sah ihn besorgt an.

»Was ist los, Frank?«

»Was soll denn los sein?« Frank tat unschuldig, aber er war ein schlechter Lügner. Genau wie Rory trug er das Herz auf der Zunge.

»Stimmt irgendetwas nicht?«

»Wie kommen Sie darauf?« Er bemühte sich, zu lächeln, entspannt zu wirken – und scheiterte kläglich.

Frank sah zu dem Jungen, der einen Riesenspaß hatte. Er dribbelte aufs Tor zu, während Linda und die Promis so taten, als könnten sie ihn nicht einholen. Dann wandte er sich wieder Diana zu, die ihm mit einem so offenen und empathischen Blick begegnete.

»Sie können es mir ruhig sagen, Frank. Sie können mir vertrauen. Versprochen.« Sie legte die Hand auf seinen Arm, woraufhin seine Entschlossenheit zu schweigen, in sich zusammenfiel wie eine Sandburg unter einer Welle.

Er kannte Diana noch nicht lange, aber irgendwie wusste er instinktiv, dass er ihr tatsächlich vertrauen konnte. Hundert Prozent. Also nahm er sie beim Arm und führte sie von den anderen weg.

Diana war eine gute Zuhörerin.

Anfangs hatte Frank ihr die Sachlage nur zögerlich in groben Zügen erklärt, doch dann hatte er sich ihr so geöffnet, dass sie jetzt mehr wusste als alle anderen. Sogar mehr als Rory.

Es war ein gutes Gefühl gewesen, das alles endlich einmal loszuwerden. Welch ein Segen, die Geschichte einmal jemand anderem als Rory, Julia oder Monty zu erzählen, die ja ohnehin bedingungslos auf seiner Seite waren und sich darum nicht objektiv äußern konnten. Die sagten ihm natürlich ständig, dass er das Richtige tat. Und dass Sydney bei ihm bleiben sollte. Dass er alles Menschenmögliche tun sollte, um dem kleinen Jungen eine sichere, geborgene Zukunft mit Frank als seinem Vormund zu sichern.

So sehr Frank sich das auch wünschte – er hatte auch manchmal seine Zweifel. Schließlich war Consuela immer noch Sydneys Mutter, wogegen er selbst nur eine angeheiratete Vaterfigur ohne Rechte war.

Doch wie Diana jetzt sagte: Ein Vater war jemand, der sein Kind liebte, sich um es kümmerte, auf es aufpasste, sein Bestes wollte. Und so gesehen sei Frank sehr wohl ein vollwertiger Vater für den Kleinen.

»Die Liebe hat viele Gesichter«, stellte Diana nickend fest. »Und wie lange man jemanden schon kennt, hat nichts damit zu tun, wie sehr man ihn lieben kann. Sieh dir doch nur Rory und Linda an ... Wenn das mal keine echte Lovestory ist! So etwas habe ich ja noch nie gesehen. Und das will was heißen, schließlich besteht meine Familie zurzeit aus meiner Exschwiegermutter, ihrem Papageien und ihrem Kalb von einem Hund – Blut ist also nicht immer dicker als Wasser. Viel wichtiger ist, dass man den Menschen, die man liebt, nur das Beste wünscht, und alles tut, damit es ihnen gut geht. Meiner Ansicht nach geht es hier überhaupt nicht um die Unterschrift auf irgendeinem offiziellen Papier, Frank Trevelyan. Dein Wunsch, Sydney ein guter Vater zu sein, macht dich bereits dazu.«

Bevor sie wieder nach Hause gingen, unterschrieben alle Promis auf dem Fußball und schenkten ihn Sydney. Der trug ihn zurück zum Cockleshell, als handele es sich dabei um den Heiligen Gral.

Linda hakte sich bei Frank unter.

»Was für eine nette Frau«, stellte sie nach fünf Minuten schweigsamen Marschierens ganz nebenbei fest.

Frank nickte. Er wusste natürlich, von wem sie sprach.

»Und gut aussehen tut sie auch«, setzte Linda noch eins drauf.

Wieder nickte Frank und schwieg.

»Sie wirkt sehr aufrichtig und liebenswert ...«

Jetzt sah Frank sie von der Seite an.

»Linda, Liebes, ist wirklich nett von dir, aber ...« Er lächelte. »Diana und ich sind beide alte Käuze, die schwierige Trennungen durchmachen. Ich glaube, verkuppelt zu werden ist das, was wir im Moment am wenigsten brauchen.«

Linda nickte, schwieg wieder ein paar Minuten und drückte dann Franks Arm. »Weißt du was, bis vor ein paar Tagen dachte ich auch, dass es ein ungünstiger Zeitpunkt wäre, jetzt eine neue Liebe zu finden ... Und ich habe mich geirrt. Es gibt keinen ungünstigen Zeitpunkt, um etwas so Besonderes zu finden ...«

»Selbst wenn du es an einem Ort findest, der eigentlich nur dein Sprungbrett zu weiteren ferneren Orten sein soll? An einem Ort, an dem du gar nicht bleiben möchtest?«

»Dein Sohn hat mir klargemacht, dass man manchmal ausschließlich im Hier und Jetzt leben sollte.«

»Und woher weiß man, wann dieses Hier und Jetzt zu Ende ist? Denn irgendwann ist es wohl zu Ende?«

»Wer sagt das? Als wir klein waren, ist mein Vater immer mit uns zelten gegangen. Er meinte, dass wir von der Natur viel lernen könnten – zum Beispiel, dass nur überlebt, wer sich anpasst. An die Umwelt und an die jeweiligen Umstände. Wenn Rory und ich irgendwann nicht gemeinsam am selben Ort sind, wir aber beide wollen, dass unsere Beziehung das überlebt, dann werden wir uns entsprechend anpassen und dafür sorgen, dass es klappt. Bis es so weit ist, sagt Rory, sollten wir akzeptieren, dass unsere gemeinsame Zeit begrenzt ist, und sie so gut es geht nutzen. Meine erste Reaktion war genau wie deine: Ich dachte, die schöne Zeit würde den späteren Schmerz niemals aufwiegen. Aber es gibt da ein spanisches Sprichwort: ›No por mucho madrugar amanece más temprano.‹ Das heißt direkt übersetzt: ›Nur weil man früher aufsteht, geht davon nicht die Sonne früher auf.‹«

Frank verzog das Gesicht.

»Und es bedeutet«, erklärte sie, »dass man wissen muss, wann man loslassen, sich entspannen und Dinge laufen lassen soll …«

Frank dachte über das nach, was Diana und Linda ihm mit auf den Weg zum Cockleshell gegeben hatten …

Wenn man ihm die Pistole auf die Brust setzte – am besten sogar eher zwei –, würde er vielleicht zugeben, dass Diana ihm in der Tat gefiel … Sehr sogar. Aber das flackerte immer nur ganz kurz in seinem Hinterkopf auf, wenn er sie sah.

Vielleicht hatte Linda ja recht, und eine solche Liebesgeschichte würde ihm das Leben eher versüßen als verkomplizieren, aber die Sorge um Sydney verdrängte alles andere. Wenigstens hatte Diana ihm bestätigt, dass er das Richtige tat – solange Sydney mit seinen Plänen einverstanden war.

Die letzten zehn Minuten ihres Spaziergangs legte Frank sich mühsam ein paar spanische Sätze zurecht. Als sie den Hafen erreichten und es Linda immer schneller zu Rory zog, ging er etwas langsamer und sagte dann zu Sydney: »Sydney? Was würdest du davon halten, für immer hier zu wohnen? Möchtest du mit mir hier bei Rory bleiben? Gefällt es dir hier? Bist du glücklich? Oder möchtest du lieber zurück nach Spanien? Zu deiner Mutter?«

Sydney sah ihn einen Moment aus seinen großen Augen an, den kostbaren neuen Ball fest unter den Arm geklemmt. Dann nahm er Frank mit einer vertrauensvollen Geste bei der Hand und plapperte förmlich los: »Ich bleibe bei Papa Frank ... Sydney, Papa Frank, Rory, Linda, Julia, Dina ...«

»Du meinst Diana?«

Sydney nickte.

»Sí, Dina«, wiederholte er mit Nachdruck. »Dina, Monty y Pimpf ...«

Frank lächelte erleichtert.

»Das ist wunderbar, Sydney, genau das wollte ich hören ...« Dann runzelte er die Stirn. »Äh, kleine Frage, junger Mann: Wer ist Pimpf?«

Doch Sydney, der für heute mehr als genug gesagt hatte, antwortete nur mit einem geheimnisvollen Lächeln.

Als sie das Cockleshell erreichten, erwarteten Rory, Julia und Monty sie bereits. Ihre Mienen waren so ernst, dass Frank sich sofort Sorgen machte. Doch dann strahlte Rory ihn auf einmal an und vergaß völlig, dass Linda ja gar nicht über die Sorgerechtsgeschichte Bescheid wusste. Er wedelte mit Kontoauszügen herum und rief: »Das Geld ist da, Dad! Ich wollte es dir längst schon sagen. Endlich ist das verdammte Geld da!«

Diana dachte auf ihrem Weg zurück zum Poseidon House über dieselben Dinge nach wie Frank. Sie marschierte direkt in ihr Arbeitszimmer, gab eine ihr vertraute Nummer ins Telefon ein

und wartete mit ziemlichem Herzklopfen darauf, dass am anderen Ende jemand abnahm.

»Bitte sei da, bitte geh dran ...«, murmelte sie mehrmals, während immer wieder das Freizeichen erklang.

Sie wollte gerade auflegen, als die Verbindung doch noch zustande kam.

»Edwin Brown«, erklang eine melodiöse Stimme.

Endlich.

»Hallo Edwin. Hier ist Diana.«

»Diana! Mein Herzblatt!« Er freute sich offenbar sehr, von ihr zu hören. »Wie geht es meiner Lieblingsklientin und allerbesten Promifreundin?«

»Also, in diesem Augenblick fragt sie sich, was du wohl dieses Wochenende vorhast?«

»Abhängen, meine Süße. Gerade war ich im Innenhof, um meine Schusterpalmen zu gießen, und habe mich gefragt, wie es dazu kommen konnte, dass ich an einem Freitagabend ganz allein in meiner kleinen Absteige in Kensington hocke.«

»Wenn das so ist ... Hättest du Lust auf einen Kurztrip nach Cornwall?«

»Du meinst einen Business-Kurztrip?«

»Wie hast du das bloß erraten?«

»In jedem deiner Worte klingt der Subtext ›Tust du mir einen Gefallen?‹ mit«, stellte er ungerührt fest. Edwin mochte Diana sehr, sie war einer der aufrichtigsten Menschen, die er kannte. Wenn sie ihn um einen Gefallen bat, tat sie das unter Garantie nicht zu ihrem eigenen Vorteil. Er würde ihr den Gefallen sehr gerne tun, vor allem, wenn ihn das für ein paar Tage aus London herausholte.

»Es wäre auch nur ganz wenig Business, die meiste Zeit wäre Urlaub ... Was meinst du?«

Er zögerte lange genug, um sie ein bisschen zu ärgern.

»Edwin?«, fragte Diana verunsichert nach.

»Tut mir leid, Süße ... Deinen letzten Satz habe ich nicht mitbekommen. Hab grade schon mal den Koffer aufgemacht und meinen Teddy und meinen Schlafanzug reingeworfen.«

– 23 –

Dianas telefonische Einladung zu einem Grillabend im Poseidon House überraschte das Team vom Cockleshell eigentlich schon genug. Übertroffen wurde die Verblüffung von Rorys prompter Zusage, obwohl er doch eigentlich arbeiten musste.

»Ich kann doch auch hin und wieder mal einen Abend freinehmen«, sagte er so entspannt wie möglich, als alle ihn erstaunt ansahen.

»Rory. Ich kann an beiden Händen abzählen, wie oft du dir in den letzten acht Jahren mal freigenommen hast«, entgegnete Julia. »Und die Finger der einen Hand gehen schon allein für die vergangene Woche drauf …«

»Na, das spricht dann ja noch viel mehr für einen freien Abend heute …«, erwiderte er ein wenig defensiv.

»Hmmm, wer weiß, vielleicht gibt es zurzeit etwas, das er appetitlicher findet als sein köstliches Essen …« Woody knuffte Monty in die Rippen und nickte Richtung Linda, die gerade in die Küche gegangen war. »Ich will mich ja nicht beschweren … Hey, Linda!« Linda wandte sich um und lächelte. »Sag mal, besteht vielleicht die Chance, dass du deine Reisepläne ein bisschen verschiebst und noch ein paar Wochen länger hierbleibst? Wenn das so weitergeht mit meinen zusätzlichen Schichten, habe ich nämlich bald das Geld für ein neues Auto zusammen …«

Und so machte sich am Abend eine sechsköpfige Truppe vom Cockleshell auf den Weg zum Poseidon House, Rory und Linda Händchen haltend vorneweg. Sie waren so ins Gespräch vertieft, dass sie die anderen völlig vergaßen und einige Meter hinter sich ließen.

Julia hatte die anstehende Party zum Anlass genommen, wieder ihre Jimmy Choos auszuführen, auf denen sie neben Monty hertrippelte. Die beiden stupsten sich dauernd wie Schulkinder gegenseitig an, weil sie es so bizarr fanden, dass Rory in aller Öffentlichkeit mit einer Frau Händchen hielt.

Frank und Sydney bildeten das Schlusslicht.

Frank kam erstaunlich elegant daher für jemanden, der sonst völlig uneitel war.

Diana stand bereits am Fenster und hielt nach ihnen Ausschau. Als sie die Cockleshell-Crew herannahen sah, strahlte sie wie die Sonne.

»Großartig, dass ihr alle kommen konntet!«, begrüßte sie die ganze Truppe und umarmte jeden Einzelnen von ihnen. Bei Frank fiel die Umarmung etwas ungelenk aus. Küsse, die für die Wangen vorgesehen waren, landeten plötzlich auf dem Mund, und Dianas üppiger Vorbau drückte sich ein bisschen zu fest an Franks Brust. Als sie die Tür geöffnet hatte, waren ihre Wangen wunderbar rosig gewesen. Nun glühten ihre Wangen tomatenrot.

»Ich kann mich noch erinnern, als das hier ein Hotel war«, versuchte Frank ihr aus ihrer Verlegenheit zu helfen und sich selbst von dem wunderbaren Gefühl ihrer weichen Rundungen abzulenken. Er sah sich in dem großräumigen Eingangsbereich um. »Hätte ohne Weiteres mit Fawlty Towers konkurrieren können. Ich muss schon sagen, Diana, du hast echt was aus dem alten Kasten gemacht. Tolle Tapete …«

Dankbar lächelte sie ihn an. Sie bezweifelte, dass die Blumentapete ihm wirklich gefiel, und war ihm umso dankbarer für das Kompliment.

So dankbar, dass sie es in all der emotionalen Verwirrung vermochte, ein sauberes Taschentuch hervorzuziehen und es ihm mit einem Lächeln sowie der kecken Bemerkung reichte, sie freue sich ja sehr, dass ihm ihr Einrichtungsstil zusage – aber

die Farbe ihres Lippenstiftes stehe ihm nun wirklich nicht sonderlich gut.

Die Promis waren alle im auf dem Steilfelsen gelegenen Garten versammelt, auf dem Grill brutzelten bereits Steaks, Garnelen und Maiskolben. Sie alle wollten gerne vorführen, was sie in der letzten Woche gelernt hatten, und so bog sich das Buffet unter Köstlichkeiten von Artischockensalat bis Zimt-Flan.

Die Delikatessen sandten förmlich Sirenenrufe aus, denen sich insbesondere Monty nur schwer entziehen konnte. Er hatte außer Julia natürlich auch Pimpf bei sich. Die kleine Vierbeinerin versteckte sich in der känguruartigen Bauchtasche des unförmigen Pullovers, der aussah, als hätte Monty ihn aus alten Einkaufsnetzen selbst gestrickt.

Linda dagegen erging es wie den meisten Frischverliebten, die sich wochenlang nur von Luft und Liebe und Sex ernähren konnten. Sie interessierte das Essen deutlich weniger als die sagenhafte Aussicht. Am Horizont versank langsam die Sonne im glitzernden Meer, und zu ihren Füßen wirkte Quinn wie eine Stadt auf Liliput.

Nachdem sie alle begrüßt hatte, war sie sofort zu der Steinmauer gegangen, die die einzige Abgrenzung zwischen Garten und Klippe war, und hatte sich völlig unbeeindruckt von dem Abgrund hinübergebeugt und den Blick in die Ferne gerichtet.

»Die Aussicht ist sagenhaft!«, stellte sie fest, als Rory nach seiner Begrüßungsrunde endlich wieder an ihre Seite eilte.

»Ja, ich weiß.« Rory hatte nur Augen für Linda. »Wunderschön.«

Linda senkte den Kopf, lächelte scheu und doch erfreut unter ihrem Haar hervor und kräuselte die Nase.

»Das ist jetzt fast schon ein bisschen *zu* nett, Rory Trevelyan.«

»Ich weiß ...« Er grinste. »Was machst du bloß aus mir, Linda?«

»Ach? Jetzt soll ich auch noch schuld sein?« Sie zog die Augenbrauen hoch. »Ich bin es also, die dich verändert?«

Ihre Frage war natürlich jovial, aber seine Antwort meinte er sehr ernst.

»Ich bin anders, wenn ich mit dir zusammen bin ... Aber kann man Menschen wirklich ändern?« Er zuckte die Achseln. »Oder schaffen es manche Menschen nur, in uns schlummernde Seiten wachzuküssen, von denen wir selbst nicht wussten, dass wir sie haben?«

»Verändern wir uns oder finden wir schlicht zu uns selbst?«

»Was meinst du?«

»Ich meine, beides stimmt. Ich glaube, dass wir uns verändern, und ich glaube, dass wir uns selbst besser kennenlernen. Du zum Beispiel« – sie nahm seine Hand – »hast gelernt, dass es auch ein Leben außerhalb deiner Küche gibt.«

»Und du?«

»Ich?«

Rory drehte ihre Hand mit der Fläche nach oben und verfolgte ihre Lebenslinie mit dem Zeigefinger.

»Ja, du. Hast du dich auch besser kennengelernt?«

»In fünf Tagen?«

»Für mich fühlt es sich an wie fünf Jahre ...«

»Ich will doch sehr hoffen, dass du das positiv meinst ...«

»Aber klar! Schließlich kennen wir uns noch nicht lange genug, als dass ich gemein zu dir sein könnte.«

Linda grinste.

»Willst du damit sagen, du bist nur ein paar Wochen so nett zu mir und lässt irgendwann später Rory den Schrecklichen raus? Dann ist es ja gut, dass ich in ein paar Wochen hier weg bin!«

Sie lachte, doch er seufzte und wandte nun den Blick von ihr ab und zum weiten Meer.

»Wie Schiffe, die in der Nacht aneinander vorüberziehen ...«,

murmelte er, dann versuchte er, die Melancholie abzuschütteln, die ihn plötzlich ergriffen hatte, wandte sich ihr wieder zu und fragte: »Habe ich in der kurzen Zeit, die wir uns kennen, zu irgendwelchen Veränderungen bei dir beigetragen?«

Linda blickte zu ihm auf und wollte seiner plötzlichen Traurigkeit eigentlich noch mit Humor begegnen. Doch dann sahen sie einander in die Augen.

Ein schier unfassbarer Gedanke schoss ihr durch den Kopf.

»Ich will, dass du mich bittest zu bleiben«, schrie es in ihr.

Aber sie brachte die Worte nicht über die Lippen.

Also tat sie das einzig andere Sinnvolle, das ihre Lippen in diesem Moment tun konnten.

Sie küsste ihn.

»Die beiden sind einfach so süß zusammen«, flüsterte Diana Frank zu.

»Hmhm.« Frank seufzte traurig. »Wirklich jammerschade.«

»Jammerschade?« Diana verstand nicht ganz, wieso er die Stirn runzelte und das Liebesglück seines Sohnes bedauerte. »Ich dachte, du magst Linda?«

»Tu ich auch. Und wie. Ich finde sie klasse. Mein Sohn aber leider auch. Dieser erste Taumel, der Rausch der ersten Tage und Wochen, ist wie eine Droge ... Aber ich frage mich natürlich, wie lange das wohl anhält ...«

»Also, ich glaube, dass die beiden es sehr lange miteinander aushalten werden.«

»Ja, unter normalen Umständen würden sie das vielleicht. Aber ich fand schon immer, dass Zeit ein großer Prüfstein der Liebe ist. Und die beiden haben nicht viel Zeit. In zwei Wochen will Linda hier weg ...«

»Sie wird hierbleiben.« Diana klang überzeugt.

»Das würde sie vielleicht sogar tun. Aber ich glaube nicht, dass Rory es zulassen wird.«

»Aus lauter Stolz?«

»Das hat nichts mit Stolz zu tun, Di... Ich kenne ihn, er würde es sich niemals verzeihen, wenn er sie davon abhielte, sich ihren Traum zu erfüllen.«

»Wenn du etwas liebst, lass es los? Meinst du das?«

»Genau.«

»Schwachsinn!«

Erstaunt wandte Frank sich seiner neuen Freundin zu, die offenbar kein Blatt vor den Mund nahm, wenn es drauf ankam.

»Diana?«

»Also ich für meinen Teil fand schon immer, dass wenn jemand dich liebt, dieser Jemand überhaupt nicht losgelassen werden will. Ganz im Gegenteil. Man will sich binden und gebunden werden, man will sich fesseln lassen, und zwar nicht mit rosa Plüschhandschellen, sondern tief in sich drin. Die Vorstellung, voneinander getrennt zu werden, bloß weil man einen auf supergroßmütig tun will, muss wehtun. Und zwar beiden.«

»Ich glaube, genau darum geht es doch in dem Spruch.« Frank gefiel, wie Diana sich in Rage redete. »Das mit dem Loslassen ist im übertragenen Sinne gemeint. Wenn jemand weiß, dass er jederzeit ins nächste Flugzeug steigen kann, es aber nicht tut, weil er lieber bei dir bleiben will – dann weißt du, dass er wirklich bei dir bleiben will. Und darum mache ich mir Sorgen um die beiden. Er wird ihr auf jeden Fall sagen, dass sie ihre Reise wie geplant durchziehen soll, und sie wird wahrscheinlich bleiben ...«

»Und? Wenn es doch ihre Entscheidung ist, wo ist dann das Problem?«

»Ich fürchte, dass das ein schwieriger Start sein wird. Wenn sie für ihn ihren Traum aufgibt – dann wird sie es vielleicht eines Tages bereuen und ihm die Schuld daran geben ...«

»Na, dann ist die Sache doch ganz einfach. Er muss sie begleiten.«

»Das nennst du einfach? Rory soll um die Welt gondeln? Sein Leben ist aber hier. Alles, was ihn ausmacht.«

»Einspruch, Euer Ehren. Ich finde, so, wie das im Moment aussieht, steht sein ganzes Leben gerade direkt vor ihm.«

»Sie kennen sich gerade mal fünf Tage.«

»Und? Wie lange darf es dauern, Frank? Wenn man weiß, dass es die Richtige ist?« Ihr Blick hatte etwas Provokatives, und Frank fiel nicht zum ersten Mal das ungewöhnliche Grün ihrer Augen auf. Wie eine Conference-Birne.

Nachdenklich sah er sie an, dann schüttelte er den Kopf und lachte.

»Ich sage es wirklich nicht gerne, Diana, aber ich fürchte, du hast sogar recht.«

Um zehn Uhr war aus dem heiteren Tag ein wunderbar milder Abend geworden. Vom ruhigen, im Mondlicht glitzernden Meer wehte eine leichte Brise, den Garten erleuchteten Laternen. Geraldine hatte ihr Grammofon und ein paar Schellackplatten geholt, und die Promis verrenkten sich je nach Grad ihrer Trunkenheit auf dem Rasen und der Terrasse zu der alten Jazzmusik.

Da hörte Diana, wie das elektrisch betriebene Tor sich öffnete, dann, wie ein Auto die Einfahrt hinauffuhr, dann ein Türschlagen, dann Schritte, bis ein riesiger Teddy von einem Mann um die Ecke kam, sich neben sie auf die Holzbank schmiss und jammerte:

»Ich bin gerade am Freitagnachmittag vor einem langen Wochenende von London nach Cornwall gefahren und hatte die gesamten sieben Stunden denselben vermaledeiten Skoda mit seinem schimmeligen alten Wohnwagen vor mir! Man reiche mir einen Eimer Gin, ich möchte mich darin ersäufen!«

Ohne irgendwelche Fragen zu stellen, holte Diana ihm einen Gin Tonic à la Geraldine. Sein Gesicht verschwand eine Weile hinter dem Glas, dann setzte er es ab, japste und strahlte.

»Danke. Danke dir, du Prachtweib.« Er nahm ihre Hand und küsste sie. »Du hast mir wieder mal das Leben gerettet.«

Er sah sich um, strahlte alle anderen an und winkte Geraldine zu. Die war es gewöhnt, dass Edwin immer mal auftauchte, und warf ihm eine Kusshand zu.

Edwin rückte Diana auf die Pelle und raunte:

»So, und jetzt sag mir mal, wer von denen so dringend auf meinen Monsterintellekt angewiesen ist?«

Es dauerte eine Weile, bis Diana Rory und Frank diskret von den anderen weggelockt und zu ihrem Arbeitszimmer gebracht hatte, in dem Edwin sie bereits erwartete.

»Natürlich wollte ich euch auch gerne bei dem Barbecue dabeihaben«, erklärte sie den beiden stutzenden Männern, als sie vor der geschlossenen Tür standen, »aber das war eigentlich nur ein Vorwand, um euch hier hochzuködern. Den wahren Grund für die Einladung erfahrt ihr nämlich jetzt.« Sie öffnete die Tür und lächelte dem am Kartentisch beim Fenster sitzenden Herrn zu. »Darf ich vorstellen? Edwin, mein Agent. Aber bevor er Agent wurde – und das ist der Punkt – war er Rechtsanwalt, und zwar ein sehr guter. Ein sehr, *sehr* guter, und ich hoffe, dass ich euch damit nicht auf den Schlips trete, aber ich dachte, er könnte euch vielleicht helfen ...«

Edwin, ganz der übliche Strahlemann, erhob sich, schüttelte Frank und Rory die Hand und setzte sich wieder.

So großspurig er sich sonst auch geben mochte, wenn es ums Geschäft oder ums Gesetz ging, hielt Edwin, was er versprach.

Darum wandte er sich ohne Umschweife an Frank und kam gleich zur Sache.

»Diana hat mir in groben Zügen von Ihrem Dilemma erzählt.« Er fügte alle Fingerspitzen aneinander und sah über den Rand seiner kleinen Brille. »Ich habe mir ein paar Gedanken gemacht. Habe meine betagten grauen Zellen in die Zeit zurück-

versetzt, in der ich alle Tricks und Kniffe der Juristerei kennen musste, und ich glaube, ich kann Ihnen sagen, wie Sie vorgehen müssen. Oder zumindest, welche Richtung Sie einschlagen müssen mit Ihrem ... ähm ...« Er reckte den Hals und warf einen Blick auf die Terrasse, wo Linda Sydney auf dem Schoß hatte und die beiden sich ein Stück Karamel-Käsekuchen mit Salz teilten, den Wonderbra gezaubert hatte. »... Ihrem ganz wunderbaren kleinen Dilemma.«

Diana warf Frank einen entschuldigenden Blick zu.

»Ich weiß, dass du mir das im Vertrauen erzählt hattest, und ich hoffe, du verzeihst mir, dass ich es ausgeplaudert habe. Aber ich ich war mir sicher, dass Edwin dir helfen könnte.«

»Und ich bin mir auch sicher. Sollen wir uns einen Moment unterhalten?«

Frank sah Diana an, dann Rory, der Edwin schon mehrfach begegnet war und seine freundliche Art und seinen etwas kruden Witz schätzte. Rory nickte seinem Vater aufmunternd zu.

»Setzt euch doch bitte alle, und dann gehe ich gleich in medias res, ja? Also, habe ich das richtig verstanden, dass der Junge de facto in Großbritannien geboren wurde? Als seine Mutter zum ersten Mal hier war?«

»Das ist richtig, ja«, bestätigte Frank leise.

»Wunderbar, denn dann ist die Lösung Ihres Dilemmas vermutlich herrlich einfach – je nachdem, wie kooperativ sich Ihre Frau zeigen wird. Also, ich schätze, im Moment wäre es das Beste, wenn Sie das gemeinsame Sorgerecht beantragen. Das würde Ihnen schon mal die Vormundschaft für Sydney sichern, ganz gleich, ob er bei Ihnen oder seiner Mutter ist. Dazu werden Sie die Zustimmung Ihrer Frau brauchen, aber so, wie ich Diana verstanden haben, liegen deren ...« – Edwin wählte seine Worte mit Bedacht – »... *Interessen* so, dass sie diese Zustimmung wohl nicht verweigern würde, wenn nur die ... äh ... *Argumente* überzeugend genug sind. Richtig?«

»Sie würde ihre Zustimmung geben, ja.« Frank nickte. Der verkniffene Zug um seinen Mund galt Consuela, nicht Diana, weil sie sein Geheimnis weitererzählt hatte.

»Das dachte ich mir. Das wäre wie gesagt nicht das alleinige Sorgerecht, aber wenn es stimmt, dass seine Mutter ihn nicht will und auch nicht um ihn kämpfen würde, dann wäre das im Moment wahrscheinlich ein guter Anfang. Dann könnten Sie Sydney wenigstens offiziell hier melden, zur Schule schicken und mit ihm zum Arzt gehen, wenn es nötig sein sollte. Und das Beste ist, dass das gemeinsame Sorgerecht von einer Scheidung unberührt bleibt. Wenn es einmal erteilt wurde, kann es nur auf entsprechenden Antrag des anderen Elternteils vielleicht wieder entzogen werden.«

Wieder nickte Frank.

»Sobald sie das gemeinsame Sorgerecht haben, können Sie einen Antrag auf Adoption stellen. Auch dazu benötigen Sie die Zustimmung der Kindsmutter. Soweit ich Diana verstanden habe, hat Ihre Frau eine finanzielle ›Regelung‹ dieser ›Angelegenheit‹ vorgeschlagen?«

»Korrekt.«

»Gut. Um sie für die benötigten Zustimmungen bei Laune zu halten, meine ich, dass Sie ihr zunächst lediglich einen Teil der geforderten Summe zahlen sollten. Gewissermaßen als Ansporn. Sie verlangt über die Scheidungsvereinbarung hinaus fünfzigtausend Pfund?«

»Ja.«

»Dann würde ich ihr anbieten, ihr zwanzigtausend zu zahlen, wenn sie Ihren Antrag auf gemeinsames Sorgerecht unterstützt und sämtliche Unterschriften leistet, die dafür nötig sind, und die restlichen dreißigtausend, wenn das Adoptionsverfahren abgeschlossen ist. Es würde die ganze Sache beschleunigen, wenn die Kindsmutter dazu nach England käme. Wäre sie dazu bereit?«

Frank nickte seufzend.

»Und wenn es nur des Geldes wegen wäre … Sie wird kommen.«

Edwin sah noch einmal zu dem Jungen, und es lag Wohlwollen in seinem Blick.

»Gut. Wenn Sie einverstanden sind, werde ich alles Nötige in die Wege leiten, und dann sind Sie in null Komma nichts der rechtmäßige Vater ihres Stiefsohnes.«

»Das würden Sie für mich tun?« Frank, der bisher in einer Sackgasse nach der anderen gelandet war, konnte kaum glauben, dass ein so kurzes Gespräch eine so einfache und perfekte Lösung hervorbringen konnte.

»Aber sicher, und sogar gerne … Der Kleine hat wirklich Glück, dass Sie sich alle so um ihn kümmern, und ich freue mich, Teil des Teams zu sein. Außerdem befasse ich mich auch gerne mal mit was anderem als immer nur mit allürenbehafteten Schauspielern und ihren Verträgen.« Edwin zwinkerte Diana zu. »Wenn das alles war, finde ich, sollten wir jetzt weiterfeiern. Wenn jemand so freundlich wäre und mir ein großes Stück von dem Käsekuchen besorgte, den Sydney gerade verschlingt? Denken macht hungrig.« Wieder zwinkerte er Diana zu, die sofort hinauseilte, um seinen Wunsch zu erfüllen.

Rory beobachtete seinen Vater nach diesem Überraschungstermin. Er wirkte, als sei eine schwere Last von ihm genommen worden. Mindestens zehn Zentimeter größer. Sein Lächeln war unbeschwerter. Er brachte sich in Gespräche ein, denen er zuvor nur passiv gefolgt war, und fing sogar an zu tanzen. Erst mit Geraldine, dann gestattete er Wonderbra, ihn zu einer Runde Macarena zu animieren.

Als die Musik ruhiger wurde und die Paare im Mondlicht enger zusammenrückten, nahm er seinen Mut zusammen, ging zu Diana und reichte ihr die Hand.

»Darf ich?«

Sie nickte. Und sie war überrascht, als er sich zu ihr herunterneigte und ihr ein sehr ernstes »Danke« ins Ohr raunte.

Sie löste sich ein wenig von ihm und sah ihn erleichtert an.

»Ich hatte Angst, du wärst sauer auf mich, weil ich dein Vertrauen missbraucht habe ...«

»In deinen Augen war es das Beste für mich. Und du hattest recht. Wieso sollte ich da sauer auf dich sein?«

»Normalerweise tratsche ich ganz bestimmt keine Geheimnisse weiter.«

»Da bin ich mir sicher.«

»Es sei denn, ich bin total pleite und eine große, überregionale Zeitung bietet mir geradezu unanständige Summen für meine Indiskretion.« Diana grinste bis über beide Ohren, dann lachten sie beide.

Franks Veränderung war nicht nur Rory aufgefallen.

»Dein Vater wirkt unglaublich entspannt heute Abend«, stellte Linda lächelnd fest und nahm Rorys Hand. Es war kühl, und so steckte Rory beide Hände automatisch in seine Jackentasche und zog Linda näher an sich heran.

»Finde ich auch.«

»Und ich glaube, das hat irgendwas mit Diana zu tun.«

»Er kennt sie noch nicht lange, Linda.«

Erstaunt lächelte sie ihn an.

»Hast du etwa schon vergessen, dass wir uns heute vor einer Woche zum ersten Mal begegnet sind? Warum könnte deinem Vater mit Diana dann nicht etwas Ähnliches passieren?«

»Du bist süß, Linda, aber du überträgst da was. Ich kenne das. Wenn man selbst platzen könnte vor Glück, wünscht man sich, dass alle anderen genau so glücklich sein mögen.«

»Und du könntest platzen vor Glück?« Grinsend steckte sie die zweite Hand in seine andere Jackentasche und schmiegte

sich eng an ihn in Erwartung des Kusses, den er ihr nur zu gerne gab.

»Du weißt, dass das absurd ist, ja?«, sagte er dann.

»Ja, ich weiß.«

»Und mein Vater und Diana ... Also, das wäre noch viel absurder.«

»Wart's ab, Rory. Was deinen Vater und Diana angeht, werde ich recht behalten, wirst schon sehen.« Sie sah zu den beiden. Dianas Kopf ruhte an Franks Brust, seine Wange an ihrem schokoladenbraunen Haar.

»In ein paar Wochen ...« Rory strich ihr ganz sanft über die Wange und seufzte. »In ein paar Wochen wirst du nicht mehr hier sein, Linda.«

– 24 –

Annabelle Macey hatte ihre Ankunft in Quinn für Sonntagabend angekündigt.

Ihr Agent hatte mit Entsetzen auf die Nachricht reagiert, sie solle mit den anderen Kandidaten im Poseidon House unterkommen, und ihr deshalb die beste Suite im besten Hotel der Stadt besorgt. Das Quinn Castle war ein ziemlich verschachtelter alter Kasten, einst im Dienste der Krone oder irgendeines Wappens, den man mit Designertapete, Designermöbeln sowie einem Hallenbad und einem Wellnessbereich in die Gegenwart gerettet hatte. Das Ansinnen, Annabelle zusammen mit allen anderen in einem Minibus durch die Gegend zu kutschieren, war mit einem Lachen quittiert worden. Jetzt stand ihr ein eigener Wagen samt Chauffeur zur Verfügung, worüber Brian seine nicht unbeträchtliche Nase rümpfte.

Aber Freddie hatte einen solchen Schiss, die Diva könnte trotz Vertrag in letzter Minute doch noch abspringen, dass er sämtliche Sonderwünsche durchgehen ließ.

Bei den anderen Kandidaten kam das natürlich nicht sonderlich gut an. Sie nannten die Nachzüglerin bereits »Queen Anne« und wollten sie nicht mehr wie anfänglich angedacht wie einen großen Star empfangen, sondern ihr die kalte Schulter zeigen.

So saßen sie am Sonntagvormittag im Wohnzimmer im ersten Stock zusammen, tranken heiße Schokolade, aßen von Geraldine im Schweiße ihres faltigen Angesichts gebackenen Osterkuchen und tauschten kleine Geschenke und Schokoladeneier aus, als es an der Tür klopfte. Und sie staunten nicht schlecht, als sie durch das Fenster eine zierliche Gestalt draußen stehen sahen, die sich als Queen Anne höchstpersönlich ent-

puppte, an den Beinen eine graue Jogginghose (wenn auch garantiert eine extrem teure, die sonst nur mit Oligarchen verheiratete oder mit George Clooney liierte Frauen trugen), in der Hand ihren Koffer.

Diana machte die Tür auf.

»Ja, bitte?«

»Habt ihr noch ein Zimmer frei?«, piepste die sonst eher Hoppla-jetzt-komm-ich-signalisiernde Gestalt.

»Sollen Sie denn nicht im Quinn Castle wohnen?«, fragte Diana etwas spitz zurück.

»Ja, das hat man mir auch gesagt, als ich in Quinn ankam. Aber ich würde doch viel lieber mit den anderen Kandidaten zusammen wohnen und nicht ganz allein da oben. Also, wenn es euch nichts ausmacht ... Aber wenn doch, dann ...«

Diana klappte den Unterkiefer wieder hoch, erinnerte sich an ihre guten Manieren und trat einen Schritt zur Seite, um den neuen Gast hereinzulassen.

Und auch die anderen traten zur Seite, wenn auch etwas zögerlich.

Dann stand sie in dem Halbkreis erstaunter, sie nicht besonders freundlich empfangender Gesichter und strahlte sie an.

»Mannomann, das nenne ich mal einen Empfang ... Ob ich jetzt vielleicht auch noch in den Arm genommen werden könnte?« Sie streckte die Arme aus.

Es dauerte ein paar Minuten, bis die anderen ihr vorgefertigtes Bild von Annabelle Macey revidiert hatten, ihre steife bis abwehrende Haltung aufgaben und schließlich Schlange standen, um einen echten Superstar umarmen zu können.

Binnen weniger Stunden war alles vollkommen anders.

Ohne Murren und Knurren akzeptierte Annabelle das kleinste Zimmer des Hauses. Für sie kam es überhaupt nicht infrage, jemanden von der Crew aus einem besseren Zimmer auszuquartieren, denn wer zuletzt kam, musste nun mal nehmen, was übrig blieb. Und dann schälte sie auch noch einen riesigen Haufen Kartoffeln für das Sonntagsessen.

Als sie schließlich eine ganze Tüte Cadbury's Creme-Eier hervorzauberte, die sie unter sich zum Dessert aufteilen sollten, waren alle restlos von ihr begeistert.

Alle bis auf zwei.

Geraldine, die mindestens ein Dutzend Eier, an die Brust gedrückt, in ihr Zimmer brachte, brummte etwas von »Die Frau hat irgendwas Falsches an sich ...«. Und Diana, die von Rory wahrlich genug Horrorstorys über diese offenbar besessene Frau gehört hatte, fiel es naturgemäß schwer, ihr Vorwissen einfach ad acta zu legen.

Theo hatte geäußert, Annabelle sei »doch ganz okay«, worauf Diana entgegnete: »Meinst du wirklich? Ich bin mir da noch nicht ganz sicher. Ich muss aber auch gestehen, dass ich voreingenommen bin. Ich habe nämlich ziemliche Horrorgeschichten über sie gehört.«

»Wer hat das nicht?« Theo zuckte die Achseln. »Aber du weißt ja, wie die Medien sind: Heute huldigen sie dir, morgen kreuzigen sie dich.«

»Ja, ich weiß ...« Diana nickte. »Aber ich habe die Horrorgeschichten nicht aus den Medien ... Meine Quelle ist deutlich vertrauenswürdiger.«

Am Montagvormittag war Linda zum ersten Mal seit fast einer Woche mal länger als zehn Minuten auf Arandore.

Sie hatte ihrem Bruder versprochen, ihm zu helfen. Er und Pip wollten Rebstöcke pflanzen, und da Linda ein schlechtes Gewissen hatte, weil die von ihr zugesagte Hilfe bisher minimal ausgefallen war, hatte sie wohl mehr sich selbst als den anderen beiden hoch und heilig versprochen, an diesem Vormittag mit anzupacken.

Zu fast noch nachtschlafender Zeit kroch sie aus Rorys warmem Bett. Rory hatte sich bereits so an ihre Wärme neben sich gewöhnt, dass er verschlafen protestierte.

»Ich hab's versprochen«, verteidigte sie sich lächelnd und wich seiner Hand aus.

»Hältst du alle deine Versprechen?«

»Ja.«

»Vielleicht sollte ich dir auch mal ein paar abnehmen und sehen, ob das stimmt ...«

»Welches Versprechen würdest du mir denn gerne abnehmen?« Lächelnd zog sie sich an.

Er drehte sich vom Rücken auf den Bauch und sah sie ernst an.

»Das ist eine sehr gute Frage, Linda. Ich werd mal drüber nachdenken.«

Dann lächelte er wieder und sie küsste ihn zärtlich.

»Also, jetzt verspreche ich dir erst mal, dass ich so schnell wie möglich wieder hier sein werde.«

Wenn sie früh aufstand, konnte er das auch.

Zum ersten Mal seit einer Woche.

Sie hatte ihn in den letzten sieben Tagen ganz schön durcheinandergebracht ...

Er stand in der Küche, als sein Handy kurz schrillte. Erst da fiel ihm auf, dass es die letzten zwei Tage unbeachtet auf einem Regal gelegen hatte.

Er stellte fest, dass am Sonntagabend zwei Nachrichten eingegangen waren.

Die erste war von Geraldine und reichlich kryptisch.

»Das Osterhasi ist gelandet.«

Die zweite war von Diana und Gott sei Dank etwas verständlicher.

»Annabelle ist da. Wollte dann doch nicht im Quinn Castle

wohnen, sondern lieber hier bei uns. Keine Ahnung, warum. Wollte dich bloß warnen.«

Rory spürte, wie seine Laune sich verschlechterte, und ärgerte sich sofort, dass er das überhaupt zuließ. Er war fest entschlossen gewesen, sich von Annabelles Ankunft nicht im Geringsten beeinflussen zu lassen.

Jedenfalls nicht negativ.

Jeder wusste, wie lange er gebraucht hatte, um über sie hinwegzukommen. Das mochte seltsam klingen, wenn man bedachte, dass er die Beziehung beendet hatte, aber er musste nun mal darüber hinwegkommen, die Frau verloren zu haben, in die er sich ursprünglich verliebt hatte – und das war lange vor der eigentlichen Trennung gewesen.

Inzwischen war er sich tausendprozentig sicher, dass er sie nicht mehr liebte. Nach dieser einen Woche mit Linda fragte er sich gar, ob er Annabelle überhaupt jemals geliebt hatte.

Linda …

Sein Kopf sagte ihm, dass er auf sein Herz aufpassen musste, doch sein Herz sagte seinem Kopf, dass der sich mal gehackt legen konnte.

Rory war verliebt.

Und obwohl er wusste und es auch akzeptierte, dass Linda bald wieder weg sein würde, wollte er dieses Gefühl so lange wie irgend möglich bewahren.

Was Annabelle betraf, machte er sich vor allem Sorgen, dass sie zwischen ihm und Linda Unfrieden stiften könnte. Zwar hatten sie das Gefühl, ganz und gar eins zu sein, aber Tatsache war eben doch, dass alles noch ganz frisch und damit zart und empfindlich war. Er wollte, dass auch die restlichen Wochen mit Linda – ganz gleich, wie viele es sein mochten – genauso unschlagbar schön würden wie diese erste.

Doch wenn Annabelle irgendwo Unfrieden stiftete, tat sie das für gewöhnlich gründlich.

Linda hatte keine Ahnung, wie sehr der Neuankömmling Rory in Aufruhr versetzte. Sie packte auf Arandore mit an, und obwohl sie von Kopf bis Fuß mit Schlamm besudelt war und ihr Knöchel blutete, nachdem er Bekanntschaft mit einer der Trockenmauern gemacht hatte, grinste sie zum Erstaunen ihres Bruders bis über beide Ohren.

Beau runzelte etwas besorgt die Stirn.

»Werter Gemahl, was treibt dich um?«, fragte Pip ihn, während sie eine Rebe festhielt, deren Wurzeln er vorsichtig mit Erde bedeckte.

»Linda ... Sie wirkt unglaublich glücklich.«

»Und das bereitet dir Sorge?«, fragte Pip überrascht. »Wieso das denn?«

»Deshalb.« Er zeigte auf seine Schwester. »Guck dir doch mal ihr Lächeln an.«

Da musste Pip auch lächeln.

»Also, ich sehe so ein Lächeln nicht zum ersten Mal ...«

»Ach?« Er hielt inne und sah zu ihr auf.

»Ja. Am Morgen unserer Hochzeit habe ich es zum Beispiel im Spiegel gesehen.« Voller Liebe sah Pip ihren Mann an. »Sie ist verliebt, Beau.«

Er nickte und blies sich eine Locke aus der Stirn.

»Und genau das bereitet mir Sorge. Pip. Sie hat sich mir nichts dir nichts in diese Beziehung gestürzt. Was ist mit ihren Reiseplänen? Sie hat so sehr dafür gekämpft, sich gegen unseren Vater durchzusetzen, und jetzt will sie alles aufgeben für einen Mann, den sie gerade mal fünf Minuten kennt?«

»Wer sagt denn, dass sie ihre Reisepläne aufgeben will?«

»Na ja, in der letzten Woche haben sich ihre Expeditionen ja wohl auf Rory Trevelyans Schlafzimmer beschränkt!«

Pip lachte.

»Jetzt klingst du wie ein echter großer Bruder. Verstehst du denn nicht, dass genau das im Moment ihr großes Abenteuer, ihre große Reise ist? Du hast Rory doch kennengelernt. Wir fanden ihn beide sehr sympathisch. Und das nicht ohne Grund. Er weiß sehr genau, was Linda will, und ich verspreche dir, er wird nichts tun, um sie davon abzuhalten. Er ist ein guter Mann. Ein kluger Mann. Wenn er sie wirklich liebt, und das glaube ich, dann wird er sie ziehen lassen, sie mit seinem Segen verabschieden und hoffen, dass sie zurückkommt, wenn sie so weit ist.«

Beau neigte den Kopf zur Seite.

»Ich hoffe, dass du recht hast, Pip.«

»Natürlich habe ich recht.«

»Also, ich finde, das Ganze ist eine ziemlich stürmische Angelegenheit …«

»Stimmt …« Pip hauchte ihrem Mann einen Kuss auf die Lippen. »Und wir zwei müssten doch wohl am besten wissen, was für wunderbare Dinge ein Sturm hervorbringen kann …«

– 25 –

Da Linda nicht da war, tat Rory das, was er immer tat, wenn ihn etwas wurmte: Er stürzte sich in die Arbeit.

Nachdem er die beiden SMS bezüglich Annabelles Ankunft gelesen hatte, zog er die morgendlichen Vorbereitungsarbeiten in der Küche in Rekordzeit durch und gönnte sich dann eine Runde seiner Lieblingstherapie: Backen.

Cupcakes waren vielleicht nicht gerade das, was man von einem einsachtzig großen, durchtrainierten Mann erwartete, aber die hatte er schon mit seiner Mutter gebacken, und darum spendeten sie ihm irgendwie Trost. Außerdem würden sie Monty glücklich stimmen und dafür sorgen, dass er sich mal eine Weile vom Kühlraum fernhielt und Rory nicht andauernd auf den Zeiger ging.

Er war gerade dabei, alle Zutaten zusammenzustellen, als Frank den Kopf zur Tür hereinsteckte.

»Morgen, Rory. Sag mal, ich wollte gerne für ein paar Stunden verschwinden und dich fragen, ob du wohl solange auf Sydney aufpassen könntest?«

»Klar. Gerne.«

»Danke!« Frank schob Sydney in die Küche.

»Was hast du denn vor?«

Sein Vater rieb sich die Nase und wirkte ein wenig verlegen.

»Heute filmen die ESDS-Leute ein, zwei Stunden drüben in Padstow in der Hummerfarm, und Diana hatte vorgeschlagen, dass wir uns hinterher dort treffen. Vielleicht gehen wir in dem schönen Pub am Fluss was essen …«

Rory staunte nicht schlecht.

Hatte Linda womöglich doch recht?

Doch dann fügte Frank hinzu: »Edwin ist noch da und kommt auch mit, dann können wir vielleicht noch ein bisschen über ... du weißt schon ... reden. Sonst würde ich den Jungen ja auch mitnehmen ...«

»Okay. Und was machen wir beiden Hübschen?« Rory zwinkerte Sydney zu. Der Junge hatte am Vorabend einen Zahn verloren und von der Zahnfee ein nagelneues Zwei-Pfund-Stück bekommen. Er grinste Rory an und entblößte dabei seine Zahnlücke.

»Was möchtest du gerne machen, Sydney? Ich wollte gerade Cupcakes backen, hast du Lust, sie zu dekorieren?« Da Rory nie sicher war, wie viel Englisch der Junge nun eigentlich verstand, begleitete er seine Worte mit Gesten. Er führte Sydney zu dem großen Schrank, in dem er die Backzutaten aufbewahrte.

»¿Para las tortas?«

Sydney nickte eifrig und machte sich sofort daran, einen Korb mit allen möglichen Streuseln, Perlen und Schokobuchstaben zu durchforsten.

Rory kannte das Rezept in- und auswendig und musste die Zutaten nicht einmal abmessen oder abwiegen. Er fing an, alles zu vermischen, und sah sich dann nach Sydney um, der einen kleinen Haufen aus Schokolinsen, Zuckerperlen und Glitzerstaub vor sich gebildet hatte.

»Willst du auch mal?«

Rory machte Rührbewegungen mit der Hand und bot dem Jungen den Löffel an.

Sydney nickte.

Lächelnd holte Rory einen Stuhl und hob Sydney darauf.

Der Junge fing wie wild an zu rühren, dann sah er Rory fragend an.

»Sehr gut, Sydney. Rattenscharf, Kumpel.« Er hielt ihm die Hand hin, auf dass er einschlage.

»Rattenscharf, Kumpel«, wiederholte Sydney stolz und klatschte seine kleine Hand auf Rorys.

Frank hatte Rory erzählt, dass Sydney manchmal ein paar Worte sprach, aber Rory hatte das noch nicht mit eigenen Ohren gehört.

Darum fing er jetzt übers ganze Gesicht an zu strahlen.

»Sydney! Du kannst ja sprechen!« Er schnappte sich den Jungen und hob ihn so hoch er konnte, dann setzte er ihn wieder ab, sodass sie auf Augenhöhe waren.

Sydney war ganz entzückt, dass Rory so begeistert war, und grinste verschlagen.

»Rattenscharf, Kumpel«, sagte er noch einmal.

Rory hielt sich den Bauch vor Lachen.

»Warte nur, bis Dad wiederkommt. Wenn der hört, was ich dir für Ausdrücke beibringe, bringt der mich um!«

»Rattenscharf, Kumpel«, sagte Sydney noch einmal, dann kannte ihr Kichern kein Halten mehr.

Als Frank aus Padstow wiederkam, war in der Küche noch immer beste Stimmung: Alles war mit Mehl bedeckt, und Rory, Monty und Sydney rannten wie Kinder hintereinander her und bewarfen sich mit Eiern.

»Sagt mal, was ist denn hier los?«

Sie verharrten alle kurz, als sei Frank der Ochs am Berg, und sahen ihn verschmitzt an.

»Wir backen …«, antwortete Rory schließlich und forderte Sydney mit einem Stupsen auf, Frank ein Blech mit Cupcakes zu bringen.

Frank lachte, schüttelte den Kopf über die beiden jungen Männer und lächelte den Jungen aufmunternd an – alles gleichzeitig.

»Na, was habt ihr denn da Feines gebacken, Sydney?« Er beugte sich zu den Küchlein hinunter und inspizierte sie.

Sydney hob das Blech noch etwas höher.

Pflichtschuldigst nahm Frank sich einen Cupcake und biss hinein.

»Hmmmm, lecker, Sydney! Hast du die gemacht? Die schmecken ja super. Hast du auch schon einen probiert? Findest du die auch so lecker?«

Sydney strahlte ihn an.

»Rattenscharf, Kumpel«, antwortete er breit grinsend.

Wie gut, dass Sydneys Vater Humor hatte.

Und dass seine Freude darüber, dass Sydney etwas gesagt hatte, sein Stirnrunzeln über den Jargon übertraf.

Er schnappte sich den kleinen Jungen, drückte ihn an sich, sagte, »Jetzt komm aber, du kennst ja die Regeln: Wer Unordnung schafft, muss sie auch wieder aufräumen«, und machte sich sogleich an die Arbeit.

Während Rory, Frank und sogar Monty das Chaos beseitigten, rannte Sydney wie ein Duracellhase auf Koks mit einem Mopp in der einen und einem Schwamm in der anderen Hand herum, bis er sich völlig unvermittelt auf einen Sack Äpfel im Vorratsraum legte und binnen Sekunden einschlief.

Sie waren noch nicht besonders weit gekommen – Ei- und Mehlreste vereinten sich und bildeten eine Art Zementschicht –, als sie Schritte hörten. Da es leichte weibliche Schritte waren, sah Rory in der freudigen Erwartung auf, es handele sich um Linda.

Schön schräg, dachte er, sie war nur ein paar Stunden weg, er wusste, dass sie bald wiederkommen würde, und doch hatte er sie vermisst, als sei sie bereits abgereist.

Strahlend wandte er sich der Tür zu.

Durch die im selben Moment Annabelle spazierte.

Sein Lächeln erstarb.

Als Annabelle sah, wie das Lächeln, an das sie sich so gut er-

innern konnte, verschwand, zuckte sie innerlich zusammen. Es versetzte ihr einen Stich in die Brust. Doch nach außen schaffte sie es, zu lächeln und die Hände auszustrecken.

In der einen hielt sie eine Flasche Wein.

In der anderen irgendein silberfarbenes Ding mit einer rosa Schleife drum.

Einen Eispick.

»Damit wollte ich das Eis zwischen uns brechen.« Sie wedelte mit dem Mini-Pickel herum und lächelte hoffnungsvoll. »Ich weiß, ziemlich platt, aber was Besseres ist mir nicht eingefallen ...«

Rory antwortete nicht und nahm auch nicht das ihm dargebotene Präsent entgegen.

Versuchsweise schenkte sie das, was die Zeitungen nach der Gagenauszahlung für ihren letzten Film »Sechs-Millionen-Dollar-Lächeln« getauft hatten, den anderen beiden Männern, an die sie sich noch so gut erinnern konnte. Angesichts deren verschlossener Mienen sah sie doch lieber wieder zu Rory, dessen Blick wenigstens nicht wirkte, als wolle er sie schnellstmöglich exekutieren. Höchstens exmittieren. Aber gründlich.

Ihr sank der Mut.

Annabelle Macey, der Superstar, hatte auf einen herzlicheren Empfang gehofft. Für sie war das hier nämlich eine Heimkehr. Ihr Leben im Rampenlicht mochte unstet sein, aber bei Rory hatte sie sich immer zu Hause gefühlt.

Dass sie nicht am Abend der Premierenparty im Blitzlichtgewitter anreiste, hatte gar nichts mit ihren Terminen zu tun gehabt, sondern schlicht mit der Tatsache, dass sie nach allem, was gewesen war, eine gewisse Bescheidenheit an den Tag legen wollte.

Sie wollte so einiges wiedergutmachen.

Alte Freundschaften wiederbeleben.

Und darum blieb sie standhaft, als sie sie so herzlich begrüßten wie einen hungrigen Hai auf einer Poolparty, und vertraute ganz auf die bezaubernde Wirkung ihres hoch bezahlten Lächelns.

»Ich weiß, dass unser Abschied beim letzten Mal keine Glanzleistung war ... Und weil ich jetzt ja eine Weile hier sein werde, fände ich es doof, wenn zwischen uns Spannungen herrschen würden ...« Rory schwieg. »Darum bin ich hier. Damit wir das Kriegsbeil begraben.«

In dem Moment befand Monty, er könnte seine Meinung zu ihrem Auftauchen am besten kundtun, indem er für alle hörbar einen fahren ließ. Worauf Frank nicht anders konnte als laut loszuprusten. Monty war wohl derjenige unter ihnen, der Annabelle am wenigsten leiden konnte – schließlich hatte er hautnah miterlebt, wie sehr Rory unter ihr und der Trennung gelitten hatte. Darum erlaubte er sich diese Ungehobeltheit.

Rory allerdings riss sich zusammen. Er nahm Annabelles Geschenke an und rang sich sogar ein kurzes Lächeln ab.

»Danke. Sehr nett von dir. Aber das wäre wirklich nicht nötig gewesen. Das ist doch alles schon so lange her ...«

»Und die alten Wunden sind längst verheilt, ja?« Es war nicht ganz klar, ob das eine Feststellung oder eine Frage sein sollte. Ihr Blick war forschend.

»Genau. Und wir sind alle hier, weil wir unseren Job zu machen haben ... Wir sind alle Profis, und darum bin ich auch sicher, dass wir uns alle wie Profis verhalten werden, oder?«

»Na ja ...« Sie sah kurz zu Monty, dessen blinder Passagier Pimpf aufgewacht war und das Köpfchen in seinen Bauch drückte, was bei Monty seltsame Rumpfbewegungen und eine gewisse Unruhe auslöste. »Ich hatte eigentlich gehofft, dass wir nicht nur professionell-höflich miteinander umgehen würden ... Ich fände es wirklich schön, wenn wir wieder Freunde sein könnten ...«

Rory sah Monty an, dass er eine spitze Bemerkung machen wollte. Doch wie Rory fand, bewies Annabelle im Moment mehr

Größe als sein Freund, schließlich war sie es, die ihnen einen Ölzweig in Form eines Eispicks reichte. Darum brachte er Monty mit einem strengen Blick zum Schweigen und schenkte Annabelle ein Lächeln, von dem sie wusste, dass er es seinen Geschäftspartnern vorbehielt, nicht seinen Freunden.

»Na, sag schon. Wie geht es dir?«, erkundigte er sich und überging ihren Kommentar bezüglich der Wiederbelebung alter Freundschaften. »Du siehst gut aus.«

»Mir geht es auch gut.«

»Läuft gut in Amerika, wie ich von Frankie höre.«

»Ja, die Leute da drüben mögen mich wohl.« Sie zuckte bescheiden die Achseln.

Und was zur Hölle machst du dann hier?, hätte er sie am liebsten gefragt, hielt sich dann aber doch zurück.

Im Gegensatz zu Monty, der wie üblich kein Blatt vor den Mund nahm: »Und was zur Hölle machst du dann hier bei dieser beknackten Kochshow?« Seine Ablehnung ihr gegenüber stand ihm ins attraktive Gesicht geschrieben.

Ihre Antwort fiel unbefriedigend vage aus. Sie faselte etwas von Zeitfenstern, einem Gefallen, den sie Freddie schuldete, und davon, dass sie Cornwall vermisste.

Die wahre Antwort gab aber wohl die Flasche, die sie Rory geschenkt hatte.

Während sie Monty zugewandt war, legte Rory den Eispick auf der Arbeitsfläche ab und studierte das Etikett. Er erkannte es wieder und seufzte. Diesen Wein hatten sie immer zu besonderen und besonders romantischen Gelegenheiten zusammen getrunken. Für einen Mann aus Cornwall war es ein eher ungewöhnlicher Wein. Eine deutsche Trockenbeerenauslese.

Sie beobachtete ihn.

Ihr Lächeln war jetzt ganz eindeutig hoffnungsvoll.

»Ich hoffe, das ist immer noch dein Lieblingswein?«

Das war er nicht.

Und er war es auch noch nie gewesen.

Schon damals war es mehr ihr als sein Lieblingswein gewesen. Seit sie weg war, hatte er ihn ein einziges Mal getrunken, und da war er ihm schwer, klebrig und viel zu süß vorgekommen.

Jedem anderen gegenüber, der ihm die Flasche überreicht hätte, wäre er so höflich gewesen, sich lächelnd zu bedanken und zu versichern, dass er den Wein sehr mochte. Aber in diesem Fall ... Rory wusste ja, dass es ihr in Wirklichkeit nicht nur um den Wein ging, und er fand, er müsse jetzt einfach ehrlich sein. Das mit dem Lächeln bekam er noch hin, aber er sagte rundheraus:

»Ehrlich gesagt ... mir schmeckt der nicht mehr so richtig ... War lieb gemeint, aber ich glaube, bei dir ist er besser aufgehoben.« Und mit diesen Worten reichte er ihr die Flasche zurück.

Zögerlich nahm sie sie ihm ab.

»Bist du dir sicher ...« Und ganz leise, sodass nur er sie hören konnte, fügte sie hinzu: »Ich bin nicht mehr wie damals, als wir uns getrennt haben. Ich habe mich verändert.«

»Ich auch, Annabelle«, gab Rory spitz zurück.

Das musste sie erst mal verdauen.

Sie versuchte, die Enttäuschung zu kaschieren, aber er kannte sie gut genug, um sie ihr dennoch anzusehen.

Es dauerte einen Moment, bis sie wieder etwas sagte.

»Ja, das sehe ich.«

Im folgenden Schweigen hörten sie alle sich nähernde Schritte.

Dieses Mal waren es Lindas.

Sydney war mit einem Mal glockenwach und rief entzückt: »Linda!« Das war schon die zweite artikulierte Äußerung des Tages.

Frank, Monty und Rory lächelten.

Linda strahlte Sydney an und streckte die Arme aus. Kaum hatte er sich ihr an den Hals geworfen, küsste sie ihn auf den

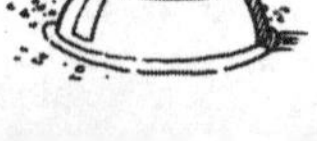

Kopf. Dann wandte sie den Blick zu Rory und gab ihm zu verstehen, dass das Lächeln, die Umarmung und der Kuss auch ihm galten.

Rory reagierte nicht ganz so überschwänglich auf Lindas Erscheinen wie Sydney, aber seine große Freude, sie zu sehen, war dennoch deutlich.

Als Rory Linda begrüßte, begriff Annabelle bestürzt, dass ihr wahrer Grund für die Teilnahme an »dieser blöden Kochshow« ernsthaft in eine andere verliebt war.

Und Rory begriff beglückt, dass in dem Moment, in dem Linda den Raum betrat und ihn anlächelte, für ihn nichts anderes mehr zählte.

Solange sie bei ihm war.

Und sei es auch nur im Herzen.

Denn dort würde sie immer bei ihm sein, ganz gleich, wie weit und wie lange sie durch ganz Europa reiste.

– 26 –

Vier Wochen später.

Champs-Élysées, Versaille, Louvre, Place de la Concorde, Baton Rouge, Seine, Place du Tertre, Sacré Cœur, Eiffelturm.

Namen, die so verheißungsvoll geklungen hatten.

Orte, von denen sie seit Jahren geträumt hatte.

Und sie träumte immer noch von ihnen.

Denn Linda Rivera, die rebellische Abenteurerin, die eigentlich schon längst mindestens in Paris sein wollte, befand sich immer noch in Quinn.

Auf Reisen waren derzeit nur Beau und Pip, die zusammen mit Judy und Raphael nach Spanien geflogen waren, um Lindas Familie zu besuchen. Eine leicht verspätete Hochzeitsreise sozusagen, und eine Aktion, mit der Lindas Eltern dafür besänftigt werden sollten, dass Linda bisher mit keiner Silbe davon gesprochen hatte, wann sie eigentlich gedachte, wieder nach Hause zu kommen.

Doch bisher hatte Linda es noch nicht geschafft, den Abschied in Angriff zu nehmen.

Sie war geblieben, andere waren gegangen.

Vier der ESDS-Kandidaten waren weg: Püppi aus dem Mittelalterschinken, die ihrem abgekürzten Spitznamen PMS leider alle Ehre gemacht hatte und deshalb wenig vermisst wurde; das Honigkuchenpferd, dessen glückliches Lächeln allen fehlte; der Bote des Grauens und der Chorknabe auf Acid, der bitterlich geweint hatte, als sein Soufflé bei der Jury genauso durchfiel wie seine letzte Single bei seinen Fans.

Sie alle waren dem gefürchteten Finale der vierten Kochwoche zum Opfer gefallen, bei dem die Kandidaten nicht nur qualitativ, sondern auch zeitlich um die Wette kochten.

Noch mit im Spiel und im Poseidon House waren Wonderbra, die sich zu einer ganz hervorragenden Konditorin entwickelte; die Sportskanone, dessen gegrillte Rinderrippen so himmlisch waren, dass George Vasiliki vor laufender Live-Kamera weinte; Theo, der mit seinem Witz, seiner Großherzigkeit und seinem Knackarsch für so hohe Einschaltquoten sorgte, dass er es selbst mit trockenen Bohnen auf verbranntem Toast so weit geschafft hätte; Diana, die in erster Linie dank ihres geduldigen Lehrers Rory ganz wunderbare Gerichte zauberte (so wunderbar, dass die klapprige Geraldine drei Kilo zugelegt hatte), es aber dennoch nicht fassen konnte, so weit gekommen zu sein.

Und Annabelle.

Die anscheinend überhaupt nichts falsch machen konnte.

Nachdem ihr erster zaghafter Versöhnungsversuch (der Rorys Befürchtung, sie komme nur wegen ihm, bestätigt hatte) höflich abgelehnt worden war, hatte sie alles getan, um ihn doch noch umzustimmen. Dazu gehörte erstaunlicherweise zunächst, dass sie sich von ihm ferngehalten und ganz bescheiden unter die anderen Kandidaten gemischt hatte. Sie hatte keine Ansprüche gestellt, getan, was man ihr sagte, und war zu allen – vom Laufburschen bis zum Chef – freundlich und nett gewesen.

Sie hatte konstant unter Beobachtung gestanden.

Rory war nicht der Einzige gewesen, der täglich darauf wartete, dass ihre Fassade bröckelte und ihre schlechten Seiten zum Vorschein kamen. Doch sie war im Laufe der Wochen stets bescheiden, freundlich und geerdet gewesen, immer bereit, sich den anderen anzupassen.

Rory, der sich seinerzeit von einer exzentrischen Diva getrennt hatte, verstörte es regelrecht, dass Annabelle auf einmal so absolut liebenswürdig daherkam.

Genau wie damals, als er sie kennengelernt hatte.

Als sie miteinander glücklich gewesen waren.

Eine humorvolle, aufgeschlossene junge Frau.

Den Kommentaren der anderen zu ihrem nicht gerade vorteilhaften Ruf begegnete sie mit einem: »Ich habe gelernt, mir die Dinge nicht zu Kopf steigen zu lassen. Das war eine ziemlich heftige Lektion, und ich habe nicht vor, sie so bald zu vergessen.«

Dabei warf sie einen wehmütigen Blick auf Rory, der gerade aus der Schusslinie der Kameras verschwand, um Linda einzuholen, bevor sie sich auf den Weg nach Arandore machte, um Pips Tante Susan zu helfen. Kameramann zwei aber war ein kleiner Scherzbold und dachte, es wäre doch lustig, die Romanze des Geheimkochs mal eben einzufangen und alle anderen daran teilhaben zu lassen, indem er die äußerst innige und intime Abschiedsszene über sämtliche Monitore flimmern ließ.

Annabelle beobachtete den an Liebe und Leidenschaft kaum zu überbietenden Kuss, ohne eine Miene zu verziehen. Doch als Diana später beim Kochen neben ihr stand, fielen ihr die Kerben auf, die Annabelles Fingernägel in ihren Handflächen hinterlassen hatten.

»Ich glaube, sie mag dich immer noch«, warnte Diana Rory diskret.

Doch Annabelle machte Rory gegenüber keinerlei Anstalten. Keine Anspielungen auf ihre gemeinsame Zeit. Und sie schenkte ihm auch keine weiteren Flaschen Trockenbeerenauslese zum gemeinsamen Verzehr.

Wenn er sie alle unterrichtete, versuchte Annabelle nicht, mehr Aufmerksamkeit von ihm zu heischen als die anderen Kandidaten. Und wenn sie sich ein seltenes Mal außerhalb der Dreharbeiten für ESDS sahen, waren auch immer andere Kandidaten in der Nähe.

Rory stellte zufrieden fest, dass er letztlich doch weniger mit ESDS zu tun hatte, als anfangs angenommen.

Einmal pro Woche unterrichtete er die Promis ohne Kameras, ebenfalls einmal pro Woche fungierte er als Jurymitglied, wenn

in Quinn das »Abkochen« stattfand. Außerdem hatte er hier und da noch ein paar Aufgaben gestellt bekommen und einzelne Meisterkochstunden gegeben, und das hatte ihm – zu seiner eigenen Überraschung – beides riesigen Spaß gemacht. Er war in ein paar Zeitungsinterviews sowie einmal im Fernsehen in Erscheinung getreten und hatte für die Sendung geworben. Und er hatte im Cockleshell ein Abendessen für die etwas wichtigeren Investoren des Senders ausgerichtet.

Aber das war bisher alles gewesen.

Rory war sehr dankbar dafür, dass die ganze Truppe sich viel mehr auf das Trevail als auf den Trevelyan konzentrierte, denn das bedeutete, dass er mehr Zeit mit Linda verbringen konnte.

Linda hätte taub und blind sein müssen, um nicht mitzubekommen, wie die anderen alles flüsternd kommentierten, was zwischen Rory und seiner früheren Flamme passierte. Aber sie bemerkte nur achselzuckend: »Wir alle haben eine Vergangenheit. Mich interessiert nur die Gegenwart.«

»Und die Zukunft?«, fragte er.

»Hast du mir nicht gesagt, dass man sich über die Zukunft nicht zu viele Gedanken machen sollte? Dass man im Hier und Jetzt leben sollte?«

»Das soll ich gesagt haben?«, fragte er, Unschuld heuchelnd.

»Darauf kannst du wetten. Um eine Kiste französischen Burgunder.«

»Womöglich 1997er-Romanee-Conti?«

»Normalerweise lasse ich mich nicht so leicht beeinflussen.« Sie senkte den Blick, und er staunte, wie scheu sie sich immer noch geben konnte, nachdem sie doch so viele intime Stunden miteinander verbracht hatten.

»Ich kann manchmal ziemlich überzeugend sein ... wenn es sein muss ...« Er zog sie an sich.

»Es hat aber nicht nur an deinen Sachargumenten gelegen ...« Der Schalk funkelte in ihren Augen, als sie ihn ansah.

»Du willst mir jetzt doch wohl nicht etwa sagen, dass der Wein schuld war?«

»Vielleicht ... Vielleicht war es der Wein ... Oder vielleicht ...«, sie hob sich kurz auf die Zehenspitzen und küsste ihn, »... war es auch der Kuss ... oder alles zusammen. Ehrlich gesagt wäre ich am liebsten weggelaufen, als ich merkte, was ich für dich empfand, obwohl ich dich noch gar nicht richtig kannte ... Und schließlich wollte ich ja bald weiter ... Aber das, was du gesagt hast, plus der Wein, plus der Kuss ... Da hatte ich auf einmal das Gefühl, alles ist möglich.«

»Aha«, sagte er leise. »Wie Eduardo Galeano sagt: ›Wir alle sind sterblich. Bis zum ersten Kuss und dem zweiten Glas Wein.‹« Und mit diesen Worten schloss er die Arme rund um sie und küsste sie noch einmal.

Doch wie sehr er sie im Hier und Jetzt auch festhalten mochte – er rechnete täglich, stündlich, minütlich damit, dass sie ihm sagte, sie werde jetzt abreisen.

Es war ein Albtraum. Ein schaurig-schöner Albtraum.

Linda dagegen fand, ihr »Urlaubsflirt«, wie sie es manchmal lachend nannte, sei ein wunderbarer Traum. Nur eben einer, aus dem sie früher oder später leider erwachen würden.

Und der Weckruf kam früher, als sie dachten.

Die Kandidaten waren ein paar Tage in Irland gewesen, wo sie mit George und Tony sowie einem Teil der Filmcrew in einem Schloss bei Dublin gedreht hatten. Dort hatte Irlands berüchtigster, streitsüchtigster Meisterkoch ihnen so zugesetzt, dass sie sich alle nach dem Trevail und den gemütlichen Kochstunden mit Rory gesehnt hatten.

Und so lud Rory sie an dem Tag, an dem Filmcrew und Kandidaten nach Quinn zurückkehren sollten, zu einem von ihm höchstpersönlich zubereiteten Mittagessen im Cockleshell ein. Linda kellnerte, Monty half dabei, alles aufzuessen, und als sie alle satt waren, machte sich eine wunderbar zufriedene Atmosphäre breit, in der sie lange über Gott und die Welt redeten, lachten und Wein tranken.

Dann brachte Linda Kaffee und hausgemachte Pralinen, während Rory im großen Kamin ein Feuer entfachte.

Die Crew nahm die Plätze auf den Sofas und Sesseln ein, Frank und Monty setzten sich jeweils ganz außen auf die Bank mit den Seidenkissen im Alkoven gleich neben dem Kamin. Zwischen ihnen lag Sydney, den Kopf auf Franks Schoß, die Füße auf Montys. Julia saß auf einem Retro-Drehsessel und hatte die Füße hochgenommen.

Rory und Linda saßen nebeneinander und spürten ihre jeweilige Wärme. Seine Hand ruhte völlig selbstverständlich auf ihrem Bein, und ab und zu sah er sie voller Zuneigung an.

Linda ließ den Blick durch das Cockleshell schweifen. Über die Menschen, die so vertraut beieinandersaßen und sich Geschichten erzählten. Hin zu Rory. Und sie dachte, wie einfach es doch wäre, für immer zu bleiben.

Da klingelte das Telefon.

»Für dich, Linda-Baby.« Monty war wie ein trächtiges Wallaby zum Telefon gesprungen und kam nun watschelnd und mit den Händen an seiner Wampe zurück.

Rory runzelte die Stirn.

Sein Freund hatte sich im letzten Monat unglaublich verändert.

Er war fett geworden. Sein Bauch hatte die Größe eines veritablen Spoilers erreicht.

»Also, wenn du eine Frau wärst, würde ich wetten, dass du schwanger bist ...«, hatte Rory ihn bereits aufgezogen.

Monty hatte nur gelächelt und war in immer groteskeren Pullovern aufgekreuzt, von denen Rory glaubte, sie sollten Montys expandierende Plauze kaschieren. In Wirklichkeit kaufte Monty sich die Pullover aber wegen der Bauchtaschen, und zwar immer größere, damit Pimpf weiter darin abhängen konnte.

Pimpf war nämlich gar nicht mehr so pimpfig.

Pimpf war mit ihren ungefähr zwölf Wochen bald so groß wie der Tiger, für den Monty sie bei ihrer ersten Begegnung gehalten hatte.

Sie war so unglaublich groß, dass Monty überlegte, sie umzutaufen. Goliath oder Amazonien fände er jetzt viel passender, aber andererseits war der Name Pimpf angesichts ihrer Ausmaße auch schon wieder lustig.

Die rasante Verwandlung von Winzling zu Kaventsmann hatte Julias Ansicht nach damit zu tun, dass Pimpf ihrem Herrchen in Sachen Nahrungsaufnahme in nichts nachstand, sie aber leider nicht den gleichen hocheffizienten Stoffwechsel hatte wie er.

»Du mästest sie ja regelrecht!«, hatte sie Monty vorgeworfen, als sie Pimpf das letzte Mal außerhalb seiner Pulli-Bauchtasche gesehen hatte. »Damit tust du ihr bestimmt keinen Gefallen.«

»Das ist kein Fett«, hatte Monty protestiert. »Komm, fühl mal. Das sind Muskeln. Sie ist genauso rank und schlank wie ihr Herrchen.«

Zu Julias Erstaunen hatte er recht. Pimpf war der Arnold Schwarzenegger der Katzen. Aber langsam wurde sie selbst für XXL-Bauchtaschen zu groß. Wenigstens war ihr Miauen nicht mehr so piepsig und konnte glatt als Montys Bauchknurren durchgehen. Was natürlich beide dazu verleitete, noch mehr zu essen …

Immerhin hatte Monty sein Versprechen gehalten, Pimpf nicht mehr mit in die Küche zu nehmen. Sie hatten einen neuen Lieblingsplatz: Statt auf der Küchenarbeitsfläche saßen sie jetzt immer auf einem Barhocker am Tresen.

Da das Personal ihm immer wieder gerne alle möglichen Snacks brachte, waren sie mit dem neuen Platz wunderbar zufrieden.

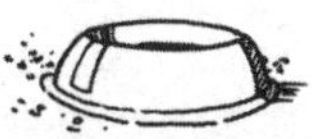

Der Einzige, der immer noch nichts von Pimpfs Existenz wusste, war Rory. Frank und Linda waren eingeweiht worden und angesichts ihr Kulleraugen dahingeschmolzen wie Butter in der Sonne. Und mit ihrem unwiderstehlichen Schnurren hatte sie selbst Woody für sich gewonnen, der sonst der Ansicht war, jedes Tier in seiner Küche schmackhaft zubereiten zu müssen. Woody nannte die Katzendame King Kong Kitty und war so verliebt in sie, dass er immer wieder die Hand in Montys Bauchtasche steckte, um sie mit Leckerbissen zu verwöhnen – was fremde Gäste wiederum für homoerotische Zuneigungsbekundungen hielten.

Pimpfs größter Fan aber war Sydney. Am liebsten hätte er sich neben sie in Montys Bauchtasche gekuschelt und sich ebenfalls regelmäßig mit allerlei Leckereien füttern lassen. Wahrscheinlich wäre er sogar leichter gewesen als die übergewichtige Katze.

Dass Rory die Existenz der Vierbeinerin noch nicht aufgefallen war, lag natürlich daran, dass er so hingerissen war von seinem Goldlöckchen Linda. Da hätte Monty eine Polonaise aus Pirouetten drehenden Zirkustieren quer durch das Cockleshell anführen können, und Rory hätte es nicht mitbekommen.

Selbst jetzt konzentrierte sich Rorys Aufmerksamkeit trotz des angeregten Gesprächs um ihn herum wieder auf Linda. Wie wunderbar melodisch ihre Stimme doch klang, wenn sie Spanisch sprach. Er verstand kein Wort, war aber wie verzaubert. Für ihn war das Musik in seinen Ohren.

»Den hat's echt schlimm erwischt«, raunte Frank Monty zu, als der sich wieder gesetzt hatte.

Pimpf nutzte Rorys Abgelenktheit aus und schlüpfte aus Montys Bauchtasche, um Sydney Guten Tag zu sagen und den großen Kopf an Franks Bein zu reiben.

»Allerdings. Wie soll das bloß werden, wenn sie irgendwann weg ist?«

»Diana meint ja, dass sie bleiben wird«, murmelte Frank und kraulte die kuschelhungrige Katze.

Doch Monty schüttelte den Kopf.

»Das glaube ich nicht.«

»Wieso?« Frank sah enttäuscht aus.

»Weil ich den Eindruck habe, dass die beiden die Sache trotz allem recht vernünftig angehen. Selbst wenn sie zu ihrer Reise aufbrechen sollte – es wird ja nicht für immer sein. Sie kann jederzeit wiederkommen.«

»Und was ist, wenn sie unterwegs jemanden oder etwas findet, der oder das sie Quinn vergessen lässt ... und meinen Sohn ...«

»Dann wäre das der Beweis dafür, dass es sich nur um einen Urlaubsflirt gehandelt hat. Wenn sie jetzt aber ihre Traumreise durchführt und sich die Welt anguckt und Rory hinterher immer noch anziehender und spannender findet als das Taj Mahal oder eine Amazonas-Exkursion, dann wissen wir, dass es ihr wirklich ernst ist ... Sei nicht so negativ, Frankie. Wenn die beiden füreinander bestimmt sind, werden sie schon wieder zusammenkommen. Sie wird wiederkommen.« Er zwinkerte dem Mann zu, der ihm fast mehr Vater gewesen war als sein eigener alter Herr. »Soll ich jetzt vielleicht noch ›Que sera, sera‹ singen?«

»Immerhin wär's die richtige Sprache.« Frank rang sich ein gequältes Lächeln ab. »Würde also gut passen.«

In der Zwischenzeit sprach Linda mit Beau, der genau wusste, wo seine Schwester am besten zu erreichen war.

»Wie geht es allen? Wie geht es Mum und Dad?«

»Die haben mich als Allererstes gefragt, wann du nach Hause kommst«, berichtete er etwas spitz. »Was das angeht, kannst du jederzeit mit einer entsprechenden Ansage von Dad rechnen. Ich habe versucht, ihm zu erklären, dass du nicht unbedingt sofort Folge leisten würdest, aber du kennst ihn ja ...«

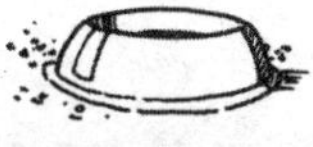

»Ja, ja. Der glaubt, ich wäre immer noch dreizehn. Er braucht sich keine Sorgen zu machen, Beau, ich bin kein Kind mehr. Sag ihnen, dass es mir gut geht, dass ich glücklich bin und dass ich irgendwann wieder nach Hause kommen werde.«

»Irgendwann ziemlich bald?«

»Da möchte ich mich lieber nicht festlegen. Kannst du es nicht bei ›irgendwann‹ belassen?«

»Das bezweifle ich, aber ich werd's versuchen. Was hast du denn nun vor, Kleine? Selbst, wenn du einfach nur in England bleiben willst, solltest du vielleicht demnächst wenigstens mal kurz nach Hause kommen und mit Mamá und Papá reden, sie beruhigen. Du weißt doch, was für Sorgen sie sich machen.«

»Ich bleibe nicht für immer hier, Beau.«

»Du willst also immer noch reisen?«

»Ja. Aufgeschoben ist nicht aufgehoben.«

»Dann sieh mal zu, dass du in die Puschen kommst. Und unsere Eltern sind vielleicht etwas altmodisch, aber nicht doof, Linda. Sie wissen genau, warum du bei mir bleiben wolltest ... Und haben es zugelassen, ohne viele Fragen zu stellen. Aber jetzt wundern sie sich, wieso du immer noch in Cornwall bist und nicht längst auf Umwegen Richtung Spanien unterwegs.«

»Und? Hast du es ihnen gesagt?«

»Was? Das mit Rory? Nein, nicht so richtig. Das musst du ihnen schon selbst sagen. Aber ich habe eine Andeutung gemacht, nachdem der Mann, der eigentlich dein Freund sein sollte, offenbar deiner Schwester Inez recht zugetan ist ...«

»Inez und Javier? Großartig! Unser Plan funktioniert also?«

»Wie geschmiert. Ich hoffe, du sitzt. Die beiden wollen nächstes Jahr im Frühling heiraten.«

»Das ist nicht dein Ernst!« Linda war begeistert.

»Nein, natürlich nicht.« Beau lachte. »Du weißt doch ganz genau, dass Inez sich schon immer gewünscht hat, im Herbst zu heiraten.«

»Beau! Hör auf damit! Jetzt mal ehrlich: Die beiden mögen sich?«

»Das kann man wohl sagen. Papá hat sie heute Morgen hinter den Ställen beim Knutschen erwischt. Da hatte er dann ein paar Fragen, wie du dir vorstellen kannst. Wie schaffst du es eigentlich immer wieder, genau das zu bekommen, was du willst, Schwesterherz?«

Linda lachte und seufzte gleichzeitig.

»*Immer* stimmt nun auch nicht ganz ...«

»Oha. Was ist los, Kleines?«

Linda schwieg einen Moment. Sah sehnsüchtig hinüber zu Rory, der sehnsüchtig lächelnd antwortete.

»Beau? Was macht man, wenn die beiden Dinge, die man sich am allermeisten auf der Welt wünscht, nicht zusammenpassen?«

Jetzt war es Beau, der seufzte.

»Die Antwort ist leider ganz einfach, Linda: Dann musst du dich für eins entscheiden.«

Erst nach Mitternacht löste sich die kleine Partygesellschaft auf. Die Crew kehrte ins Hotel zurück. Frank trug den bereits schlafenden Sydney ins Bett. Monty war im Sitzen auf der Bank eingeschlafen und schnarchte mit offenem Mund.

Während Rory die Gläser wegräumte, stand Linda auf der Veranda und sah übers Wasser. Ein Schiff bewegte sich im Mondschein auf den Horizont zu. Auf dem Weg zu fremden Ufern, die auch sie immer noch riefen. Quinn war nur der Anfang gewesen – und jetzt war sie bereits am Anfang stehen geblieben.

Sie fühlte sich wie das den Gezeiten unterworfene Meer, hin- und hergerissen von ein und derselben Kraft. Ein Teil von ihr sagte, wenn sie bei Rory bleiben wollte, dann sollte sie das eben tun. Ein anderer Teil wusste, wenn sie jetzt hierbliebe, dann war

die Wahrscheinlichkeit groß, dass sie ihre Traumreise nie mehr antrat. Und wenn das passierte, würde ihr das auch das Herz brechen.

Dann stand auf einmal Rory hinter ihr, die Hände rechts und links von ihr am Geländer abgestützt. Seine Wärme an ihrem Rücken gab ihr Kraft.

»Du denkst über deine Reise nach, hm?«

Sie nickte, drehte sich zu ihm um, schlang die Arme um seine Taille und sah zu ihm hinauf. Nun sagte sie doch das, was sie sich geschworen hatte, nicht zu sagen:

»Komm doch mit.«

Er seufzte lang und tief.

»Ich wünschte, ich könnte.«

»Aber wenn du doch möchtest – warum kannst du dann nicht?«

»Das weißt du doch, Linda …«

Sie nickte, dann lehnte sie den Kopf an seine Brust.

»Warum konntest du denn nicht an meiner letzten Station auf mich warten, statt an meiner ersten?«

»Ich kann doch an beiden auf dich warten.«

»An beiden?« Linda löste sich und sah zu ihm auf.

»Na ja. Offenbar sind wir uns ja einig, dass du jetzt erst mal nicht hierbleibst. Vielleicht könnten wir uns dann ja auch darauf einigen, dass du, wenn du deine Wanderlust befriedigt hast, England, Cornwall, Quinn und mich zu deiner letzten Station machst …« Er zog sie fest an sich.

»Natürlich komme ich wieder. Das ist doch gar keine Frage.«

»So natürlich ist das nicht. Du hattest doch eigentlich nie vor, so lange hierzubleiben. Aber die Dinge ändern sich. Pläne ändern sich. Das Leben geht weiter … Du lernst neue Länder, Städte und Menschen kennen. Alles ist ständig im Fluss, Linda.«

»Willst du damit sagen, dass du unsere Beziehung tatsächlich für einen Urlaubsflirt hältst?«

»Glaubst du, wir wären jetzt da, wo wir sind, wenn wir uns im ganz normalen Leben begegnet wären?«

Ihr Blick war so fest und aufrichtig, dass er ihm als Antwort genügt hätte. Doch ihre unterstreichenden Worte freuten ihn.

»Selbstverständlich glaube ich das.«

»Ich auch. Und das bedeutet, dass wir uns überhaupt keine Sorgen zu machen brauchen. Wir werden diesen Weg weiter zusammen gehen – auch wenn sich unsere geografischen Wege vorübergehend trennen.«

Linda war schon ins Bett gegangen, und Rory hatte ihr versprochen, gleich nachzukommen, wenn die Reste des Kaminfeuers verglommen wären.

Er war nicht allein.

Monty saß immer noch schnarchend auf der Bank.

Pimpf hatte sich auf Rorys Schoß zusammengerollt und schnurrte, während sie ausgiebig gestreichelt wurde.

Monty rührte sich.

»Verschwinde mal besser wieder in der Bauchtasche von deinem Herrchen«, raunte Rory. »Ich möchte ihn doch nicht in seinem naiven Glauben erschüttern, ich wüsste nichts von dir ...«

Pimpf sah aus ihren schönen Katzenaugen zu ihm auf.

»Na, los. Mach's dir wieder bei Monty dem Lügner bequem.«

Pimpf gehorchte. Sie stapfte auf Montys Oberschenkel und Bauch herum, bis sie es zurück in seine Bauchtasche geschafft hatte, wo sie sich mit einem Seufzer niederließ.

Das Gepikse der scharfen Krallen weckte Monty natürlich.

»Alles klar, Monty?« Rory konnte sich ein Grinsen kaum verkneifen. »Du guckst so komisch. Tut dir was weh?«

»Nein, nein!«, quietschte Monty.

»Sicher?«

»Nur ein bisschen Bauchkneifen ... Hab wohl zu viel gegessen ... Wie üblich ...«

»So siehst du auch aus. Als hättest du dich überfressen.«

Monty konnte seinen Freund nicht anlügen und war deshalb gerade ganz auf ein Geständnis eingestellt, als er auf dem Tisch vor Rory etwas liegen sah.

Etwas, das Rory die letzten Tage immer in der Tasche mit sich herumgetragen hatte und von dem keiner außer Frank etwas wusste. Etwas, das er vor sich auf dem Tisch platziert hatte, nachdem Linda ins Bett gegangen war. Um darüber nachzudenken.

»Ist das das, wofür ich es halte?« Monty kniff die Augen zusammen, um in dem schwachen Licht besser zu sehen.

Rory nickte, nahm die kleine schwarze Schachtel und reichte sie seinem Freund.

»Wow.« Monty richtete sich auf, nahm die Schachtel, schirmte in Erwartung, geblendet zu werden, mit der Hand die Augen ab und öffnete den Deckel. Dann runzelte er überrascht die Stirn.

»Was ist das?«

»Wie sieht es denn aus?«

»Äh – wie eine SIM-Karte?«

»Hundert Gummipunkte. Aber das ist nicht einfach nur eine SIM-Karte. Das ist eine Prepaid-Karte inklusive Auslands-Roaming. Damit kann sie mich von überall aus der Welt anrufen, ohne dass es sie einen Penny kostet ...« Rory lachte, als er das Gesicht seines Freundes sah. »Du hattest wohl was anderes erwartet?«

Monty grinste, dann lachte er.

»Für Linda?«

»Ja, sicher.«

»Dann hatte ich in der Tat etwas anderes erwartet. So, wie es dir zurzeit geht, und dann diese kleine schwarze Schachtel und so ...«

Rory fasste in die Tasche seiner Jeans, zog die geschlossene Faust wieder hervor und öffnete sie langsam. Auf seiner Handfläche lag ein antiker Ring mit einem einzelnen Diamanten.

»Hattest du eher so etwas erwartet?«

»Uh, ja. Allerdings.«

»Den hat mein Vater mir gegeben ... zusammen mit seinem Segen ... Der gehörte mal meiner Mutter.«

»Ich weiß. Ich kann mich noch dran erinnern.« Monty lächelte melancholisch. »Du willst es also wirklich tun.«

»Du wirkst nicht sonderlich überrascht.«

»Bin ich auch nicht. Wann willst du sie fragen?«

»Morgen ... Das heißt heute, ist ja schon heute, oder?«

»Bestimmt.«

Dann schwiegen sie eine Weile.

»Meinst du, ihr wird das zu schnell gehen?«, fragte Rory schließlich.

Monty zuckte die Achseln.

»Du kennst mich. Alles ist relativ. Aber ich finde in der Tat, dass das ziemlich schnell geht. Bist du dir wirklich ganz sicher?«

»Ich bin mir noch nie in meinem Leben sicherer gewesen.«

»Und du machst das nicht, um sie zum Hierbleiben zu überreden?«

»Natürlich nicht. Und so, wie ich Linda kenne, wird das eher noch ein Grund für sie sein, jetzt endlich abzureisen ...«

»Aber nicht, dass du sie damit vergraulst!«

»Nein!«, lachte Rory. » Das will ich jedenfalls nicht hoffen. Ich glaube, wenn sie sich hundertprozentig sicher sein kann, dass es mir mit einer gemeinsamen Zukunft ernst ist ... was sollen uns dann ein paar Monate der Trennung anhaben? Solange ihr Herz sie am Ende wieder hierher zurückträgt. Zurück zu mir.«

– 27 –

Für Rory begann der nächste Tag mit außerordentlich gemischten Gefühlen.

Er war spät ins Bett gekommen und hatte kaum geschlafen vor lauter Aufregung und Nervosität. Am liebsten hätte er Linda sofort geweckt und gefragt. Aber etwas in ihm sagte ihm, dass er diese Frage schließlich nur ein einziges Mal in seinem Leben stellen würde und er deshalb alles richtig machen sollte.

Obwohl er sich vollkommen sicher war, dass sie Ja sagen würde. Die Frau, die klargestellt hatte, dass sie sich noch nicht binden wollte. Aber er wusste, sie würde verstehen, dass er sie nicht fragte, um sie aufzuhalten, sondern um sie gehen zu lassen.

Als er endlich eingeschlafen war und süß träumte, wachte er davon auf, dass im Zimmer unter ihm das Telefon seines Vaters klingelte.

Und keine halbe Stunde später klopfte es ganz leise an die Tür. Vorsichtig, um nicht auch noch Linda zu wecken, stand Rory auf und zog sich eine Jeans an.

Es war Frank. Er war leichenblass, als hätte er ein Gespenst gesehen.

»Dad?«, sagte Rory besorgt.

Franks Hände zitterten.

»Sie kommt, Rory. Nun ist es so weit. Consuela. Heute. Sie ist auf dem Weg.«

Als Linda aufwachte, war das Bett neben ihr leer. Es war das erste Mal seit einem Monat, dass sie alleine aufwachte.

Weshalb sie sich auch gleich fragte, ob das wohl ein Omen für ihr heutiges Vorhaben war.

Sie duschte, zog sich an und ging hinunter. Das Haus war ihr inzwischen so vertraut. Fast wie ein Zuhause.

Sie wusste genau, wo sie ihn finden würde.

In der Küche, seinem Heiligtum, seinem Refugium.

Aber ebenfalls zum ersten Mal seit einem Monat irrte sie.

Durch die Glastüren sah sie ihn auf dem Balkon in der Sonne sitzen und nachdenklich zum Meer blicken.

Traurig.

Linda beschloss, ihn zu trösten. Und zwar so, wie er es auch tun würde.

Sie würde Frühstück machen.

Als sie zwanzig Minuten später den Balkon betrat, hatte er sich keinen Zentimeter gerührt.

Er sah zu ihr auf, als sie das Tablett vor ihm abstellte.

Linda war keine begnadete Köchin und hatte einfach nur Tee und Eier gekocht und etwas Weißbrot getoastet. Die knusprigen Scheiben hatte sie zu Herzen geschnitten.

Consuelas Ankunft war an diesem Frühlingstag genauso spektakulär wie einst. Aber auch ein klein wenig beängstigend.

Mit gemischten Gefühlen sah Rory sie zur Tür hereinkommen. Damals, als sie und sein Vater sich kennengelernt hatten, war sie wirklich nett zu ihm gewesen, und normalerweise behandelte Rory seine Mitmenschen so, wie sie ihn behandelten. Außerdem fand er, dass sich jeder seine eigene Meinung zu anderen Menschen bilden sollte, aber gleichzeitig merkte er selbst, wie die gute Meinung, die man von jemandem hatte, ganz schnell ins Wanken geraten konnte, sobald dieser die Gefühle eines geliebten Menschen verletzte. Sobald dieser einen geliebten Menschen *erpresste*.

Als Frank sie hereinkommen sah, verwandelten sich seine Knie in Wackelpudding. Über drei Monate hatte er sie überhaupt nicht gesehen und in den Monaten davor nur sehr wenig.

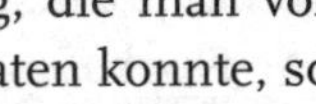

Und wie immer sah sie umwerfend gut aus.

Eine richtige spanische Chica Bonita, mit glänzenden schwarzen Haaren, karamellfarbenem Teint, schwarz blitzenden Augen und der Figur von Jessica Rabbit.

Doch auch Frank Trevelyan war schon immer ein gut aussehender Mann gewesen. Zwar nannten die jungen Kellnerinnen im Cockleshell ihn »Silberfuchs«, aber das hinderte sie nicht daran, dennoch heftig mit ihm zu flirten. An ihm prallte das die meiste Zeit ab, zumal er davon ausging, dass sie das nur taten, um einen alternden Mann aufzuheitern. Ihm war nie bewusst gewesen, wie attraktiv er eigentlich war. Er hatte sich gar gefragt, wieso eine Schönheit wie Consuela sich überhaupt für ihn hatte interessieren können, ganz zu schweigen davon, ihn zu heiraten.

Und jetzt war sie so unnahbar wie die Sonne.

Und doch würde man sich an ihr verbrennen, wenn man nicht aufpasste.

Aber dieses Mal galt seine Sorge nicht sich selbst, sondern Sydney.

Niemand hatte mit ihr gerechnet, doch da sie gehört hatte, dass das Geld für sie bereitlag, war sie mitten in der Nacht ins nächste Flugzeug gestiegen und hatte auf dem Weg zum Flughafen angerufen, um ihre unchristliche Ankunftszeit zu vermelden. Sie sagten Edwin Bescheid, der sich sofort auf den Weg nach Quinn machte, und nahmen seinen Rat, »ihr ihren Aufenthalt so angenehm wie irgend möglich zu gestalten«, sehr ernst: Sie baten Brian, sie vom Flughafen abzuholen und zum Quinn Castle zu bringen – der Besitzer war ein Cousin von Monty und schuldete diesem noch einen Gefallen.

Brian wurde außerdem beauftragt, sie am Hotel abzuholen und zu ihrem Gesprächstermin um zwölf zu bringen, doch da die Gute sich offenbar nicht recht entscheiden konnte, welche

Lippenstiftfarbe es sein sollte, ließ sie ihren Fahrer und ergo alle im Cockleshell auf sie wartenden Gesprächsteilnehmer zwanzig Minuten schmoren. Entsprechend wenig begeistert schauten Frank, Rory und Monty drein, als endlich ihre Absätze über den Steinboden klackerten.

»Soll ich ihr anbieten, ihren Besen zu parken?« Monty zwinkerte Rory zu, der so verkniffen guckte, dass er Montys Meinung nach ein bisschen Auflockerung gebrauchen konnte.

Rory verzog keine Miene, sodass Monty sich ausnahmsweise mal zu gutem Zureden hinreißen ließ.

»Es wird schon schiefgehen, Kumpel. Wir kriegen eine Unterschrift, sie kriegt einen Haufen Kohle, und dann kann Sydney für immer bei uns bleiben. Ganz einfach.«

Einfach.

Rory bezweifelte, dass dieser Begriff in Consuelas Wortschatz existierte.

Frank und Consuela hatten sich einst im Cockleshell kennengelernt. Frank war zwischendurch ein paar Mal zu Besuch gewesen, aber Consuela seither nicht mehr.

Sie sah sich um. Aus dem verstaubten Hafenpub war ein schickes, erfolgreiches Restaurant geworden. Sie nickte anerkennend.

»Hier hat sich viel verändert«, sagte sie zu Rory, ohne ihn überhaupt zu begrüßen. Als sei sie nicht vor ein paar Jahren, sondern vor wenigen Minuten zum letzten Mal hier gewesen.

»Du sollst dich auch verändert haben«, entgegnete er ungewöhnlich kalt.

Sie betrachtete ihn wie vorher den Pub und nickte noch einmal. Einen herzlichen Empfang hatte sie auch nicht erwartet.

»Gut. Sollen wir zum Geschäftlichen kommen?«

Rorys gesamtes Gesicht legte sich in Falten.

»Zum Geschäftlichen?«

Sie wollten über die Zukunft ihres Sohnes sprechen und sie

nannte das »das Geschäftliche«? Als handelte es sich um irgendeine verdammte Unternehmensentscheidung?

Franks Miene ließ auf ähnliche Empörung schließen. Ihn hatte Consuela lediglich mit einem kurzen Nicken begrüßt.

Doch beide Männer schwiegen still und bissen sich fast die Zunge ab. Geleiteten Consuela aus dem Restaurant hinauf ins Büro, wo Edwin sie nach seiner halsbrecherischen Bleifußfahrt mit der Brille auf der Nasenspitze und gefalteten Händen hinter Julias Schreibtisch erwartete.

Misstrauisch beäugte Consuela ihn.

»Wer ist das?«, wollte sie wissen und kniff die Augen zusammen.

Edwin erhob sich aus Julias ledernem Bürostuhl und reichte ihr die Hand.

»Edwin Brown. Ich bin Mr Trevelyans Rechtsanwalt, Mrs Trevelyan.«

»Ms Flores«, korrigierte sie steif.

»Selbstverständlich, Ms Flores ... Nehmen Sie doch bitte Platz, Ms Flores.« Er deutete auf einen Stuhl auf der anderen Seite des Schreibtisches.

Consuela war von der Anwesenheit des gepflegten Edwin völlig überrumpelt und ließ sich auf dem Stuhl nieder, als erwartete sie, es handele sich dabei um einen Schleudersitz, der sie umgehend und unangespitzt erst durch die Dachkonstruktion und anschließend ins Meer befördern würde.

Auf dem aufgeräumten Schreibtisch vor Edwin lagen lediglich zwei Mappen. In der einen lag ein Scheck über zwanzigtausend Pfund, in der anderen die Sorgerechtsunterlagen, die sie unterschreiben musste.

Edwin wusste genau, was er ihr als Erstes zeigen würde.

Er klappte die eine Mappe auf, um sie den Scheck sehen zu lassen. »Das ist der Scheck über den Betrag, den Sie bekommen, sobald sie unterschrieben haben«, erklärte er und schob die

Mappe verführerisch nah zu ihr hinüber. »Und das« – er öffnete die zweite Mappe und holte einige Papiere heraus – »sind die Formulare, die Sie unterschreiben müssen, bevor ich Ihnen den hier« – er schob den Scheck noch näher an sie heran – »überreichen kann.«

Consuela bekam Stielaugen und begann, die Nullen zu zählen, doch da zog er den Scheck wieder zurück und schob ihr die Formulare hin.

»Wenn Sie also bitte so freundlich wären, hier, hier und hier zu unterschreiben ...« Er blätterte in den Papieren und deutete auf die entsprechend markierten Stellen. »Dann kann ich Ihnen umgehend die erste Rate überreichen.«

Edwin holte einen Füller aus der Innentasche seines Sakkos und reichte ihn ihr.

Consuela nahm ihn.

Betrachtete die Unterlagen, die bereits Franks Unterschrift trugen und darauf warteten, dass auch sie neben den Kreuzen unterzeichnete.

Sah sich in dem schicken Büro um, das damals ein ziemlich spartanisches, auch als Abstellkammer dienendes Gästezimmer gewesen war.

Sah Edwin in seinem maßgeschneiderten Anzug von Saville Row, den Apple-Computer auf dem Schreibtisch, die neuen Fenster, den neuen Teppich, die Designermöbel, Rorys Hugo-Boss-Schuhe, den Montblanc-Füller in ihrer Hand ... und Frank, der auf einmal sehr blass und alt wirkte.

Sie legte den Stift wieder hin.

Lächelte zuckersüß.

Und sagte wie selbstverständlich:

»Ich hätte bitte gerne etwas mehr Geld.«

Rory klappte die Kinnlade herunter. Franks Gesichtsfarbe wechselte von blass zu aschfahl. Als er anfing zu sprechen, kam nicht mehr als ein Flüstern hervor.

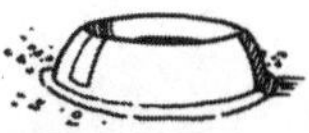

»Du hast alles bekommen, was ich hatte, Consuela. Mehr habe ich nicht …«

»Für wie blöd hältst du mich eigentlich?« Verschwunden war das Lächeln. Ihr Blick war finster. »Sieh dich doch mal bitte um, Frank. Der Schuppen hier dürfte inzwischen so viel wert sein, dass die paar Kröten, die du mir abtreten willst, dagegen Peanuts sind.« Er hob an, etwas zu sagen, doch sie brachte ihn mit einer Bewegung ihrer perfekt manikürten Hand zum Schweigen. »Egal, was du sagen willst, ich weiß, dass die Hälfte von all dem hier immer noch dir gehört. Und ich bin deine Frau. Und was dir gehört, gehört auch mir. Ich verlange nur das, was mir rechtmäßig zusteht. Ach, was, noch nicht mal. Genau genommen bin ich sogar noch richtig bescheiden.«

»Bescheiden! Wenn das Cockleshell tatsächlich etwas wert ist, dann nur, weil Rory etwas daraus gemacht hat, seit wir hier verschwunden sind. Mit mir hat das überhaupt nichts zu tun. Ich habe schon mehr als genug für meinen Anteil bekommen. Oder was meinst du wohl, woher das Geld für die Wohnung auf Ibiza kam? Was meinst du, woher die fünfzigtausend kamen? Ich habe mit dem Cockleshell seit sechs Jahren nichts mehr zu tun. Als ich damals mit dir wegging, war der Laden so gut wie pleite! Ich werde meinen Sohn nicht um noch mehr Geld bitten, das kannst du vergessen, klar?«

»Klar. Dann werde ich auch nicht diese Papiere unterschreiben. Ich werde weder dem Sorgerechtsantrag noch einer Adoption zustimmen und meinen Sohn mit zurück nach Spanien nehmen.«

Kaum hatte sie das ausgesprochen, wurde Frank ganz still und sah sie einen Moment nachdenklich an. Sein Blick war so direkt und unverblümt, dass er sie ein klein wenig verunsicherte.

»Wenn du ihn bei dir haben möchtest, dann sollte er auch bei dir sein«, sagte er schließlich mit sanfter Stimme.

Überrascht blinzelte sie ihn an.

»W-was?«

»Wenn du Sydney mit zurück nach Spanien nehmen möchtest, dann solltest du das tun.«

Das verschlug ihr einen Moment die Sprache.

Als sie sich wieder gefasst hatte, klang sie gar nicht mehr empört, sondern verunsichert.

»Willst du damit sagen, dass du ihn nicht mehr willst?«

Er hätte das Spiel noch weiterspielen und bluffen können. Aber dazu war Sydney Frank einfach zu wichtig.

»Nein.« Er schüttelte den Kopf. »Nein, das will ich damit ganz bestimmt nicht sagen. Ich liebe den Jungen wie meinen eigenen Sohn, und das weißt du auch. Ich möchte, dass er hierbleibt. Wir alle wollen das.« Er hielt inne und sah zu Rory, der ihm bekräftigend zunickte. »Ich möchte ihm ein Vater sein, wir wollen ihm hier eine Familie sein, soweit uns das möglich ist, aber du bist nun mal seine Mutter. Wenn du ihn wirklich mitnehmen willst, werde ich dich nicht aufhalten. Wenn du ihm Mutter sein und dich um ihn kümmern willst, dann ist es gleich, was ich will, denn der Junge gehört in erster Linie zu dir.«

Rory meinte ein Flackern in Consuelas Augen zu sehen, das nichts mit Gefühlskälte und Berechnung zu tun hatte.

»Du würdest ihn gehen lassen?«, fragte sie.

»Natürlich. Wenn ich der Meinung wäre, dass es das Beste für ihn ist. Und ich würde euch beide auch nicht im Stich lassen. Wenn du den Jungen nur deshalb nicht bei dir haben willst, weil du meinst, dir das nicht leisten zu können, dann werde ich dich finanziell unterstützen. Versprochen.« Er zeigte auf Edwin. »Er wird schon einen entsprechenden Schriftsatz verfassen. Was immer du willst, ich bin dabei. Ich will nur das Beste für Sydney.«

Consuela wandte sich ab. Rory und Edwin hielten die Luft an und zählten bis dreizehn, erst da drehte sie sich wieder um. Und da war sie wieder, die kalte Maske der Gleichgültigkeit.

»Wenn du das Beste für Sydney willst, dann gib mir, was ich haben will.«

»Und was genau wäre das, Ms Flores?« Edwin sprach die Frage aus, die sie sich alle im Stillen stellten.

»Ich will die fünfzigtausend, die mir bereits zugesagt waren. Und zwar sofort. Nicht einen Teil jetzt und den Rest später, damit wollt ihr mich doch nur unter Druck setzen. Ich will alles auf einmal, Frank, verstanden? Und dann unterschreibe ich das da.« Verächtlich schob sie die Papiere von sich weg. »Sydney kann bei dir bleiben. Aber für die Zustimmung zur Adoption will ich noch mal so viel.«

»Noch mal fünfzigtausend?«, entfuhr es Rory.

Sie drehte sich zu ihm um.

»Wenn ihr Sydney hierbehalten wollt, ja.«

»Und wenn du das Geld nicht bekommst?«

Ihre Antwort richtete sie an Frank.

»Dann werde ich zur Polizei gehen und sagen, dass du Sydney ohne meine Zustimmung aus Spanien entführt hast und dass ich ihn jetzt, wo ich ihn wiedergefunden habe, mit mir nach Hause nehmen möchte. Und dann werde ich mit der Polizei hierherkommen und ihn dir wegnehmen.« Sie hatte mit jedem Wort lauter gesprochen, bis sie bemerkte, wie mehrere Augenpaare sie entsetzt ansahen, nachdem die dazugehörigen Ohrenpaare sehr aufmerksam zugehört hatten.

Sie stand auf, nahm Frank beim Arm, zog ihn mit sich von den anderen weg und sprach leise weiter:

»Ich bin kein schlechter Mensch, Frank, wir wissen beide, dass der Junge es bei dir besser hat als bei mir. Und ich will dir den Gefallen gerne tun. Es ist ganz einfach. Du musst mir nur geben, was ich will, dann bekommst auch du, was du willst.«

Frank hatte die Fäuste so fest geballt, dass seine Fingernägel in die Handflächen einschnitten. Seine Stimme aber klang unglaublich beherrscht.

»Du weißt, dass ich Sydney gerne bei mir behalten möchte. Aber mehr Geld kann ich dir nicht geben.«

Sie ignorierte die letzte Info und wandte sich den anderen zu.

»Damit das ganz klar ist: Entweder bekomme ich einen Scheck über fünfzigtausend ...« Sie hielt kurz inne, und Frank hätte schwören können, einen Anflug schlechten Gewissens in ihrem Blick sehen zu können. Doch sie schluckte nur und fuhr fort: »Oder ich reise heute noch ab und nehme den Jungen mit, und du wirst keinen von uns jemals wieder sehen. Wenn du tust, was ich sage und mir gibst, was ich haben will, bleibe ich noch so lange, wie es nötig ist, um alles so zu regeln, dass auch du bekommst, was du willst. Verstanden?«

Frank nickte widerwillig.

»Gut. Du gibst mir das Geld. Ich unterschreibe den Sorgerechtsantrag. Und damit du Sydney später auch adoptieren kannst, werde ich jedem, der es deiner Meinung nach hören soll, erzählen, dass wir drei eine superglückliche Familie sind und dass ich mich sehr darauf freue, dass Sydney bald endlich dein richtiger, rechtmäßiger Sohn wird. Sobald die Adoptionsunterlagen fertig sind, werde ich auch die ohne Murren und Knurren unterschreiben, aber das wird dich noch einmal so viel kosten. Das ist nur fair, Frank. Ich habe dir sechs Jahre meines Lebens geschenkt. Sieh dir doch mal an, was du hier hast, die Hälfte davon gehört rechtmäßig dir, und die Hälfte davon wiederum eigentlich mir. Aber so viel will ich gar nicht haben. Ich will nur noch mal fünfzigtausend. Ich finde das ziemlich fair, und ich bin sicher, wenn du erst mal darüber nachdenkst, wirst du mir zustimmen.«

Dann schwieg sie.

Wusste nicht, was sie noch sagen sollte.

Die anderen schwiegen auch.

Auch Edwin sagte kein Wort. Er beobachtete sie nachdenklich.

»Und jetzt möchte ich gerne gehen«, verkündete sie, als das Schweigen unerträglich wurde. »Heute Nachmittag komme ich wieder, um das restliche Geld zu holen. Ihr sagt mir Bescheid, wann genau ich hier sein soll. Sobald ich das Geld habe, unterschreibe ich das da.« Sie machte eine verächtliche Kopfbewegung in Richtung der Formulare auf dem Schreibtisch, drehte sich um und marschierte hinaus, ohne sie noch mal seines Blickes zu würdigen.

Gelähmt vor Entsetzen sah Frank ihr nach, dann wandte er sich dem nicht weniger entsetzt aussehenden Edwin zu, doch noch bevor er etwas sagen konnte, schaltete Rory sich ein, der es nicht ertragen konnte, seinen Vater so unglücklich zu sehen.

»Ich werde das Geld schon auftreiben, Dad ...«

»Nein. Vergiss es, Rory. Das möchte ich nicht ... Das geht nicht, Edwin ... Ich habe das Geld nicht ... Aber was mache ich denn bloß mit Sydney ...« Verzweifelt schloss Frank die Augen, rieb sich mit beiden Händen das Gesicht und fuhr sich durch die Haare, dass sie wild zu Berge standen.

Doch als er Edwin wieder ansah, hatte der ein herzliches, aufmunterndes Lächeln aufgelegt.

»Setzen Sie sich, mein Freund ... bitte. Setzen Sie sich.«

Frank kam seiner Aufforderung nur zögerlich nach.

Edwin sah ihn so direkt an, dass Frank ein klein wenig Hoffnung schöpfte.

»Ich hatte versprochen, Ihnen durch diese Angelegenheit zu helfen, und was ich versprochen habe, halte ich auch. Ms Flores spielt ein schmutziges Spiel, was ich aber nach allem, was Sie, Diana und Rory mir von ihr erzählt haben, eigentlich erwartet hatte. Machen Sie sich keine Sorgen. Auch ich kann Spielchen spielen, und glauben Sie mir, ich habe mehr Erfahrung und hatte bereits deutlich begabtere Taktiker zum Gegenspieler als die bezaubernde Ms Flores. Seit unserem ersten Gespräch im

Poseidon House habe ich in aller Diskretion ein paar Nachforschungen über die ehemalige Mrs Trevelyan angestellt ... Und ehrlich gesagt, hat sie uns einen enormen Gefallen getan, indem sie uns ein paar Stunden Zeit gegeben hat ... Das war unter Umständen genau das, was wir brauchten, um die ganze Sache doch noch zu Ihren Gunsten ausgehen zu lassen, Frank.«

– 28 –

Linda war früher als erwartet zurück aus Truro. Doch statt wie sonst, wenn sie ein paar Stunden von ihm getrennt war, sofort ins Cockleshell zu eilen, steuerte sie erst noch das kleine Café am Stadtrand von Quinn an, bestellte sich eine Tasse Kaffee und setzte sich ans Fenster. Von dort hatte man einen wunderbaren Blick über den Fluss. An den Bojen waren Boote festgemacht, und am gegenüberliegenden Ufer, wo die Zweige der Weiden bis ins Wasser hingen, tauchten Wasservögel nach Fischen, die sich im Schatten der Bäume versteckten.

Hier konnte man so wunderbar essen und nachdenken. Rory hatte sie an ihrem ersten gemeinsamen Morgen zum Frühstück hierher ausgeführt. Zwar wollten sie zusammen zu Beau und Pip gehen, hatten aber auch beide nichts dagegen gehabt, diesen Antrittsbesuch ein wenig hinauszuzögern.

Damals hatten sie Rührei auf Toast bestellt und dann keinen Bissen davon gegessen, sondern nur über den Tisch hinweg Händchen gehalten, sich einfältig angelächelt und der wunderbaren Aussicht keinerlei Beachtung geschenkt.

Genauso war es auch heute. Linda ließ den Kaffee vor sich kalt werden, während sie unentwegt auf ihre Hände starrte. Oder genauer gesagt auf das, was sie in der Hand hielt.

Für die anderen Gäste, die die melancholisch dreinblickende, attraktive junge Frau beobachteten, waren es einfach nur irgendwelche Papiere.

Aber es waren nicht irgendwelche Papiere.

Es waren Unterlagen, die ihr Leben verändern würden.

Es waren Fahrkarten und Flugtickets.

Mit gemischten Gefühlen war sie ins Reisebüro gegangen,

hatte sich für ihr erstes Ziel und das Abreisedatum entschieden und bezahlt.

Sie hatte Rory nicht erzählt, was sie in der Stadt vorhatte, und er war morgens so abgelenkt gewesen, dass er keine Fragen gestellt hatte. Sie war sich sicher, dass er es wusste.

Jeder Kuss fühlte sich bereits an wie ein Abschiedskuss.

»Ich komme wieder«, versicherte sie ihm so oft, dass er sie bereits scherzhaft »Arnie« nannte.

»Ich habe eine Überraschung für dich«, hatte er ihr am Morgen beim Frühstück mit dem gleichen selig-traurigen Lächeln gesagt, das auch ihr Gesicht jetzt zierte. »Wir treffen uns um Punkt acht im Trevail, okay?«

»Was für eine Überraschung?«

»Das wirst du sehen, wenn du pünktlich um acht da bist.«

»Willst du mir nicht einen winzigen Tipp geben?«

In seinem Blick war etwas Schalkhaftes aufgeblitzt.

»Ich weiß jetzt endlich, welches Versprechen ich dir abnehmen möchte.« Mehr wollte er nicht verraten.

Da konnte sie sich auf den Kopf stellen und mit den Ohren wackeln.

Und sie hatte jetzt beschlossen, nach der Pflastermethode vorzugehen: Man musste es mit einem Ruck abreißen, dann tat es am wenigsten weh. Darum würde sie bereits morgen abreisen.

Sie hätte laut lachen und jubilieren mögen vor Freude.

Sie hätte sich in einer Ecke zusammenrollen und die Augen aus dem Kopf heulen mögen.

Doch ganz gleich, ob sie sich für Lachen oder Weinen entschied: Morgen war es so weit. Morgen würde sie ihre große Reise antreten.

Rory wollte alles perfekt vorbereiten. Wollte im menschenleeren Trevail auf der Veranda einen Tisch für zwei decken und eine Flasche 1997er-Romanee-Conti bereitstellen.

Aber daraus war nichts geworden.

Zwar hatte Edwin ihnen mehrfach versichert, dass alles zu ihrem Vorteil ausgehen würde, aber trotzdem kam es Rory falsch vor, sich um sein eigenes Glück zu kümmern, wenn sein Vater und Sydney so kurz vor dem Abgrund standen.

Frank hatte Sydney zu Diana gebracht, wo Geraldine, Trevor und Bob, der Papagei, auf ihn aufpassten. Er selbst lief im Cockleshell herum wie ein Schluck Wasser in der Kurve, wollte gerne hier und da helfen und war doch nur im Weg.

Sein Sohn befand sich in einem ganz ähnlichen Zustand in der Küche. Er hatte wieder mal Woody gebeten, die Abendschicht zu übernehmen, und saß tatenlos genau da auf der Arbeitsfläche, wo Monty immer gesessen hatte, bevor Pimpf in sein Leben getreten war. Ab und zu gab er wenig hilfreiche Anweisungen von sich, die Monty mit einem Seufzen quittierte.

»Was machst du, Rory?«, wollte Frank wissen, als er hereinkam.

»Nichts.«

»Stimmt genau. Und was solltest du jetzt eigentlich gerade machen?« Frank zeigte auf die Wanduhr. Es war kurz vor vier.

»Ich weiß, aber Sydney ... Consuela ...« Verzweifelt hob Rory die Hände.

Frank verdrehte die Augen.

»Und was hat das bitte damit zu tun, dass du Linda einen Heiratsantrag machen willst?«

»Nichts, aber ... Gleich kommt Consuela wieder, Dad, und wir müssen besprechen, was wir machen wollen.«

»Da gibt es nichts zu besprechen.«

»Aber sie will mehr Geld ...«

»Edwin hat gesagt, wir sollen uns keine Gedanken machen. Lass ihn mal machen, Rory. Wir können und müssen uns auf ihn verlassen.«

»Ich weiß, tu ich ja auch, aber wir müssen doch vorbereitet

sein. Wir müssen alles in unserer Macht Stehende tun, um Sydney hierzubehalten.«

»Werden wir auch, mein Sohn, aber wir dürfen uns auch nicht erpressen lassen.«

»Aber wir müssen tun, was für Sydney das Beste ist! Was wäre das denn für ein Leben für ihn, in der Obhut eines Menschen, der ihn als Druckmittel einsetzt, um seine eigenen Interessen durchzusetzen!«

»Was das angeht, sind wir uns vollkommen einig, Rory. Wir können ihr das Geld trotzdem nicht geben. Dann würde sie nur immer mehr verlangen. Wir müssen das jetzt ganz Edwin überlassen. So, und was hattest du heute Abend noch mal vor?«

Rory verdrehte die Augen.

»Ich finde das jetzt total unpassend, Dad ...«

»So ein Quatsch! Wär doch schön, wenn heute auch noch etwas Positives passieren würde. Etwas Sensationelles.«

»Wenn sie denn Ja sagt ...«

»Sie sagt Ja.«

»Das glaubst du.«

»Ja klar.«

»Alle sagen, es sei viel zu früh. Aber das Gefühl habe ich gar nicht. Was meinst du?«

»Seit wann interessiert dich denn meine Meinung?«

Rory lachte.

»Na, siehst du. Außerdem hätte ich dir wohl kaum den Ring deiner Mutter gegeben, wenn ich nicht einverstanden wäre. Oder kommen dir selbst Zweifel?«

»Nein, natürlich nicht.«

»Könnte es dir nicht verdenken, wenn mein Ehedesaster dich abgeturnt hätte.«

»So ein Quatsch! Du und Mum, ihr wart ein ganz wunderbares Vorbild! Wenn wir nur halb so glücklich miteinander werden, wie ihr es wart, dann können wir schon verdammt froh

sein! Und so unangenehm die Dinge mit Consuela im Moment sind, ihr habt auch schöne Zeiten miteinander gehabt, oder?«

»Ja, sicher ... Und genau deshalb tut das alles jetzt nur noch mehr weh. Und ich frage mich ständig, was ich ihr wohl getan habe, dass sie jetzt so biestig und berechnend ist? Oder ob sie in Wirklichkeit immer schon so war. Aber wieso habe ich es dann nie bemerkt?«

»Das ist nicht deine Schuld, Dad. Menschen verändern sich. Und zwar nicht, weil jemand etwas tut, sondern weil die Umstände sie dazu bringen. Sieh dir doch nur mal Annabelle an, die ist das beste Beispiel.«

»Aber sieht doch ganz so aus, als hätte sie die Kurve noch mal gekriegt.«

»Meinst du?«

»Na ja, sie ist jetzt schon einen ganzen Monat hier und hat dich noch nicht mit dem Fleischbeil bedroht ...«

Jetzt musste Rory doch lächeln. Der Trennung von Annabelle hatte es wirklich nicht an Dramatik gefehlt.

»Noch nicht. Aber sie ist ja noch eine Weile hier ...«

Frank grinste.

»Siehst du. Wir können immer noch lachen. Das ist das Wichtigste.«

»Ja. Was sollen wir auch sonst tun? Weinen? Dann würde Grandpa höchstpersönlich aus dem Grab steigen und uns erschießen. Wann genau kommt Consuela wieder?«

»Keine Ahnung. Edwin hat sich im Büro verbarrikadiert. Er meinte, ich sollte ihm zwei Stunden geben und sie dann anrufen ... Ich weiß nicht, was er da oben macht, aber sowohl Telefon als auch Fax klingeln in einer Tour ...«

»Und vor einer halben Stunde hat er mich angerufen und gefragt, ob er sich Julia ausleihen darf.«

»Und? Durfte er?«

»Ja klar.«

»Na, siehst du. Ein unschlagbares Team. Edwin wird sie fertigmachen – und wenn nicht, dann erdolcht Julia sie mit den Absätzen ihrer Lieblings-Stilettos. Keine Sorge, mein Sohn, wir haben alles unter Kontrolle ...«

Die Promis waren am späten Vormittag aus Irland zurückgekehrt. Vollkommen erledigt nach diversen Lektionen mit dem diabolischen Padraic O'Mahoney. In dem, was sie nun »Teufels Küche« nannten, hofften sie, sich direkt ins Poseidon House verziehen, ins Bett fallen und bis zum nächsten Morgen durchschlafen zu können.

Doch Freddie wusste aus Erfahrung, wie gut wohldosierte Grausamkeit gegenüber den internierten Kandidaten bei der Zielgruppe vor den Fernsehern ankam, und darum wurde die Gurkentruppe beim Trevail abgesetzt, wo sie eine Überraschungsaufgabe erwartete: Für eine Gruppe berühmter deutscher Opernsänger, die vor ihrem abendlichen Auftritt in der Hall for Cornwall in Truro ihre Stimmbänder schmieren wollten, sollten sie eine Tonne Austern schälen.

Nach dieser schlüpfrigen, nicht gerade wohlriechenden und schier unendlichen Angelegenheit waren selbst die Belastbarsten und Geduldigsten unter ihnen leicht verstimmt. Und als dann auch noch Brian geordert wurde, um die Sängerinnen und Sänger nach Truro zu fahren, wogegen die ESDS-Kandidaten zu Fuß zum Poseidon House gehen sollten, war der Ofen ganz aus.

Ausgehungert, übermüdet und grottig genervt davon, ständig für andere Leute köstlichstes Essen zuzubereiten, wurden sie übermütig wie schwänzende Schulkinder. Da die als Oberaufseherin für die Küche des Trevail zuständige Linda nicht da war, hinterließen sie den Ort des Geschehens nicht in dem sonst geforderten makellosen Zustand, und statt sich zu Fuß auf den Weg zu Diana zu machen, ließen sie sich mit dem Rest der Aus-

tern und mit einigen übrig gebliebenen, herrlich kühlen Flaschen Poilly Fuisse auf der Veranda des Restaurants nieder.

Sie genossen die Nachmittagssonne und die Köstlichkeiten und merkten gar nicht, wie sie immer lauter redeten und lachten. Woody, der ins Trevail gekommen war, um sicherzustellen, dass nach dem spontan anberaumten Austernessen alles wieder sauber und aufgeräumt war, und um für Rorys romantisches Abendessen alle Tische bis auf einen von der Veranda zu räumen, staunte nicht schlecht.

Die Promis waren echt gut drauf, und sein Kontakt mit ihnen bescherte ihm das eine oder andere Freibier im Pub, wenn er im Gegenzug dazu Anekdoten aus dem Promi-Kochlager erzählte, das ganz Großbritannien an den Fernsehbildschirmen mitverfolgte.

Und wenn die Promis alle hier waren, war sie ganz sicher auch hier …

»Hey! Was macht ihr denn hier? Ihr hättet doch schon längst weg sein sollen, oder?«

Sie zuckten schuldbewusst zusammen.

»Ja, hätten wir, aber wir haben keine Lust mehr auf hätten und sollen und müssen. Wir machen jetzt, was uns gefällt!«, verkündete Annabelle, die offenbar die Anführerin dieser Minimeuterei war. Sie fuchtelte dekadent mit dem halb vollen Glas herum, während die anderen ihm freundlich zuprosteten.

»Gut, aber tut mir leid, ich muss euch jetzt bitten, von hier zu verschwinden. Ich habe Anweisungen, die Veranda so vorzubereiten, dass sie mehr dem Balkon aus Romeo und Julia gleicht als dem Außenbereich eines Restaurants. Und da seid ihr mir jetzt leider total im Weg.«

Woody fing an, die Tische hineinzutragen.

Die Versammlung löste sich langsam und unwillig auf.

Ohne ein weiteres Wort packte Theo mit an, und die anderen räumten die Überreste ihres spontanen Picknicks auf.

Nur Annabelle rührte sich nicht vom Fleck. Sie leerte in aller Gemütsruhe die Flasche Wein vor sich auf dem Tisch und sah zu. Als die anderen drinnen waren, um ihre Jacken und Taschen zu holen, und Woody allein auf der Veranda erschien, gähnte sie und streckte sich, schenkte sich noch einmal ein und erkundigte sich betont beiläufig: »Soso. Romeo und Julia. Was ist der Anlass?«

Woody kannte Annabelle nicht von früher und hatte sich ordentlich in sie verknallt. Verschwörerisch lächelte er sie an: »Romantischer Abend zu zweit.«

»Klingt ja ganz wunderbar.« Annabelle schenkte ihm einen koketten Blick. »Und wer sind die beiden Glücklichen?«

»Rory und Linda natürlich ...«

»Natürlich. Und gibt es einen bestimmten Grund für dieses Candle-Light-Dinner?«

Woody holte Luft und musste sich sehr anstrengen, Annabelle nicht zu auffällig anzustarren. Was ihm ziemlich schwerfiel, als sie sich vornüberbeugte und ihn mit ihren großen Bambiaugen anblinzelte. »Ich glaube, Linda wird bald abreisen ...«

Hatte er Halluzinationen oder wackelte ihr Dekolleté gerade wirklich wie köstliches Panna cotta auf einem Teller?

»Linda reist ab? Ach, das ist aber schade.« Ihre vollen Lippen formten sich zu einem Schmollmund. »Diana hatte schon erzählt, dass sie eine größere Reise vorhat, aber ich dachte, sie hätte es sich vielleicht anders überlegt ... Ich hab schon gehört, dass sie und Rory sich sehr nahegekommen sind.«

»Das ist schon richtig ... Aber ganz unter uns: Sie wird diese Reise durchziehen.«

Da war es wieder, dieses köstliche leichte Wackeln.

Woody grinste in sich hinein. Er glaubte wirklich, Annabelle fasste Interesse an ihm.

Sie behauptete, ihn heimlich regelmäßig zu beobachten. Sie

sehe ihm so gerne beim Kochen zu, dabei lerne sie so viel mehr als in den Kochstunden mit den Gastköchen George und Tony, und sogar mehr als bei Rory.

Woody hatte gerüchteweise gehört, Annabelle sei arrogant und hochnäsig, aber er fand sie supernett und offen. Sie redeten über Gott und die Welt, über Quinn, über das Cockleshell ... Sie lachten, erzählten sich Geheimnisse und Tratsch.

»Soso ...« Ihr Lächeln wurde noch einen Zentimeter breiter und noch einen Tick verführerischer. »Linda und Rory wollen die Sache also beenden ... diesen kleinen Urlaubsflirt? Also, ehrlich gesagt, war ich mir schon die ganze Zeit sicher, dass sich das Ganze früher oder später in Wohlgefallen auflösen würde ...«

Woody neigte sich ihr verschwörerisch zu, wobei er einen Hauch ihres schweren Parfums in die Nase bekam und inhalierte, als hinge sein Leben davon ab.

»Sachte, sachte, Annabelle. Ich glaube nicht, dass das heute Abend ein Abschiedsessen im klassischen Sinn sein wird ...«

»Ach?« Sie kniff ihre Bambiaugen zusammen. »Aber wenn sie doch auf jeden Fall abreist, was sollte es denn dann sein?«

»Ein Essen, bei dem er sie davon überzeugt, dass sie unbedingt wiederkommen muss ...« Woody zwinkerte ihr zu. Und dann schnappte er sich einen Stuhl und brachte ihn hinein. Dabei konnte er es sich nicht verkneifen, »Going To The Chapel« zu pfeifen.

Annabelle sah ihm nach. Die Melodie, die er pfiff, kam ihr bekannt vor, und als ihr schließlich der Text dazu einfiel, wurde ihr schlagartig übel. Und zwar nicht von dem halben Dutzend Austern und den vier Gläsern Weißwein.

Als Woody wieder herauskam, in freudiger Erwartung dessen, was der Tag noch bringen mochte, stutzte er.

Annabelle war weg.

Edwin telefonierte.

Seit zwei Stunden tat er nichts anderes. Kaum hatte er aufgelegt, klingelte sein Handy schon wieder, oder er tippte bereits die nächste Nummer. Julia, die sich mit dem etwas launischen Faxgerät hatte befassen müssen, um ein dreißig Seiten langes Fax zu verschicken (»Was Bürogeräte angeht, bin ich ein hoffnungsloser Fall, Liebes!«), fielen die dunklen Ringe unter seinen Augen auf. Sie holte ihm einen doppelten Espresso und sah ihm dann fasziniert bei der Arbeit zu. Mit jedem Anruf wechselte er mühelos die Sprache. Im Moment sprach er genauso fließend Spanisch wie Linda. Auch Julia konnte etwas Spanisch, war aber kaum imstande zu folgen, weil Edwin rasend schnell und ungewöhnlich leise sprach. Das Einzige, was sie wirklich verstand, waren die letzten Sätze: »Wunderbar, Costas, einfach großartig. Ich wusste, dass du mir besorgen würdest, was ich brauche!«

Dann klappte er sein altmodisches Handy zu und strahlte Julia an.

»Sorgen Sie doch bitte dafür, dass Ms Flores wieder herkommt. Ich glaube, jetzt haben wir sie!«

Consuela erreichte das Cockleshell im selben Moment wie Annabelle.

Annabelle schlich durch die Hintertür.

Consuela marschierte durch den Haupteingang, wo sie der ziemlich nervös wirkende Frank und Rory in Empfang nahmen. Die beiden Männer wechselten Blicke, atmeten tief durch, als würden sie gleich vom Fünf-Meter-Brett springen, und brachten sie nach oben.

Edwin saß immer noch in Julias Leder-Drehsessel. Man hätte meinen können, er hätte sich seit ihrem Gespräch am Vormittag keinen Zentimeter bewegt. Was durchaus möglich war. Wahrscheinlich war er nur im Sitzen zwischen Telefon, Fax und Computer hin- und hergerollt. Zu Franks und Rorys unendlicher

Erleichterung sah er außerdem extrem zuversichtlich aus, als er sie alle strahlend begrüßte.

»Bitte, kommt doch alle rein. Setzt euch.« Dass er auf einmal so entspannt lächelte, nachdem sie ihn doch am Vormittag mit verkniffener Miene zurückgelassen hatte, beunruhigte Consuela. Steif und mit wachsamem Blick ließ sie sich auf dem angebotenen Stuhl nieder.

»Vielen Dank, dass Sie noch einmal hergekommen sind«, eröffnete Edwin das Gespräch. »Wirklich sehr nett von Ihnen, so schnell vorbeizuschauen. Also ...« Er stützte die Ellbogen auf und drückte wieder sämtliche Fingerspitzen aneinander. Dann sah er sie mit sehr festem Blick an. »Wir sind sämtliche Möglichkeiten durchgegangen und haben Ihre Bitte von heute Vormittag erörtert. Wir sind zu dem Schluss gekommen, dass wir Ihnen entweder das hier geben können ...«, er schob ihr noch einmal den Scheck über zwanzigtausend Pfund zu, »... und Sie unterschreiben dafür das ...«, er schob den Sorgerechtsantrag hinterher, »... wie wir es ja bereits vereinbart hatten, und dann machen wir wie vereinbart mit dem Adoptionsgesuch weiter und Sie bekommen weitere dreißigtausend, wenn Sie die entsprechenden Papiere unterzeichnet haben ...« Er hielt kurz inne, als sie den Mund öffnete, um zu protestieren, dann unterband er ihre Unterbrechung mit einem überdeutlichen »ODER ...«, woraufhin sie den Mund wieder schloss. »... wir geben Ihnen heute fünfzigtausend Pfund und weitere fünfzigtausend, wenn die Adoption durch ist, wie Sie es heute Vormittag vorgeschlagen haben ... Was natürlich heißen würde, dass dieser Scheck ...«, er zog den Scheck über zwanzigtausend Pfund zurück, »... seine Gültigkeit verliert und ich einen neuen ausstellen muss ... Ich gehe davon aus, dass Sie immer noch lieber die fünfzigtausend hätten. Dann hätte ich auch Gelegenheit, meinen kleinen Fauxpas von heute Vormittag zu korrigieren. Ich möchte nämlich selbstverständlich sicherstellen, dass der

Scheck auch auf Ihren richtigen Namen ausgestellt wird …« Er nahm seinen teuren Montblanc-Füller zur Hand, schraubte die Kappe ab und sah Consuela ziemlich keck an. »Welcher soll es denn Ihrer Meinung nach sein, Mrs Trevelyan? Ms Flores? Oder vielleicht Mrs Ernesto Delgado?«

Im sich anschließenden Schweigen zählte Rory bis zehn.

Dann schnappte sich Consuela den Füller aus Edwins Hand, unterschrieb den Antrag, nahm ihren Scheck und rauschte mit vor Wut funkelnden Augen hinaus.

– 29 –

Ungläubig sahen Rory, Frank und Julia Edwin an.

»Was ist denn da gerade passiert?« Franks Augen waren geweitet und spiegelten Unsicherheit und Hoffnung.

Edwin strahlte und wedelte triumphierend mit dem unterschriebenen Sorgerechtsantrag wie Fußballfans mit der Vereinsflagge, nachdem ihre Mannschaft das zum Sieg führende Tor geschossen hatte.

»Das ist passiert, dass sich Sydney jetzt rechtmäßig und offiziell bei Ihnen aufhalten darf.«

Die vier fielen einander in die Arme, klopften sich auf Rücken und Schulter, gratulierten sich. Doch als sich dieser Rugby-Klumpen wieder auflöste, waren zwei Mienen immer noch ungläubig.

»Wirklich klasse. Aber wie ...« Rory runzelte die Stirn. »Warum ...?« Er sah zur offenen Bürotür hinaus, als am Fuß der Treppe die Tür zum Privatbereich zufiel. »Warum hat sie ohne ein weiteres Wort unterschrieben? Und wer zum Teufel ist Mrs Ernesto Delgado?«

Edwin gluckste.

»Na ja ... Wie ihr wisst, habe ich meine Fühler ein bisschen ausgestreckt. Und dann habe ich eigentlich nur auf Rückmeldung von einem meiner Kontakte in Spanien gewartet, der eine ziemlich dünne Spur verfolgte. Die Rückmeldung kam vor ungefähr einer halben Stunde. Also, wie soll ich sagen? Wie es aussieht, hat Ihre Frau, Frank, letzten Monat geheiratet ... Und zwar einen sehr reichen, nicht unbedingt vollkommen unbescholtenen Geschäftsmann. Einen eher undurchsichtigen Charakter, dem in Barcelona eine ganze Reihe von Bars gehört, und der – wie Sie wohl bereits erraten haben – Ernesto Delgado heißt …«

»Sie hat geheiratet?«, rief Frank. »Wie hat sie das denn bitte angestellt? Wir sind ja noch nicht einmal geschieden!«

»Eben. Und davon weiß ihr neuer … äh … Ehemann natürlich nichts. Genauso wenig wie von ihrem siebenjährigen Sohn. Und wie meine äußerst verlässliche Quelle mir versichert, liegt es absolut nicht in Ms Trevelyan Flores Delgados Interesse, dass Señor Delgado – ein stolzer und unnachgiebiger Mann – von diesen beiden Geheimnissen erfährt.«

»Sie machen Witze?«

»Ganz und gar nicht, mein Freund. Soweit ich das verstanden habe, ist Señor Delgado nicht der Typ Mann, demgegenüber man ein Nein äußert – nicht einmal vor Gott und dem Priester.«

»Steckt sie in Schwierigkeiten?«, wollte Frank sofort wissen.

Erstaunt schüttelte Edwin den Kopf.

»Sie sind viel zu gut für diese Welt, Frank Trevelyan. Ihre Frau ist ganz bestimmt kein Opfer in diesem Spiel. Ich versichere Ihnen, dass unsere Ms Consuela Wie-auch-immer sehr bewusst und geplant gehandelt hat. Señor Delgado ist so reich wie Salomo – wenn auch sicher nicht so weise. Die frischgebackene Señora Delgado versucht gezielt, ihr eigenes Vermögen zu maximieren – indem sie Sie erpresst und ihren Señor zu Hause glücklich macht. Wenn der allerdings von Ihnen und Sydney erfährt, wird ihn das alles andere als glücklich machen. Wie mein Kontakt in Spanien es so schön auf den Punkt brachte: Wir haben die Señora in der Hand, und das weiß sie. Sie hat angefangen, dieses Spiel zu spielen. Und sie hat es verloren. Ich bin mir ziemlich sicher, dass sie die Adoptionspapiere zügig und ohne weitere finanzielle Gegenleistung unterzeichnen wird, und dass sie nichts dagegen haben wird, sobald die Adoption unter Dach und Fach ist, so schnell wie irgend möglich die

Scheidung durchzuziehen. Das heißt, wenn Sie damit einverstanden sind, Frank?«

»Unbedingt.« Frank nickte benommen, aber heftig.

»Das Geld ist mir egal, Edwin«, schaltete Rory sich ein. »Sie kann die dreißigtausend und mein letztes Hemd haben. Hauptsache, Sydney und Dad können ganz offiziell zusammen hierbleiben.«

Edwin nickte.

»Das verstehe ich vollkommen, Rory. Das Wohlergehen von Sydney und Ihrem Vater hat auch bei mir höchste Priorität. Um unschöne Szenen zu vermeiden, könnten wir zum Beispiel vorschlagen, dass Sydneys Mutter die Restsumme auf ein Ausbildungkonto für ihren Sohn einzahlt. Das wäre doch nicht zu viel verlangt, oder?«

»Das ist eine großartige Idee.« Rory nickte, dann wandte er sich seinem Vater zu und gestattete seinen bisher zaghaft zuckenden Mundwinkeln endlich, sich zu einem breiten Lächeln zu formen. »Na, dann, Dad. Ich glaube, wir haben was zu feiern ...«

»Unbedingt!« Edwin klatschte erfreut in die Hände. »Auf den Neuzugang im Trevelyan-Clan!«

»Wenn wir noch ein paar Stunden warten, können wir vielleicht zwei Neuzugänge feiern«, lachte Frank und strahlte Rory an. Er war auf einmal so erleichtert, dass er alle seine guten Nachrichten am liebsten laut in die Welt hinausgeschrien hätte.

»Ach? Wirklich? Es gibt noch mehr zu feiern? Was denn?« Edwin ließ sich von der Begeisterung seiner neuen Freunde anstecken.

»Rory?« Frank war kurzfristig verunsichert – war er einen Schritt zu weit gegangen?

Rory schüttelte verlegen den Kopf und lächelte verhalten.

»Also gut. Hier kann man ja sowieso nichts lange geheim halten. Solange Linda es trotzdem direkt von mir hört und nicht von dir, Monty oder sonst wem …«

»Na, dann. Edwin. Julia.« Frank schlug einen feierlichen Ton an. »Ich freue mich, euch mitteilen zu können, dass Rory Linda heute Abend einen Heiratsantrag machen will.«

Linda ließ den kalt gewordenen Kaffee stehen, ließ das Grübeln sein und machte sich auf den Weg zum Cockleshell.

Auf ihrem vorläufig letzten Gang durch das schöne Quinn besorgte sie ein Geschenk für Rory. Nichts Kostspieliges, aber es kam von Herzen.

Monty hatte an dem Grillabend bei Diana ein wunderbares Foto von ihr und Rory gemacht. Darauf hatten sie die Arme umeinander geschlungen und sahen aus wie zwei Puzzleteile, die perfekt zueinander passten. In einem der Geschenkeläden in Quinn kaufte Linda einen Rahmen dazu. Auf die Rückseite des Fotos schrieb sie etwas, das trotz der Intensität ihrer Beziehung und ihrer Gefühle keiner von ihnen bisher gesagt hatte:

Ich liebe dich.

Sie wollte es ihm nicht geben, bevor sie abreiste.

Sie wollte es einfach auf ihr Kopfkissen legen, damit er es sofort fand, wenn er alleine aufwachte.

Als sie das Cockleshell erreichte, sah sie auf die Uhr. Bis acht waren es noch ein paar Stunden. Sie fragte sich, ob er wohl in ihr lesen konnte wie in einem offenen Buch – ob er wusste, dass sie abreisen würde und darum ein formvollendetes Abschiedsessen plante … Sie war so in diese Gedanken vertieft, dass sie fast die Tür ins Gesicht bekam, die von einer aus dem Restaurant stürmenden, vor Wut schäumenden Gestalt aufgestoßen wurde. Linda machte einen Satz zurück und sah erstaunt, wie die Gestalt stehen blieb, sich umdrehte und der Tür mit ihrem ziemlich nach Designer aussehenden spitzen Schuh einen erzürnten Tritt versetzte.

Was war denn hier los?
Wer war das?
Und wer im Cockleshell hatte sie so aufgebracht, dass sie meinte, ein so schönes Paar Schuhe auf so sinnlose Art und Weise ruinieren zu müssen?
Als die junge Frau bemerkte, dass jemand hinter ihr stand, drehte sie sich um und funkelte Linda an, als sei sie es, die im Wege stünde, nicht umgekehrt.
Linda wich einen Schritt zurück, fühlte sich aber gleichzeitig auf merkwürdige Weise zu der Frau hingezogen. Irgendetwas an dieser Furie kam ihr verdammt bekannt vor.
Sie beäugte sie genau und begriff nach kurzer Zeit, wer da vor ihr stand. Der Frau passte es offenkundig überhaupt nicht, so gründlich taxiert zu werden, und so machte sie ihrem Ärger in ihrer Muttersprache Luft. Jugendfrei übersetzt sagte sie so viel wie: »Was glotzt du mich so blöd an?«
Doch Linda ließ sich davon nicht aus der Ruhe bringen. Zu groß war die Wiedersehensfreude. Strahlend sagte sie:
»Eli? Bist du das, Eli?«
Ihr Gegenüber hörte auf zu schimpfen und runzelte ratlos die Stirn.
»Du bist es wirklich! Herrje. Was machst du denn hier?« Linda freute sich ehrlich.
»Kennen wir uns?«, fragte die eben noch Wutschnaubende.
Lindas Lächeln wurde auf diese zurückhaltende Reaktion hin noch breiter, und nachdem sie die letzten Wochen ausschließlich Englisch gesprochen und sich deshalb auch in der Situation ohne nachzudenken der Fremdsprache bedient hatte, schaltete sie nun auf Spanisch um.
»Ob wir uns kennen? Du machst wohl Witze? Ist zwar schon ein paar Jährchen her, aber wir sind trotzdem zusammen aufgewachsen, Consuela Flores. Willst du mir wirklich weismachen, dass du deine Cousine nicht wiedererkennst?«

»Catalina?«

»Nein«, lachte Linda. »Falsche Schwester.«

»Inez?«

»Also, mir hast du nicht meinen ersten Freund ausgespannt«, grinste Linda, »und darum rede ich auch noch mit dir ... Komm, einen Versuch hast du noch.«

»Linda? Linda Rivera? Ach du liebe Güte!« Ihre Überraschung war so groß, dass sie ganz vergaß, auf der Hut und feindselig zu sein. Consuela betrachtete die Cousine, die sie seit acht Jahren nicht gesehen hatte, von oben bis unten. »Mann, hast du dich verändert. Na ja, ist ja auch schon eine Weile her. Wie lange genau?«

»Ich war fünfzehn und du fast zwanzig«, antwortete Linda breit lächelnd. Ihre ältere Cousine war ihr immer schon ein leuchtendes Vorbild gewesen. Sie war ganz anders als Lindas Schwestern gewesen. Nicht so angepasst und folgsam, sondern schillernd und anspruchsvoll. Mit ihrer Verschlagenheit und Abenteuerlust hatte sie die Schwestern zu schlechtem Benehmen angestiftet, obwohl sie doch normalerweise so brav und wohlerzogen waren. Sie hatte ihnen mit einem solchen Feuereifer von ihren Reisen erzählt, dass Linda vollkommen fasziniert und schließlich infiziert gewesen war ...

Die tolle Eli.

Die hinreißende Eli.

»Was um alles in der Welt machst du hier, Eli?«

»Das wollte ich dich auch gerade fragen ...« Sie warf einen nervösen Blick über die Schulter zu der Tür, durch die sie gerade gerauscht war. Linda fiel das nicht weiter auf.

»Na, ich folge deinem Beispiel, würde ich sagen: Ich bin auf Reisen. Obwohl ich mich schon viel länger in Quinn aufhalte, als eigentlich geplant war. Ich habe hier gejobbt. Aber in ein paar Tagen ...«

»Hier?« Consuela fiel Linda sehr unsanft ins Wort, nachdem diese auf das Cockleshell gezeigt hatte.

»Ja, hier. Im Cockleshell.« Linda runzelte verwundert die Stirn.

»Dann kennst du also die Trevelyans?«

Lindas Stirn glättete sich wieder, als die Mundwinkel hochgingen.

»Ich kenne sie sogar ziemlich gut ... Rory und ich sind nämlich ...«

Mehr brauchte sie nicht zu sagen. Ihr glückstrahlendes Gesicht sprach Bände. Aber hätte sie noch mehr sagen wollen, wäre sie gar nicht dazu gekommen, weil Consuelas Miene sich nämlich schlagartig verdüsterte und ihre Cousine ihr gar nicht mehr zuhörte.

Mit einem »Ich muss los« drehte sie sich um und wollte gehen.

Einfach so.

»Eli?« Die Stirn wieder in Falten, ging Linda ihr hinterher und fasste sie am Arm.

Consuela entzog sich ihr. Drehte sich kurz um, ohne stehen zu bleiben, und lächelte sie völlig undurchschaubar an.

»Tut mir leid. War schön, dich mal wiederzusehen. Aber ich muss jetzt wirklich weiter.«

Mit offenem Mund sah Linda ihr nach.

Ihre Begegnung blieb nicht unbeobachtet.

Und zwar von der Frau, die in der Hoffnung, Rory zu begegnen, zum Cockleshell gekommen war, und die dann durch die offene Tür mit der Aufschrift »Privat« mit einem gewissen

Abstand vom Fuß der Treppe aus das gesamte Gespräch im Büro mit angehört hatte.

Von der Frau, die sich bei Consuelas wütendem Abgang in eine Nische gedrückt hatte und dann, als sie Franks frohe Botschaft vernahm, ihrem Beispiel gefolgt war. Nur, dass sie sich für die in den Hinterhof führende Seitentür entschied und die Schuhe, mit denen sie die Tür malträtierte, etwa das Zehnfache von Consuelas Schuhen gekostet hatten. Als sie sich abreagiert hatte, vernahm sie die Stimmen der beiden Frauen, bewegte sich zentimeterweise Richtung Straße und hörte nun auch noch dieses Gespräch mit an.

Eine halbe Stunde später, zurück im Hotel, sah Consuela, ehemals Trevelyan, vorübergehend Flores und schon bald wieder Delgado, diese Frau zum ersten Mal.

Annabelle Alexa Macey.

Natürlich kannten sie sich von früher, als Frank noch mit Consuela und Rory mit Annabelle zusammen war. Rory war mit ihr kurz nach ihrer Rückkehr aus den USA nach Ibiza geflogen. Es war ein ernst gemeinter Versöhnungsversuch gewesen. Er wollte herausfinden, ob es die Annabelle, wie er sie von früher kannte, noch gab. Ob sich hinter der Fassade, die immer noch so aussah wie damals, noch etwas von dem Menschen verbarg, in den er sich mal verliebt hatte.

Die Zeit auf Ibiza war nicht nur für Rory und Annabelle anstrengend gewesen. Consuela und Annabelle waren sich nämlich viel zu ähnlich, als dass sie Freundinnen hätten werden können: Da traf eine schöne, manipulative Frau auf eine andere. Sofort traten sie in einen unausgesprochenen Konkurrenzkampf, den sie hinter künstlichem Lächeln und geflöteten Höflichkeitsfloskeln versteckten.

Und jetzt saßen sie beide, nur wenige Tische zwischen sich, in der topschicken Lounge des Quinn Castle und schlürften mit finsteren Mienen fettarmen Latte macchiato (Annabelle hoffte,

damit dem drohenden Kater nach dem feuchtfröhlichen Mittagessen entgegenwirken zu können).

Nachdenklich betrachteten sie einander.

Wie zwei streunende Katzen, umeinander herumschleichend, sich beobachtend, die Krallen vorübergehend eingezogen, aber jederzeit zum Sprung bereit.

Über den Rand ihrer Kaffeetassen behielten sie einander im Blick.

Doch dann überlegte Annabelle es sich anders. Schon vorhin, als sie Consuela im Büro des Cockleshell gesehen hatte, war ihr dieser Gedanke gekommen, und jetzt setzte sie ihn um: Sie begrub das alte Konkurrenzbeil und lächelte ihre hoffentlich ehemalige Rivalin so freundlich und offen an, wie sie nur konnte.

Fünf Minuten später saßen sie gemeinsam an einem Tisch und ließen sich bei einer Flasche gekühlten Sancerres über »diese Trevelyan-Scheißkerle« aus. Consuela räsonierte, ob ein Pakt mit ihrer ehemaligen Feindin ihr wohl irgendwie nützlich sein könnte.

Annabelle, die Consuela in Sachen Wiedersehensüberraschung ein wenig voraus war, hatte bereits entschieden, dass ein solcher Pakt ihr definitiv nützlich sein könnte. Und so lehnte sie sich, nachdem sie einander mehr oder weniger ausführlich erklärt hatten, wieso sie gerade in Quinn waren, zurück und ließ die Spanierin reden, so viel sie wollte. Was ein für Annabelle völlig untypisches Verhalten war. Genauso wie das mitfühlende Lächeln, das sie aufsetzte und mit dem sie der immer noch vor Wut kochenden Consuela all jene Details entlockte, die ihr selbst zur Vervollständigung der Geschichte noch fehlten. Dass sie Ohrenzeugin des Gesprächs im Büro des Cockleshell gewesen war, behielt sie allerdings hübsch für sich.

»Der Junge ist bei Frank besser aufgehoben. Frank kann ihm ein viel stabileres Leben bieten. Ich bin einfach nicht der Muttertyp. Und für die Scheidung steht mir ja wohl eine anständige Abfindung zu … Wenn ich jetzt gezwungen bin, den Jungen als Druckmittel einzusetzen, um das zu bekommen, was mir rechtmäßig zusteht, ist das ja wohl nicht meine Schuld, oder? Frank könnte schließlich mit offenen und fairen Karten spielen.« Kaum hatte sie ihre Hetzrede beendet, suchte sie mit ihren schwarzen Katzenaugen in Annabelles Miene nach Anzeichen der Missbilligung.

Doch ob die Enthüllung dieser Geldforderung im Austausch gegen ein Kind Annabelle schockierte, war nicht auszumachen. Schließlich war sie nicht umsonst eine der am schnellsten aufsteigenden und höchstgelobten Schauspielerinnen Hollywoods. Ihre Miene spiegelte nichts als Mitgefühl und Verständnis.

»Ja, das ist wirklich unfair, dass sie dich zu solchen Maßnahmen zwingen. Ich finde, das hört sich ganz so an, als würden sie die Situation mit deinem Sohn nur ausnutzen, um dich zu manipulieren. Umgekehrt ist es jedenfalls ganz bestimmt nicht. Ich weiß noch, wie ich damals dachte, was für ein Glückspilz Frank doch war, eine so schöne und intelligente Frau gefunden zu haben. Da ist es nur gerecht, dass er dich jetzt, wo ihr leider gescheitert seid, auch fair behandelt …«

Natürlich wusste Consuela, dass diese Schilderung nicht ganz der Wahrheit entsprach, aber sie nickte dennoch eifrig.

»Ich wusste, dass du das verstehen würdest, Annabelle. Wir haben eine gemeinsame Vergangenheit, und jetzt sitzen wir im selben Boot. Wir sind beide schlecht behandelt worden von diesen Männern … Ich weiß wirklich nicht, wie ich es so lange mit Frank aushalten konnte … Ich habe ihm die besten Jahre meines Lebens geschenkt, und was ist der Dank dafür …?«

Annabelle hörte sich Consuelas Jammern und Wehklagen an und nickte dabei wie ein Wackeldackel bei der Fahrt über eine schlaglochreiche Straße. Da Consuela dem Wein kräftig zugesprochen hatte, bestellte Annabelle noch eine zweite Flasche,

schenkte der Exrivalin großzügig ein und erwähnte dann möglichst beiläufig:

»Weißt du was, ich glaube, ich habe dich vorhin schon vor dem Cockleshell gesehen ... Wenn ich gewusst hätte, dass du das warst, wäre ich natürlich zu dir rübergegangen ... Aber du hast dich auch gerade mit jemandem unterhalten ...«

»Ach ja ...« Erst jetzt dachte Consuela wieder an Linda. »Linda ...«

»Kennst du sie?«

»Sie ist meine Cousine.« Consuela nickte und trank.

Dieses Mal konnte selbst Annabelle ihre spontane Reaktion nicht hinter einer beherrschten Maske verbergen.

»Deine Cousine!«, quiekte sie, als riefe sie »Heureka!«

Consuela nickte.

»Mannomann, die Welt ist klein.« Jetzt konnte sich Annabelle ein Lächeln nicht verkneifen. »Und, seid ihr euch sehr nah?«, fragte sie, obwohl sie die Antwort bereits kannte. Eine Frau wie Consuela ließ niemanden besonders nah an sich heran.

»Früher ja, aber jetzt haben wir uns so lange nicht gesehen, dass man wohl sagen kann, dass wir uns kaum kennen ...«

»Du weißt, dass sie mit Rory zusammen ist?«

Consuela nickte.

Darum war sie vorhin ja so unvermittelt weggelaufen.

Ihr Leben war eine Aneinanderreihung von Missgeschicken, die ihr auf der Suche nach ihrem persönlichen Glück passiert waren. Die Zeit mit Frank war die längste Phase von »Normalität« gewesen, die sie je erlebt hatte. Darauf eingelassen hatte sie sich, weil sie zwischenzeitlich einfach keine Lust mehr hatte, sich immer nur irgendwie durchzuschlagen, und weil sie ihn für reicher hielt, als er tatsächlich war.

Und doch war sie einige Jahre mit ihm zusammengeblieben.

Aber er hatte sie nie wirklich gekannt. Sie lebte jetzt schon so lange nicht einfach nur ein Doppelleben, sondern ein Dreifach-, nein, ein Vierfachleben, dass sie sich manchmal fragte, ob sie sich überhaupt selbst richtig kannte.

Und dann trifft sie Linda, die schon das Kind Consuela kannte, und erfährt, dass sie ausgerechnet mit Rory liiert ist! Plötzlich schien es Consuela, als wollten alle Lügen ihres Lebens sie erdrücken. Vergessen war ihre Wut darüber, wie man gerade alles zu ihrem Nachteil verdreht hatte, vergessen ihr Wunsch, eine Brandbombe auf das Cockleshell abzuwerfen. Nein, Consuela hatte in dem Moment nur noch einen Gedanken: Die so leicht verdienten zwanzigtausend Pfund zu schnappen und Quinn so schnell und lautlos wie möglich zu verlassen.

Doch mitten in ihren Gedanken ergriff Annabelle das Wort.

»Und wie findest du das? Also, ich wäre ja entsetzt. Dass deine Cousine sich mit dieser Familie einlässt ... Dass die blutjunge und völlig unbedarfte Linda sich mit einem Mann wie Rory einlässt. Sie passt doch gar nicht zu ihm, und er passt nicht zu ihr. Es wird deiner Cousine am Ende das Herz brechen ... Rory braucht etwas ganz anderes, eine Frau, die ihn versteht ... eine Frau, die ...« Sie lehnte sich zurück und sah Consuela direkt in die Augen. »Na ja. Eben eine *Frau*. Kein junges Mädchen, das noch gar nicht recht weiß, was es eigentlich vom Leben will.«

Annabelle wartete auf Consuelas Reaktion.

Die fiel genauso aus wie erhofft.

»Du hast ja so recht ... Linda ist nicht die Richtige für ihn, und er ist nicht der Richtige für sie ... Ich fand ja immer, dass ihr beiden so ein schönes Paar wart ...«

Annabelle nickte und fuhr verschwörerisch fort:

»Weißt du, Consuela ... Das würde ich jetzt wirklich nicht jedem gegenüber eingestehen, aber in Wirklichkeit mache ich nur bei dieser blöden Kochshow mit, weil ich hierher zurückkommen wollte ... zu ihm. Das klingt wahrscheinlich albern, aber ich hatte mir wirklich Hoffnungen gemacht, dass Rory und

ich …« Annabelle schlug den Blick nieder und spielte nervös mit den Ringen an ihrer im Schoß liegenden Hand. Durch die Wimpern behielt sie Consuela aber ständig im Auge. »Dir muss ich ja wohl nicht sagen, wie glücklich wir damals waren … Daran kannst du dich ja sicher noch erinnern, oder?«

Consuela konnte sich vor allem an jede Menge lautstarke Streitereien und diverse Szenen erinnern, nickte aber dennoch eifrig.

»Und dann komme ich zurück, und er und Linda …« Sie seufzte. »Na, du weißt ja selbst, wie das ist, mit den besten Absichten hierherzukommen und sich dann mit solch unerwarteten … Komplikationen konfrontiert zu sehen. Mit solchen Hürden auf dem Weg zur Versöhnung. Warum konnte der Weg dafür denn nicht einfach frei sein …? Wir haben eine gemeinsame … *Vergangenheit*, Consuela, und ich hoffe, dass du als meine alte Freundin *genau* verstehst, was ich damit sagen will.« Annabelle lehnte sich vor und legte die Hand auf Consuelas. Ihr funkelndes Diamantarmband blendete Consuela.

»Ja, natürlich, das verstehe ich total.« Wieder nickte Consuela eifrig und war dabei von dem glänzenden, blitzenden Armband gebannt wie eine Elster.

»Du glaubst ja gar nicht, was ich dafür geben würde, freie Bahn zu haben …« Annabelle sah zu ihrem Handgelenk herunter, als bemerke sie erst jetzt, dass sie es trug. »Hübsch, oder?« Sie spielte mit dem Armband. »Geschenk von einem Freund, dem ich mal einen ziemlich großen Gefallen getan habe … Ich glaube, dir würde das auch gut stehen …«

Im Handumdrehen zog sie das Armband aus und legte es Consuela an.

»Na, was habe ich gesagt? Als wär's für dich gemacht. Weißt du was, Consuela? Ich schenk es dir. Als Dankeschön dafür, dass du mir zugehört hast. Als Dankeschön für dein Verständnis. Und sag mal, ich bin ja ein neugieriger Mensch: Warst du eigentlich schon mal in Los Angeles? Ich habe mir da ein ganz schönes Leben aufgebaut. Habe jede Menge Freunde, die ... nützlich sein können. Wenn du jemals drüben bist, melde dich auf jeden Fall bei mir, ja?«

Consuela kam aus dem Nicken überhaupt nicht mehr heraus.

Die Botschaft war angekommen. Laut und deutlich.

Consuela würde Quinn nicht mit der Geldsumme verlassen, die sie eigentlich abholen wollte, aber sie war über etwas gestolpert, das sich möglicherweise noch viel mehr auszahlen würde. Und das Sahnehäubchen an der Sache war – neben dem schicken, teuren Armband, das jetzt an ihrem Handgelenk glitzerte – dass sie zumindest für ein paar gebrochene Herzen sorgen würde. Welche Genugtuung!

– 31 –

Linda wäre Consuela am liebsten gefolgt, aber sie war so perplex von dem Wiedersehen und Consuelas abruptem Abgang, dass sie zunächst einen Moment wie erstarrt war.

Als die Starre nachließ, war es bereits zu spät – Consuela war verschwunden. Linda verzog sich in eine der schmalen Nebenstraßen und rief zu Hause an. Sie hoffte, Raphael könne etwas Licht in die Angelegenheit bringen.

Sie hatte sich einen schlechten Zeitpunkt ausgesucht.

Auf der Hazienda fand gerade eine Familienfeier statt, und sie war gezwungen, mit jedem einzelnen Familienmitglied zu sprechen, bevor sie auch nur um ihren Cousin bitten konnte. Alle waren ziemlich aufgekratzt vom Feiern und freuten sich wahnsinnig über ihren Anruf. Sie stellten ihr immer wieder die gleichen Fragen, inklusive der Preisfrage, wann sie nach Hause kommen werde.

Nach Inez, Catalina, Beau und ihrer vier Jahre alten Nichte Ibbi, die geschlagene sechs Minuten von ihrem neuen Kaninchen erzählte, sprach Linda mit ihrer Mutter, die ihr aufs Brot schmierte, was sie alles versäumte, ihre Bitte, mit Raphael zu sprechen, ignorierte und verkündete, sie werde sie jetzt an ihren Vater weitergeben. Genau in dem Moment war das Guthaben auf ihrem Handy aufgebraucht und das Gespräch wurde abgebrochen.

Kein Stück schlauer, aber bedeutend ärmer lief Linda zur Hauptstraße zurück. Quinn war eine Kleinstadt, und wenn sie Consuela einmal über den Weg lief, konnte das doch auch ein zweites Mal passieren. Eine halbe Stunde lang suchte sie, doch statt ihrer Cousine fand sie schließlich die Frau, der sie normalerweise aus dem Weg zu gehen versuchte.

Annabelle.

Seit deren bejubelter Ankunft in Quinn hatten sie und Linda herzlich wenig miteinander zu tun gehabt. Natürlich waren sie sich in den letzten vier Wochen hier und da begegnet, schließlich machte Linda nach jedem ESDS-Dreh im Trevail die Abnahme: Sie überprüfte, ob die Küche wieder tipptopp sauber war, und stellte sicher, dass in den vielen Designerhandtaschen (Damen *und* Herren!) keine »geliehenen« Weinflaschen aneinanderklirrten ...

Die anderen Kandidaten mochten die humorvolle, effiziente junge Frau, die ihnen dabei half, das hinterlassene Chaos in Grenzen zu halten, und insbesondere Diana war sicher, eine Freundin fürs Leben gefunden zu haben.

Auch Annabelle war immer freundlich zu ihr gewesen, aber irgendwie hatte die Freundlichkeit aufgesetzt gewirkt. Linda hatte versucht, ihr unbefangen zu begegnen, aber ganz gleich, wie sehr sie sich bemühte, die Vergangeheit auszublenden, wurde ihr doch klar, dass Annabelles einstige Beziehung mit Rory und vor allem deren schmerzhaftes, bitteres Ende, ihre Meinung zu ihr stets einfärben würde. Aber das war nicht alles. Annabelles Lächeln wirkte einfach so oberflächlich, dass Linda befürchtete, es könne jederzeit einem finsteren Blick weichen.

Und wenn sie ganz ehrlich war, hätte es sie auch nicht überrascht, wenn sie sich eines Tages umdrehte und Annabelle ihr mit einem der tollen Sabatier-Messer drohte, mit denen sie so fleißig schnippeln übte.

Genau wie Diana waren auch ihr die sehnsüchtigen Blicke aufgefallen, mit denen Annabelle Rory bedachte. Sehnsüchtige Blicke und zärtliche Umarmungen waren aber zwei Paar Schuhe. Und obgleich Linda Annabelle nicht über den Weg traute, so zweifelte sie nicht an Rory, und das war schließlich das Wichtigste.

Auch heute bedachte Annabelle sie wieder mit ihrem künstlichen, oberflächlichen Lächeln.

Und auf einmal musste Linda an die diversen Vampirfilme denken, die sie in ihrem jungen Leben gesehen hatte. An Nosferatus Lächeln, kurz bevor er seine spitzen Zähne in den hübschen weißen Hals versenkt.

Zum ersten Mal waren sie und Annabelle alleine.

»Linda! Was für ein formidabler Zufall, dass ich dich treffe ...«

Und noch etwas wurmte Linda. Ihr Englisch war ja eigentlich extrem gut, aber Annabelle drückte sich immer so gewählt aus, dass Linda manchmal überlegen musste, was sie meinte. Linda hatte den Verdacht, Annabelle versuchte damit absichtlich, sie in Gesprächen abzuhängen und als die Doofe dastehen zu lassen.

»Ich wollte dich gerade suchen, aber das erübrigt sich ja jetzt. Ich wurde gebeten, dir das hier zu übergeben ...«

Annabelle reichte ihr einen Umschlag. Überrascht und auch ein wenig zögerlich nahm Linda ihn an.

»Von wem?« Niemand, der mit ESDS zu tun hatte, würde auch nur im Traum daran denken, »Miss Macey« für Botengänge einzuspannen.

»Ja, das war wirklich eine ganz seltsame Geschichte. Ich bin jemandem begegnet, den ich von früher kenne ... Und dann stellte sich heraus, dass wir eine gemeinsame Bekannte haben ... dich!« Demonstrativ sah sie auf die Uhr und tat, als überrasche es sie, wie spät es war. »Oh mein Gott, schon sechs! Ich würde mich ja *so* gerne noch eine Weile mit dir unterhalten, aber ich muss jetzt leider *dringend* los. Habe ja so exorbitant viel zu tun ... Ciao, Linda ...«

Und wie nur wenige Stunden zuvor Consuela, drehte auch sie sich völlig unvermittelt um und rauschte davon.

Linda sah ihr eine Weile nach, dann betrachtete sie den Umschlag in ihrer Hand.

Wenn da mal nicht eine Nachricht von Annabelle selbst drinlag: »Nur zu deiner Info: Wenn du so dumm bist, Quinn zu verlassen, dann sei versichert, dass ich, während du durch Europa strawanzt (typisches Annabelle-Wort), mein Bestes tun werde, um deinen Platz in Rorys Bett nicht nur warm zu halten, sondern überkochen zu lassen!«

Die handgeschriebene Nachricht stammte aber nicht von Annabelle.

»Bitte komm ins Quinn Castle. Consuela.«

Linda wusste nicht, ob sie erleichtert oder besorgt sein sollte und dachte in ihrer Verwirrung gar nicht weiter nach, sondern machte sich sofort auf den Weg an Montys Haus vorbei zu dem imposanten Hotel.

Hätte Linda sich einen kurzen Moment besonnen und sich gefragt, woher Annabelle und Consuela sich kannten, oder warum Consuela wohl wutschnaubend aus dem Cockleshell gestürzt kam, wäre sie vielleicht schon früher draufgekommen.

Aber sie eilte durch die tropischen Gärten zum Hotel, betrat es durch die hohen Türbögen und wurde sogleich von der wartenden Consuela in die Bar gewunken. »Linda! Danke, dass du gekommen bist!«, quietschte sie und begrüßte sie dann vollkommen anders als nur Stunden vorher. Sie nahm sie so fest in den Arm, dass Linda kaum noch Luft bekam, drückte ihr niedergeschlagenes, tränennasses Gesicht an ihres und löste sich dann nur langsam wieder von ihr. Sie nahm ihre Hand, führte sie in eine ruhige Ecke hinter einer großen Topfpflanze, drückte sie in einen der Sessel und sah sich so gehetzt in dem Raum um, als würde sie von der Mafia verfolgt. Dann fing sie an zu reden.

»Es tut mir so leid wegen vorhin ... Es war ...« So kannte Linda ihre Cousine überhaupt nicht. Ihre Miene wirkte gepeinigt und leicht selbstmitleidig. »Mir ging es vorhin gar nicht gut, aber jetzt habe ich mich etwas beruhigt, und ich wollte dir

unbedingt sagen, wie sehr ich mich freue, dich wiederzusehen!«

Wieder nahm sie Linda überschwänglich in den Arm, und als Consuela sich dieses Mal von ihr löste, lächelte sie und sagte: »Wie geht es deinen Schwestern? Nein, sag nichts, lass mich raten: Sie sind beide verheiratet und fett und haben je achtzehn Kinder!«

Diese Bemerkung war typisch für die »gute alte« Eli, die sich stets gerne auf Kosten anderer amüsierte. Linda fand die Sprache wieder.

»Noch nicht ganz, Eli, aber sie arbeiten fleißig darauf hin. Catalina hat zwei Kinder, die ihr jeweils fünf zusätzliche Kilos beschert haben, und Inez wird heiraten, sobald sie Javier Cortez davon überzeugt hat, dass eine Bar kein Club ist, den man täglich frequentieren muss. Aber was ist mit dir, Eli? Was machst du hier? Willst du Raphael besuchen?«

Consuelas Lächeln erfror.

»Raphael ist hier?«, keuchte sie überrascht.

»Wusstest du das nicht? Er wohnt hier. Also, nicht genau hier, aber ganz in der Nähe. Schon seit zwei Jahren. Vor drei Jahren kam er her, um nach dir zu suchen, soweit ich weiß. Dich hat er ja offensichtlich nicht gefunden, aber dafür Judy.«

»Judy?«

»Seine Frau.«

Consuela fiel fast vom Stuhl.

»Mein Bruder ist verheiratet! ¡Dios mío! Sonst noch was?«

»Wusstest du das denn nicht?«

»Ich hatte keine Ahnung ... Er hat dir wohl nicht erzählt, dass wir schon eine ganze Weile nicht mehr miteinander reden. Wir hatten ... äh ... geschäftliche Differenzen. Vor ein paar Jahren. In Barcelona. Ich konnte wirklich nichts dafür, aber irgendjemandem musste er wohl die Schuld geben ... Aber gut ...« Consuela schaltete wieder ihr Lächeln ein. »Ist das der Grund, weshalb du hier bist, Lieblingscousine? Um Raphael zu besuchen? Ihr habt also noch Kontakt?«

»Eigentlich nicht, dass ich ihn sehe, ist gewissermaßen eine positive Nebenwirkung. Ich bin wegen Beau hier, der auch erst mal eine Weile hierbleibt. Ob du's glaubst oder nicht, er hat auch gerade geheiratet. Raphael kam her, um dich zu suchen, Beau kam her, um Raphael zu suchen ... Lange Geschichte, aber mit Happy End, weil er so nämlich Pip kennengelernt hat, Judys Tochter ...«

»Mein Bruder ist mit Beaus Schwiegermutter verheiratet?« Ihre Augen weiteten sich. »Wie alt ist diese Frau?«

»Fast doppelt so alt wie er, aber du müsstest sie mal sehen, Eli, sie ist wunderschön, und sie gibt ihm das Gefühl, angekommen zu sein ...«

»Kein Wunder, schließlich könnte sie seine Mutter sein!«, echauffierte sie sich.

»Mach dir keine Sorgen, Eli, freu dich für ihn. Er ist sehr glücklich«, beeilte Linda sich, ihr zu versichern. »Aber du hast mir immer noch nicht verraten, warum du hier bist. Ist alles in Ordnung? Geht es dir gut? Du sahst ziemlich durcheinander aus heute Nachmittag, und dann bist du einfach so abgerauscht ...«

Sie antwortete nicht sofort und spielte geistesabwesend mit ihrem Armband.

Als sie wieder aufsah, war ihr Blick ernst und verkniffen.

»Kurz bevor wir uns vorhin über den Weg liefen, hatte ich ein Gespräch mit meinem Exmann über die Details unserer Scheidung ... Ich habe mich wirklich gefreut, dich zu sehen, Linda, aber als du dann erzählt hast, dass du im Cockleshell arbeitest ... und dass du mit Rory zusammen bist ...«

»Du kennst Rory?«

Consuela nickte.

»Ach, Linda. Ich wollte dich nicht mit dieser Geschichte belas-

ten, das ist alles so kompliziert, aber jetzt muss ich doch ... Ich habe nämlich einen Sohn ...«

An dieser Stelle fiel bei Linda endlich der Groschen.

»Sydney?«, fragte sie ungläubig. »*Du* bist Sydneys Mutter?«

Linda wurde ganz schwindelig.

Ihre Eli, die Cousine, die sie geliebt und verehrt und verloren hatte, war Franks Ex. Die Frau, über die nur im Flüsterton gesprochen wurde. Die Frau, die – wie Rory ihr vor Wut und Liebe zu dem Jungen den Tränen nah berichtet hatte – kein Interesse an ihrem eigenen Kind hatte. Die den Jungen in der Obhut seines ihm völlig unbekannten Stiefvaters gelassen und die beiden verlassen hatte.

Diese Frau sah sie jetzt mit echter Panik und Sehnsucht im Blick an.

»Hast du ihn gesehen?«

»Ja, natürlich, aber ...«

»Du hast meinen Sydney gesehen!« Consuela ergriff Lindas Hand. »Bitte, Linda, sag mir, dass du meinen Jungen gesehen hast! Wie geht es ihm?«

»Hast du ihn denn nicht gesehen?«

Consuelas hübsches Gesicht legte sich in hässliche Falten.

»Nein«, sagte sie nur. Dann fügte sie mit sich blähenden Nasenflügeln hinzu: »Sie tun alles, um ihn von mir fernzuhalten.«

Linda schüttelte den Kopf. Sie verstand nicht.

»Wen meinst du mit ›sie‹? Frank und Rory?«

Consuela nickte und kämpfte gegen die Tränen.

»Ja, Frank und Rory. Sie haben sich gegen mich verschworen und lassen mich Sydney nicht sehen.«

»Das glaube ich nicht ...«

»Du glaubst mir nicht?« Consuela ließ Lindas Hand fallen, als hätte sie sich daran verbrannt. »Sie glaubt mir nicht!« Beleidigt wandte sie sich ab.

»Das würde Frank dir niemals antun … Und Rory auch nicht …«

»Das würden sie niemals tun, sagst du? Sie tun es aber! Wie lange kennst du sie schon, Linda? Wie viele Monate? Wochen? Oder sind es nur Tage? Ich war sechs Jahre mit dem Mann verheiratet, also bitte erzähl du mir nicht, was er tun würde und was nicht. Du kennst die beiden nicht. Er war außer sich, als ich ihm sagte, dass ich die Scheidung wollte. Dummerweise habe ich ihn verlassen, ohne Sydney mitzunehmen, und dafür bezahle ich jetzt einen hohen Preis. Als er hörte, dass ich den Kleinen holen wollte, ist er mit ihm nach England abgehauen. Ohne mir etwas davon zu sagen. Jetzt erzählt er jedem, ich sei eine schlechte Mutter, die sich nicht für ihren Sohn interessiert, und will ihn mir nicht geben. Und das macht er natürlich nur, um mir wehzutun. Aus Rache.«

»Aber Sydney wirkt ausgesprochen glücklich bei ihm …«

»Der Junge kennt ja Gott sei Dank auch nicht die Seiten seines Stiefvaters, die ich leider kennengelernt habe …« Consuela schlug die Augen nieder und schauderte. »Wie lange das wohl gut gehen wird? Jedenfalls bin ich hergekommen, um mein Kind zurückzuholen, und was passiert? Sie präsentieren mir einen hinterhältigen Rechtsverdreher, der mich mit einem Trick dazu bringt, das Sorgerecht für meinen eigenen Sohn abzutreten …«

»Einen hinterhältigen Rechtsverdreher? Wann? Wann soll das alles passiert sein? Tut mir leid, Eli, aber das klingt alles vollkommen schräg. Das muss ein gewaltiges Missverständnis sein.«

»Ein Missverständnis? Das nennst du ein Missverständnis? Linda, er will mir sogar Geld zahlen, nur damit ich mich von meinem Sohn fernhalte!« Sie zog den Scheck über zwanzigtausend Pfund aus der Tasche und hielt ihn Linda unter die Nase. »Sieh nur! Den hat er mir gegeben, bevor wir beide uns vorhin

begegnet sind. Sie haben mir gesagt, ich solle das Geld nehmen und verschwinden. Meinen Sohn hierlassen. Glaubst du mir jetzt?«

»Willst du damit sagen, dass er dir Geld gezahlt hat, damit du ihm das Sorgerecht für Sydney überlässt?«

»Genau das will ich damit sagen. Und ich will das alles natürlich nicht, aber jetzt ist es zu spät, Linda. Sie haben mir irgendwelche Papiere zur Unterschrift vorgelegt, und na ja, mein Englisch ist nicht gerade perfekt, und dann kam noch die ganze Aufregung dazu. Ich dachte jedenfalls, das seien die Scheidungspapiere, und habe sie brav unterschrieben. Und dann stellt sich raus, dass es Sorgerechtsanträge sind und ich Frank damit das Recht eingeräumt habe, Sydney hierzubehalten. Ach, Linda ...« Wieder ergriff Consuela Lindas Hand. »Gott vergebe mir, aber ich wurde hinters Licht geführt. Ich glaube, ich habe meinen Sohn verkauft ...«

– 32 –

Im Trevail war Rory mit den Vorbereitungen für das romantische Abendessen befasst. Zufällig kam er am Fenster vorbei und sah Linda.

Er blieb kurz stehen und beobachtete sie. Wie sie forschen Schrittes über den Kai marschierte, gar nicht mehr die ziellose Touristin, die sie noch vor wenigen Wochen gewesen war. Er musste an den Tag denken, als er sie zum ersten Mal von genau diesem Fenster aus sah. Daran, wie die Zeit einerseits stehen geblieben und andererseits atemberaubend weitergeprescht war, wie ausgelassene, wilde Pferde über einen traumhaften Strand.

Die Begegnung mit Linda hatte etwas von einem Sprung aus einem Flugzeug gehabt, bei dem er nicht wusste, ob sein Fallschirm sich öffnen würde. Aber er hatte das Gefühl des freien Falls, das Kitzeln im Bauch, das Herzklopfen und das Aussetzen der Atmung in vollen Zügen genossen.

Er wusste, auch ohne dass sie ein Wort dazu gesagt hatte, dass heute Abend der Abschied bevorstand, vor dem er sich so fürchtete. Die Landung, die ihm die letzte Luft aus den Lungen pressen, ihm jeden Knochen brechen und sämtliche Organe zerquetschen würde … auch sein Herz. Insbesondere sein Herz. Aber wenn dieser Abschied am Anfang von etwas stand und nicht am Ende, und wenn er so ausfiel, wie er ihn sich vorstellte, dann würde er die Bruchlandung überleben und die Schmerzen ertragen.

Er fragte sich, wie es möglich war, jemanden nur so kurze Zeit zu kennen und sich doch ein Leben ohne ihn nicht mehr vorstellen zu können.

Dann sah er, dass Linda nicht wie erwartet das Cockleshell ansteuerte, sondern das Trevail. Verwundert sah er auf die Uhr.

Halb acht. Sie war früh dran.

Er war noch nicht ganz fertig mit den Vorbereitungen.

Ihr heiß geliebtes Bœuf bourguignon brauchte noch eine halbe Stunde. Er wollte noch die Kerzen anzünden, den Wein entkorken, die Schachtel mit der SIM-Karte auf ihren Teller und den Ring seiner Mutter in ihr Weinglas legen.

Er lief ihr entgegen, um sie mit irgendeiner an den Haaren herbeigezogenen Bitte zum Cockleshell zu schicken. Wenn sie wiederkäme, wäre er dann mit allem fertig.

Alles wäre perfekt.

Er bemühte sich zwar um eine völlig neutrale Miene, ein Pokerface, musste aber doch lächeln, als sie sich näherte. Sekunden später jedoch erstarb das Lächeln, als er ihr unendlich gequältes Gesicht sah und im selben Augenblick wusste, dass irgendetwas Gravierendes passiert sein musste, das seine schöne neue Welt zum Einstürzen bringen konnte.

»Linda! Was ist denn? Was ist passiert?«

Die Frage löste einen ungeahnten Wortschwall aus.

Allerdings bemerkte Linda in der Aufregung minutenlang nicht, dass sie Rory in Lichtgeschwindigkeits-Spanisch zutextete. Rory benötigte keine Spanischkenntnisse, um zu verstehen, dass sie außer sich war vor Wut. Doch als sie schließlich Englisch weitersprach, traute er seinen Ohren kaum.

Es war das erste Mal, dass sie laut wurden, was aber in erster Linie an ihrer beider Bestürzung angesichts dessen lag, was sie gehört hatten. Ständig fielen sie einander ins Wort.

Als die Neugierde der schaulustigen Passanten das normale Maß überstieg, fasste er Linda sanft, aber bestimmt am Oberarm und zog sie mit sich in den Eingangsbereich des Trevail.

»Bitte, Linda ... Das ist doch absurd. Glaubst du wirklich, wir würden Sydney gegen den Willen seiner Mutter von ihr fernhalten?«

»Sie hat es mir so erzählt!«

»Und du glaubst ihr?«

»Warum sollte sie mich anlügen?«

»Warum sollten wir dich anlügen?«

Da schwiegen sie beide.

Die einzigen Geräusche waren Lindas schnelle, gestresste Atmung und die der Menschen draußen auf dem Kai.

Dann sah Linda entschlossen zu ihm auf.

»Okay, dann beantworte mir nur eine einzige Frage. Aber wahrheitsgemäß.«

Er nickte.

»Du kannst mich alles fragen. Ich verspreche dir, dich nicht anzulügen.«

»Hast du meiner Cousine einen Scheck über zwanzigtausend Pfund gegeben, damit ihr Sohn bei deinem Vater bleiben kann? Ja oder nein?«

Er sah sie lange an.

Sein anfängliches Schweigen war ihr schon Antwort genug.

»Ja«, seufzte er, »aber …«

Doch sie ließ ihn nicht weiterreden, sie riss die Hände über den Kopf und wich mehrere Schritte von ihm. Die Enttäuschung, die ihr ins Gesicht geschrieben stand, kannte keine Grenzen.

»Ich fasse es einfach nicht, dass du zu so etwas in der Lage bist!«

»Es ist nicht so, wie du denkst …«

»Du kaufst Eli ihr Kind ab! Was soll es dazu noch zu sagen geben? Das lässt sich mit nichts entschuldigen!«

»Er ist glücklich hier bei uns, Linda, das hast du selbst gesehen. Ich habe dir doch gesagt, dass seine Mutter ihn nicht will … Sie war es, die …«

»Sie will ihn nicht? Da irrst du dich aber ganz gewaltig! Es bricht ihr das Herz, dass sie ihn nicht sehen kann. Und ich bin fassungslos, dass du versuchst, ihre Verletzlichkeit so schamlos auszunutzen!«

»Verletzlichkeit? Consuela? Sag mal, reden wir hier von derselben Frau? Wie gut kennst du deine Cousine eigentlich, Linda?«

Rorys sonst so freundliches Gesicht verhärtete sich, sein Mund verzog sich auf eine Art, die ihn wie einen Fremden aussehen ließ. Linda erkannte ihn kaum wieder. Ihre Zuneigung zu ihm erkaltete. Hohläugig schüttelte sie den Kopf.

»Offenbar deutlich besser als dich«, schluchzte sie, machte auf dem Absatz kehrt und rannte davon.

Rory rief ihr nach, doch sie rannte immer weiter, auch den steilen Weg zum Quinn Castle hinauf. Ihre Lungen schmerzten schon bald genauso wie ihr Kopf und ihr Herz. Alles brannte und wollte zerplatzen, alles schrie nach einer Pause und nach Vergebung der Sünde, für die sie offenbar gerade so grausam bestraft wurde.

Oben angekommen, ließ sie sich mit dem heftigsten Herzklopfen ihres Lebens in den tropischen Hotelgärten auf eine Bank sinken.

Sie wollte sich beruhigen.

Sie wollte, dass ihr Kopf sich nicht mehr anfühlte, als explodierte er gleich. Wollte die Klöße, die in ihrem Hals festsaßen, herunterschlucken. Wollte auf gar keinen Fall weinen, weil sie sich dann nur noch mehr über sich selbst ärgern würde.

Auf dem Weg hierher hatte ihr Handy immer wieder geklingelt. Es war Rory, aber sie war nicht drangegangen.

Jetzt zog sie das Telefon aus der Tasche.

Dreizehn Anrufe.

Ausgerechnet dreizehn.

Dann hatte er es aufgegeben.

Aber er hatte eine Nachricht hinterlassen.

»Linda, das hier ist einfach absurd, bitte komm zurück und rede mit mir! Gut, wir kennen uns noch nicht besonders lange, aber du kennst mich in- und auswendig! Glaubst du wirklich, ich wäre zu so etwas imstande? Mein Vater könnte jemandem so etwas antun? Glaubst du allen Ernstes, wir würden Sydney eine Mutter vorenthalten, die ihn liebt, ihn bei sich haben und sich um ihn kümmern will?«

Dann hatte er aufgelegt.

Kein Wort des Abschieds, nur ein unüberhörbarer, ungläubiger Seufzer.

Auch Linda seufzte. Sie versuchte, sich zu sammeln. Dann hörte sie hinter sich eine Stimme:

»Mailbox?«

»Rory«, sagte Linda nur.

»Und, hat er es abgestritten?«

Er hatte es nicht abgestritten.

Obwohl sie sich so sehr gewünscht hatte, dass er es tun würde.

»Das mit dem Geld nicht, nein. Aber was die Beweggründe angeht ... Sag mal, Eli, bist du dir sicher, dass das alles nicht vielleicht ein riesiges, schreckliches Missverständnis ist? Habt ihr nicht vielleicht irgendwie aneinander vorbeigeredet?«

Wortlos sah Consuela ihre Cousine eine ganze Weile an.

Dann setzte sie sich neben sie auf die Bank und fing wieder an, mit dem Armband zu spielen.

So saßen die beiden nebeneinander in der untergehenden Frühlingssonne, über sich kreischende Möwen, unter sich die rauschende See, hinter sich Stimmen und Gelächter aus dem Hotel.

»Geh noch mal zu ihm und sprich mit ihm«, sagte Consuela schließlich und fügte seufzend hinzu: »Hör dir an, was er zu sagen hat. Vielleicht habe ich ja einen Fehler gemacht.«

»Meinst du wirklich?«

Lindas goldene Augen drückten bange Hoffnung aus.

Consuela seufzte noch einmal und nickte.

»Kann doch sein. Mein Englisch ist nicht so gut wie deins, vielleicht habe ich etwas missverstanden. Geh zu ihm, vielleicht siehst du dann klarer. Und dann komm zurück zu mir.«

Linda nickte heftig.

Sie war vollkommen zerrissen und brauchte keine weitere Aufforderung.

Consuela sah ihr nach, wie sie den steilen Weg hinuntereilte.

Betrachtete das Armband.

Sah wieder zu ihrer Cousine.

Dann wieder auf das glitzernde Armband.

Dann zog sie ihr Handy hervor und schrieb eine SMS.

– 33 –

Erleichtert hörte Rory, wie die Tür des Trevail geöffnet wurde und sich gleich darauf weibliche Schritte über den Holzfußboden näherten.

Sie war zurückgekommen.

Sie war bereit, jetzt vernünftig mit ihm zu reden.

Sich die Wahrheit anzuhören, statt Consuelas Lügen.

Doch die Frau, die sanft lächelnd auf ihn zukam, war nicht Linda.

Rory sank erneut das Herz.

Was wollte sie denn hier?

Sie hatte hier nichts verloren!

Fest davon überzeugt, dass sie wiederkommen würde, hatte er alles für Linda vorbereitet: Die Kerzen angezündet, ruhige Musik aufgelegt …

Er war sicher, sie würden sich in aller Ruhe zusammensetzen, sie würde ihn alles erklären lassen, ihn verstehen, womöglich sogar in Schutz nehmen, und dann würden sie … würde er … Er tastete nach dem Ring in seiner Tasche. Nein, so hatte er sich den Abend nicht vorgestellt.

»Annabelle. Was kann ich für dich tun?« Wie immer, wenn er mit ihr sprach, war er sehr auf Höflichkeit bedacht, aber es fiel ihm schwer, seine Anspannung und seinen Ärger über ihr Aufkreuzen zu verbergen. Sie konnte er hier jetzt in etwa so gut gebrauchen wie eine Zungenschwellung oder amputierte Hände.

Sie neigte den Kopf zur Seite und sah ihn an, bevor sie antwortete:

»Schlechtes Timing?«

»Schlechter Tag«, gab er knapp zurück.

Sie ließ sich nicht beirren und lächelte.

»Also schlechtes Timing. Wie immer.«

»Timing wofür, Annabelle?«

Sie trat auf ihn zu und legte eine kühle Hand auf seinen Arm.

»Ich wollte gerne mit dir reden.«

»Ach? Und worüber?«

Sie lächelte weiter und kam ihm noch näher.

»Es gibt so vieles, das ich dir sagen will, Rory. Aber unter den gegebenen Umständen dachte ich, es sei das Beste, zu schweigen. Jetzt fürchte ich allerdings, dass es zu spät sein könnte, wenn ich weiter schweige ... Und darum habe ich beschlossen, dass ich lieber mit der Demütigung einer Zurückweisung leben möchte als damit, es gar nicht versucht zu haben.«

Rory verdrehte die Augen.

»Ach, Annabelle. Bitte«, stöhnte er.

Doch sie schüttelte den Kopf.

»Ich werde jetzt sagen, was ich zu sagen habe, Rory. Und nach allem, was wir zusammen durchgemacht haben, finde ich, dass du mir wenigstens zuhören solltest. Und was ich dir sagen möchte, lässt sich am besten so ausdrücken.«

Ehe er es sich versah, umfasste sie sein Gesicht mit beiden Händen und küsste ihn.

Mit dem Kuss ging es ihm wie mit der Trockenbeerenauslese: Früher war ihm der Geschmack angenehm gewesen, jetzt war er ihm zuwider. Daran konnten auch ihre leidenschaftlichen, sachkundigen Lippen nichts ändern. Sein Herz schlug für eine andere.

Doch sie ließ sich nicht abwimmeln.

Bis er fast Gewalt anwenden musste und sie von sich schubste.

»Es reicht!«, herrschte er sie an, und es war der Zorn in seiner Stimme, der sie mehr verunsicherte als der Stoß.

»Annabelle! Ich will das nicht!« Er seufzte und rieb sich das Gesicht. »Bitte geh jetzt. Sofort.«

Er rechnete mit Widerstand.

Doch zu seiner Überraschung sah sie nur in Richtung Tür, lächelte breit und tat dann, worum er sie gebeten hatte.

Sie verschwand ohne ein weiteres Wort.

Dieses Mal rannte sie nicht kopflos die Steigung hinauf bis zum Hotel. Dieses Mal blieb sie eine Weile draußen vor der Tür stehen. Gelähmt vor Schock.

Als Linda gesehen hatte, wie Annabelle und Rory sich im Kerzenlicht küssten, war sie einen Moment wie erstarrt, dann hatte sie schnappend Luft geholt, kehrtgemacht und war wieder hinausgegangen. Die Treppe hinunter in die Dämmerung, die sich auf Quinn und den ungewöhnlich viel Wasser führenden Fluss legte. In die kalte Luft, in der ihr Atem, als sie ihn endlich aus ihren Lungen entließ, Wolken vor ihrem blassen Gesicht bildete.

Sie war zurückgekommen. Zu Rory. Um mit ihm zu reden. Um ihm zuzuhören.

Sie hatte noch so viele Fragen.

Aber was sie da gerade mit eigenen Augen gesehen hatte, war mehr als eindeutig.

Den Rory Trevelyan, den sie zu kennen glaubte, gab es nicht.

Er hatte ihr etwas vorgemacht.

Sie hatte sich etwas vorgemacht.

Hatte sich dieser perfekten Begegnung, dieser ultimativen Lovestory hingegeben, als sei es wirklich möglich, seine große Liebe so mir nichts, dir nichts zu finden. Er hatte sie wirklich daran glauben lassen …

Und jetzt war sie wieder auf dem harten Boden der Tatsachen gelandet.

Linda konnte natürlich nicht wissen, dass der ganze Abend ein einziges Ränkespiel war, ausgedacht und eingefädelt von zwei sehr unterschiedlichen, aber in ihrer Eifersucht vereinten Frauen. Die eine wollte schlicht und ergreifend den Mann, der Linda liebte. Und die andere hatte Linda zwar immer für ihre geborgene, fast schon idyllische Kindheit verspottet, sie in Wirklichkeit aber darum beneidet.

Linda konnte nicht wissen, dass sie nur einen Moment später gesehen hätte, wie der Mann, den sie liebte, ziemlich unmissverständlich klarmachte, dass er von dieser unerwarteten Annäherung überhaupt nichts hielt.

Und sie konnte nicht wissen, dass sie, wenn sie nur eine Minute früher zum Hotel zurückgekehrt wäre, gehört hätte, wie Consuela einen Anruf von Annabelle entgegennahm, die sich bei ihr für ihre Hilfe bedankte.

Schlechtes Timing war gar kein Ausdruck.

Und so musste Linda natürlich glauben, Rory habe sie von vorne bis hinten belogen.

»Ich fasse es nicht, wie ich mich derart in einem Menschen täuschen konnte ...«, jammerte sie Consuela auf dem Sofa in ihrer Suite vor. Sie war todunglücklich.

»Sie haben dich angelogen«, säuselte Consuela, obwohl sie doch die Einzige gewesen war, die Lügen verbreitet hatte. »Woher hättest du das wissen sollen? Liebe macht nun mal blind. Man verschließt die Augen vor den Schwächen des geliebten Menschen und will nur seine guten Seiten wahrnehmen. Glaub mir, ich weiß, wovon ich rede ...« Die letzten Worte äußerte sie mit so brüchiger Stimme, dass Linda ihren eigenen Kummer beiseiteschob und ihre Cousine in den Arm nahm.

»Ach, Eli, es tut mir so leid! Was bin ich nur für ein Trampel. Sitze hier und jammere über eine nicht mal richtig angefangene Beziehung, während du um deinen Sohn kämpfen musst.« Linda seufzte. »Wir müssen etwas unternehmen ... Wir können nicht untätig rumsitzen und dabei zusehen, wie sie dir dein Kind wegnehmen ...« Ihr Gesicht bekam entschlossene Züge. »Wir müssen etwas tun. Ich rufe jetzt zu Hause an. Ich werde mit Papá sprechen, der hilft dir bestimmt.«

Doch zu ihrer Überraschung quittierte Consuela diesen Vorschlag mit entsetzt aufgerissenen Augen.

»Nein, du darfst deinem Vater nichts davon erzählen. Und auch sonst niemandem. Das musst du mir versprechen!«

»Aber ...«

»Nein!«, schrie Consuela schon fast. »Ich will nicht, dass du deinem Vater davon erzählst!«

»Aber wir müssen etwas tun, und alleine schaffen wir das nicht. Wenn Papá nichts davon wissen soll, wie wäre es dann mit deinem Bruder? Oder mit Beau? Ich kann Beau anrufen, der hat bestimmt eine gute Idee ...«

»Ich sagte, niemandem«, wiederholte sie schrill.

»Aber sie könnten dir helfen.«

Consuela nahm Lindas Hand zwischen ihre.

»Du darfst es ihnen nicht erzählen, Linda, mit der Schmach könnte ich nicht leben. Ich will meiner Familie nicht schon wieder beweisen, dass ich genau die Versagerin bin, für die mich ohnehin schon alle halten. Ich will nicht, dass sie wissen, was los ist. Du brauchst dir keine Sorgen um mich zu machen ... Ich benötige ihre Hilfe nicht. Mir reicht, dass ich jetzt dich habe. Wenigstens ein freundliches Gesicht. Das reicht. Und morgen fliege ich zurück nach Spanien. Da habe ich Freunde, die mir helfen werden ... Ich möchte dich nur um zwei Dinge bitten, liebe Cousine. Erstens, dass du das hier für dich behältst. Bitte sprich mit niemandem darüber. Versprich mir das. Versprich mir, dass du nicht versuchen wirst, mir zu helfen, das würde alles nur noch schlimmer machen. Versprich mir das, Linda. Ich will nicht, dass du das hier der ganzen Familie erzählst. Meine Freunde werden mir helfen, okay? Du hältst dicht.«

Linda nickte. Zögerlich.

»Zweitens möchte ich dich bitten, heute Nacht bei mir zu bleiben. Würdest du das tun? Ich kann heute einfach nicht allein sein ... Und wenn ich ganz ehrlich bin ...« Zärtlich strich sie ihrer Cousine über die Wange und sagte, der Wahrheit entsprechend: »Ich würde es nicht ertragen, wenn du dahin zurückgehst, wenn du zu ihm zurückgehst. Das würde mich kreuzunglücklich machen ...«

»Ich weiß nicht, wo sie ist. Ihre Handy schaltet immer sofort auf Mailbox.« Rory knallte den Hörer des Bürotelefons auf die Gabel und rieb sich die müden, geröteten Augen. »Ach, Dad ... Wie kann sie nur so etwas von uns glauben?«

Frank fasste seinen Sohn beim Arm.

»Linda trifft keine Schuld, Rory. Da hat Consuela ihre giftigen Finger im Spiel, glaub mir. Wir haben sie bis aufs Blut gereizt, und das ist jetzt ihre Rache.«

»Dabei sollte man meinen, sie hätte ein Interesse daran, den Ball schön flach zu halten ... Ich meine, wir könnten doch jetzt jederzeit in Spanien anrufen und sie verpfeifen ...«

»Edwin hat gepokert und erst mal gewonnen, aber wir wussten auch, dass sie unseren Bluff durchschauen könnte, wenn sie den ersten Schock überwunden hat.«

»Meinst du denn, sie wird jetzt wegen der Adoption Schwierigkeiten machen?«

Frank biss sich auf die Lippe und zuckte die Achseln. Darüber wollte er gar nicht nachdenken.

»Damit beschäftigen wir uns, wenn es so weit ist. Jetzt ist erst mal das Wichtigste, dass sie unterschrieben hat. Sydney gehört genauso zu uns wie zu ihr. Oder sogar mehr, schließlich möchten wir ihn wirklich gerne bei uns haben. Also hör auf, dir wegen uns Sorgen zu machen und konzentrier dich darauf, mit Linda wieder alles einzurenken ...«

»Und wie? Wie soll ich ihr die Wahrheit erzählen, wenn sie nicht herkommt und mit mir redet?«

»Meine Güte, dann musst du eben zu ihr gehen und mit ihr reden. Jede Wette, dass sie oben im Schloss bei Consuela ist.«

Doch Rory schüttelte den Kopf und machte keine Anstalten, zu gehen.

»Was ist?«, wollte Frank wissen.

Jetzt war es Rory, der die Achseln zuckte.

»Ich weiß nicht ... Das alles ... Ich weiß, wie aufgewühlt sie war, aber ich dachte, sie braucht nur etwas Zeit für sich und dann ... Ach, ich weiß nicht, Dad, ich fasse es einfach nicht, dass sie nicht zurückgekommen ist, um mit mir zu reden ... Wir haben in den letzten Wochen doch über Gott und die Welt geredet. Über alles. Ich habe mich noch nie einem Menschen so sehr geöffnet wie ihr. Wir wissen beide, dass das alles rasend schnell ging, und darum hatten wir uns geeinigt, wenn ein Problem auftaucht, darüber zu reden. Ich hätte nie für möglich gehalten, dass sie sich so verhalten könnte wie heute. Dass sie einfach weglaufen und sich weigern würde, mich anzuhören. Ich dachte wirklich, sie würde mich gut genug kennen, um zu wissen, dass ich so etwas niemals tun würde, dass du so etwas niemals tun würdest. Aber offenbar kennt sie mich doch nicht gut genug, und vielleicht habe ich mich dann auch mit allem anderen in ihr getäuscht! Ich war mir hundertprozentig sicher, dass sie zurückkommen und mich anhören würde, Dad. Aber ich habe mich getäuscht, und jetzt habe ich das Gefühl, mich auch in allem anderen getäuscht zu haben. Ich dachte, ich würde sie kennen. In- und auswendig. Ich dachte, es wäre egal, wie lange wir zusammen sind ... Für mich fühlte es sich so richtig an. Habe ich mich wirklich so vertan? Wie gut kennen wir uns wirklich, Dad? Wie gut kennen Linda und ich uns?«

Franks Stirn zeigte tiefe Furchen.

»Rory, du darfst nicht zulassen, dass Consuela dir das antut.

Das muss ein ziemlicher Schock für Linda gewesen sein, du musst ihr Zeit geben. Sie wird bestimmt bald einsehen ...«

Doch Rory schüttelte den Kopf.

»Verstehst du denn nicht, Dad, Zeit ist genau das, was uns fehlt! Sie sitzt auf gepackten Koffern, unsere Zeit ist um.«

Es tat einen gewaltigen Knall, als die Küchentür so heftig aufgestoßen wurde, dass sie gegen die Wand schepperte.

Geraldines blasses, altes Gesicht war ganz rot vor Anstrengung, weil sie so schnell gelaufen war. Ihr Blick war gequält, sie pfiff auf dem letzten Loch und streckte eine Hand aus auf der Suche nach Halt.

»Geraldine!« Ernsthaft besorgt stürzte Rory auf sie zu, fasste sie am Ellbogen und führte sie zu einem Stuhl im Vorratsraum. Dann hockte er sich vor sie auf den Boden und nahm ihre Hände.

»Was ist denn los, Geraldine? Was ist passiert?«

Es dauerte eine Weile, bis ihre Atmung sich normalisiert hatte und sie wieder sprechen konnte.

Frank holte ihr ein Glas Wasser, doch als er es ihr reichen wollte, befreite sie sich aus Rorys Griff, packte ihn beim Handgelenk und schüttelte den Kopf.

»Ach, Frank ... Frank ... Ich weiß gar nicht, wie ich es sagen soll ... Es tut mir so leid ... So unendlich leid ...«

Behutsam nahm Frank ihre Hand und versuchte, die alte Dame zu beruhigen, indem er selbst Ruhe ausstrahlte. In Wirklichkeit klopfte sein Herz aber so heftig, dass er es selbst hören konnte.

»Ganz ruhig, Geraldine, ganz ruhig. Sag es einfach ...«

Geraldine schluckte und sah ihn mit entsetzt aufgerissenen, fast überlaufenden Augen an.

»Oh Frank«, schluchzte sie. »Sydney ist weg!«

Sie wollten Quinn noch am selben Abend verlassen.

Alles war in Windeseile arrangiert worden.

Gleich würde ein Wagen sie abholen.

»Ohne meinen Sohn abzureisen wird so viel leichter sein, wenn du bei mir bist …«, hatte Consuela gesagt und dabei so heftig geseufzt, dass es Linda das Haar aus dem blassen Gesicht wehte. »Mein Flug geht heute Abend, deiner morgen – bitte fahr mit mir zum Flughafen, Linda, bitte … Lass mich nicht allein …«

Linda staunte eigentlich selbst, wie schnell sie zustimmte und wie sehr sie plötzlich von diesem Ort wegwollte, an den sie sich so lange von Lügen und Küssen hatte binden lassen.

Ein Klopfen an der Tür ließ sie beide zusammenzucken.

»Das ist sicher der Fahrer, sag ihm, dass ich gleich so weit bin …« Consuela eilte ins Badezimmer. »Und sag ihm schon mal, dass wir unterwegs anhalten und deine Sachen holen müssen. Vielleicht wäre es das Beste, wenn ich reingehe … oder wir bitten den Fahrer darum … Würdest du das für mich tun, bitte?«

Seit sie gesehen hatte, wie Rory und Annabelle sich küssten, kam Linda sich vor wie auf Autopilot, und genauso ferngesteuert ging sie jetzt zur Tür.

Ihre Abreise stand unmittelbar bevor.

Sie hatte gedacht, sie würde sich auf und über diesen Moment freuen.

Ihren Rucksack würde sie schnell gepackt haben.

Die Tickets waren gebucht.

Es konnte losgehen.

Ihre erste Station war Paris. London interessierte sie nicht mehr, sie wollte so schnell wie möglich Wasser zwischen sich

und dieses Land bringen, in dem sie zuerst süße Verheißung und dann so bittere Enttäuschung erfahren hatte.

Als sie die Tür öffnete, stand aber kein ihr unbekannter Chauffeur davor, sondern ein Mensch, dem sie sich trotz aller Widrigkeiten am liebsten sofort in die Arme geworfen hätte.

Quinn Castle war Rorys letzter Ausweg gewesen.

Kaum hatte Geraldine ihnen die Hiobsbotschaft überbracht, war auch Diana in die Küche des Cockleshell gestürzt, grenzenlos erleichtert, ihre Schwiegermutter dort anzutreffen.

»Gott sei Dank! Hier bist du! Ich habe mir schon Sorgen gemacht, weil keiner da war, als ich nach Hause kam ... Ist Sydney in seinem Zimmer? Ich habe ihm was aus Padstow mitgebracht ...« Sie hielt die Krebsangel hoch. »Ich dachte, darüber würde er sich freuen, die soll gut sein ... Und wo ist Trevor? Den konnte ich auch nirgendwo finden, habt ihr ihn ...«

Doch bevor sie den Satz beenden konnte, stürzte Monty zur Tür herein.

Zum ersten Mal seit über einem Monat sah er wieder so schlank aus wie eh und je. Zehn Kilo Übergewicht waren einfach so verschwunden.

Monty wirkte allerdings alles andere als erleichtert. Im Gegenteil, ihm schien etwas abhandengekommen zu sein, das ihm sehr am Herzen lag.

»Leute!«, keuchte er und ließ sich auf den Stuhl neben Geraldine plumpsen. »Hat irgendjemand von euch Pimpf gesehen? Ich habe sie schon überall gesucht!«

Dann hatten sie sich aufgeteilt und das Cockleshell, das Trevail, das Poseidon House und ganz Quinn durchstreift. Doch weder Katze, Hund noch Kind waren auffindbar.

Deshalb war Rory schließlich zum Quinn Castle hinaufgerannt. Er wollte nicht noch mehr kostbare Zeit verschwenden, verdrängte alle Gefühle, die bei bei ihrem Anblick in ihm aufwallten, und sagte eindringlich:

»Sydney ist weg.«

Der Zorn in ihrem Gesicht lösten sich auf und wich der Sorge um den Jungen.

»Was soll das heißen, er ist weg?«

»Er ist nicht in seinem Zimmer, er ist nirgendwo im Cockleshell, er ist nicht im Trevail, er ist nicht mit meinem Vater oder mit Diana zusammen, er ist weg. Er ist verschwunden, Linda, wir können ihn nicht finden und machen uns Sorgen.«

Sie wusste sofort, worauf er hinauswollte.

»Hier ist er nicht.«

»Sicher?«

»Ich verspreche dir, dass ich ihn nicht hierhergebracht habe. Er ist nicht hier.« Sie öffnete die Tür noch weiter, um zu zeigen, dass sie nichts zu verbergen hatte.

Er zögerte.

»Ich sage dir die Wahrheit, Rory. Im Gegensatz zu dir klaue ich nicht anderer Leute Kinder.«

Kaum hatte sie diese Worte ausgesprochen, bereute sie es auch schon.

Er sah sie an, als hätte sie ihm in den Magen geboxt.

»Tut mir leid«, flüsterte sie sofort.

»Ja. Mir auch, Linda«, entgegnete er kalt.

Ohne ein weiteres Wort drehte er sich um und ging.

Sie zögerte nicht lange. Rannte ihm nach, legte ihm eine Hand auf den Arm und sagte nur: »Ich helfe euch suchen.«

Sein Blick war unergründlich. Doch er nickte.

»Danke.«

Consuela erwartete sie in der Suite.

»Was wollte er?« Die drei Worte trieften nur so vor Verachtung.

Linda biss sich auf die Lippen. Wie sollte sie es ihr bloß beibringen? Aber es war keine Zeit, um den heißen Brei zu reden.

»Sydney ist weg, Eli.«

Da klopfte es wieder, dieses Mal war es der Portier.

»Ms Flores … Ihr Wagen wartet.«

Consuela sah ihn an und nickte kurz.

»Sagen Sie dem Fahrer, dass wir gleich kommen. Die Koffer können Sie schon mitnehmen.«

Verwirrt sah Linda ihre Cousine an.

»Eli? Wir können jetzt nicht weg. Wir müssen Sydney finden.«

Consuela sah sie nicht einmal an. Drehte sich einfach nur um und nahm ihre Sachen an sich.

»Nein, wir müssen jetzt los.«

»Eli! Hast du gehört, was ich gesagt habe? Dein Sohn ist weg!«

»Ja, das habe ich gehört.« Consuela warf ihr Handy in ihre Handtasche und ließ sie zuschnappen. »Aber wir müssen jetzt los, Linda, bis zum Flughafen ist es noch ein weiter Weg, und wir müssen unsere Flüge kriegen.«

»Und was ist mit Sydney?«

»Kein Grund zur Sorge. Der ist nicht weit. Sie werden ihn schon finden.« Consuela marschierte zur Tür. »Bitte, Linda, unser Wagen wartet … Komm. Wir müssen los.«

Linda rührte sich nicht.

»Aber ihm könnte alles Mögliche zugestoßen sein.«

»Jetzt übertreibst du aber, Linda. Wahrscheinlich spielt er nur irgendwo oder er schmollt oder was weiß ich. Frank wird schon dafür sorgen, dass es ihm gut geht. Frank würde niemals zulassen, dass dem Jungen etwas passiert …«

Consuela unterbrach sich selbst, als ihr aufging, was sie da gerade eingeräumt hatte.

Fassungslos starrte Linda sie an.

»Ganz genau.« Jetzt begriff Linda, welches Spiel ihre Cousine mit ihr gespielt hatte. »Frank würde niemals zulassen, dass dem Jungen etwas passiert ... Weil er ihn nämlich liebt ... Oh Gott, Eli, wie konntest du mich nur so anlügen?«

Doch Consuela spielte nur noch einmal mit ihrem Glitzerarmband, sah die Cousine an, auf die sie immer so eifersüchtig gewesen war, weil ihr alles zuflog, was ihr selbst verwehrt blieb, und verabschiedete sich mit einem maliziösen Lächeln und einer hämischen Kusshand, bevor sie aus der Suite rauschte.

Frank und Diana liefen Rory über den Weg, als er vom Quinn Castle in die Stadt zurückkam.

»Und?«, fragte Frank hoffnungsvoll.

Sein Sohn war blass und schüttelte den Kopf.

»Sie hat ihn nicht.«

Franks Miene verrutschte.

Ganz gleich, was er von Consuela hielt, dort wäre sein Sohn wenigstens in Sicherheit gewesen.

»Ich gehe zum Kai runter, da spielt er auch immer mal ganz gerne auf den Stufen ... Monty ist zur Fähre in Port Ruan gegangen, vielleicht versteckt Sydney sich ja im Fährhaus. Der alte Rodrick hat ihn schon ein paarmal zu einem heißen Kakao eingeladen ...«

»Wir gehen zurück zum Poseidon House«, erklärte Frank. »Das ist so groß, vielleicht haben wir ihn doch übersehen. Außerdem will ich nach Geraldine sehen. Wir haben Wonderbra zwar gebeten, dafür zu sorgen, dass sie das Haus nicht verlässt, aber du weißt ja, wie sie ist, und sie war wild entschlossen, suchen zu helfen ...«

Rory nickte und trollte sich.

Frank sah zu Diana.

Ihr Gesicht glänzte tränennass im Laternenlicht.

»Keine Sorge, Diana, wir werden ihn finden. Ich verspreche dir, dass wir ihn finden werden.«

Sie zitterte wie Espenlaub.

Frank zog seine Jacke aus und legte sie ihr um die Schultern.

Linda folgte Rory mit nur wenigen Minuten Abstand. Wie von Sinnen rannte sie hinunter in die Stadt, stolperte, fing sich an der Mauer neben sich ab, riss sich dabei die Hände auf und blieb stehen.

Ihr Herz klopfte wie verrückt und die Gedanken rasten im Kreis.

Ganz ruhig, Linda. Du musst nachdenken. Nach-den-ken.

Was machte Sydney am liebsten? Wo war er am liebsten?

Rory hatte gesagt, sie hätten schon überall nach ihm gesucht.

Offenbar ja nicht, sonst hätten sie ihn gefunden.

Also. Wo könnte er sein?

Dann spürte sie ein warmes Wesen um ihre Beine streifen.

Überrascht sah sie hinunter.

»Pimpf! Was machst du denn ganz alleine hier?«

Linda ging sofort in die Knie, um die Katze zu streicheln, doch die büxte zu ihrer Überraschung postwendend aus.

»Pimpf?«, rief Linda ihr hinterher.

»Miau«, antwortete Pimpf, der Barry White der Katzenwelt. »Miau, miau, miau.«

Ich bin zwar nicht Lassie, aber tu doch einfach mal für zehn Minuten so, als wär ich's, sagte sie in der Sprache, die nur andere Katzen oder vielleicht ein betrunkener Monty verstehen konnten.

Sie trottete weiter, dann blieb sie stehen und sah sich nach Linda um.

»MI-A-UU!!!«, maunzte Pimpf ungeduldig. Da begriff Linda endlich und folgte ihr.

Linda hatte Schwierigkeiten, mit dem Vierbeiner Schritt zu halten. Es ging die Hauptstraße entlang bis zur Promenade, der langen Straße, die zu Dianas Haus hinauf und zum Strand führte. Ohne nachzudenken rannte Linda der Katze hinterher, bis sie das Geländer erreichte, von dem aus man auf den Strand hinunter sehen konnte.

Pimpf blieb so lange stehen, bis sie sicher war, dass Linda ihr noch folgte, dann ließ sie zu Lindas Überraschung die Stufen links liegen und sprang stattdessen geschmeidig wie eine Bergziege von Felsen zu Felsen, immer weiter nach unten, bis sie irgendwo unterhalb der Flutlinie aus Lindas Blickfeld verschwand.

Linda eilte die Stufen zum Strand hinunter.

Mit Sorge sah sie, dass die Flut kam, aber sie konnte die Katze nirgendwo sehen.

»Pimpf!«, rief sie, doch der Wind trug ihre Stimme mit sich fort. Sie legte die Hände wie einen Trichter um den Mund und schrie noch einmal: »PIMPF!!«

Dann sah sie sie.

Pimpf stand auf einem Felsen, sprang dann agil vor einer Höhlenöffnung hin und her, die unaufhaltsam im ansteigenden Wasser verschwand, und rettete sich schließlich auf einen höherliegenden Felsen.

»MIAUUU!«, antwortete sie.

Linda zögerte nicht. Sie marschierte ins Wasser und schwamm.

Die Flut kam mit Macht. Ihre Kleider waren sofort bleischwer, das Salzwasser brannte in ihren Schürfwunden. Doch Linda war stark. Und sie war eine gute Schwimmerin. Und jetzt, wo sie wusste, wo Sydney war, schoss ihr das Adrenalin nur so durch die Adern.

Als sie die Höhlenöffnung erreichte, hätten die Wellen sie fast wieder weggetragen, und eine erwischte Linda so unerwartet, dass sie kurz unterging. Doch kaum wieder an der Oberfläche,

wischte sie sich nur schnell das Salzwasser aus den Augen, stellte sich auf die nächste Welle ein, holte tief Luft und tauchte dann durch die Höhlenöffnung.

In der Höhle schnappte sie prustend nach Luft, und ihr Herz hätte vor Freude und Erleichterung zerspringen mögen, als sie die beiden zitternden, winselnden, durchnässten Gestalten auf den gerade noch aus dem Wasser ragenden Felsen sah.

Sydney und Trevor.

Geraldine hielt inne und lauschte. Sie spitzte regelrecht die Ohren.

Der Wind nahm immer mehr zu, er übertönte fast alles und kündigte eine stürmische Nacht an – eine furchtbare Nacht, in der ihr geliebter Sydney irgendwo da draußen war. Ganz allein. Und vielleicht voller Angst.

Sie hatten sie förmlich zum Poseidon House zurückschleifen müssen. Dort hatten sich Theo und die Sportskanone sofort ihrer Suche angeschlossen, und Wonderbra war angewiesen worden, Geraldine nicht aus den Augen zu lassen. Sie sollte sich nicht vom Fleck bewegen.

Da hörte Geraldine es wieder, durch den Wind hindurch: Das Miauen einer Katze. Aber nicht irgendeiner Katze. Das war unverkennbar Pimpf.

Und wo Pimpf war, würde sie auch Sydney und Trevor finden!

Sie sah zu Wonderbra, die Rorys Anweisung sehr genau nahm und den Blick nicht eine Sekunde von ihr wandte. Geraldine gähnte, streckte sich und sagte möglichst nonchalant: »Also, ich alte Schachtel könnte gut eine Tasse Tee vertragen, aber« – sie fasste sich an die Hüfte, als würde diese schmerzen – »bis zur Küche ist es doch ein ganzes Stück ... Wären Sie so lieb, Deborah?«

Wonderbra lächelte und nickte.

Kaum war sie weg, schnappte Geraldine sich ihren Mantel und eine Taschenlampe und schlich sich aus dem Haus.

Triefend nass stemmte Linda sich aus dem Wasser auf den Felsen. Die beiden fielen ihr um den Hals, und sie umarmte sie erleichtert. Syndey fing an zu weinen und sprach so schnell und schluchzend Spanisch, dass sie ihn kaum verstehen konnte. Sie hielt ihn fest an sich gedrückt, bis sich seine Angst und sein Gefühl der Einsamkeit der letzten Stunden einigermaßen gelegt hatten.

»Sie ist hier, sie ist hier, ich hab sie gesehen. Ich habe Leute drüber reden hören. Sie will mich mitnehmen, stimmt's? Sie ist hier, um mich von Papá wegzuholen, aber ich will nicht mit ...« Da fing er wieder heftiger an zu schluchzen. »Bitte, Linda, sie darf mich nicht mitnehmen, ich will hierbleiben bei Papá und Dina und dir und Rory und Cheraldine und Chulia und Treffor und Pimpf. Ich will nicht mit ihr mit, ich habe Angst vor ihr, Linda, sie ist nicht meine Mutter, sie ist NICHT meine Mutter! Alle sagen, sie ist meine Mutter, aber ich kenne sie gar nicht ... Sie liebt mich nicht ... Bitte, Linda, ich will nicht mit ihr gehen!«

Da musste auch Linda weinen.

Doch sie wusste, dass das nicht der richtige Zeitpunkt war, also atmete sie tief durch, riss sich zusammen, nahm sein angsterfülltes, verheultes Gesicht in die Hände und sah ihn sehr ernst an.

»Du wirst nicht mit ihr gehen, Sydney. Du bleibst hier bei Frank, genau wie du es willst. Dafür hat er gesorgt. Sie war hier, um Frank zu sagen, dass du bei ihm bleiben kannst. Du musst nirgendwohin – nur raus aus dieser Höhle. Verstehst du, Sydney? Du bleibst hier bei Frank, deine Mutter ist alleine auf dem Weg nach Spanien, aber du bleibst hier. In Quinn. Aber jetzt müssen wir hier heraus. Sofort.«

Voller Hoffnung sah er sie an. Aber er konnte es immer noch nicht glauben.

»Ist das wahr?«, fragte er so schlicht und ergreifend, dass es Linda in der Seele wehtat.

Lächelnd nickte sie.

»Ja, das ist wahr. Versprochen. Und ich verspreche dir auch, dass niemand dich zu irgendetwas zwingen wird, was du nicht möchtest. Aber wir müssen jetzt hier raus. Komm.« Sie reichte ihm die Hand. »Ich bringe dich nach Hause. Zu Frank.«

Doch er zögerte immer noch. Er fasste den bibbernden, durchnässten Hund bei seinem Geschirr.

»Aber ich kann Treffor nicht hierlassen.«

»Das brauchst du auch gar nicht. Er kommt mit uns mit.«

»Aber er kann nicht schwimmen.«

»Alle Hunde können schwimmen, Sydney, schon von Geburt an. Pass auf, wenn wir ins Wasser gehen, kommt er hinterher.«

Doch dieses Mal täuschte Linda sich. Als sie und Sydney ins Wasser glitten, fing Trevor an, winselnd auf dem kleinen Felsen hin und her zu laufen. Er ließ sich nicht überreden, zu ihnen ins Wasser zu kommen.

Was sollte sie bloß tun? Sie konnte nicht den Jungen *und* den Hund abschleppen. Das Wasser stieg unaufhaltsam weiter. Sie musste Sydney hier heraus und in Sicherheit bringen. Das Leben des Jungen ging vor.

»Wir müssen hier raus, Sydney.« Linda schlug einen ungewohnten Kommandoton an.

»Aber Treffor!«, jammerte der Junge.

»Den hole ich gleich. Versprochen.«

»Versprochen?«

»Ich schwöre es.« Beinahe hätte sie noch »bei meinem Leben« hinzugefügt, aber das war ihr dann doch zu brisant. »Bist du bereit?«

Kaum bewegten sie sich von ihm weg, begann der Hund zu winseln, und als sie durch die Höhlenöffnung aus seinem Blickfeld verschwanden, fing er regelrecht an zu jaulen. Das Wehklagen war so herzzerreißend, dass Sydney in Panik geriet, in

Tränen ausbrach und sich von dem Arm losreißen wollte, der ihn durch das Wasser zog.

Linda zwang sich, ganz ruhig auf ihn einzureden.

»Bitte, Sydney, wenn du Trevor helfen willst, dann tust du jetzt, was ich sage. Je schneller du am Ufer bist, desto schneller kann ich ihn holen!«

Die durchnässte Kleidung und Sydney als zusätzliches Gewicht erschwerten Linda den Weg zurück zum Strand, der außerdem durch die ansteigende Flut jetzt weiter entfernt war als vorhin. Der Kampf durch die Wellen dauerte wohl nur zehn Minuten, die Linda aber vorkamen wie ein ganzes Leben. Als sie schließlich Boden unter den Füßen hatte, nahm sie Sydney auf den Arm und trug ihn einige Meter den Strand hinauf, bevor sie auf die Knie fiel und ihn vor sich absetzte.

Der Wind nahm immer mehr zu und peitschte das Wasser auf. Schaumkronen auf den Wellen zersprangen an den Felsen.

Doch durch den Wind hindurch konnten sie immer noch das ängstliche Heulen eines Hundes hören.

Traurig sah Sydney sie aus seinen von Salzwasser und Tränen geröteten Augen an.

Sie hatte es ihm versprochen, und sie hielt immer, was sie versprach – aber sie konnte Sydney doch nicht alleine am Strand sitzen lassen!

Dann hörte sie eine maulige Stimme rufen und kurz darauf sah sie einen kleinen Lichtpunkt den Küstenweg herunterwackeln.

»Hallo?«, rief die Stimme erneut. »Trevor? Sydney? Seid ihr hier?«

»Geraldine!«, rief Linda erleichtert. »Hier drüben, Geraldine!«

Dann leuchtete die Taschenlampe in ihre Richtung.

»Linda! Gott sei Dank!«

Geraldine rannte auf sie zu, so gut sie konnte, und die beiden Frauen fielen sich in die Arme.

Da tauchte auch Pimpf aus der Dunkelheit auf und sprang schnurstracks auf Sydneys Schoß. Dort machte er sich breit und schnurrte und spendete dem durchgefrorenen Junge Wärme.

Trevor jaulte wieder. Sofort ließ Linda Geraldine los und marschierte aufs Wasser zu.

»Linda?«, sagte Geraldine mit höchster Beunruhigung in der Stimme.

»Sie waren in der Höhle und kamen nicht mehr raus. Ich muss noch mal zurück, um Trevor zu holen.«

»Aber das Wasser, Linda. Wir haben immer noch auflaufendes Wasser. Sieh doch nur.«

Geraldine hatte recht, die Höhlenöffnung war fast ganz im Wasser versunken.

»Dann muss ich mich noch mehr beeilen, ich kann ihn doch nicht da drin ertrinken lassen, Geraldine. Bitte pass auf Sydney auf ... Ich komme wieder ...«

Geraldine lachte, dann schluchzte sie und drückte Linda noch einmal kurz an sich.

»Ach, Arnie! Pass auf dich auf, du weißt, dass wir den Hund lieben, aber du darfst nicht ...«

Doch Linda löste sich von ihr und war bereits auf dem Weg ins Meer.

»Bitte Linda!«, rief Geraldine ihr hinterher.

Trevor jaulte noch einmal schauerlich auf und Sydney heulte wieder mit. Und auch die alte kampferprobte Geraldine konnte die Tränen vor lauter Angst und Entsetzen kaum zurückhalten. Doch dann riss sie sich zusammen, setzte sich auf den Boden, öffnete den Reißverschluss ihres Regenmantels und hüllte sich selbst, Sydney und Pimpf darin ein.

»Es wird alles gut gehen ... wird schon alles gut gehen ...«, murmelte sie immer wieder, um Sydney, aber in Wirklichkeit wohl auch sich selbst zu beruhigen.

Linda watete ins offene Meer. Sie hatte das Gefühl, es wollte sie mitsamt ihren bleischweren Klamotten verschlingen. Mit kalten, steifen Fingern öffnete sie den Gürtel ihrer Jeans und zog sie aus. Deutlich leichter erreichte Linda die Höhlenöffnung nun viel schneller, aber trotzdem nicht rechtzeitig, bevor die Öffnung unter der Wasseroberfläche verschwunden war.

Linda wusste, dass der Felsen in der Höhle etwas höher war und Trevor gerade noch im Trockenen sitzen würde, und so holte sie tief Luft, tauchte und hoffte, mehr oder weniger blind die Öffnung zu finden.

Sie hatte Glück.

Tatsächlich tauchte sie in der Höhle wieder auf. Und der völlig verzweifelte Trevor ersparte ihr den Kraftakt, ihn ins Wasser zu ziehen, indem er sich ihr förmlich in die Arme warf.

Seine Miene, als er ins kalte Wasser platschte, brachte Linda trotz aller Dramatik zum Lachen.

»Gut, Trevor«, keuchte sie und packte ihn an dem Geschirr, das er statt eines Halsbandes trug, weil er immer so an der Leine zerrte. »Alle Hunde können schwimmen, ja? Also wirst du es jetzt lernen. Wir beiden werden hier herauskommen, ja? Verstanden? Wir müssen jetzt los. Hol tief Luft, wir müssen tauchen.«

Sie packte den ängstlichen Hund, drückte ihn unter Wasser und tauchte selbst abermals unter.

Als sie das nächste Mal Luft schnappte, waren sie tatsächlich aus der Höhle heraus. Linda hielt Trevor immer noch am Geschirr fest, und das war auch gut so, denn der Hund strampelte so heftig im Wasser, dass er wie ein Aufziehspielzeug in der Badewanne ständig im Kreis geschwommen wäre, wenn sie ihn losgelassen hätte.

Völlig außer sich vor Freude und Erleichterung darüber, der muffigen Höhenluft entkommen zu sein und die Lungen wieder mit sauerstoffreicher Meeresluft füllen zu können, vor lauter Glück darüber, am Strand in gar nicht so weiter Ferne Lich-

ter zu sehen, zog Linda den Hund an sich heran und knutschte seine nasse Schnauze.

»Siehst du, geht doch! Du kannst schwimmen«, redete sie ihm zu, während sie sich weiter über Wasser hielt. »Jetzt wird alles gut, Trevor, alles wird gut …«

Sie hatte nicht bemerkt, dass eine ziemlich massive Welle heranrollte. Die brach sich genau über ihnen, sodass das letzte »gut« buchstäblich unterging.

Während sie unter Wasser herumgewirbelt wurde, kam sie sich vor wie in einer riesigen Waschmaschine. Um sie herum stiegen Bläschen auf, während sie selbst keine Luft mehr in den Lungen hatte und fürchtete, jetzt würde es für immer dunkel um sie werden. Doch genau so schnell, wie das Meer sie verschluckt hatte, spuckte es sie auch wieder aus. Sie keuchte und japste. Und hatte Trevor verloren.

Panisch sah sie sich um. Im gleichen Moment stellte sie erleichtert fest, dass auch der Hund wieder aufgetaucht war – nur um im nächsten Moment zu begreifen, dass er in die Strömung geraten war, die ihn nicht näher zum Strand brachte, sondern zum dunklen Meer hinauszog.

Vom Strand her hört Linda das Rufen mehrerer Stimmen, immer wieder rief man ihren Namen, doch sie hörte nicht hin, sondern kraulte wild entschlossen hinter dem jungen Hund her.

Trevor strampelte panisch um sein Leben, doch die See spielte ein grausames Spiel mit ihm. Schob ihn fast in Lindas Reichweite, nur um ihn dann sofort wieder wegzuziehen, und das so oft, dass er schnell den Kampfgeist verlor. Und auch Linda kam bald nicht mehr gegen den Frust und die Erschöpfung an.

Sie entfernten sich immer mehr vom Festland.

Eine weitere Welle begrub Trevor unter sich wie eine Stoffpuppe.

Linda sah sich nach ihm um, schrie nach ihm. Trevor tauchte

wieder auf und unternahm schwache Versuche, auf sie zuzuschwimmen.

Sie sah ihm an, dass er es nicht noch einmal schaffen würde, wieder an die Oberfläche zu kommen.

Und dann kam die nächste Welle.

Linda mobilisierte ihre letzten Kraftreserven, tauchte dem untergehenden Hund hinterher, bekam wie durch ein Wunder sein Geschirr zu fassen und schaffte es, den Hundekopf über Wasser zu ziehen, bevor sie selbst wieder unterging.

Da spürte sie eine kräftige Hand an ihrem Arm. Jemand zog sie nach oben, packte sie und den Hund und schleppte sie kraftvoll zum Ufer.

– 35 –

Er ließ sie nicht mehr los.

In einem Akt der Verzweiflung hatte er sie unter Wasser gepackt, hochgezogen und hustend und prustend ins Schlepptau genommen. Er hatte sie zum Strand getragen, jede Hilfe ablehnend, und sich mit ihr hingesetzt. Hatte die Arme fest um sie geschlungen, ihr Wärme und Kraft gespendet, bis sie aufgehört hatte zu zittern. Hatte ihre Hand gehalten, als alle körperlich und emotional völlig ausgezehrt wieder nach Hause gingen – die einen zum Poseidon House, die anderen zum Cockleshell. Zu Hause angekommen, hatte er sie die Treppe hochgetragen, ihr das Salzwasser vom Körper und aus den Haaren gewaschen und sie ins Bett gebracht. Dort hatten sie sich tränenreich ausgesprochen, Dinge erklärt, sich entschuldigt und erleichtert geküsst.

Jetzt standen sie in der Abflughalle von London Gatwick, und als ihr Flug aufgerufen wurde, hielt er immer noch ihre Hand.

Dass sie trotzdem schon am nächsten Abend abreisen wollte, hatte einige überrascht. Doch wer die beiden kannte, wusste, dass das ein gutes Zeichen war. Dass alles wieder im Lot war.

Jetzt war die Stunde des Abschieds da. In dem Moment, in dem sie losließ, spürte sie etwas in ihrer Hand. Sie ging ein paar Schritte Richtung Gate und blickte hinunter. Blieb überrascht stehen, als sie den Ring sah, und fing an zu lächeln. Das Lächeln übertrug sich auf ihren ganzen Körper, als sie sich den Ring ansteckte, dann küsste sie die Finger derselben Hand und pustete ihm den Kuss zu. Und sagte die drei Wörter, auf die er so sehnlichst gewartet hatte.

»Ich komme wieder«, flüsterte sie.

Er las sie ihr von den Lippen ab, und das letzte Bild von ihm, das sie nun in ihrem Herzen mit auf Reisen nahm, war das eines lachenden Rory.

– 36 –

Er hatte sich wirklich wacker geschlagen. Bis er spätabends nach Hause kam, sofort sein Bett ansteuerte und auf ihrem Kissen das Foto mit drei anderen Wörtern fand. Erst da gestand er sich ein, wie sehr er sie jetzt schon vermisste.

Als er am nächsten Morgen aufwachte, war er wild entschlossen, die nächsten Monate nicht mit Nichtstun zu verplempern. Er würde zu seiner gewohnten Tagesordnung zurückkehren und sich in seine Rituale flüchten.

Zuerst ging er in die Küche, um mit den Vorbereitungen für das Restaurant zu beginnen. Doch als er die Tür zu seinem Allerheiligsten aufstieß, war dort alles anders.

Monty war da.

Es sah aus, als hätte eine Bombe eingeschlagen.

Überall war Essen.

Aber es war nicht das übliche Monty-Chaos. Zwar ließ der Gute immer jede Menge runterfallen, aber was er da überall in der Küche verteilt hatte, waren sorgfältig angerichtete Teller perfekt zubereiteter Cockleshell-Spezialitäten.

»Was ist das denn?« Rory drehte sich mehrmals um sich selbst und staunte über das Defilee seiner kompletten Abendkarte.

Stolz grinste Monty ihn an.

»Das ist alles, was du zurzeit an Spezialitäten anbietest.«

»Und du hast sie zubereitet?«

Monty nickte. Erschöpft, aber glücklich.

Rory zog eine Augenbraue hoch. Sein Mund geriet zu einem etwas schiefen, ziemlich amüsierten Lächeln.

»Hast wohl einen gepflegten Kohldampf heute, was?«

Monty grinste zurück.

»Ist nicht für mich ...«

»Und was soll das dann?«

Monty reichte Rory eine Gabel und sagte nur: »Probier mal.«

Rory sah sich um, aß aber nichts.

»Jetzt probier schon!« Monty schob ihn näher zu den Tellern.

Rory sah seinen Freund schräg von der Seite an, dann kostete er endlich etwas von der Terrine.

»Schmeckt gut.« Dann testete er etwas von einem anderen Teller, dann von einem dritten. »Wirklich gut.« Dann probierte er noch mehr und sah seinen Freund schließlich misstrauisch an. »Hast du da irgendwas reingetan?«

»Wie zum Beispiel?«

»Keine Ahnung, irgendeinen Zauberwirkstoff. Nach dessen Genuss gewisse Giganto-Katzen, die sich in meiner Küche herumtreiben, unsichtbar werden?«

Monty guckte ein wenig verlegen.

»Pimpf ist in der Bar und hat versprochen, da auch zu bleiben ...«

»Und das darf sie auch. Zur Belohnung für ihren heldenhaften Einsatz bei Sydneys Rettung darf sie den Rest ihres Lebens offen hier herumlaufen und muss sich nicht länger als Wampe, behaarte Brust, große Reisetasche oder extrem behaarter Gast ausgeben.« Monty lächelte dankbar. »Aber wie ...« Ratlos zeigte Rory auf all die leckeren Sachen. »Ich dachte, du konntest nicht mal ein Ei kochen.«

»Ich habe viele verborgene Talente.« Monty hauchte sich einmal kräftig auf die Fingernägel und polierte sie dann an seiner Brust. »Wie viele Jahre sitze ich schon da« – er zeigte auf die Arbeitsfläche, auf der er für gewöhnlich sein Hinterteil parkte – »und sehe dir beim Kochen zu ...«

»Gut, das erklärt das Wie, aber kommen wir doch bitte zum Warum, Monty. Ich versteh das nicht ...«

»Nicht? All das hier …« Er zeigte einmal rundherum auf alle Teller. »… ist vielleicht nicht so hammerlecker wie alles, was Rory Trevelyan zaubert, aber gut ist es doch, oder?«

»Sehr gut«, musste Rory einräumen.

»Und hoffentlich gut genug, um deine Gäste bei Laune zu halten, solange du weg bist …« Herausfordernd sah Monty ihn an.

»Solange ich weg bin?«

»Sie wollte, dass du mitkommst, stimmt's? Also, ich finde, du solltest sie begleiten. Und du *kannst* sie begleiten. Ich springe für dich ein. Julia, dein Vater, Woody und ich, wir schaffen das schon. Wir halten den Laden ein paar Wochen am Laufen, wenn es sein muss, auch ein paar Monate.«

»Und was ist mit ESDS? Das läuft doch auch noch vier Wochen!«

»Entschuldige bitte meine Ausdrucksweise, aber ESDS kann uns mal am Ärmel lecken!«

»Da stimme ich dir prinzipiell zu, Monty, aber ich habe einen Vertrag zu erfüllen.«

»Jaja, die haben vielleicht einen Vertrag, aber wir haben etwas noch viel Besseres. Wir haben einen Edwin, der den Vertrag jetzt mal genauer unter die Lupe genommen hat als Sherlock Holmes einst den Hund von Baskerville. Und dabei hat er herausgefunden, dass du von deinen Verpflichtungen gegenüber *England sucht den Superkoch* entbunden werden kannst, wenn du nachweislich krank bist.«

»Na prima. Ich bin aber nicht krank, Monty.«

»Doch, natürlich.« Monty legte seinem Freund eine Hand auf die Stirn und machte ein äußerst besorgtes Gesicht. »Du bist Mal de cœur.«

»Und was soll das sein, bitte?«

»Ist französisch und heißt Samenüberdruck.« Monty grinste. »Nein, jetzt mal im Ernst, das steht da wirklich, wenn du krank bist, darfst du dich abmelden, Edwin hat das überprüft. Und er kennt einen Arzt in Dartford, der beim Leben seiner Mutter schwören würde, dass du jede beliebige Krankheit deiner Wahl hast – von einer Zyste im Eierstock bis hin zu Salmonellen. Obwohl, angesichts der Tatsache, dass du ein ziemlich beliebtes Restaurant besitzt, sollten wir uns vielleicht besser von allem, was mit verdorbenem Essen zu tun haben könnte, fernhalten.«

Einen Moment sah Rory ihn hoffnungsvoll an, dann schüttelte er den Kopf.

»Ich finde das wirklich klasse, Monty, wie ihr euch um mich kümmert und was du hier auf die Beine gestellt hast, aber ich habe diesen Leuten gegenüber Verpflichtungen ...«

»Du hast auch Verpflichtungen gegenüber dir selbst! Jetzt denk doch einmal im Leben bitte an erster Stelle an dich, Rory! Was ist dir wichtig? Hier und jetzt, in diesem Moment? Horch mal in dich rein und sag mir, was dein Herz dir sagt. Willst du hier sein? Oder lieber bei ihr?«

Darauf brauchte Rory nichts zu entgegnen, sie kannten beide die Antwort.

»Rory?«, meldete sich eine Stimme hinter ihm.

Er drehte sich um. Da standen sie alle: sein Vater, Edwin, Diana, Julia. Sydney hatte Pimpf auf dem Arm, die inzwischen so groß war, dass er fast auf ihr reiten könnte.

»Was wird das denn bitte? Ein Flashmob?«

»Wohl eher ein Smartmob«, lächelte Diana.

Frank reichte ihm etwas.

Eine Reisetasche.

Eine gepackte Reisetasche.

»Los, mach dich vom Acker, Rory. Hol sie dir und werde glücklich.«

Rory sah die Tasche an, dann seine Freunde, seinen Vater, seine Familie.

»Aber wie? Ich meine ... wie ...«

»Dein Taxi wartet …« Frank öffnete die Küchentür und bedeutete Rory hinauszugehen.

Immer noch leicht verwirrt betrat er die Bar. Die anderen folgten ihm, grinsend, lachend, und Julia zeigte durch das Restaurant und die großen Fenster zur Veranda, die den wunderbaren Blick übers Wasser bot.

Und dann sah er es: Die *Jolly Good Booze* hatte beim Cockleshell angelegt. Dasselbe Boot, mit dem Frank und Sydney nach Hause gekommen waren, wartete darauf, ihn von hier wegzubringen.

Barry lüftete die Kappe, Nigel winkte.

»Bist du bereit?«, fragte Monty. »Die beiden bringen dich nach Plymouth … Von da fliegst du nach Gatwick, und von da nach Berlin. Wenn Julias Berechnungen stimmen – und Julias Berechnungen stimmen immer –, wirst du exakt vier Stunden vor Linda in Berlin landen, die von Paris eintreffen wird.«

Rory sah sie alle nacheinander an. Die Gesichter der Menschen, die ihm so teuer waren, so unterschiedlich, aber in einem vereint: ihrer Liebe zu Rory und ihrer Hoffnung.

Dann wandte er sich an Monty.

»Du meinst das ernst, oder?«

»Zum ersten Mal in meinem hedonistischen Leben, ja, verdammt ernst sogar … Und jetzt los, denk nicht lange nach, geh!«

Rory zögerte noch eine Sekunde, dann nahm er sie alle nacheinander in den Arm. Zuletzt drückte er seinen Sandkastenfreund an sich, als wollte er ihn gar nicht mehr loslassen.

»Ich lieb dich, Kumpel.«

Monty befreite sich und grinste. »Wenn du jetzt anfängst, sentimental zu werden, zieh ich die Aktion zurück, okay?«, brummte er.

»Und jetzt los! Hol dir dein Happy End! Hol dir dein Mädchen!«

Rory schulterte die Tasche und rannte los. Als er gerade an Bord gehen wollte, drehte er sich noch einmal um.

»Wehe, du fragst mich jetzt, ob ich mir auch sicher bin«, drohte Monty.

»Ich wollte eigentlich nur fragen, ob ihr wirklich zurechtkommen werdet ...« Seine blassblauen Augen glänzten vor lauter Dankbarkeit.

»Wir kriegen das schon hin«, versicherte Monty ihm schnell, aber Rory sprang schon ins Boot. »Ich pass gut auf dein Lebenswerk auf ... obwohl ...« Er grinste, als Sydney ihm Pimpf brachte. »Vielleicht ändere ich den Namen des Cockleshell und taufe es um in Fat Cat ... Was meinst du, Pimpf?«

»Miau«, freute sich Pimpf und schnurrte zustimmend. »Miau. Miau. Miau.«

Danksagung

So viele Menschen unterstützen und inspirieren mein Schreiben und ermutigen mich immer wieder dazu. Ihr wisst alle, wer ihr seid, und ihr wisst, dass ich euch immer wieder von Herzen danke.

Ich habe das Glück, mit großartigen Leuten beim Piper Verlag zusammenzuarbeiten, einem phantastischen Verlag, bei dem sich Autoren aufgehoben fühlen wie in einer Familie.

Darum einen großen Dank an alle dort!

Danke an Julia Eisele und Marco Hertenstein – ohne euch hätte das nächste Buch nicht das Licht der Welt erblickt.

Danke an Nils Mönkemeyer und William Hong Chun Youn, nicht zuletzt, weil eure wunderbare Musik mir hilft, mich beim Arbeiten zu konzentrieren.

Und schließlich einen riesigen Dank an den fabelhaften Nick Alvis, Chefkoch im Table 9 in Dubai, der so unglaublich hilfsbereit war und außerdem der beste Koch der Welt ist (sagt seine Oma).

Sarah Harvey

Das Rosenhaus

Roman. Aus dem Englischen von Marieke Heimburger. 384 Seiten. Piper Taschenbuch

Als Lily mit ihrem Ehemann Liam von London nach Cornwall zieht, ahnt sie nicht, wie sehr diese Entscheidung ihr Leben verändern wird. In dem einsamen Haus an der Küste und der nebligen Kälte des südenglischen Winters entfremdet sie sich zunehmend von dem Mann, der einst ihre große Liebe war. Liam ist kaum noch zu Hause, lebt nur noch für seine Arbeit. Nach einem heftigen Streit scheint ihre Ehe kurz vor dem Aus. Doch ein dramatischer Unfall sorgt dafür, dass nichts mehr so ist wie zuvor …

»Wunderschöne Liebesgeschichte mit zuverlässigem englischen Humor und dermaßen sympathischen Figuren, dass man auf der Stelle nach Südengland ziehen will.«

Brigitte über Sarah Harveys Bestseller »Kann ich den umtauschen?«

05/2716/01/L

Sarah Harvey

Wiedersehen in Stormy Meadows

Roman. Aus dem Englischen von Marieke Heimburger und Sabine Schulte. 368 Seiten. Piper Taschenbuch

Natalie ist verzweifelt. Obwohl seit dem Autounfall ihres Mannes Rob schon zwei Jahre vergangen sind, kann sie seinen Tod nicht verwinden. Doch darf sie sich in ihrer Trauer nicht verkriechen, denn es gibt noch einen Menschen, der Rob schmerzlich vermisst: seine Tochter aus erster Ehe, Cassandra. Während Natalie alles daransetzt, Cassie neuen Lebensmut zu geben, taucht von unerwarteter Seite ein Hoffnungsschimmer auf. Ein Hoffnungsschimmer namens Connor …

»Wunderschöne Liebesgeschichte mit dermaßen sympathischen Figuren, dass man auf der Stelle nach Südengland ziehen will.«

Brigitte über »Kann ich den umtauschen?«

»Liebesgeschichte mit englischem Humor – wer keinen Urlaub mehr hat, sollte dieses Buch lesen.«

Braunschweiger Zeitung über »Das Rosenhaus«

05/2717/01/R

Heidi Hohner

Zipfelklatscher

Roman. 288 Seiten.
Piper Taschenbuch

Wer sagt denn, man könnte nur auf einer Hochzeit tanzen? Die Fischerin Kati Lochbichler jedenfalls nicht. Wenn bei ihr auf der Fraueninsel im »Hotel zum See« eine Hochzeit gefeiert wird, tauscht sie Gummistiefel gegen Partykleid und Perücke und tanzt unerkannt die Nächte durch. Bis ihr der neue Hotelmanager einen Strich durch die Rechnung macht. Doch da hat er nicht mit Katis bayrischem Stursinn gerechnet ...

»Eine bayerische Romanheldin und schrulliges Inselvolk. Witzig, originell und romantisch!«
Rita Falk

05/2736/01/L

Wiebke Lorenz

Was? Wäre? Wenn?

Roman. 285 Seiten.
Piper Taschenbuch

Was wäre, wenn ... man sein Leben von vorn beginnen und manche Dinge einfach ungeschehen machen könnte? Charlotta würde dazu jede Menge einfallen: das geschmissene Studium, zahllose Affären und wilde Partynächte. Während sie sich durchs Leben jobbt, sind ihre Eltern immer noch der Meinung, sie stehe kurz vor dem BWL-Diplom. Bei einer geheimnisvollen »Personalberatung« bekommt Charly ein unglaubliches Angebot: Sie kann alle mißlungenen und peinlichen Ereignisse aus ihrem Leben löschen, als wären sie nie passiert ... Ein ironischer und temporeicher Roman über die Kunst, im richtigen Moment die richtige Entscheidung zu treffen – und über die Suche nach dem Glück.

05/1699/02/R

Kim Schneyder

Frauen rächen besser

Roman. 224 Seiten. Piper Taschenbuch

Als Heike ihren Freund Robert in flagranti mit seiner Sekretärin erwischt, steht eines fest: So einfach kommt er nicht davon! Heike schmiedet einen infamen Racheplan und flüchtet mit ihren beiden besten Freundinnen in einen All-inclusive-Ferienclub. Dort trifft sie zwar schräge Leute und erlebt – eher peinliche – Abenteuer, vor allem aber will sie eines wissen: Gibt es noch Männer auf der Suche nach ihrer Traumfrau, am besten eine Blondine mit gesundem Appetit? Die Antwort liegt näher, als sie gedacht hätte …

05/2017/02/L

Lucy Clarke

Die Landkarte der Liebe

Roman. Übersetzung aus dem Englischen von Astrid Mania. 352 Seiten. Piper Taschenbuch

Ein meerblaues Reisetagebuch. Das ist alles, was Katie von ihrer Schwester bleibt. Denn Mia ist tot. In Bali stürzte sie von einer Klippe. Katie hat nur eine Chance, das Geheimnis um den Tod ihrer unnahbaren Schwester zu lüften: ihr Tagebuch zu lesen und den Stationen ihrer letzten Reise zu folgen. Und so taucht Katie immer tiefer ein in das Leben ihrer Schwester ein und entziffert Stück für Stück Mias ganz persönliche Landkarte der Liebe …

05/2729/01/R

Kim Schneyder

Ich und Er und null Verkehr

Roman. 272 Seiten. Piper Taschenbuch

Erst ein Jahr ist Sandra mit Martin zusammen, und schon gibt es eine Krise. Beim Lesen eines Ratgebers kommt Sandra die zündende Idee: Ab sofort werden sie und Martin die guten Tipps darin befolgen, dann wird es schon klappen mit der Beziehung. Martin lässt sich auf das Experiment ein – mit ungeahnten Folgen. Während er sich auf seine Wurzeln als steinzeitlicher Jäger besinnt, denkt sich Sandra: Das kann ich auch – werde ich eben Nesthüterin! Martin ist nicht begeistert, als Sandra kündigen und möglichst bald schwanger werden will. Und was ist mit dem Porsche, den sie sich demnächst hätten leisten können? Temporeich und witzig erzählt Kim Schneyder, Autorin des Überraschungserfolgs »Frauen rächen besser«, von einem Paar im Beziehungsdschungel, der jede Menge Stolperfallen bereit hält.

05/2469/01/L

Gaby Hauptmann

Ticket ins Paradies

Roman. 304 Seiten. Piper Taschenbuch

Sonne für immer! Clara will auf Mallorca bleiben, das steht für sie fest. Ihre kleine Tochter Katie hat schon eine beste Freundin gefunden, und Claras Liebe zu Andrés fegt den letzten Zweifel hinweg. Er ist ein Traum von einem Spanier, aufmerksam und leidenschaftlich, und zusammen mit ihm will sie sein Restaurant, das *Amici miei*, zu neuer Blüte bringen. Bis Maria José aufkreuzt, die neue Köchin, die vor sinnlicher Weiblichkeit nur so sprüht. Natürlich erliegt auch Andrés ihren Reizen, glaubt Clara – und sieht sich das nicht lange mit an …

05/2433/02/R